D1714776

Las Cartas Robadas

LORENZO DE' MEDICI

Las Cartas Robadas

TRADUCCIÓN DE
CARLOS GUMPERT

Planeta

Obra editada en colaboración con Espasa Libros, S.L.U. – España

Título original: *Lettere rubate*

Ilustración y diseño de portada: más!gráfica

© 2012, Lorenzo de' Medici
© 2012, Espasa Libros S.L.U. – Barcelona, España
© 2012, Carlos Gumpert Melgosa, de la traducción

Derechos reservados

© 2013, Editorial Planeta Mexicana, S.A. de C.V.
Bajo el sello editorial PLANETA M.R.
Avenida Presidente Masarik núm. 111, 2o. piso
Colonia Chapultepec Morales
C.P. 11570, México, D.F.
www.editorialplaneta.com.mx

Primera edición impresa en España: 2012
ISBN: 978-84-670-0767-1

Primera edición impresa en México: marzo de 2013
ISBN: 978-607-07-1557-0

Impreso en los talleres de Litográfica Ingramex, S.A. de C.V.
Centeno núm. 162-1, colonia Granjas Esmeralda, México, D.F.
Impreso en México – *Printed in Mexico*

1

Viernes 13 de agosto de 2010, 10.00.

Ann Carrington miró desconsolada por la ventana de su habitación de hotel la lluvia que caía sobre el mar. En la lejanía, los nubarrones que ocultaban el horizonte no prometían nada bueno. Era indudable que se pasaría lloviendo todo el día.

«Qué desperdicio —pensó— disponer de una habitación con vistas al mar y no poder disfrutar de un hermoso día de sol». Su habitación le gustaba. Sencilla, sobria, pero acogedora. La llamaban la Habitación Amarilla a causa de las cortinas, de la colcha de la cama y del tapizado del pequeño sofá, todos en el mismo color. Era bastante grande, por más que la cama matrimonial ocupara la mayor parte del espacio.

Nacida en Virginia, Ann Carrington era una hermosa mujer de cuarenta y un años. Tenía un físico envidiable —se mantenía en forma gracias al *footing*, asiduas visitas al gimnasio y una dieta feroz—, era rubia natural, con una media melena que le llegaba hasta el cuello y, dada su altura, nunca dejaba indiferentes a los hombres con los que se cruzaba en su camino.

Divorciada sin hijos, profesora de historia de la Universidad de Brown, en Providence, Rhode Island, en la costa oriental de Estados Unidos, había llegado a Camogli la noche anterior, procedente de Boston, con escalas en París y en Génova, un viaje interminable, con exasperantes esperas en los aeropuertos a causa de la escasez de enlaces.

Era su primera estancia en Europa.

Le hubiera gustado poder quedarse unos días en París, visitar la ciudad y, sobre todo, los archivos del Louvre, donde sabía que se conservaba una abundante documentación acerca del tema que estaba investigando, pero, por desgracia, le era imposible. Solo disponía de unos cuantos días de vacaciones y tenía que aprovecharlos al máximo.

Cuando llegó en tren desde Génova ya se había hecho de noche, y desde la pequeña estación de Camogli fue andando hasta el hotel, siguiendo las instrucciones que le habían dado y arrastrando la maleta, demasiado llena, decididamente, para esos escasos días de vacaciones.

Le habían avisado de que el hotel se hallaba muy cerca de la estación, pero que los taxis no podían llegar hasta allí porque estaba situado en una zona peatonal, a los pies de una escalinata que no había manera de evitar.

Era así, efectivamente, pero, ya fuera por el cansancio del interminable viaje o por el peso de la maleta, los últimos doscientos metros le parecieron eternos, y al final, bajar los treinta y nueve escalones que llevaban a la entrada del hotel se le antojaba una empresa infranqueable en apariencia.

Y, sin embargo, lo consiguió.

En cuanto estuvo en su habitación, se desnudó, abrió la maleta, sacó el neceser para desmaquillarse rápidamente, se lavó los dientes y se dejó caer en la cama, exhausta. Las almohadas eran decididamente demasiado grandes y demasiado blandas, pero lo cierto es que no tardó ni un minuto en quedarse profundamente dormida.

La despertó el sonido de la alarma, que había puesto a las nueve de la mañana. Había dormido de un tirón.

Al abrir las cortinas, descubrió asombrada que sus ventanas daban directamente al mar, con unas vistas que quitaban el aliento y que abarcaban un trozo del pueblo, formado por casas multicolores a su derecha, y un monte cubierto de una tupida vegetación, a su izquierda. Aunque la distancia podía engañarla, le parecían pinos.

Tener una habitación con vistas semejantes resultó una agradable sorpresa. Tal vez no fuera un error del todo el haber acabado en aquel lugar desconocido.

Antes de meterse en la ducha, preparó sobre la cama la ropa que iba a ponerse. La blusa de lino blanco que tenía en la cabeza estaba demasiado arrugada y no le quedaba tiempo para pedir que se la plancharan, suponiendo que el hotel ofreciera tal servicio. Y eso que la había doblado con mucho cuidado y guardado en una bolsa de plástico. Una lástima.

Escogió, como alternativa, un blusón blanco de algodón, sin mangas. El tiempo no era de lo más indicado para una prenda sin mangas, pero siempre podía taparse los hombros con un jersey ligero, si tenía frío.

Solo se había traído un par de faldas. Prefería los pantalones, pues sus piernas no le gustaban mucho. Escogió un par gris.

Miró la hora. Tenía que darse prisa.

Eran las diez en punto de la mañana cuando estuvo lista para bajar al vestíbulo del hotel.

Tenía una cita a esa hora abajo en la recepción. Esperaba la visita del profesor Gianni Scopetta, de la Universidad de Florencia, un investigador como ella, con su misma pasión por la historia. Había sido él quien la convenció para que se reunieran en Camogli.

Antes de salir de la habitación, comprobó una vez más el maquillaje en el espejo del baño. Se sentía aún cansada a causa del viaje pero, aparentemente, a juzgar por la imagen que reflejaba, nadie lo notaría.

Salió y, dado que el ascensor tardaba, bajó por las escaleras.

No conocía personalmente al profesor Scopetta. Había entrado en contacto con él a través de internet para intercambiar información acerca de ciertos documentos históricos y el profesor era su contacto. A medida que fueron conociéndose mejor —el cruce de mensajes duraba ya casi un año—, el profesor se había permitido hacerle algunas confidencias, al margen del asunto de su correspondencia habitual. La dejó muy intrigada afirmando que poseía ciertos papeles sobre la reina María de Médicis, que hasta entonces no habían salido a la luz.

Que pudieran existir documentos de esa clase ya lo sospechaba. Los había a quintales en los subterráneos del Archivo Estatal de Florencia, por no hablar de los que se amontonaban en los archivos del Louvre, en París. Pero lo que despertó realmente su curiosidad fue el hecho de que Scopetta insinuara que había descubierto algo muy particular, una correspondencia oculta de la reina que revelaba uno de los secretos mejor guardados de María de Médicis, y eso era algo que le interesaba mucho, porque estaba escribiendo precisamente una biografía sobre dicha reina, y la aportación de nuevos documentos resultaría muy importante, sin duda.

En el vestíbulo del hotel no había nadie esperándola.

Para esperar la llegada del profesor, escogió un sofá situado en una posición estratégica, desde el que podía vigilar quién entraba y salía del hotel. Cuando llegara, lo vería enseguida.

El vestíbulo no era muy grande y se abría a un salón de dimensiones reducidas, con un par de sofás tapizados en azul y algunos sillones a juego. A sus espaldas, un amplio ventanal ofrecía las mismas vistas de las que disfrutaba desde su habitación. A la derecha estaba el bar, con una barra que daba directamente al salón.

Era un hotel bastante pequeño.

Aunque no conocía al profesor Scopetta, y ni siquiera había visto nunca una foto suya, se lo imaginaba bastante anciano, con el pelo blanco. Una pura intuición, porque el tema de la edad era un asunto que nunca habían tocado. En el curso de toda su correspondencia, nunca habían entrado en consideraciones de tipo personal.

La chica que estaba detrás del mostrador de la recepción, una morena de aspecto descuidado, sin atractivos dignos de relieve, con un pelo largo y liso que le tapaba parte de las mejillas mientras dejaba que asomaran de forma curiosa las puntas de las orejas, le dijo, cuando fue a dejar la llave, que no se preocupara por la lluvia: no era más que una nube pasajera y no tardaría en salir el sol.

No sabía si se lo había dicho para conjurar una inminente marcha, o si el tiempo era verdaderamente caprichoso en aquel lugar. Con todo, solo pensaba quedarse un par de días, tres como mucho.

Entró un grupo de turistas. Parecían algo sobreexcitados todos, puesto que hablaban entre ellos gesticulando mucho y levantando la voz.

Ann Carrington no lograba entender lo que decían, —«deben de ser escandinavos» pensó, aunque era realidad, eran lituanos—, pero cuando uno de ellos se dirigió a la recepcionista en inglés, Ann captó un fragmento de la conversación.

Por lo que pudo entender, un hombre acababa de ser asesinado en la calle, prácticamente ante sus propios ojos.

Cuando los turistas se alejaron, se acercó al mostrador.

—Disculpe, señorita —preguntó, ligeramente preocupada—, pero me parece haber oído decir a esos turistas que alguien ha sido asesinado delante de ellos. ¿No será verdad?

La chica levantó la vista y se la quedó mirando con una expresión que parecía querer decir claramente «pero ¿por qué se mete esta en lo que no le importa?».

—No exactamente, señora. Por lo que ese señor me ha dicho, parece ser que han matado a alguien en la calle esta mañana, pero ellos no han visto nada. Solo a la policía que tenía cortada la calle.

—¿No serán cosas que ocurran a menudo? —preguntó Ann, quien se había dado perfecta cuenta de que la chica no tenía la menor intención de seguir hablando con ella de la crónica negra del día. No era bueno para el turismo.

—Nunca ha ocurrido nada parecido. Quizá estos señores no lo hayan entendido bien y se trata solo de un anciano que ha muerto de infarto.

A Ann le pareció una respuesta sensata y, más tranquila, volvió a sentarse en el sofá.

Eran las diez y veinte y el profesor aún no había aparecido.

2

Los dos jóvenes estaban esperando en el callejón. Uno, el más alto, le sacaba una cabeza a su compañero y fumaba nerviosamente un cigarrillo tras otro. Tenía una edad indefinida, entre los veinticinco y los treinta años, y parecía el menos astuto de los dos. El otro, el más bajo, más o menos de la misma edad, era un auténtico manojo de nervios, y no paraba quieto un solo instante, apoyándose sucesivamente sobre una pierna u otra, como si estuviera a punto de echar a correr. Tenía la mirada clavada en la puerta del banco, sin perderla nunca de vista, ni siquiera cuando se encendía otro cigarrillo. Caía una molesta y persistente llovizna que humedecía sus cigarrillos, pero él no le prestaba atención. Se subió la capucha de su anorak para protegerse del agua. El hombre al que estaban siguiendo desde que salió de casa había entrado en el banco y estaban esperando a que saliera.

Tenían un encargo, un trabajillo fácil. Debían seguir a aquel hombre y, en el momento oportuno, arrancarle el portafolios de cuero oscuro que llevaba debajo del brazo, y huir con él. El portafolios debían entregárselo después al tipo ese tan extraño que les había hecho el encargo, a cambio de un par de centenares de euros por cabeza. Se veía que era un sujeto miedoso, inseguro y bastante tímido. No parecía la clase de persona que encarga habitualmente trabajillos de ese estilo.

A esas horas de la mañana —acababan de dar las nueve— no había aún mucha gente por la calle. Afortunadamente, pues así nadie se interpondría para dificultar su huida.

El hombre salió por fin del banco. Seguía llevando el portafolios debajo del brazo como antes.

Debía rondar los sesenta años, bajo de estatura, con un ligero sobrepeso y una tupida cabellera blanca. Si conseguían pillarlo por sorpresa, no tendría tiempo para reaccionar ni para oponer resistencia.

El hombre saludó a alguien por la calle, y prosiguió después su camino. Venía hacia ellos.

Era lo que estaba previsto.

Sabían que se encaminaba hacia el hotel Casmona, donde iba a reunirse con alguien, y tenía que pasar a la fuerza por ahí.

Se ocultaron en el portal de un edificio, cuya puerta había quedado entreabierta.

Bastaba con esperar a que llegara, arrancarle el portafolios y huir en dirección contraria.

Al cabo de unos cuantos minutos, lo vieron pasar por delante de ellos. Caminaba a paso lento. El portafolios le asomaba por debajo del brazo.

Salieron rápidamente del portal y el más bajito alargó la mano para coger el portafolios a espaldas del hombre, pero no lo consiguió, porque este, por instinto, se dio la vuelta y se vieron cara a cara.

—¿Qué pretendéis, desgraciados? —gritó el hombre, percatándose de que se disponían a robarle.

Su voz podía oírse en todo el callejón.

El más alto intentó de nuevo hacerse con el portafolios, tirando con una mano de él, pero el hombre lo tenía bien sujeto bajo el brazo derecho y lo protegía con la mano izquierda.

Se puso a gritar.

—¡Al ladrón! ¡Me están robando!

Ambos jóvenes se abalanzaron sobre él. Uno le dio un puñetazo, mientras el otro tiraba con fuerza del portafolios, pero el hombre no lo soltaba y seguía teniéndolo bien sujeto debajo del brazo.

Gritó con más fuerza aún:

—¡Socorro! ¡Al ladrón!

El más alto intentó taparle la boca con una mano, pero tuvo que apartarla rápidamente porque el hombre intentó mordérsela. Demostraba una agilidad sorprendente para sus años.

Consiguió soltarse y echar a correr por el callejón. Le faltaban escasos metros para llegar a la calle principal, que empezaba a llenarse de gente.

Los otros dos corrieron tras él. Lo alcanzaron sin demasiada dificultad. Uno lo sujetó por los hombros e intentó tirarlo al suelo, pero era demasiado corpulento y no lo consiguió, de manera que tuvieron que agarrarlo entre los dos para poder detenerlo.

Sin embargo, seguía defendiéndose con una fuerza insospechada, sin soltar en ningún momento el portafolios. Y gritaba como un desesperado.

Llegados a ese punto, el más bajo de los dos —el más alto había perdido el equilibrio al resbalar sobre el asfalto húmedo y se apoyaba con una rodilla en el suelo—, viendo que la gente empezaba a asomarse al callejón atraída por los gritos del hombre, perdió el control, sacó una navaja, desplegó la hoja y, con rabia, la clavó repetidamente en el abdomen del hombre.

El hombre se dejó caer sobre sus rodillas, con una expresión de dolor y de sorpresa, emitiendo un sonido ronco, y el joven aprovechó para asestarle una última cuchillada en el cuello. Dejó de moverse.

—Pero ¿qué has hecho? —gritó asustado el más alto, estupefacto ante la violenta reacción de su colega—. Si solo teníamos que robarle el portafolios. No matarlo. Ahora nos caerá encima la perpetua.

—Cállate, imbécil —le dijo el otro, fuera de sí, mientras doblaba la navaja ensangrentada y se la metía en el bolsillo—. Coge el portafolios y larguémonos de aquí, antes de que se monte un infierno.

Por el fondo del callejón empezaron a acercarse algunos curiosos. Los dos huyeron a la carrera en dirección contraria.

Una vieja que se había asomado a una ventana, alarmada por los gritos, les chilló: «¡Eh, desgraciados!», pero ellos no le hicieron el menor caso. Estaban demasiado ocupados corriendo.

En un viejo Fiat Bravo de color blanco, aparcado en segunda fila al principio de Via Cuneo, delante de la oficina de correos, les estaba esperando Enrico Forlani. Era él quien les había encargado sustraer el portafolios.

Se había quedado sentado en el coche, con los nervios a flor de piel, temeroso de que algo saliera mal, observando continuamente lo que ocurría a su alrededor. De vez en cuando ponía en marcha el limpiaparabrisas para eliminar las gotas de agua que se acumulaban en el cristal. Los vio llegar por el retrovisor, corriendo cuesta arriba, con el portafolios en la mano. No se movió, pero por prudencia, encendió el motor.

Ya tenía preparados los otros doscientos euros que debía darles. Cien por anticipado y cien a la entrega para cada uno. No era mucho, en realidad.

Robar un portafolios no era gran cosa, pero no podía dejar de sentirse nervioso. Era la primera vez que hacía algo parecido y no es que conociera mucho a esos dos. Dos malandrines con los que se había tropezado. Al verlos, comprendió enseguida que eran delincuentes de poca monta, dispuestos a cualquier cosa por un puñado de monedas.

El trabajillo, en el fondo, no era muy complicado.

En cuanto vieron el viejo Fiat Bravo, los dos frenaron su carrera.

Forlani bajó la ventanilla. Era un hombre de mediana edad, bastante alto, de una delgadez extrema y con la cabeza afeitada, lo que le daba cierto aire de ave de mal agüero.

Enrico Forlani era muy tímido, una característica que entraba en conflicto con su desmesurada ambición.

Tenía en la cabeza ambiciosos proyectos para su futuro que, por desgracia, siempre se frustraban a causa de su timidez, por más que, en ciertas ocasiones, se sorprendiera a sí mismo ante su propia audacia.

La de hoy era una de esas ocasiones.

Al entrar en contacto con esos dos delincuentes había corrido cierto riesgo. Sin embargo, cuando habló con ellos, se dijo para darse valor: «Ahora o nunca».

Confiaba en no tener que arrepentirse.

Cogió inmediatamente con la mano el portafolios que le tendía el más alto a través de la ventanilla para verificar su contenido.

—Danos el resto del dinero —le dijo nervioso el más bajo.

Enrico Forlani lo miró sorprendido. Parecía nervioso y tenso. Aquel tipo no le gustaba en absoluto. El otro era más tranquilo. Les dio el dinero que ya tenía preparado. El otro lo cogió —casi se lo arrancó de la mano— y echó a correr, seguido por su cómplice.

Forlani se quedó estupefacto. ¿Por qué huían tan deprisa esos dos imbéciles, sin decir media palabra? ¿Habrían visto algo o a alguien?

Miró a su alrededor, algo asustado. Escudriñó la calle XX Settembre por donde habían aparecido, pero no vio nada sospechoso. No había nadie que corriera en esa dirección ni había el menor rastro de carabineros o de policías.

¿Qué mosca les había picado a aquellos dos para largarse de esa manera?

¿Es que estas cosas se hacían así generalmente? Lo cierto es que él no tenía mucha práctica.

Verificó de nuevo el interior del portafolios, para asegurarse de que lo había mirado bien. Ahí estaban los documentos. Eran solo fotocopias, pero eso no importaba. Era más que suficiente para que pudiera descifrarlos.

¿Qué más le daba si esos dos se habían marchado sin despedirse de él? Tenía en sus manos el portafolios. Eso era lo que quería.

Metió la marcha y se alejó de allí. Lo mejor era dejarse ver lo menos posible por aquellos parajes.

Por el camino, no pudo evitar pensar de nuevo en aquellos dos. ¿Huir así, sin decir ni palabra? Le parecía un poco extraño.

Ahora tenía que llevar el portafolios a sus amigos. Habían sido ellos quienes lo habían convencido para embarcarse en esa aventura. Había bastante dinero en juego y con la parte que le correspondía podría realizar sus sueños. O por lo menos eso era lo que le habían dicho.

Había sido él el instigador de todo el asunto, tras saber de la existencia de los documentos por casualidad.

Un colega suyo, el profesor Scopetta, catedrático de Historia igual que él en la Universidad de Florencia, le confesó, una noche, algo achispado, que había descubierto en el Archivo Estatal un cartapacio que contenía documentos de enorme valor.

Forlani quedó intrigado. No tuvo demasiadas dificultades en conseguir que se fuera de la lengua, puesto que Scopetta había empinado bastante el codo y estaban en vena de confidencias.

Comprendió que, si lo que afirmaba Scopetta era cierto, podría tratarse de la oportunidad de su vida. No podía dejarla escapar.

En la intimidad de su casa, lo había discutido con dos amigos suyos, y juntos habían decidido verificar toda la historia. Si esos documentos valían realmente tanto, podrían ganar una pequeña fortuna sin excesivo esfuerzo.

Su papel era sencillo: solo tenía que apoderarse de los documentos, transcribirlos con claridad y entregárselo a los otros, que se encargarían de todo lo demás.

A fin de cuentas, un trabajo fácil, sin excesivos riesgos para él.

3

A las diez y media, el profesor Scopetta no había aparecido aún. No faltaba gente que entraba y salía del hotel, desde luego, pero nadie que se pareciera vagamente al profesor.

Impaciente, Ann se levantó del sofá para acercarse otra vez al mostrador de la recepción.

—¿Ha llamado alguien preguntando por mí o me han dejado algún mensaje? —preguntó a la chica.

La empleada miró distraídamente el casillero correspondiente a su número de habitación, pero estaba vacío.

—No, señora, no hay ningún mensaje para usted.

—De acuerdo, gracias —dijo Ann, y volvió a sentarse en el mismo sitio del sofá.

Para pasar el tiempo, hojeaba distraídamente unas revistas que había encontrado en la mesa auxiliar del sofá, pero no le servían de mucho. Estaban en italiano y no entendía ni media palabra. Además de su lengua materna, se las apañaba más o menos en francés, lo suficiente para entender los documentos redactados en ese idioma, y era capaz de descifrar textos en latín, pero no sabía nada de italiano.

Estaba empezando a ponerse nerviosa. El tiempo pasaba y el tal Scopetta no daba señales de vida. Es imposible que se haya olvidado de la cita, pensó ella, por más que empezaran a surgirle ciertas dudas.

De haber tenido su número de móvil, le habría llamado, pero, estúpidamente, no se le ocurrió pedírselo.

Al cabo de otro cuarto de hora de espera, se levantó de nuevo para acercarse a la recepción.

Le pidió a la chica que buscara en el listín telefónico de Camogli si el profesor Gianni Scopetta tenía teléfono fijo.

La chica no tardó ni un par de minutos en encontrarlo. Se lo escribió en un papel que dejó delante de ella sobre el mostrador.

Viéndola perpleja, le preguntó si quería que llamara ella en su lugar, ante la posibilidad de que respondiera alguien en italiano que no hablara inglés.

—Por el momento, no, gracias. Voy a ir a dar un paseo. Si entre tanto se presentara el profesor Scopetta, dígale que me espere. Al fin y al cabo, llevo casi una hora esperándole.

—De acuerdo, señora.

Salió del hotel y bajó por la escalinata que llevaba hacia el paseo marítimo.

No sabía qué pensar. Scopetta le había parecido una persona correcta y educada. Tal vez le hubiera surgido un contratiempo en el último momento, algo urgente, y no había podido ponerse en contacto con ella.

Estaba preocupada, pero también algo molesta. ¿Y si al final hubiera ido hasta allí para nada? Sería el colmo. No quería ni pensarlo.

El tiempo había cambiado. Como para confirmar la predicción de la recepcionista, había dejado definitivamente de llover y lucía un sol maravilloso que iluminaba con una luz particular los edificios que daban al paseo marítimo.

Eran sorprendentemente altos, todos decorados y pintados en distintos colores, del amarillo al ocre, pasando por el rojo oscuro e incluso el rosa en algunos casos, pero todos, rigurosamente, con las ventanas orladas de un color distinto, para resaltar su forma. Se percató además, observándolas más de cerca, de que algunas ventanas eran falsas. Solo estaban pintadas. Le pareció divertido. También los bajorrelieves eran falsos. Todos estaban pintados.

En el paseo había numerosos restaurantes, con sus terrazas y sus mesas de aluminio que reflejaban la intensa luz del sol como si fueran espejos. A causa de la hora, estaban casi todas desiertas, excepto algunas, ocupadas ya por gente que tomaba el aperitivo.

Frente al paseo estaba la playa, que no era de arena, sino de piedras grises, y que se extendía hasta debajo de los muros de la iglesia del pueblo. Esta había sido construida a pico sobre el mar y no era difícil imaginarse, dado el estado de la pintura, que cuando había marejada las olas acababan golpeando contra sus muros.

Se dirigió hacia allí. Pasó por debajo de un pórtico al costado de la iglesia y se encontró en una plazuela que daba a un pequeño puerto, con barcas de pescadores atracadas unas junto a las otras, muy apiñadas, de manera que para llegar hasta la última, había que pasar por encima de todas las demás.

Al final del puerto, en la zona más amplia, había también un par de barcos más grandes. Uno estaba maniobrando para salir del puerto marcha atrás, repleto de turistas.

Al pasar por delante del escaparate de una tienda, vio reflejada la silueta de su cuerpo. «No está nada mal —pensó— para una mujer de mi edad».

Se había olvidado momentáneamente del profesor, distraída por el descubrimiento del pueblo. Era muy distinto a todo lo que había conocido hasta entonces. Nunca se hubiera imaginado que existiera un sitio semejante. Realmente encantador.

Se sentó a la mesa de una exigua terracita, situada en el mismo puerto. Un cordoncillo colgado entre una estaca de metal y otra delimitaba su perímetro, y Ann pensó que más de uno debía de haberse caído en las aguas, de dudoso color, de aquel puertecillo. Notaba en el aire una mezcla de olores a gasóleo, a mar y a pescado que, lejos de molestarle, le daba la sensación de estar de vacaciones. Le pidió un capuchino al camarero que se había acercado a tomarle nota.

La invadió una sensación de paz y de tranquilidad que la sosegó mucho. Este lugar era ideal si alguien tenía necesidad de relajarse.

Sus pensamientos volvieron al profesor Scopetta.

Era muy extraño que no se hubiera presentado puntual a la cita. ¿Y si se hubiera equivocado de día? Parecía increíble, de acuerdo, pero era una posibilidad que no podía descartar. No conseguía imaginar otra explicación para justificar su retraso.

El capuchino no estaba nada bueno. Lo hacían mucho mejor en ese bar italiano de Providence en el que entraba de vez en cuando por la mañana, antes de ir a la universidad.

No se lo acabó, pagó y se encaminó por un callejón estrecho y oscuro hacia lo que parecía ser el corazón de la localidad. Las calles eran angostas y sombrías, a causa de la altura de los edificios que impedían al sol llegar hasta abajo. Callejeó un buen rato, casi una hora, antes de percatarse de que se había hecho tarde y de que debía regresar al hotel, donde confiaba en que el profesor estuviera esperándola.

En el hotel no había nadie. El profesor no había aparecido ni había llamado. Preguntó a la chica de la recepción si no le importaba hacer esa llamada en su lugar al teléfono de su casa.

En casa del profesor Scopetta no contestaba nadie.

Ann empezaba a estar seriamente preocupada. Confiaba en haber encontrado al menos a su mujer, en ausencia de su marido. Evidentemente, la señora no estaba en casa. Miró el reloj. Era la una. Tal vez la señora Scoppeta había salido a hacer la compra y no había vuelto aún.

Le pidió a la recepcionista que lo intentara por favor un poco más tarde. Entre tanto, ella esperaría en su habitación.

Se sentía un poco cansada. Sabía que no podía ser a causa del breve paseo —estaba acostumbrada a correr todas las mañanas durante tres cuartos de hora por lo menos, antes de ir a la universidad—, sino que el cansancio era un efecto del desfase horario. Se tumbó en la cama, vestida, «un instante solo», pensó, y no tardó en quedarse profundamente dormida.

Oyó a lo lejos un timbre desconocido e insistente. Tardó un rato en comprender que se trataba del teléfono. El sonido le resultaba poco familiar, distinto al de Estados Unidos.

Se sentó en la cama, procuró espabilarse un poco antes de levantar el auricular y por fin contestó.

—*Hello?*

—¿La señora Carrington?

Reconoció la voz de la recepcionista.

—Sí...

—Hay aquí un señor que pregunta por usted, señora. La está esperando en la recepción.

—Gracias, ahora mismo bajo —contestó Ann, antes de colgar.

«Ya era hora de que llegara el tal Scopetta», se dijo a sí misma en voz alta. Miró el reloj. Eran las dos. Había dormido casi una hora.

«Veamos qué explicación me da por este retraso de cuatro horas», siguió diciendo en voz alta. «Si me dice que lo ha hecho para dejarme descansar, me va a oír».

Antes de salir de la habitación, verificó su aspecto en el espejo otra vez. Estaba despeinada y el maquillaje necesitaba un retoque. Se arregló rápidamente antes de bajar.

Los pantalones estaban algo arrugados a causa de la siesta, pero no le daba tiempo a cambiarse.

En el vestíbulo del hotel no había nadie que pudiera parecerse al profesor Scopetta.

Solo vio un a hombre de unos treinta años, de pelo oscuro y muy bronceado, que estaba conversando con la recepcionista. De buena presencia. «El típico *macho* italiano», pensó. No era muy alto, quizá un par de centímetros más bajo que ella, pero le pareció atractivo. Sin duda, era un hombre guapo. Llevaba un traje azul con camisa blanca y el cuello desabrochado.

Evidentemente, no podía tratarse del profesor Scopetta.

Recorrió el salón con la mirada, pero no había nadie más.

La chica de la recepción hizo un gesto con la cabeza al hombre cuando vio aparecer a Ann, y este se dio la vuelta y fue a su encuentro.

—¿La señora Carrington? —le preguntó en inglés.

Ann se quedó de una pieza. No, no podía ser el profesor Scopetta. Demasiado joven y demasiado guapo. ¿Lo habría enviado tal vez él porque no podía venir?

Mientras se acercaba con la mano tendida y una sonrisa encantadora en los labios, Ann no pudo evitar la reflexión de que los italianos eran realmente guapos.

—Sí, soy yo. ¿Viene usted de parte del profesor Scopetta?

—No, señora. Soy el inspector Pegoraro, Antonio Pegoraro, de la policía estatal —dijo en un perfecto inglés, enseñándole su identificación.

—¿La policía? —repitió Ann, frunciendo las cejas—. ¿Qué es lo que ocurre?

—Quisiera hablar con usted del profesor Scopetta, si dispone de un momento. ¿Podemos sentarnos en un lugar tranquilo?

Ann le señaló con la mano la terraza al aire libre a un lado del salón, con vistas al mar.

—Ahí estaremos tranquilos. No hay nadie en este momento.

—Perfecto —contestó el inspector, invitándola a pasar delante.

Se sentaron a una mesa y Ann se ajustó la raya de los pantalones antes de cruzar las piernas. Había hecho mal en no cambiarse antes de bajar. Se notaba bastante que estaban arrugados.

—Tengo entendido, señora, que debía verse usted esta mañana con el profesor Scopetta —arrancó el inspector.

Ann notó que tenía una voz profunda, sensual.

—Efectivamente —contestó ella—. Pero no se ha presentado, y estoy francamente preocupada. He venido expresamente de Estados Unidos para verlo. Llegué ayer por la noche.

—Sí, eso es lo que me han dicho en la recepción del hotel.

Ann se colocó con un gesto de la mano un mechón rebelde que le caía sobre la frente.

—¿A qué debo... —titubeó un instante en la elección de la palabra— el placer de su visita, inspector? ¿Tiene algo que ver con el profesor?

El inspector había notado el gesto de Ann Carrington al colocarse el mechón. Lo había hecho con cierta elegancia. Tenía unas manos bonitas, largas y ahusadas. Era una pena que usase ese color rojo tan hortera en las uñas.

El inspector no contestó de inmediato. Parecía momentáneamente distraído. Por fin dijo:

—Mucho me temo, señora, que tengo una mala noticia que comunicarle. El profesor Scopetta no podrá acudir a la cita que tenía con usted. Le han asesinado esta mañana, mientras venía hacia aquí.

Si el inspector Pegoraro se esperaba una expresión de sorpresa, pudo darse por satisfecho. Ann Carrington se quedó de piedra, con la boca abierta, como si acabara de recibir un golpe en la cabeza.

—¿Cómo dice? —preguntó sorprendida—. ¿Asesinado?

—Sí, señora. Por eso no ha podido presentarse esta mañana aquí.

—Oh, Dios mío. No me lo puedo creer. ¿No estará usted bromeando?

—Por desgracia, no, señora. No se trata de una broma.

Ann no era capaz de convencerse. ¡El profesor Scopetta asesinado! Se le vino a la cabeza lo que había pensado antes. Que había venido a Italia para nada.

—Eso era entonces lo que habían visto los suecos —comentó en voz baja, más para sí misma que para el inspector.

—¿Cómo dice? —preguntó sorprendido Pegoraro.

—Nada, estaba pensando en voz alta. Esta mañana, un grupo de suecos que se alojan en el hotel le contaron a la recepcionista que habían visto a un muerto en la calle. Según decían, se trataba de un asesinato, pero la chica no los creyó y me dijo que probablemente fuera algún anciano que había sufrido un infarto.

—Ah, de acuerdo. Después hablaré con ella. Tal vez esos suecos hayan visto algo.

Tomó un apunte en una libretita que había sacado del bolsillo interior del su chaqueta, y después volvió a guardársela.

—¿Puedo preguntarle, señora —prosiguió—, cuál era el motivo de esta cita? Debía de ser importante para usted si ha realizado un viaje tan largo para reunirse con el profesor.

Ann se había distraído un momento. Pensaba en ese pobre hombre que acababa de ser asesinado. No podía creer en la mala suerte que tenía.

—¿Se sabe por qué le han asesinado? —preguntó de repente.

—No, aún no. ¿Tendría la amabilidad, señora, de contestar a mi pregunta?

—Disculpe, estaba distraída. No le he oído. ¿Puede repetírmela?

—Le estaba preguntado por el motivo de su encuentro con el profesor. Debía de ser importante para usted si ha realizado un viaje tan largo solo para reunirse con él.

—Teníamos que hablar de un libro de historia que estoy escribiendo. El profesor Scopetta me dijo que había encontrado unos documentos inéditos y quería enseñármelos, porque estaba convencido de que podían ser útiles para mi libro.

—¿Puedo preguntarle de qué trata ese libro?

—Es sobre la vida de María de Médicis, la reina de Francia. Ambos somos estudiosos de esa familia. Yo soy profesora de Historia en la Universidad de Brown y él, como sin duda ya sabrá usted, es profesor de Historia en la Universidad de Florencia. Pero ¿cómo es posible que lo hayan asesinado? Me parece tan increíble...

—Ha ocurrido hace pocas horas. Estamos investigando. Pensamos, sin embargo, que podría tener relación con esos documentos que quería enseñarle. Los llevaba consigo y le han robado el portafolios.

Ann lo miró estupefacta, antes de que se le escapara una sonrisa irónica.

—La verdad, inspector, no lo creo... Esos documentos no pueden ser tan valiosos como para matar a nadie. Me temo que se trata de una pista errada.

—¿Usted los conoce? ¿Los ha visto?

—No. El profesor se mostró bastante misterioso sobre el asunto. No quiso adelantarme ni una sola palabra. Lo único que sé es que se trata de la correspondencia entre la reina de Francia y el pintor Pedro Pablo Rubens, que desvela un secreto desconocido hasta ahora.

—¿Y ha venido usted expresamente desde Estados Unidos para conocer ese secreto?

—Por esa precisa razón, inspector, aunque pueda parecerle extraño. Si esos papeles eran tan importantes como afirmaba Scopetta, y ahora, si me dice que le han asesinado para robárselos, parece que no le faltaba razón, puedo asegurarle que podrían ser de gran valor para mí. Publicar documentos inéditos supone siempre un reclamo para un libro.

—Sin embargo, excluye usted, sin conocer su contenido, que tales documentos puedan tener valor económico.

—Yo diría que es así. Estoy casi segura. Documentos como esos hay millones por ahí. Su único valor reside en lo que está escrito en ellos.

—Con todo, lo que está escrito en estos en concreto usted lo desconoce...

—Se lo repito, inspector. No tengo ni idea, aparte de lo que ya le he dicho. Además, como usted sabrá, los documentos no pueden sustraerse de un archivo. Serán a la fuerza fotocopias, dado que yo iba a llevármelas conmigo a Estados Unidos.

Pegoraro pareció satisfecho con la respuesta.

Esa mujer no debía saber mucho más de lo que le había contado. Todo concordaba. Había llegado la noche anterior directamente de Estados Unidos. Ya lo había verificado. Estaba aún en el hotel cuando Scopetta fue asesinado. Tenía, por lo tanto, una coartada muy sólida. No le disgustaba. Era una mujer atractiva. Con un bonito cuerpo. Cuando la había seguido hacia la terraza no había podido dejar de notar que tampoco su trasero estaba nada mal. Le daba pena que hubiera venido desde tan lejos para nada.

Siguieron hablando del caso media hora más, y después el inspector se despidió.

—Le agradezco su tiempo, señora Carrington. Esto es todo, por el momento. ¿Cuánto tiempo tiene previsto permanecer aquí?

—A decir verdad, no lo sé. Había venido específicamente para ver al profesor. Todo esto me ha dejado desconcertada. No sé qué hacer. Probablemente me vaya a Florencia.

—Tengo que pedirle que no deje la ciudad en los próximos dos días por lo menos. Tendrá que venir a la comisaría para formalizar su declaración.

Pegoraro se levantó para poner fin a la conversación, por más que, en cierto sentido, lo lamentara. Pero ya no había mucho más que añadir, y el interrogatorio había sido una pura formalidad. Esa mujer no sabía nada y podía contribuir más bien poco a aclarar el caso.

La había observado con atención para estudiar sus reacciones mientras le formulaba las preguntas. Su sorpresa había sido sincera cuando le anunció la muerte de Scopetta. La noticia la había conmocionado, de eso no cabía la menor duda.

Era una mujer atractiva, tampoco de eso le cabían dudas. En determinado momento, el sol le había iluminado la cara y, antes de que se apartara para evitarlo, se había fijado en que, bajo esa luz, tenía una piel estupenda. Parecía más joven de su edad.

También Ann había tenido tiempo para observarlo.

Se preguntó qué edad podría tener. Algunos años menos que ella, desde luego, pero tampoco tantos en el fondo. Treinta y seis o treinta y siete, tal vez. Había estado a punto de preguntárselo, pero se contuvo. Era una pregunta demasiado personal. Había visto sus manos. No llevaba anillo. ¿Significaba eso que no estaba casado o sencillamente que no tenía por costumbre exhibirlo?

De los hombres guapos no había que fiarse mucho.

El inspector, en todo caso, se había mostrado galante y atento. Había esperado a que se sentara para sentarse él. Eran detalles que a ella no le pasaban desapercibidos.

Pegoraro le tendió su tarjeta.

—Llámeme si le viene algo a la cabeza. Ahí tiene también la dirección de la comisaria, si quiere pasarse esta tarde para la declaración...

Ann cogió distraídamente la tarjeta, sin leerla siquiera.

—La verdad es que sigo conmocionada, inspector. No consigo hacerme a la idea. ¿El profesor Scopetta asesinado? ¿Para robarle unas fotocopias sin valor? Me parece absurdo. ¿Es algo que ocurre a menudo aquí? ¿Cree usted que la mafia podría estar involucrada?

Pegoraro sonrió levemente. Para los norteamericanos no había más explicación que la mafia.

—No. señora. Aquí en Camogli hace años que no se comete un asesinato. Y por aquí no tenemos mafia. Más bien nos decantamos por la hipótesis de que tal vez se produjera un error y que el profesor no fuera la persona a la que el asesino buscaba, o bien que se produjo un intento de robo para quitarle el portafolios, él se defendió y el otro sacó un cuchillo. Tal vez pensara que el portafolios contenía algo importante. El profesor acababa de pasar por el banco, después de salir de casa. Quizá lo siguieran suponiendo que había retirado dinero, pero no era así. Se había limitado a hacer unas gestiones. Pero eso el asesino no podía saberlo.

—Es increíble —repetía Ann—. ¿Scopetta asesinado? Soy incapaz de hacerme a la idea. Es la primera vez que me pasa algo parecido.

Se despidieron y el inspector Pegoraro se marchó. Ann lo observó mientras se alejaba. Decididamente, era un hombre guapo. No le disgustaba en absoluto.

Volvió a su habitación. No podía seguir con esos pantalones arrugados.

Cuando abrió la puerta, creyó que se había equivocado de cuarto y la cerró inmediatamente. En ese había un desorden increíble.

Verificó otra vez el número al lado de la puerta. No cabía duda, era la suya. Y además, ¿cómo iba a abrir otra habitación con su llave?

Lo intentó de nuevo.

Se quedó en el umbral, con la puerta abierta de par en par, petrificada, intentando reconocer la que era su habitación, pero cabían pocas dudas. Ese era su cuarto.

—*Oh, my God!* —se le escapó, antes de llevarse una mano a la boca.

Todo estaba patas arriba. Reconoció al instante su maleta, tirada en un rincón, con todas sus cosas por el suelo. El colchón estaba fuera de su sitio y la cama, deshecha.

Su maletín había sido completamente vaciado y su contenido yacía esparcido por toda la habitación. Notó de inmediato que le faltaba el ordenador. Lo había dejado sobre el escritorio.

Dio un paso hacia el interior. No había nada que estuviera en su sitio. No es que la hubiera dejado muy ordenada al salir, pero no en ese estado, desde luego. Todo estaba hecho un revoltijo. No había que reflexionar mucho para llegar a una rápida conclusión: habían entrado los ladrones.

Se le vino a la cabeza su pasaporte. Lo buscó entre los papeles esparcidos por el suelo, pero no lo encontró. Los ladrones debían de haber entrado mientras ella estaba con el comisario. ¿Qué estarían buscando? ¿Dinero y joyas? Debieron de quedarse frustrados, porque dinero se había traído poquísimo. Usaba sus tarjetas de crédito para pagar o retirar efectivo de los cajeros. En cuanto a las joyas, solo se había traído lo que llevaba encima. Un par de anillos, su juego de collares, un par de brazaletes y los pendientes. Poca cosa. No le gustaba viajar con demasiadas cosas. «Por suerte», pensó.

Lo que más le fastidiaba era el ordenador. Pero era un drama superable. Antes de empezar el viaje, había tomado la precaución de sacar una copia de todo lo que tenía en los archivos, precisamente para conjurar la eventualidad de que pudieran robárselo. Y eso era lo que había ocurrido.

«Eres una chica de lo más previsora», se dijo a sí misma.

Le entraron ganas de llorar. Que alguien rebuscara entre sus cosas y violara su intimidad hacía que se sintiera vulnerable. Pero se contuvo, dominada por una rabia irrefrenable. Para desahogarse, habría lanzado de buena gana contra la pared la lamparita de porcelana que tenía a su lado en la mesita donde había dejado su ordenador, pero se dominó.

Salió de la habitación dando un portazo y bajó corriendo a la recepción.

Los del hotel no podían dar crédito a lo que se les contaba. La americana que había llegado la noche anterior les estaba gritando en inglés, completamente histérica, cosas que eran incapaces de entender, señalando repetidas veces con el dedo índice hacia la planta de arriba. Comprendiendo que algo debía de haber ocurrido en su habitación, corrieron arriba para verlo. Se quedaron alucinados, como mínimo, al comprobar el estado en el que había quedado la habitación. Nunca había sucedido nada parecido en ese hotel. Y mucho menos en pleno día. Sí, se habían denunciado algunos pequeños hurtos, pero poca cosa en comparación con el aspecto que ofrecía ahora el cuarto de la americana.

Lo primero que hizo el director, un hombre corpulento que se secaba continuamente el sudor de la frente con un pañuelo que siempre llevaba en la mano, fue comprobar que no se hubieran llevado también el televisor, pero al verlo aún en su sitio, se tranquilizó. El gesto no le pasó desapercibido a Ann, que volcó toda su rabia contra él. El hombre dio un paso atrás, asustado por la agresividad verbal de su huésped. Temía que la señora, en un gesto impulsivo, le soltara un buen par de bofetones. Estaba realmente fuera de sí.

Ann estaba doblemente furibunda. ¿Cómo era capaz ese estúpido gordinflón de preocuparse solo por su maldito televisor cuando a una cliente la habían desvalijado en su hotel? Le parecía el colmo.

—Se lo aseguro, señora, aquí no había sucedido nunca nada parecido.

Se notaba que no sabía qué decir y que había soltado la primera frase que se le había venido a la cabeza.

—Haré que le preparen inmediatamente otra habitación —prosiguió de forma precipitada, antes de que la señora lo embistiera nuevamente con otro chorro de palabras—. No debe preocuparse por nada, señora. La ama de llaves se encargará de llevar sus cosas.

Después, tras una ligera pausa, se acordó de precisarle:

—En todo caso, señora, y sé que no es un consuelo, estamos asegurados contra esta clase de eventualidades. Nos encargaremos de resarcirla lo antes posible.

Mientras volvía a su habitación acompañada por el director tras su rapapolvo en el vestíbulo del hotel, Ann le había pedido a la asustadísima recepcionista que llamara al inspector Pegoraro. Este había recorrido ya la mitad de su camino, pero volvió atrás inmediatamente. Él también quedó perplejo a la vista de los hechos.

—¡Qué cosa más extraña! —dijo—. Además del ordenador y del pasaporte, ¿llevaba consigo documentos importantes?

—No, en realidad, no —contestó Ann, aún conmocionada y preocupada por su pasaporte—. Solo el borrador de mi libro. Pero estaba en mi ordenador.

Pegoraro se acariciaba la barbilla con la mano, pensativo.

—¿Está pensando lo mismo que estoy pensando yo? —le interrumpió Ann, que veía alejarse cada vez más de su mente la posibilidad del robo ocasional.

—¿Que hay alguna relación con el asesinato de Scopetta?

—Sí.

—¡Podría ser, señora! Todo esto me lleva a pensar que quien haya robado los documentos debía de saber que el profesor iba a reunirse aquí con usted y, tal vez, al no haber encontrado en el portafolios lo que estaba buscando, ha pensado que los documentos podría tenerlos ya usted.

—Pero ¿cómo podía tener yo los documentos si ni siquiera llegué a conocer al profesor? —dijo, indignada.

—Eso lo sabemos usted y yo, señora Carrington. Los ladrones, probablemente no. De no ser así, ¿por qué iban a venir hasta aquí a buscarlos?

—¿Y si, por el contrario, una cosa no tuviera nada que ver con la otra?

—Ya veremos qué sacan a la luz nuestras indagaciones. Pero es una posibilidad que no podemos descartar a priori.

Se volvió hacia el director, que se había quedado de piedra, mudo, junto a la puerta, mirando a su alrededor con aire desolado, lo que confirmó a Ann su primera impresión: era un perfecto inútil. Parecía no saber bien qué hacer, y seguía allí, con las piernas abiertas y el pañuelo entre las manos, observando la escena como si se tratara de un lugar extraño que nunca antes había visto.

—¿Tienen alguna cámara que vigile la entrada y la salida de los clientes del hotel? —preguntó el inspector.

—No, por desgracia. Pero voy a mandar que la instalen ahora mismo. Es inaceptable que sucedan cosas como esta en pleno día.

—Ahora ya no me sirve de nada —masculló entre dientes el inspector.

Estaba convencido de que no podía tratarse de una coincidencia el que la habitación de la señora Carrington hubiese sido desvalijada el mismo día en el que habían asesinado al profesor con quien precisamente debía reunirse. Había una alta probabilidad de que fuera obra de alguien que conocía la relación entre ambos y que buscaba algo en concreto. No eran simples ladrones, por mucho que hubieran intentado hacerse pasar por tales. Por eso se habían llevado el ordenador, al no hallar los documentos, confiando en la posibilidad de que, en alguno de los archivos, se escondiera lo que estaban buscando. El robo del pasaporte era solo una forma de distraer la atención y de crear confusión. Querían hacerse pasar por simples ladrones.

El inspector Pegoraro estaba convencido de que, si su teoría era correcta, entre las papeleras cercanas al hotel encontrarían probablemente el pasaporte de la americana. A los ladrones no les servía de nada.

Le daba rabia que el robo se hubiera producido justo mientras él se hallaba en el hotel. ¿Le habrían seguido a él o la estarían vigilando a ella?

En la habitación no había mucho que Ann pudiera hacer. Al contrario, le daba rabia ver todas sus cosas en semejante estado. Prefería que fuera la gobernanta la que se encargara de trasladarlo todo a otra habitación. Le insistió al director para que fuera una con las mismas vistas.

—No sé si será posible, señora Carrington. Estamos al tope. Haré todo lo posible por contentarla —dijo con tono de disculpa.

Ann le lanzó una mirada furibunda que no le pasó desapercibida al comisario.

Ambos bajaron al bar del hotel, dejando al director el cometido de proceder al cambio de habitación.

—Tiene usted aterrorizado a ese pobre hombre —dijo el inspector—. He visto la mirada que le ha lanzado. Como para quedarse helado.

Estaba haciendo un esfuerzo para arrancarle una sonrisa.

—Ese tipo es un incompetente total —dijo ella, furiosa aún.

En realidad Ann no estaba pensando en el director gordinflón, sino en su pasaporte. Le hizo partícipe de sus preocupaciones. Pegoraro procuró tranquilizarla.

—Yo no me preocuparía mucho por eso. Tal vez lo encontremos en alguna papelera de los alrededores y, en todo caso, aunque no fuera así, ya la ayudaríamos nosotros con su consulado. Créame, no le supondrá más que un engorro burocrático. Nada de dramas.

A Ann se le escapó una tímida sonrisa.

Se sentaron en la barra del bar. Antonio Pegoraro pidió una cerveza, mientras ella lo sorprendió ordenando vodka con hielo.

—¿Está usted segura, señora Carrington, de no tener alguna sugerencia sobre lo que están buscando? —insistió él, mientras Ann Carrington se tomaba rápidamente su vodka—. Porque un asesinato seguido de un robo a la luz del día en los que están involucradas dos personas que debían reunirse no puede ser un caso fortuito y, no cabe duda, no puede justificarse solo por unos documentos de cuatrocientos años de antigüedad que hablan de la reina de Francia. Debe de haber algo por debajo, algo más importante. Tan importante como para matar a un hombre con tal de obtener lo que se busca. Desde luego, se trata solo de una hipótesis. Estoy intentando entender.

—La verdad, no tengo la menor idea —prosiguió ella—. Lo único que puedo asegurarle es que no hay ningún secreto de estado en mis archivos. Y además, deje de llamarme «señora Carrington». Llámeme Ann —dijo, mirándole fijamente a los ojos.

Antonio Pegoraro pensó que la señora Carrington tenía realmente unos ojos preciosos. De un azul profundo.

Dejó aflorar una media sonrisa.

—De acuerdo, Ann. Pero usted llámeme Antonio —le dijo sonriendo—. Secretos de estado puede que no, pero debe de haber algo en esos documentos que provoque el interés de alguien. ¿Por qué no me cuenta algo más de la historia de su libro?

Estuvieron sentados un buen rato en el bar. Ninguno de los dos parecía darse cuenta de que el tiempo iba pasando.

Antonio se había tomado otra cerveza y observaba con asombro cómo Ann iba engullendo los sucesivos vodkas que pedía, sin pestañear. Decididamente, la señora tenía también un buen estómago.

La historia del libro no tenía mayor interés para él. Una biografía histórica, de las que a él no le gustaban mucho. De hecho, las novelas no eran su fuerte.

No le cabía la menor duda de que la clave de toda la historia se ocultaba detrás de los documentos que el profesor Scopetta quería entregar o enseñar a Ann Carrington, pero dado que Ann no había llegado a verlos, era lógico que desconociera su contenido.

—¿Quién más podría estar al corriente de la existencia de esos documentos? —preguntó Pegoraro en voz alta. En realidad, era una pregunta que se estaba haciendo a sí mismo.

—No tengo ni idea —contestó Ann, que pensó que la pregunta iba dirigida a ella—. Tal vez alguien de su departamento. O quizá alguien del Archivo Estatal donde los haya encontrado... Lo cierto es que yo no conocía al tal Scopetta. Solo he mantenido correspondencia con él a través del correo electrónico. Ahora ni siquiera puedo enseñársela, porque me han robado el ordenador, maldita sea. Pero no creo que pudiera sacar ninguna información útil.

El inspector hizo un gesto afirmativo con la cabeza. Estaba claro que no le había conocido personalmente, pero el mero hecho de haber mantenido correspondencia con él era ya algo. Quizá leyendo esos correos salieran a relucir detalles que no hubiera notado o sin especial relieve para ella.

—En cualquier caso —prosiguió Ann—, tal vez pueda hacer un intento... Si me presta un ordenador, puedo preguntarle al servicio informático de la universidad si pueden recuperar los datos del servidor. Tal vez mis correos sigan aún ahí.

—Me parece una buena idea. Esta tarde volveré a verla y me traeré mi portátil. ¿Le viene bien aquí o tiene otros planes? Me interesaría echar un vistazo a esos correos.

—La verdad es que no tengo nada que hacer. Iré a tomar algo a algún sitio. ¿Tiene usted alguna sugerencia que hacerme de un buen restaurante que no sea para turistas?

—Tengo una sugerencia mejor. La invito yo. ¿Qué me dice?

Ann le miró algo perpleja, antes de contestar, esbozando una sonrisa:

—¿Por qué? ¿Es que me ve como una pobre mujer sin recursos? ¿No le está esperando su mujer en casa para comer?

Esta vez fue él quien sonrió.

—No, Ann, no hay ninguna señora Pegoraro esperándome para comer. Y usted me parece una mujer enérgica que no se deja abatir por un simple robo. De mujer sin recursos no tiene usted absolutamente nada.

Ann se lo tomó como un cumplido.

Rieron juntos.

—Pues entonces, vámonos —dijo ella tomándolo con familiaridad del brazo—. Tengo un hambre que me muero.

4

Julio de 1623. Palacio del Louvre, en París.

La reina madre de Francia, María de Médicis, se despertó de mal humor poco antes de las diez de la mañana.

Se había pasado la noche entre pesadillas, soñando que una mano asesina había derramado veneno en su comida y que moría retorciéndose de dolor, como le había ocurrido a su padre. En otro sueño, había visto en cambio cómo la guardia real entraba en sus aposentos para llevársela de allí a la fuerza, humillándola delante de toda la corte, para enviarla más tarde a un exilio lejano y definitivo.

No era la primera vez. Le sucedía a menudo. Una situación recurrente que ella atribuía a su vida desordenada e inquieta.

En el curso de la noche, entre una pesadilla y otra, se había despertado varias veces y en una ocasión había tenido que llamar a sus criadas para que le cambiaran el camisón, empapado de sudor. Después intentó volver a conciliar el sueño, sin llegar a conseguirlo de verdad, hasta que ya con el alba, mientras dormitaba, le asaltaron otros pensamientos desagradables.

Se sentía deprimida.

Las cosas no es que le fueran particularmente bien últimamente. Parecía que todo aquello que emprendía acababa volviéndose en su contra. No daba una correcta. Estaba sola, tremendamente sola, sin una sola amiga de verdad. Vivía rodeada de centenares de personas, pero de ninguna de ellas podía fiarse.

En una ocasión, se lo mencionó a Galigai, la criada-confidente que se había traído de Florencia, y esta le contestó que padecía la «soledad del poder». «Las reinas no tienen amigas, majestad, solo tienen súbditos», afirmó.

Muy a su pesar, tuvo que reconocer que, por desgracia, esa era la verdad.

Ahora tenía nuevos proyectos.

Sentía siempre la necesidad de estar en continuo movimiento, pues, en caso contrario, se aburría. Además, desde que tuvo que ceder el poder a su hijo, renunciando a la regencia, parecía como si el tiempo no pasara nunca.

Sus proyectos se dividían en dos clases: los oficiales, a la vista de todos, y los demás, los secretos, que solo ella y sus escasos íntimos conocían.

El oficial era la construcción de un nuevo palacio para ella. El palacio de Luxemburgo. Le gustaba, la mantenía tremendamente ocupada, pero le causaba también muchos quebraderos de cabeza.

El otro, el secreto, era en realidad el que más le importaba. Preparar su regreso al poder.

Se había convertido casi en una obsesión.

Tenía sus riesgos, naturalmente, el menor de los cuales era el de fracasar y acabar exiliada en algún castillo de provincias, como ya le había ocurrido con un intento anterior, pero era el único proyecto que la estimulaba realmente.

Había, además, un ulterior problema. Tal vez el que más le preocupaba: alguien estaba intentando chantajearla.

A primera vista, parecía ridículo que alguien intentara chantajear a la reina madre de Francia. Pero era así.

Había recibido numerosas cartas intimidatorias. Alusiones más que amenazas, por el momento, pero no dejaba de ser una situación desagradable, que no le permitía conciliar el sueño por las noches.

Cadáveres en los armarios tenía bastantes. ¿A cuál de ellos se referirían esas alusiones? Aún no se lo habían concretado. Se la amenazaba con la entrega de ciertas cartas al rey. Cartas muy comprometedoras, escritas de su puño y letra. Pedían a cambio una compensación. Aún no le habían especificado de cuánto.

Cartas ella había escrito muchas. ¿A qué cartas se referiría su misterioso interlocutor? Es cierto que a menudo se había mostrado imprudente, a causa de su buena fe y de su carácter impulsivo, pero nunca se hubiera imaginado que alguien osase interceptar la correspondencia de la reina.

Su misterioso interlocutor le había asegurado que poseía bastantes. Se había permitido el lujo de decirle que le entregaría una para refrescarle la memoria. Para María, ese lenguaje era un insulto. Estaba furibunda.

En realidad, no es que hubiera prestado mucha atención al recibir la primera carta. Pensaba que era obra de algún desequilibrado. Amenazar a la reina madre de Francia era absurdo. Bastante gente había acabado en el patíbulo por mucho menos.

Cuando recibió la segunda, se enfadó, en cambio, y pensó en llevársela a su hijo, el rey, para que tomara medidas, pero después se lo pensó mejor. Si alguien poseía cartas con las que pensaba poder chantajear a la reina, tal vez no fuera muy buena idea informar al rey antes de saber de qué se trataba. El remedio podía resultar peor que la enfermedad. Ante la duda, era mejor que su hijo no estuviera al corriente.

No había nada que la irritara más que saberse en una posición de debilidad.

Odiaba tener que someterse a la voluntad de los demás. Aunque fuera la de su hijo, el rey.

El problema era el de siempre: no tenía a nadie con quien sincerarse para contarle lo que le estaba ocurriendo con esas malditas cartas. Ni siquiera podía pedir un simple consejo. No le quedaba más remedio que apañárselas por su cuenta.

Abrió los ojos con gran esfuerzo y echó un vistazo a la péndola dorada de la pared frente a la cama. Señalaba casi las diez de la mañana. Era ya hora de levantarse, en todo caso. Sin duda, sus damas llevarían ya un buen rato en la antecámara, esperando una señal por su parte. Prohibía taxativamente que la despertaran. Era lo peor que podía ocurrirle. Prefería hacerlo a su ritmo.

Hizo sonar la campanilla de oro que tenía al lado de la cama para llamarlas.

Confiaba en que estuviera listo el desayuno. Ocurriera lo que ocurriese, nunca perdía el apetito.

La duquesa de Monfort, una mujer que había superado ya hacía tiempo los sesenta, y que quizá hubiera cumplido ya los setenta —no lo recordaba bien—, era su camarera mayor. Ni simpática ni antipática, al contrario, dotada a veces de cierto sentido del humor que no le disgustaba, abrió la puerta lentamente y entró en la habitación con pasos sigilosos.

La camarera mayor notó de inmediato que la reina tenía la cara hinchada y ojeras más profundas de lo habitual, lo que no presagiaba nada bueno. Cuando la reina se levantaba con mal pie, se sabía ya que iba a estar insoportable durante todo el día, quisquillosa y puntillosa en cada detalle, capaz de más caprichos que una niña. Bien lo sabía ella, que llevaba más de quince años a su servicio.

Sin embargo, en el fondo, María de Médicis tenía un carácter jovial, y bastaba una buena noticia para que cambiara de humor.

—Buenos días, majestad —dijo la duquesa acercándose al lecho real—. Confío en que hayáis pasado una buena noche —preguntó, evitando cruzar su mirada con la de la reina, mientras intentaba colocar los almohadones tras la espalda de la soberana.

—He pasado una noche tremenda, madame de Monfort. No he pegado ojo en toda la noche. ¿No habrá sido a causa de la digestión de ese cabrito de la cena? Me parece que abusé un poco.

—Vuestra majestad cenó bastante tarde, efectivamente —confirmó la duquesa—. Tal vez hubiera sido conveniente dar un paseíto antes de acostarse para facilitar la digestión. ¿Ordeno que le sirvan el desayuno, en cualquier caso?

—Naturalmente, Monfort. ¿Para qué me he despertado si no?

La duquesa salió rápidamente de la habitación para avisar de que podía procederse a servir el desayuno.

Había decidido esperar a que la reina hubiera desayunado antes de anunciarle que su arquitecto, monsieur Solomon de Brosse, la estaba esperando desde hacía un par de horas en el Gabinete de los Espejos. Era el salón donde la reina recibía en audiencia a las personas con las que tenía un trato frecuente. Por desgracia, el arquitecto no traía buenas noticias y la duquesa se imaginaba perfectamente cuál iba a ser la reacción de su majestad.

Cuando le había preguntado a monsieur De Brosse por el motivo de una visita tan mañanera, él le había contestado que, por desgracia, se habían producido ulteriores retrasos en la construcción del palacio y que debía informar de ello inmediatamente a su majestad, tal como ella se lo había ordenado.

Monfort sabía que era una noticia que la pondría furiosa. María de Médicis tenía prisa por inaugurar su nuevo juguete. Odiaba el palacio del Louvre desde el primer día que puso sus pies en él, recién casada con Enrique IV. No comprendía cómo aquella especie de enorme cuartel, inhóspito y lúgubre, podía ser la residencia de los reyes de Francia.

Para distraerse, le había ordenado al arquitecto De Brosse que le construyera un palacio inspirado en su amado Palazzo Pitti de Florencia, donde nació y pasó su infancia, y De Brosse había diseñado con maestría el lujoso palacio de Luxemburgo, atendiendo a los deseos de la soberana. Por desgracia, las obras de construcción avanzaban muy lentamente, y había siempre alguna excusa nueva para acumular retrasos, lo que se traducía por lo general en un aumento de los costes.

La duquesa volvió a la habitación de la reina y le preguntó si deseaba desayunar en la cama o si prefería que le acercaran su mesa.

Sentada en el centro de la cama, con los hombros apoyados contra una cantidad infinita de cojines, bordados cada uno de ellos con el monograma de la reina rematado por la corona real, María de Médicis balbuceó algo que la duquesa no fue capaz de entender, por lo que renunció a descifrarlo. Hacía más de veinte años que había desembarcado en Francia, y todavía hablaba francés con un terrible acento italiano, mezclando desenvueltamente ambos idiomas, lo que a veces volvía difíciles de entender sus razonamientos. Era demasiado perezosa para hacer el esfuerzo de aprender correctamente el francés, el idioma de su nuevo país, y consideraba que, siendo ella la reina, no era necesario. Que hicieran los demás el esfuerzo de comprenderla si no entendían lo que decía.

—¿Vuestra majestad desea levantarse? —repitió meliflua la duquesa, para comprender dónde quería desayunar.

La reina hizo una mueca, visiblemente adormilada aún, y por toda respuesta le tendió su mano para que la ayudase a bajar de la cama.

En aquel momento, las otras damas de honor, que observaban la escena desde la puerta, aguardando su decisión, entraron todas a la vez.

La condesa de Auteuil, tal vez una de las más jóvenes (ni siquiera había cumplido los treinta), se puso de rodillas para calzarle las pantuflas, mientras que la anciana marquesa de Fontenant, de setenta años, le tendía un salto de cama de seda, ayudándola a enfilar su brazo regordete en la manga.

Desde que se quedó viuda, la reina había cambiado prácticamente a todas sus damas de honor. Se había acabado la época en la que su marido le imponía solo jóvenes y atractivas doncellas, que al final resultaban ser casi siempre sus amantes. Prefería rodearse de mujeres ancianas y experimentadas que no buscaran únicamente medrar, saltando alegremente de una cama a otra, en sus intentos por hacerse con un marido, joven o viejo daba igual, con tal de que fuese un buen partido.

María suspiró.

Tanto ceremonial la exasperaba. La etiqueta no era tan rígida en Toscana. Cuando se levantaba, no había nadie que la ayudara a bajar de la cama y las pantuflas se las ponía ella sola. Era verdad que en aquella época todavía no era reina, pero había momentos en los que casi casi la añoraba.

Hizo un gesto a la duquesa de Monfort de que se acercara, para murmurarle algo al oído. No quería que las demás damas la oyeran.

—¿Creéis en los sueños premonitorios, duquesa? —preguntó en voz baja.

La duquesa de Monfort estaba acostumbrada a las excentricidades de su señora, pero esta le pareció particularmente ridícula.

—Depende del sueño, señora —contestó diplomáticamente, en voz baja, esbozando una sonrisa que aspiraba a ser comprensiva.

Insatisfecha con la respuesta, la reina prefirió dejarlo correr. A veces, esa Monfort era un poco extraña. Parecía esforzarse a propósito para no entender.

Se sentó a la mesa, que las otras damas de honor habían preparado en un abrir y cerrar de ojos, y desayunó, para encaminarse después, con lentos pasos, hacia el aposento del guardarropa.

Esta sala era en realidad un enorme salón repleto de espejos y de mesillas, donde las damas de honor vestían, lavaban, peinaban y maquillaban a la reina y que se encontraba justo al lado del dormitorio, en la zona trasera del palacio. El verdadero guardarropa, en cambio, era un largo pasillo dispuesto en paralelo a los aposentos reales donde se guardaban todos los vestidos de la reina en grandes armarios.

Cada vez le costaba más mover el cuerpo. Se daba cuenta de que había engordado terriblemente en los últimos tiempos y, muy a su pesar, había debido aceptar el consejo de la duquesa de Monfort y hacer unos «ligeros» arreglos en todo su guardarropa, de manera que pudiera entrar con más comodidad en sus vestidos y que estos la dejaran respirar. Algunos le estaban tan estrechos que se había sentido mal más de una vez. Se quedaba sin respiración. Sentía cierta vergüenza, pero prefería el remedio de arreglar sus vestidos antes que el de renunciar a la comida. Comer bien era su gran debilidad.

La siguieron en silencio hasta el aposento del guardarropa todas las damas presentes en aquel momento, una decena en total, cada una con su propia función. El protocolo era muy rígido. Quien tenía el privilegio de despertarla no podía ser la misma que la lavara o la vistiera. Una diferente era la encargada de peinarla, otra de atenderla en la comida y otra más de servirle el vino. Detrás de ellas, un enjambre de criados se encargaba de las tareas domésticas.

La duquesa de Monfort, además del cometido de despertarla, tenía también el de presentarle los aderezos de joyas, para que la reina escogiera las que iba a ponerse ese día. Tenía muchísimas, todas ellas de hermosura extraordinaria, y se las cambiaba a menudo en el curso de la jornada, según las circunstancias y los compromisos que debía afrontar.

Mientras la vestían, las damas permanecieron silenciosas. La reina parecía estar de mal humor y preferían no irritarla ulteriormente con sus cháchara. Por lo general, María se divertía mucho escuchando los chismorreos de palacio de labios de sus damas. Era una eficaz manera de estar al corriente de lo que ocurría. Pero cuando estaba de mal humor, era mejor quedarse calladas.

En realidad, la reina estaba pensando.

Había tomado hacía tiempo la decisión de sacrificar algunas de sus amadas joyas para financiar su causa. Su proyecto secreto.

La elección de la joya sacrificada había recaído sobre un aderezo de diamantes, regalo de su marido con ocasión de su boda. Era un aderezo importante, pero que no se ponía mucho, porque le recordaba épocas infelices. Por ese motivo había optado por sacrificarlo. Aunque no se lo vieran puesto, nadie se daría cuenta.

María de Médicis sentía una auténtica pasión por sus joyas, y renunciar a una, aunque fuera por una buena causa, comportaba un gran sacrificio para ella. Por desgracia, no le quedaba más remedio. El maldito palacio de Luxemburgo le estaba costando un ojo de la cara con todos los retrasos que iba acumulando. Absorbía la mayor parte de sus rentas. Si quería financiar otros proyectos, y mucho más si eran secretos, no le quedaba otro remedio que vender discretamente algunas de sus joyas.

Vender joyas, en cualquier caso, resultaba menos arriesgado que mover grandes sumas de dinero, si las hubiera tenido. Y era, sobre todo, más discreto.

María de Médicis era una mujer riquísima. Enrique IV se había casado con ella para sanear las arcas vacías del reino de Francia. La enorme dote que se había traído consigo había cubierto casi todas las deudas del estado. Cuando pidió su mano al gran duque de Toscana, María era la heredera más rica de Europa.

La duquesa de Monfort se acercó a la soberana y le susurró al oído en voz baja:

—El paquete que vuestra majestad estaba esperando de Florencia ya ha llegado.

María de Médicis esbozó una leve sonrisa de satisfacción.

—¿Ha quedado bien?

—Ha quedado perfecto, majestad. Un trabajo excelente. Me costaría distinguirlos.

La reina le dirigió una sonrisa de complicidad. Estaba contenta. Después de todo, el día no empezaba del todo mal. Ahora podía seguir adelante con sus planes.

5

Richelieu se miró al espejo. La barba bien cortada le confería cierta elegancia. El hábito cardenalicio, además, era su orgullo, lo que le aseguraba distinción y le daba un aspecto imponente. Se tocó nuevamente la barba, reflexivo. La reina madre le había mandado llamar. Quién sabe lo que querría de él esta vez. Últimamente, sus relaciones no pasaban por sus mejores momentos. De ser su principal protegido, había pasado a convertirse en el sospechoso número uno. Solo faltaba un paso ulterior para que ella lo incluyera en la lista de los indeseables. Ese siguiente paso resultaría irremediable: se convertiría en el enemigo.

Alguien llamó a la puerta de su despacho, interrumpiendo sus pensamientos.

Entró furtivamente el padre Joseph, su secretario, sin aguardar que lo invitara a pasar.

—Hay noticias de los aposentos reales, eminencia. La condesa de Auteuil acaba de avisarme de que su majestad la reina se ha levantado de mal humor.

—¿Y cuál es el motivo esta vez?

—Ha recibido al arquitecto De Brosse, quien le ha anunciado nuevos retrasos.

Richelieu no pudo reprimir una sonrisa de satisfacción.

—Hay otra noticia que me parece más interesante —prosiguió el padre Joseph, borrando la sonrisa del cardenal.

Este enarcó una ceja, sintiendo curiosidad.

—La condesa nos informa de que la reina ha pedido a la duquesa de Monfort que le traiga varias joyas.

—¿Y qué hay de extraño en ello? Forma parte de sus tareas.

—Sí, desde luego, pero sin embargo, tras haber escogido las que llevará puestas hoy, se ha demorado largo rato con un aderezo de diamantes, como si estuviera indecisa sobre qué hacer.

—Tal vez quiera ponérselo más tarde... No es raro que se cambie de joyas varias veces al día, lo sabéis bien. No hay nada sorprendente en ello.

—Hasta aquí no, eminencia, pero si fuera así, ¿por qué habría de envolver la reina en persona el aderezo en un paño y meterlo ella misma en el cajón de una cómoda de su aposento, en vez de devolvérselo a la duquesa con el resto de las joyas? Eso sí que se sale de lo habitual.

Richelieu reflexionó.

—Tal vez quiera llevarlo a sus joyeros para arreglarlo o cambiar algo. Lo hace a menudo.

—Ciertamente, pero nunca emplea ese procedimiento. Suele dar orden de que se lo lleven a los joyeros. No lo mete ella misma en un cajón con sus propias manos.

—¿Y lo ha hecho a la vista de todo el mundo?

—No, eminencia. Es ese el punto interesante. La reina ha ordenado que salieran todas, y cuando creía estar a solas, fue cuando envolvió las joyas. La condesa de Auteuil, extrañada de que su majestad se hubiera quedado con las joyas en la mano, ha vuelto sobre sus pasos, mientras sus compañeras se alejaban. Y ha sido entonces cuando la ha visto meterlas en el cajón de la cómoda.

—Tiene razón, padre Joseph, es un poco raro. Y hasta diría yo que muy interesante. ¿Quién sabe lo que estará maquinando ahora esa astuta vieja? ¿Nos estará preparando otra de las suyas? Dígale a la condesa que mantenga los ojos bien abiertos. Siento realmente curiosidad por saber dónde acabará ese aderezo de diamantes.

La condesa de Auteuil, la más joven de las damas de compañía de la reina, estaba desde hacía mucho tiempo al servicio del cardenal. Era su informadora personal. A través de ella, el cardenal estaba puntualmente informado de cada movimiento de la reina, de con quién se reunía, y, en la medida de lo posible, también de qué había hablado con sus interlocutores, siempre que la condesa recibiera autorización para permanecer en presencia de la reina cuando esta recibía a sus invitados.

Richelieu estaba informado de todo.

En los últimos tiempos, María de Médicis ya no le hacía confidencias como antes. Se mostraba amable, socarrona como siempre, pero había algo en ella que había cambiado. Se notaba que las cosas no iban bien y él sabía perfectamente que el cambio de actitud se debía a su intento de volver a aproximarse al rey. Por más que fuera su hijo, María de Médicis lo consideraba como un insulto a su persona. Odiaba a su hijo.

Tras quedarse solo, se dio cuenta de que hacía calor. Demasiado para no ser más que las once de la mañana, por mucho que estuvieran en pleno mes de julio. El día prometía ser tórrido. Confiaba en no sudar delante de ella. Detestaba todas las cosas que contribuían a alterar la imagen de distinción y de dignidad que quería transmitir. Y el sudor era una de esas cosas. Resultaría humillante.

Abrió una ventana para ventilar la sala y refrescarse un poco. Fue peor. El viento cálido que entraba no hacía más que agravar el aire pesado y sofocante que reinaba en el despacho. La cerró inmediatamente.

María de Médicis consideraba una debilidad que alguien sudara en su presencia. Si se ponía a sudar delante de ella, se daría cuenta de inmediato y deduciría que estaba nervioso. Dada la tensión de sus relaciones, aprovecharía para burlarse de él. Era una maestra en localizar las debilidades de los demás y se recreaba en ello. Y él, el orgulloso cardenal, no tenía la menor intención de ser el blanco de sus sarcasmos.

Era ya tarde cuando se encaminó hacia los aposentos reales. Apresuró el paso. Si ya estaba de mal humor, como había dicho la condesa de Auteuil, no le perdonaría el retraso.

Los aposentos reales estaban bastante distantes de los suyos. Con el calor que hacía, si seguía caminando a ese ritmo, acabaría sudando, sin lugar a dudas. Para evitarlo, a medida que se acercaba a la meta, aminoró el paso e intentó recomponerse.

La reina lo recibió de pie, en el consabido Gabinete de los Espejos, rodeada de su corte. Llevaba un traje nuevo. Era de tonalidad clara, con el jubón recubierto con diamantes cosidos en la propia y preciosa tela.

Por su expresión, se percató de que no era uno de sus mejores días.

En cuanto lo vio entrar, la reina le dedicó una leve sonrisa, apenas esbozada, y le tendió la mano, para que se la besara.

—Ah, monsieur Richelieu —saludó la reina, en un tono demasiado alto para una simple conversación. Era evidente que quería que todo el mundo la oyera—. Por fin os habéis dignado venir a verme. Llevo horas esperándoos.

«Exagerada», pensó Richelieu. No habían pasado ni tres cuartos de hora.

—Imploro a vuestra majestad que sepa perdonarme. Hace solo un momento que me han informado de que vuestra majestad quería verme.

—Sois más lento que la muerte, eminencia. Seríais capaz de hacerla esperar el día que llame a vuestra puerta.

—Confío en que así sea, majestad. No tengo ninguna prisa por seguir a esa señora.

La reina se dio por satisfecha con la respuesta y se dispuso a conversar con él de los temas que le interesaban.

—Por cierto, *monsieur le Cardinal* —prosiguió la reina con ese divertido acento italiano que tenía, cambiando de tema—, me han informado de que deseáis ser inmortalizado a mi lado para toda la eternidad. ¿Es cierto eso?

El tono era irónico, pero al cardenal no le hizo ninguna gracia la alusión.

—Me temo que no os entiendo, majestad.

—Vamos, vamos, eminencia, reflexionad un momento.

—Verdaderamente, majestad... —contestó perplejo—. No sé qué deciros.

Se estaba preguntando si la reina lo estaría sometiendo a prueba.

—Me han hablado de vuestra solicitud a monsieur Rubens para que os pinte a mi lado. ¿No os parece un poco audaz?

—No recuerdo este hecho, majestad. Debe de haber algún malentendido.

—Ya, ya... es de esa manera, de malentendido en malentendido, como dos amigos acaban en orillas opuestas...

—Mucho me temo que sigo siendo incapaz de comprender a vuestra majestad.

María de Médicis le lanzó una mirada que lo decía todo.

Para Richelieu la situación no podía estar más clara.

La reina madre acababa de iniciar las hostilidades. Si era guerra lo que quería, eso tendría, pero antes él se aseguraría de estar en el bando de los vencedores.

Era cierto que le había insinuado al pintor flamenco que le gustaría aparecer retratado en alguno de los cuadros que estaba preparando para la reina, una serie de grandes lienzos para el nuevo palacio de Luxemburgo, que debían ilustrar la vida de la reina madre, y él, que había sido su consejero más cercano, quería ser inmortalizado a su lado. Pero nunca lo admitiría. No recordaba quién estaba presente en el momento de su conversación con Rubens y podría haber escuchado lo que se decían, a menos que no se tratara del propio Rubens quien lo hubiera comentado. Sin embargo, dudaba de que el pintor tuviera tanta familiaridad con la soberana, hasta el extremo de referirle una de sus conversaciones.

En cualquier caso, ese hombre no le gustaba. Era arrogante y estaba demasiado seguro de sí mismo. No se fiaba en absoluto de él. Debía hacer que lo pusieran bajo estricta vigilancia, para evitarse sorpresas.

6

Durante la comida, Ann Carrington había hecho gala de todos sus encantos. Antonio Pegoraro pudo descubrir que Ann se mostraba a veces algo ingenua, acaso más genuina que ingenua, pero sin la menor sombra de malicia.

Se daba cuenta de que le gustaba. A decir verdad, a ella tampoco le disgustaba él.

La había llevado a un restaurante llamado La Rotonda, construido justo a pico sobre el mar. Era un edificio con un evidente aire años setenta, pero ella quedó encantada. No dejaba de lanzar exclamaciones de asombro y de sorpresa ante las vistas del mar y del pueblo.

—*It's so beautiful. Unbelievable. It's so real.*

A Antonio le sorprendió tanta ingenuidad, pues él ni siquiera veía ya la belleza de aquel lugar. Hacía dos años que se había trasladado a Camogli, y ya se había acostumbrado. En cualquier caso, habían comido muy bien. Todo a base de pescado.

Después la había acompañado al hotel para que pudiera descansar. El desfase horario, los cuatro vodkas y el vino blanco con el que habían regado la comida empezaban a hacer estragos, y Antonio había notado que a ella se le cerraban los párpados por el cansancio. Sentía una ligera envidia, porque él también se hubiera echado de buena gana una siestecilla, pero por desgracia debía regresar al trabajo.

Durante la comida, el tiempo había vuelto a estropearse y el cielo estaba otra vez cubierto de nubarrones que amenazaban con transformarse de nuevo en lluvia.

El hotel Casmona, en cualquier caso, quedaba a dos pasos. Era la ventaja de vivir en una pequeña ciudad. Nunca había grandes distancias que recorrer.

Quedaron de acuerdo en que se llamarían más tarde, cuando él se dispusiera a acercarse con su ordenador.

Empezaron a caer unas gotas de lluvia mientras iba de camino hacia la comisaría. Llegó justo a tiempo para evitar el chaparrón.

Sentado ante su escritorio, intentó ordenar las ideas. Tenía que transcribir todos los datos que había ido acumulando durante la mañana.

Eran bastantes.

Y también eran bastantes las incógnitas, preguntas a las que por el momento no estaba en condiciones de dar una respuesta.

Estaba convencido de estar siguiendo la pista correcta al pensar que el asesinato del profesor Scopetta no podía ser un caso fortuito. Que se hubiera producido para robarle los documentos era una posibilidad, no una certeza. Y si fuera así, esos documentos debían de poseer un gran valor. Pero ¿para quién? Ann le había dicho que no creía que contuvieran una información tal como para justificar un asesinato. Y, sin embargo, él tenía sus dudas.

Leyó los informes que se habían acumulado sobre su escritorio.

Antes de dirigirse al hotel para interrogar a Ann, había encargado una rápida investigación sobre el profesor Scopetta. Los primeros datos recogidos confirmaban que era un hombre por encima de toda sospecha. Una vida ordenada, enteramente dedicada al estudio. Vivía en Florencia y poseía un apartamento en Camogli, donde pasaba su mes de vacaciones desde hace treinta años. Nada digno de reseña.

Tampoco sobre Ann Carrington había nada que reseñar.

En todo caso, respecto a la americana había algo que no acababa de cuadrarle del todo, por más que no consiguiera saber de qué se trataba. Una persona como ella, una profesora universitaria, inteligente y práctica, ¿era lógico que corriera a un encuentro con un desconocido al otro lado del mundo simplemente para ver unos papelajos que él se había negado a mandarle por correo electrónico? Le parecía un poco ingenuo.

Tal vez los estudiosos hicieran cosas así, ¡pero a él le parecía una soberana estupidez!

También se puso en contacto con un colega de Florencia, para que indagara en el entorno profesional del profesor. Sin duda, era de ahí de donde había que partir.

7

Ann se despertó a las cinco de la tarde. El sol que se filtraba entre las cortinas le iluminaba el rostro y le había obligado a abrir los ojos. No sabía cuánto tiempo había dormido, pero se sentía mucho mejor.

La nueva habitación a la que la habían trasladado era igual a la precedente, solo que una planta más arriba y las cortinas y la colcha eran azules en vez de amarillas. Por lo demás, era idéntica. La chica de la recepción le dijo que habían tenido que cambiar una reserva para poder ofrecerle una habitación con las mismas vistas.

En ese instante, sonó el teléfono. Era el inspector Pegoraro. Le dijo que, si le venía bien, se pasaría al cabo de un cuarto de hora con el ordenador. Ella le contestó que de acuerdo. Lo cierto es que casi se le había olvidado. Se le había ocurrido una cosa, pero con ese atractivo inspector en medio no podía hacer nada.

«Lo despacharé en un santiamén e iré después a hacer lo que tengo que hacer», pensó.

Se levantó de un salto, se duchó rápidamente y escogió un vestido de lino azul, con una blusa blanca para sentirse más fresca. Se estaba acabando de maquillar cuando volvió a sonar el teléfono. Era la recepción, que la avisaba de que el inspector Pegoraro preguntaba por ella.

—Que suba —dijo ella.

Se sentía ligeramente incómoda por recibir a un hombre en su habitación, pero iba a ser mucho más cómodo para trabajar que abajo en el salón del hotel, donde el resto de los huéspedes los distraerían continuamente. Mientras subía el inspector, aprovechó para llamar al departamento de informática de su universidad y preguntar si era posible recuperar sus correos electrónicos. En Providence eran las once y media de la mañana, de manera que todo el mundo estaba a pleno rendimiento en sus despachos. Le dijeron que lo intentarían y que probara a entrar en su correo al cabo de un cuarto de hora.

El inspector Pegoraro leyó toda la correspondencia que pudieron recuperar. Los correos de Ann no le proporcionaron ninguna pista en particular. Era simplemente un intercambio algo superficial de cartas entre ambos estudiosos. Scopetta mencionaba las cartas de la reina María de Médicis, pero sin hablar de su contenido y evitando entrar en detalles. Se veía, leyendo entre líneas, que estaba muy excitado por su descubrimiento, pero que se cuidaba mucho de dar pistas sobre él.

Avanzando en la lectura, el inspector Pegoraro notó que a medida que se intercambiaban mensajes, el tono iba cambiando, adquiriendo mayor camaradería, volviéndose más amigable, aunque sin abordar nunca cuestiones personales, como si la correspondencia pareciera excluir cualquier familiaridad.

En definitiva, concluyó Pegoraro, no cabía duda de que Ann Carrington no sabía ni podía saber nada acerca de esos documentos.

—Muy bien —dijo por fin—. Gracias por su colaboración. Cuando tenga un momento, le ruego que se pase más tarde por la comisaría para firmar su declaración.

—De acuerdo, así lo haré. Ahora voy a aprovechar los últimos rayos del sol para dar un paseo.

Aguardó a que él se marchara, y después salió ella también rápidamente del hotel.

Al pasar por la recepción, hizo que la chica de siempre le diera otra vez el teléfono de la casa del profesor Scopetta y su dirección. «¿Pero es que esta mujer trabaja día y noche?», se preguntó, viéndola siempre allí.

No tuvo necesidad de preguntar dónde quedaba esa dirección. Era una atenta observadora, y había notado, leyéndola mientras la chica se la anotaba en una hoja de papel, que correspondía al nombre de la placita que estaba al lado del pequeño puerto, donde se había tomado un capuchino esa misma mañana. Piazza Colombo.

Al llegar a la plaza, le bastó con buscar el número del edificio y verificar en los telefonillos que no se había equivocado. El nombre de Scopetta era el segundo a la derecha.

Llamó.

Al cabo de unos segundos de espera, respondió una voz femenina.

—¿Síííí?

—¿*La señora Scopetta?* —preguntó Ann, esperando que fuera ella y que supiera algo de inglés, porque más allá de esas tres palabras se sentía incapaz de seguir hablando en italiano.

—Sí —contestó la voz, con una entonación algo recelosa.

Ann se presentó y al instante oyó el chasquido de la puerta que se abría. Entró.

Frente a ella, había una rampa de escaleras, bastante empinada. Pensó que el ascensor estaría al final de la rampa, dado que no veía nada más, pero cuando llegó al primer rellano, se encontró solo con otro tramo de escaleras, igualmente empinado, y no le quedó más remedio que seguir subiendo, con gran esfuerzo.

Se preguntó si todas aquellas casas tan hermosas que había visto estarían también desprovistas de ascensor.

Camogli empezaba a gustarle algo menos.

La señora Scopetta la esperaba en el umbral, observándola mientras subía.

Era una hermosa mujer, sorprendentemente alta, no tanto como ella, pero casi, con el pelo color castaño, y una permanente recién hecha. Llevaba un vestido de lino ella también, pero de color rojo oscuro, con un enorme collar de bisutería que le llegaba hasta el ombligo. Ann se quedó sorprendida al verla. Creía que todas las italianas se vestían rigurosamente de negro, en circunstancias de luto como eran aquellas.

Le resultaba difícil asignarle una edad, pero probablemente habría cumplido hacía poco los sesenta.

Giulia Scopetta le tendió la mano con una tímida sonrisa en los labios y para sorpresa de Ann Carrington se dirigió a ella en un perfecto inglés.

—Gracias por molestarse en venir, señora Carrington. Todo un detalle por su parte.

Ann comprendió que la señora Scopetta había malinterpretado el motivo de su visita. Era evidente que se daba cuenta de que ella era la americana con la que debía verse su marido, pero probablemente pensaba que, habiéndose enterado de su asesinato, había corrido a darle el pésame.

En realidad, la visita de Ann Carrington tenía otra finalidad.

Había venido a conocer a la viuda para intentar comprender si sabía algo sobre los documentos de la reina que su marido quería enseñarle. Tal vez no se los hubiera proporcionado a los investigadores, porque no quería hacerlo o simplemente porque estaba aún conmocionada cuando la interrogaron.

Según creía Ann, era más que probable que marido y mujer hubieran hablado entre ellos, mientras cenaban quizá, de su próxima llegada a Europa y, como consecuencia, estaría al corriente también de los motivos. No tenía la menor duda de que, aunque solo fuera por curiosidad femenina, Giulia Scopetta le habría preguntado a su marido qué contenían esos documentos para conseguir que una estudiosa norteamericana se desplazara desde tan lejos para ir a verlos.

—En primer lugar, señora Scopetta, le agradezco que me reciba en un momento tan delicado —dijo Ann, que no sabía por dónde empezar.

Esperaba que la señora Scopetta se conmoviera y dejara escapar una lagrimita acaso, pero permaneció impasible.

—No se preocupe. Estoy bien. Me alegra mucho que haya tenido la cortesía de venir a verme. Sentía curiosidad por conocerla.

«Así que tengo razón —pensó Ann—. Han estado hablando de mí entre ellos».

Le hizo un gesto para invitarla a entrar. Hasta entonces habían permanecido en el umbral de la puerta.

El apartamento era mucho más pequeño y oscuro de lo que Ann se había imaginado. A la izquierda del pequeño pasillo de entrada había un saloncito de reducidas dimensiones cuyas ventanas daban a la calle, en el que la señora Scopetta la invitó a sentarse. Tal vez fuera más pequeño que su habitación del hotel, pero estaba amueblado con gusto.

Aunque las ventanas dieran al norte, el sol se reflejaba en las casas construidas en la ladera de la montaña que estaba enfrente, a espaldas de la plaza Colombo, y, por suerte, permitía que entrara luz suficiente para que no hubiera que encender las bombillas. En los días oscuros, debía de ser un velatorio.

Giulia Scopetta era desde luego una excelente ama de casa, porque todo estaba en orden, sin atisbos de polvo tan siquiera. Además del sofá de piel marrón oscuro, había una butaca, la inevitable librería y un televisor de plasma de última generación, bastante grande, que ocupaba todo un rincón. Cerca de la entrada había una mesa redonda que, indudablemente, era extensible.

No vio por ninguna parte fotos de su marido.

La impresionó que esa mujer que había perdido a su marido apenas diez horas antes fuera capaz de hacer gala de semejante dominio de sus sentimientos. Parecía una persona muy digna, poco proclive a mostrar sus debilidades ante extraños. Ella no estaba nada convencida de que, en sus mismas circunstancias, fuera capaz de un comportamiento semejante.

En conjunto, Giulia Scopetta le pareció agradable. Por si fuera poco, sus maneras eran elegantes también. Su vestido rojo oscuro era sobrio, pero lo llevaba con distinción.

Apenas hablaron del asesinato. Ninguna de las dos tenía ganas de abordar ese asunto.

La señora Scopetta le ofreció un café que Ann Carrington rechazó cortésmente. No estaba acostumbrada a tomar cafés tan fuertes y, sobre todo, no a esas horas. No habría pegado ojo en toda la noche.

Tras algunos minutos hablando de esto y de aquello, Ann decidió que había llegado el momento de afrontar la cuestión que le había traído hasta allí.

—No sabrá usted por casualidad, señora Scopetta, qué podían contener esos papeles que su marido quería enseñarme, ¿verdad?

—La policía me ha hecho la misma pregunta.

Ann Carrington quedó a la espera de la respuesta. Estuvo a punto de añadir que era normal que la policía le hiciera aquella pregunta, ya que supuestamente acababan de asesinar a su marido para robárselos, pero prefirió callar y aguardar a que ella retomara la palabra.

En efecto, después de una larga pausa, Giulia Scopetta levantó la mirada hacia ella y le dijo, con la mayor tranquilidad:

—Por supuesto que lo sé. Los leí junto a él.

Hizo una pequeña pausa para ver el efecto que sus palabras causaban en su visitante, y después prosiguió.

—Debe usted saber, señora Carrington, que al igual que mi esposo, yo también soy profesora de Historia. Es cierto que dejé de trabajar hace muchos años, pero sigo todos los asuntos de mi marido. Sé exactamente lo que había encontrado y por qué tenía intención de enseñárselo.

Ann se quedó sorprendida y no se esforzó por ocultarlo.

—Pero, entonces, ¿por qué no se lo ha dicho a la policía?

Giulia Scopetta dejó que se le escapara una tímida sonrisa.

—Querida, si se lo hubiese dicho a la policía, ahora el asunto sería de dominio público. Son incapaces de guardar un secreto. Permiten que se filtre constantemente información confidencial. No quería, ni quiero, que esos documentos, la razón por la que mi marido ha sido asesinado, se hagan de dominio público porque alguien no sabe tener la boca cerrada.

Ann se quedó de una pieza. Esa mujer resultaba en verdad sorprendente. Acababan de matar a su marido y ella se había negado a ayudar a la policía a encontrar al asesino. Era incapaz de creer lo que estaba oyendo.

¿Qué podía haberla motivado para actuar de ese modo? Debía de tener sólidas razones.

Ann se pasó la mano por el pelo, como si quisiera colocar en su sitio un invisible mechón rebelde. De repente, se sentía incómoda, pero no habría sabido explicar el motivo. Esperaba que Giulia Scopetta prosiguiera con su razonamiento, pero esta, en cambio, se quedó callada, observándola, como si fuera ella la que aguardara a que Ann hablase.

Transcurrieron unos instantes algo embarazosos, y luego Ann prosiguió.

—Y usted, señora Scopetta, ¿estaría dispuesta a decirme qué contienen estos documentos que los hacen tan valiosos? Su marido estaba dispuesto a hacerlo. Por esa razón me ha hecho venir expresamente desde Estados Unidos.

—Naturalmente, querida Ann, aunque antes, sin embargo, debemos hacer un pacto.

—¿Un pacto? —exclamó Ann sorprendida—. Me temo que no la entiendo bien.

—Sí, un pacto, un acuerdo entre nosotras.

—Sigo sin entenderla.

—Es muy sencillo, querida. Esos documentos contienen un secreto. Una información muy particular que hasta ahora no ha sido desvelada. Si nosotros la verificamos y descubrimos que es correcta, quiero que vayamos a medias. Le propongo una asociación al cincuenta por ciento.

—Pero una asociación, ¿para qué? Tengo que insistir en que no la sigo. Usted ni siquiera me conoce.

—Lo sé, pero le estoy hablando de un proyecto que no puedo sacar adelante yo sola. Me hace falta su ayuda. Juntas seremos más fuertes. Era esa la intención de mi marido y yo pretendo continuar con su proyecto.

—Señora Scopetta —dijo, algo impaciente, Ann Carrington—. Seamos serios. ¿De qué estamos hablando?

—Estamos hablando de los diamantes que la reina María de Médicis ordenó esconder. Valen una verdadera fortuna. Se trata de averiguar dónde han estado ocultos durante estos últimos cuatrocientos años y de recuperarlos.

Ann arqueó las cejas.

—¿Es de eso de lo que hablan los documentos? ¿De diamantes escondidos hace cuatrocientos años? ¿Me está usted diciendo que su marido me ha hecho venir de Estados Unidos por una sandez semejante?

Estaba furiosa y no hacía el menor intento de ocultarlo.

—No es ninguna sandez, querida, aunque debo decirle que mi marido tampoco creía en ello, por más que encontraba la información interesante. Emprendimos juntos ciertas investigaciones, para comprobar la fuente, y tuvimos éxito. Los diamantes existen realmente, y por lo que se sabe, nunca fueron hallados. Pero nosotros sabemos exactamente dónde se encuentran. Al menos, la última vez que fueron vistos. Se trata solo de ir a recogerlos.

—En definitiva, que es como ir directamente a la caja de seguridad de un banco...

—No sea boba, querida. Si fuera tan sencillo, ya habría ido yo por mi cuenta. Lo único que digo es que hay una alta probabilidad de que sigan todavía allí donde fueron escondidos, aunque de eso nadie pueda estar seguro. Se trata de descifrar correctamente la correspondencia y descubrir qué clave se utilizó.

—¿Los documentos están en clave?

—Desde luego. Si no, todo sería demasiado fácil.

—Pero en ese caso, ¿cómo han podido descubrir que estaban hablando precisamente de eso?

—Porque logramos averiguar una parte de la clave, o del código, si prefiere llamarlo así. Pero nos falta la segunda parte. Y para eso la necesito a usted. Usted es una experta de estas cosas. Yo estoy ya algo oxidada. Creemos que el documento se encuentra en París.

—¿En París? Discúlpeme, entonces, señora, ¿cómo es posible que una parte del código sea localizado en Florencia y la otra esté en París?

—Es una larga historia. Pero tiene su explicación. Entonces, si usted está de acuerdo con nuestra asociación, le contaré todo lo que sé.

8

Rubens apartó a un lado el dibujo que estaba bosquejando en su estudio de la tercera planta de su casa de Amberes, y se dejó caer hacia atrás hasta toparse con el respaldo de la silla, como solía hacer cuando estaba cansado y necesitaba relajar los músculos.

Soltó un profundo suspiro.

Eran casi las seis de la tarde, la hora en la que su esposa, habitualmente, solía hacer que lo llamaran para que se reuniera en la planta de abajo con toda la familia para cenar, igual que todos los días.

Isabella Brandt, su esposa, era una mujer muy rígida en lo referente a los horarios de las comidas y no admitía retrasos. Decía que una buena educación se basaba en estrictos principios, como la regularidad del horario de las comidas, a las que debían asistir todos los miembros de la familia que vivían en la misma casa.

No siempre lograba Rubens ser puntual, pero lo intentaba, decidido a evitar discusiones.

Isabella Brandt era una buena esposa y siempre había sido una ayuda preciosa en su carrera. Prefería contentarla en esas pequeñas cosas antes que afrontar inútiles discusiones. Sabía que para ella un retraso podía ser como mucho una excepción a la regla, de modo que siempre se esforzaba en ser puntual.

Estaba cansado.

Más que el cansancio físico, era la fatiga moral lo que le había hecho apartarse por un momento de su trabajo, y dejar a un lado lápices y cartones.

Tenía la cabeza llena de proyectos, de ideas, pero también de dudas, sobre cómo realizar todos los encargos que en los últimos meses se estaban acumulando sobre su mesa de trabajo. Algo preocupado sí que estaba, porque no sabía de dónde iba a sacar el tiempo necesario para realizarlos todos.

Como si no bastara, ahora se veía obligado a interrumpir su trabajo para ir a Bruselas. Acababa de recibir una convocatoria urgente de la infanta Isabel, gobernadora de los Países Bajos españoles.

Se preguntó qué querría con tanta urgencia. Si se tratara de encargarle algún nuevo cometido artístico, no le habría llamado con tanto apresuramiento.

Desde que había muerto su marido, el archiduque Alberto, la gobernadora lo había hecho llamar varias veces a su lado.

Y no siempre era para encargarle nuevas obras.

En ciertas ocasiones, había sido para confiarle pequeños encargos diplomáticos, que él había llevado a cabo puntualmente con tacto y discreción, ganándose el aprecio y el respeto de la gobernadora.

Alguien llamó a la puerta del estudio.

—Adelante —gritó, mientras se abría la puerta y aparecía el rostro fresco y tímido de la doncella, Annijeke, con sus cabellos, muy rubios, y sus grandes ojos color de cielo, de un azul clarísimo.

Annijeke tenía quince años y llevaba ya dos o tres al servicio de la familia.

Era una buena chica, procedente de un pueblecito de las provincias del norte. Mandaba a casa todas sus escasas ganancias, para ayudar a su familia. Provenía de un ambiente social muy modesto. Su padre trabajaba en un molino y era incapaz de mantener él solo a toda su descendencia —Rubens creía recordar que eran seis o siete hermanos, de los que Annijeke era la mayor—, con el añadido, además, de una madre algo enfermiza.

—Sí, ahora bajo —gruñó el maestro, antes incluso de que la doncella le dijera que la cena estaba servida y que la señora Isabella lo estaba esperando.

La chica volvió a cerrar delicadamente la puerta, sin hacer ruido, y desapareció. Rubens imaginó que debía haberse sonrojado, como le sucedía siempre, porque era muy tímida, y bastaba con dirigirse a ella para que su hermosa carita cambiara de color. Tenía la piel de un color tan blanco como la leche y de una pureza y nitidez tales que Rubens había pensado en más de una ocasión en servirse de ella como modelo.

Se lo había dejado caer alguna vez a su mujer, pero esta se había opuesto enérgicamente.

—En absoluto, ni hablar. Se le subiría enseguida a la cabeza y ya no habría quién la gobernara —había dictado sentencia Isabella Brandt, con un tono que no admitía réplica.

Rubens se levantó con esfuerzo del escritorio y bajó a la planta inferior, antes de que su esposa hiciera que lo llamaran de nuevo. No tenía mucho apetito, la verdad, y hubiera preferido quedarse tranquilamente a trabajar un rato más, pero era mejor no tentar al diablo.

Al día siguiente iría a Bruselas para reunirse con la infanta-gobernadora.

La infanta Isabel Clara Eugenia gobernaba los Países Bajos en nombre de su sobrino, el rey Felipe IV de España. Era una mujer que había cumplido los cincuenta y siete años, delgada, de baja estatura, con una apariencia frágil que llamaba a engaño, puesto que no lo era en absoluto.

Desde la muerte del marido, que había tenido lugar un par de años antes, vestía siempre de riguroso luto. Era muy austera. A decir verdad, en el curso de su vida, nunca se había mostrado como una mujer especialmente alegre. En este sentido, había heredado el carácter y los gustos de su padre, Felipe II de España.

La infanta lo recibió en el gabinete, con sus paredes recubiertas de madera oscura, situado justo al lado de sus aposentos privados. Era un cuarto de dimensiones reducidas, un poco tétrico, con una carencia absoluta de lujo y de ostentación.

Una sencilla mesa servía de escritorio, detrás del cual había una rígida butaca, donde se sentaba ella, y al otro lado de la mesa, una única silla para el huésped de turno, formaban lo esencial del mobiliario. En las paredes, un sobrio aunque magnífico crucifijo de plata, bastante grande, flanqueado por un par de paisajes flamencos. Ninguno de los dos había sido pintado por Rubens, pero él sabía que eran obra de algunos colegas suyos de Amberes.

Lo que más perplejo dejaba a Rubens, cada vez que entraba en aquel despachito que tan lúgubre le parecía, era pensar que las decisiones importantes para el país se tomaban precisamente allí, en esa diminuta habitación, sin vistas ni perspectiva. Tenía la convicción de que la perspectiva ensancha la mente y te permite adquirir una visión distinta de las cosas y de los acontecimientos. Si estos se miran demasiado de cerca, en cambio, uno queda entrampado en una visión cuadrada, cerrada, profundamente influida por el ambiente. Bien lo sabía él. Para lograr una visión correcta de sus cuadros, a él siempre le gustaba alejarse y dar unos pasos hacia atrás.

Creía firmemente que las poblaciones que viven a orillas del mar gozaban de una visión más amplia y menos rígida frente a aquellos que viven encerrados en los valles, con solo altas montañas a la vista.

Cuando entró en el despachito, encontró a la gobernadora sentada ante el escritorio, leyendo papeles. Le pareció seria y preocupada.

—Maestro —dijo acogiéndolo con una sonrisa forzada, lo cual era para ella ya un gran esfuerzo—, gracias por haber venido tan pronto.

—Es un placer a la vez que un deber, alteza.

Isabel Clara Eugenia lo miró como hacía siempre, con aire distante, porque había aprendido de su padre a no mostrar nunca sus sentimientos frente a un súbdito. Lo que no significaba que no los tuviera.

Y Rubens le gustaba.

No solo porque tenía maneras elegantes y serenas y una forma de hablar que hacía que su interlocutor se sintiera cómodo, sino también porque era un hombre guapo.

En conjunto tenía muy buena presencia.

—Os he mandado llamar —prosiguió la infanta—, porque mi prima, la reina madre de Francia, me ha pedido que os concediera permiso para viajar a París.

—Pero, alteza —protestó el pintor—, todavía no he acabado todos los cuadros que su majestad me ha ordenado. El contrato prevé...

—Dejad a un lado el contrato —lo interrumpió la infanta con voz autoritaria—. No creo que sea esa la razón de vuestro viaje, por mucho que se presente como la versión oficial. Debéis hacer creer, a quienes os lo pregunten, que os dirigís a París para departir con su majestad sobre la aprobación de algunos de vuestros nuevos dibujos.

Rubens hizo un gesto de asentimiento con la cabeza.

—¿Y cuál es en realidad el verdadero motivo del viaje? Si puedo preguntarlo.

Había usado su habitual tono sosegado, como contraste con el más autoritario de la gobernadora. Siempre surtía efecto. Ella, inconscientemente, amortiguaba su forma de hablar y proseguía casi en voz baja.

—Eso deberíais decírmelo vos, maestro Rubens, porque su majestad no lo menciona en su carta.

Rubens la miró algo sorprendido. ¿Por qué motivo querría verlo María de Médicis si no era para hablar de su galería?

—¿Y no tiene vuestra alteza alguna idea acerca del porqué de esta convocatoria tan a destiempo?

Se dio cuenta, nada más decirlo, de que era una pregunta demasiado directa. Completamente fuera del protocolo. Nadie podía interrogar a una infanta. Pero se conocían desde hacía años, aunque estuvieran muy lejos de ser amigos, y ella le concedía estas pequeñas libertades de vez en cuando, por la consideración en la que lo tenía.

Isabel Clara Eugenia giró ligeramente la cabeza hacia la derecha, haciendo como si mirara a través de la ventana. Era su forma de demostrar su sorpresa. No estaba acostumbrada a que le hicieran preguntas.

Rubens admiró su perfil. Era una pena no poder pintarla en esa pose. Habría sido un retrato estupendo.

—Llueve de nuevo —dijo la infanta—. Qué lástima. El día parecía prometedor esta mañana.

Luego, girándose nuevamente hacia él con una lentitud calculada, lo miró fijamente a los ojos.

—Más que una idea, yo diría que tengo una intuición.

Esta vez Rubens permaneció en silencio. No podía permitirse cometer dos veces el mismo error. Esperó a que ella siguiera hablando.

Y lo hizo después de una pausa que al pintor le pareció eterna. Era casi una especie de juego entre ellos, como si lo estuviera poniendo a prueba, para ver si osaba hacerle una pregunta de nuevo, o bien si había aprendido la lección y se limitaba a esperar su buena voluntad. Ella, de vez en cuando, movía las manos, que eran pequeñas y sin gracia, como si estuviera espantando una mosca invisible, con un gesto apenas perceptible. Era realmente singular, pensó Rubens, que aquella mujer llevara los límites de su austeridad hasta el extremo de no llevar ningún anillo. Ni siquiera la alianza de su difunto marido.

—Creo que su majestad está tramando algo —prosiguió en voz tan baja que Rubens casi tuvo dificultades para oírla—. Lo repito, no es más que una intuición mía. Sin embargo, nuestro embajador en la corte de Francia me ha informado de que últimamente ha habido cierto movimiento en torno a los aposentos de la reina madre. Recibe a más gente de lo habitual, y sobre todo, se ha mostrado muy fría con el cardenal Richelieu en las últimas audiencias que le ha concedido. Conociendo a su majestad, todo eso debe de tener algún significado. A vos os corresponde descubrirlo.

—¿Y cuándo debo partir?

—Lo antes posible. Ya sabéis que su majestad, cuando quiere algo, lo quiere de inmediato.

Se despidieron sin demasiada ceremonia. Al tenderle su mano para que se la besara, Isabel Clara Eugenia lo miró fijamente a los ojos de nuevo. Rubens sostuvo su mirada. Aquella mujer tenía realmente carácter. No había dulzura en sus ojos, pero sin embargo vio cierto brillo que interpretó como un débil signo de complicidad.

9

Ann Carrington había acabado por aceptar la propuesta de Giulia Scopetta.

No es que le interesara. Todo lo contrario, la encontraba bastante absurda, por no decir francamente ridícula.

La historia de los diamantes le sonaba a cuento chino. Un mero señuelo. En este sentido, se encontraba en perfecta sintonía con el difunto profesor Scopetta, si es que, como había afirmado su mujer, no habían sido los diamantes lo que había llamado su atención, sino lo relativo a la clave para descifrar la correspondencia. También en esto se sentía en consonancia con el profesor. Descubrir el mecanismo usado por quien lo había concebido podía ser una tarea apasionante, un reto personal.

La idea la estimulaba. Si lograba descifrar la clave, podría dedicar al asunto un capítulo entero en su libro.

Lo que la señora Scopetta no le había dicho era la idea que tenía su marido.

El profesor había atraído a Ann Carrington con la excusa de enseñarle ciertos papeles escritos por la reina que contenían un secreto. Y era cierto. Esos papeles existían. Pero en el imponente cartapacio que contenía la correspondencia de la reina había descubierto también el carteo, una correspondencia cifrada, que un desconocido había mantenido con el famoso pintor Pedro Pablo Rubens, cuyo código él solamente había logrado descifrar en parte. Si Ann Carrington lo ayudaba, le permitiría leer las cartas de María de Médicis, las que la comprometían, en cierta manera, con el asesinato de su marido.

Giulia Scopetta le explicó que, por razones desconocidas, probablemente por motivos de seguridad, quien había inventado el código lo había dividido en dos partes, de modo que no resultara sencillo, para quienes llegaran a encontrarlo, descifrar los papeles que revelaban dónde habían sido escondidos los diamantes de la reina.

Además de las cartas escritas por Rubens, había un apéndice de una única hoja que proporcionaba la explicación de una parte del código.

Como se apreciaba a simple vista, no había sido escrito con la misma caligrafía de Rubens, por lo que era de suponer que el autor debía de ser otra persona.

Era poco probable que una tercera persona hubiera intervenido solo para facilitar a Rubens un código para su correspondencia, por más que fuera una hipótesis que no había que descartar del todo. Sin embargo, poco importaba quién fuera el autor de la clave. Lo importante era descifrarla.

En la hoja que proporcionaba indicios del método utilizado, había una clara indicación de que se trataba de la primera página de dos. De modo que era evidente que faltaba la segunda página.

Que esta segunda página estuviera en París, como le había anticipado Giulia Scopetta, era tan solo una deducción. El destinatario de las cartas de Rubens vivía en aquella ciudad. Pero la razón de que se hubieran encontrado los papeles de Rubens en un archivo italiano con solo la mitad del código seguía siendo un misterio.

Con la ayuda de la primera página en su poder, Scopetta y su mujer habían logrado descifrar parte de la correspondencia mantenida por Rubens con el ilustre desconocido, que solo podía ser un amigo cercano o un confidente suyo.

En sus cartas, Rubens contaba cómo la reina en persona le había confiado los diamantes para que se los llevara al extranjero, es decir, a Flandes, y que él los había escondido en un sitio seguro, en espera de que el enviado de la reina viniera a reclamarlos. Sin embargo, este no se presentó nunca, y Rubens, preocupado por la eventualidad de que, si le sucedía algo, pudiera desaparecer con él el secreto del escondrijo, había decidido informar a este amigo desconocido, para que pudiera recuperar los diamantes y entregárselos de nuevo a la reina.

En un viaje hecho expresamente a Amberes, Scopetta y su mujer habían descubierto que el amigo desconocido en cuestión, un tal Jan Hoffmann, había fallecido bastantes años antes que Rubens. De modo que era lógico suponer que no tuvo que preocuparse por los diamantes, dado que Rubens seguía todavía vivo en el momento de su muerte.

Giulia Scopetta no era la mujer que Ann se había imaginado, aunque, a decir verdad, tampoco se había formado una opinión previa antes de conocerla.

Con todo, y aunque así fuera, estaba claro que su mente sí que esperaba inconscientemente que correspondiera a la imagen de la mujer de un profesor universitario, con la que, en realidad, no encajaba en absoluto.

Giulia Scopetta era una mujer culta, aunque también testaruda, con una voluntad de hierro. Había decidido seguir adelante, a pesar de la muerte de su marido, y Ann Carrington entendió que no habría nada que pudiera detenerla.

Sin embargo, no creía que los diamantes fueran la causa principal de tanto interés, sino que estaba convencida de que, en el fondo, la señora Scopetta no confiaba demasiado en la posibilidad de poder encontrarlos cuatrocientos años después de que hubieran sido escondidos, y de que había algo que la impulsaba, algo que era más fuerte que toda lógica.

Su primera sensación, después haber estado hablando con ella durante un par de horas, se resumía en que Giulia Scopetta era una mujer astuta, calculadora y seguramente también despiadada en caso necesario. En el curso de la conversación, se había mostrado aparentemente leal y, en ciertos momentos, hasta simpática, pero no por eso acababa de fiarse de ella. Con una persona así, siempre era mejor mantenerse alerta.

Después de que Giulia Scopetta le hubiera contado lo que sabía, entendió mejor por qué había decidido ocultar el contenido de los documentos y no contarle nada a la policía. Por poco que hubieran indagado, era más que probable que algo habría acabado saliendo a la luz sobre la historia de los diamantes.

La sorprendía, con todo, que aquella mujer prefiriera el silencio en vez de ayudar a los investigadores a situarse tras la pista de los asesinos de su marido.

También habían hablado del marido, pero poco, y, entre líneas, Ann había comprendido que el matrimonio no funcionaba demasiado bien. Llevaban juntos más de cuarenta años, aunque más por costumbre que por auténtico amor.

Le entró la duda, aunque la señora Scopetta nada había dicho al respecto, de que supiera o intuyese quiénes podían ser los probables asesinos.

Llegó incluso a preguntárselo.

—Y usted, Giulia, ¿no tiene idea de quién podría haber hecho algo así?

—No —le había contestado ella, con demasiada rapidez y demasiada seguridad en sí misma—, aunque sin duda se trata de alguien que sabe lo que significan estos documentos y, por lo que yo sé, solo puede venir del ambiente laboral de mi marido. Pero en cuanto a decirle con precisión de quién se trata, no tengo la menor idea.

—Pero eso es un elemento importante. ¿No debería contárselo a la policía?

Giulia Scopetta la miró como si acabara de decir una estupidez.

—Créame, querida, la policía no es tonta. A la misma conclusión llegarán ellos también por su cuenta, no se preocupe. Y mientras se dedican a dar caza a los asesinos, nosotras ganaremos tiempo para descifrar el código y llegar antes que ellos. No tenemos tiempo que perder.

Ann Carrington estaba lejos de sentirse tranquila. Giulia Scopetta liquidaba en un santiamén a los asesinos de su marido, como si fuera algo que no era asunto suyo. En cambio, eran precisamente ellos quienes la preocupaban. Si habían sido capaces de matar por ese puñado de hojas, cuando descubrieran que faltaba una, esencial para entender las cartas, podrían volver y matarlas también a las dos, en la creencia de que tenían la hoja que faltaba. Ella misma ya había vivido un anticipo con el robo en su habitación, pocas horas después de su llegada.

Según lo que le había contado Giulia Scopetta, su marido, rebuscando en el Archivo Estatal entre la correspondencia que mantuvieron la reina de Francia y su tío, el gran duque de Toscana, y, muerto este último, con su hijo y sucesor, había descubierto unas misivas extrañas e incomprensibles que en un primer momento pensó que habían acabado archivadas allí por error, para darse cuenta más tarde de que eran pertinentes al legajo.

Sin certeza alguna, pero con buenas dosis de intuición, pudo llegar a entender que en las cartas, dirigidas a un desconocido pero escritas de puño y letra por Rubens, el pintor de la reina, figuraban repetidas menciones a las «bolas rojas».

No era difícil deducir que esas «bolas rojas» no eran otras que las del escudo de los Médicis, y la única persona a quien Rubens podía referirse en sus cartas, cual miembro de esa familia, era su benefactora, la reina de Francia María de Médicis. Cualquier otro miembro de la familia carecería de sentido, puesto que él no los conocía.

En cuanto a la firma del autor, Pedro Pablo Rubens, resultó un juego de niños descubrir quién se ocultaba tras el nombre de «El León Rampante». Los dos documentos que teóricamente eran la clave para descifrar el código estaban organizados alfabéticamente, y él tenía en sus manos justo la parte que contenía la letra R, de Rubens.

Eso había sido suficiente para desencadenar su incipiente curiosidad, y Gianni Scopetta había dedicado los últimos meses de su vida a estudiar todas las posibles soluciones que le permitieran entender los documentos. Por desgracia, solo había logrado parcialmente su objetivo, y contaba con que la experiencia de Ann Carrington le sirviera de ayuda.

Scopetta no creía que fuera posible localizar el papel que contenía la segunda parte del código, pero esperaba que con la primera parte en su poder podría deducirse cuáles habían sido los siguientes pasos del autor del código.

Gianni Scopetta creía firmemente que la investigadora americana no habría podido resistir la tentación de entrar en contacto con cartas desconocidas escritas de su puño y letra por la propia reina María de Médicis. Lo había deducido de la correspondencia entre ellos. Estaba seguro que se ofrecería a ayudarlo para descifrar el código de Rubens, una vez que entrara en conocimiento de este, especialmente si, como recompensa, recibía los derechos exclusivos para poder publicar las cartas secretas de la reina en su nuevo libro.

Ann Carrington, en cambio, nunca había tenido la menor sospecha de cuáles eran las intenciones reales del profesor. Para ella, descubrir documentos inéditos era suficiente motivación para afrontar aquel largo viaje, y lo que nunca se hubiera esperado, desde luego, era que la invitaran a descifrar el código de Rubens. Se sentía frustrada y utilizada. Una sensación muy desagradable, no cabía duda, pero, ya que estaba allí, tanto valía sacar provecho del viaje. No era lo que se esperaba, pero siempre era mejor que nada.

Además, sentía curiosidad. Ignoraba si el asunto de los diamantes respondía a la verdad, dado que nunca había oído hablar de ello, pero, teniendo en cuenta la autoridad del autor de las cartas, era altamente probable que fuera verosímil.

A dónde habían ido a parar los diamantes era otra historia. A ella lo que le interesaba era poder descifrar el código.

—La verdad es que no lo entiendo —dijo Ann en determinado momento, mientras conversaba con Giulia Scopetta—, ¿por qué matar a una persona si en el fondo esos documentos están a disposición de cualquier investigador debidamente acreditado en el Archivo Estatal?

Giulia Scopetta puso una cara extraña. Parecía incómoda.

—Lo cierto... es que no lo están...

—¿Cómo? ¡No lo entiendo!

—Mi marido no tuvo tiempo de pedir autorización para fotocopiarlos, de modo que...

—¿No me estará diciendo que los sacó de allí a escondidas? —preguntó Ann, indignada.

Se produjo un breve silencio, antes de que la señora Scopetta prosiguiera:

—Digamos que ha usado usted la frase correcta. No era su intención robarlos y pensaba devolverlos a su lugar en su próxima visita a los archivos. Por ello había hecho fotocopias en casa, que son las que le han robado esos desgraciados. Sin embargo, no es un hecho raro. Mi marido era una persona muy conocida y respetada. A veces sacaba algunos documentos para estudiarlos en casa con el beneplácito del archivo. Verá, aquí en Italia no somos tan rígidos con los reglamentos. Ahora, los originales los tengo yo. ¡Son estos!

Se levantó para acercarse a una alacena, donde Ann creía que guardaba la cubertería buena, la que se usa el domingo cuando hay invitados, pero lo que sacó de un cajón, en cambio, fue un legajo que le tendió a Ann.

Ann Carrington lo abrió y, con sumo cuidado, echó un rápido vistazo a las cartas manuscritas que contenía, hojeándolas una a una. Le causaba cierta impresión pensar que aquellas cartas tenían cuatrocientos años y que habían sido escritas personalmente por el gran Rubens. Le invadió la misma emoción que la embargaba cada vez que tocaba un documento antiguo de la historia americana. Sin embargo, ninguno era tan antiguo como esos papeles, y sintió una especie de escalofrío de placer recorriéndole la espalda.

Giulia Scopetta la observaba en silencio.

—Impresionante, ¿verdad? También a mí sucede lo mismo cuando veo documentos con siglos de antigüedad. Es una emoción indescriptible e incomprensible para alguien ajeno a nuestro trabajo.

A Ann le costaba admitirlo, pero era en verdad así.

—Sí, ¡es impresionante, desde luego! Sin embargo, me perturba sostener en mis manos originales que han sido sustraídos, disculpe, quería decir «tomados en préstamo», del Archivo Estatal. En mi país uno se arriesga a ir a la cárcel por cosas así.

Giulia Scopetta puso de nuevo la misma cara extraña. Más que incómoda, parecía molesta por el hecho de que Ann Carrington le diera tanta importancia al asunto. Cambió de tema.

—¿Nos ponemos manos a la obra? No hay tiempo que perder. Le recuerdo que no somos las únicas en esta carrera...

10

En el camino de regreso de Bruselas, Rubens se sentía algo inquieto. No tenía ganas de pensar en sus problemas y lo único que le apetecía era llegar por fin a casa y sentirse confortado por el calor de su círculo familiar y por la buena cena que sin duda su mujer habría hecho preparar en su honor. Se le hacía la boca agua solo con pensar en una buena salchicha acompañada por coles con patatas y en una buena cerveza fresca.

No había dejado de llover en todo el día, lo que obligaba a su carroza a avanzar con una lentitud exasperante y hacía que se acrecentaran en él las prisas por ver las primeras casas de su amada Amberes para sentirse en casa.

Conocía bien el motivo de su inquietud. Tenía que ver con los acontecimientos de los últimos meses, que le habían llevado a aceptar el encargo de la reina madre de Francia, el más importante de su vida.

Decorar la galería de Luxemburgo era un trabajo monumental, gigantesco, con plazos muy ajustados de entrega. ¿No resultaría un esfuerzo demasiado grande para él? Trabajo, gracias a Dios, no le faltaba, y como es natural, todos sus clientes tenían prisa por recibir sus encargos, por los cuales, entre otras cosas, habían pagado ya cuantiosos anticipos; sin embargo, el de la reina tenía preferencia.

María de Médicis ya se había mostrado muy cortés con él cuando tuvo el honor de serle presentado, pero más tarde, cuando ya tenían cierta familiaridad y él le había enseñado los primeros bosquejos de los dibujos que pensaba realizar para su galería, se había entusiasmado hasta el extremo de concederle su favor, que en el caso de ella podía ser comparado a cierto grado de amistad. Un hecho insólito, si se pensaba en el abismo que separaba a una reina de Francia y a un humilde pintor. El favor de la soberana era para él motivo de gran orgullo. Lo sabía bien la infanta Isabel, que perseguía objetivos muy distintos.

Había sido el embajador de los Países Bajos en la corte de Francia, el barón de Vicq, quien había mencionado insistentemente su nombre en el entorno de la reina madre para atraer su atención hacia él. Después consiguió hablar directamente con ella, antes de que decidiera a quién confiar el encargo, y había ensalzado hasta tales extremos los méritos del pintor de Amberes que la convenció para recibirlo.

—En nuestro país goza de una altísima reputación, majestad —le había asegurado el embajador—, hasta el extremo de ejercer una considerable influencia sobre los demás talentos del país, tanto en pintores como en escultores y arquitectos. Puede decirse que ha transformado el arte flamenco, llevándolo por nuevos caminos hasta ahora nunca transitados. Lo sabrá ciertamente vuestra majestad, ya que el maestro ha sido pintor en la corte de vuestro cuñado, el duque de Mantua.

María de Médicis había oído hablar de ese tal Rubens, cuya reputación hacía tiempo que había traspasado las fronteras de su país, por más que no hubiera llegado a ver aún ninguna obra suya. Por el contrario, era un pintor poco apreciado en la corte de Francia.

Desde hacía varios meses, todos en la corte competían por ganarse su confianza. Cada uno tenía su propio protegido, cuyas infinitas cualidades ensalzaban para que obtuviera el anhelado encargo de ser el escogido para decorar la galería que la reina proyectaba en su nuevo palacio de Luxemburgo. De hecho, los ciclos habrían de ser dos. Uno por cada ala del palacio. El primero en ser realizado debía representar la vida de la reina y la gloria de su reinado, mientras que el segundo, de realización posterior, se centraría en la vida de su difunto marido, Enrique IV.

Si María de Médicis se hubiera dejado llevar por criterios políticos, habría debido privilegiar a los pintores franceses, frente a los candidatos italianos, españoles, holandeses e incluso un par de ingleses. Pero no podía olvidarse de su testarudez. Ella hacía siempre lo que le venía en gana, y estaba decidida a elegir a quien más le conviniera.

Estaba firmemente convencida de que los años de su regencia habían sido los mejores para el país. Que la realidad fuera distinta no le importaba en absoluto. Ciertamente lo habían sido para ella, y no había día que no lamentara haber tenido que ceder el poder.

La presión ejercida por el embajador Vicq sobre la reina madre para que su elección recayese en Rubens no solo se debía al deseo de dar a un pintor flamenco la posibilidad de demostrar su talento, sino que perseguía segundos fines.

Detrás de la enérgica campaña de seducción orquestada por el embajador, se celaba otro motivo, que poco tenía que ver con el arte. Él, en efecto, seguía las instrucciones que recibía de Bruselas. La gobernadora quería infiltrar en la corte a alguien en condiciones de proporcionarle información de primera mano. Eran instrucciones de Madrid, de donde dependía Flandes. ¿Y quién mejor que el pintor de la reina podía hacerlo?

Acunado por los movimientos del coche, que le inducían a la somnolencia, Rubens valoraba cuáles podían ser las razones que habían empujado a la reina a ordenarle ir con tanta urgencia a París. Faltaban todavía varios meses para la entrega de los veinticuatro cuadros que le había encargado y por los que le habían pagado también una ingente suma como anticipo.

Al principio, no estaba seguro de conseguirlo, incluso inyectando todo el tesón del que era capaz. Era un gran trabajador, y el trabajo nunca le había asustado, pero aceptar completar la serie de cuadros que representaban *La vida de María de Médicis* en tan poco tiempo había sido poco menos que una locura, basada sobre todo en el deseo de complacer a la reina y sus prisas.

Obviamente, todo aquello suponía un salto adelante importantísimo en su carrera, y las condiciones económicas eran fabulosas. María de Médicis había mostrado su gran magnificencia a la hora de retribuirlo. Aquel encargo le aseguraba la fama en Francia, país donde era prácticamente un desconocido, y era seguro que, una vez terminado, el prestigio obtenido aseguraría nuevas comisiones. No dudaba de que le lloverían los encargos desde las demás cortes europeas.

Al principio, había dudado en poder cumplir con los términos exigidos por el contrato. Veintiún cuadros de dimensiones gigantescas, más otros tres retratos —eran telas de cuatro por tres metros aproximadamente—. Un trabajo titánico, que debía completar en tres años tan solo.

En principio, pensó en recabar la ayuda de otros pintores. Él pintaría las figuras primarias, dejando la parte decorativa y las alegorías a sus asistentes. Pero el contrato que había firmado prohibía taxativamente la concurrencia de otros pintores y exigía que cada cuadro fuera pintado personalmente por el maestro.

Un buen embrollo, desde luego.

Con todo, consiguió encontrar una pequeña escapatoria. No podía permitirse el lujo de dejar escapar una ocasión como aquella. Algo así sucedía raramente en la vida de un artista. Para esquivar la taxativa prohibición, había ordenado realizar ciertos trabajos de base a sus asistentes, con el fin de agilizar el avance de las obras, para luego añadir su toque personal.

Se preguntó si la reina se habría enterado y querría verlo por tal razón.

Confiaba en que no fuera ese el motivo, porque lo habría colocado en una posición muy embarazosa. Solo con pensarlo le atenazaban los nervios. Sin embargo, debía estar preparado para cualquier eventualidad, y encontrar una buena excusa para argumentar su decisión. Tal vez pudiera justificarse con las prisas de la soberana por ver inaugurada lo antes posible su nueva galería.

Esperaba ser lo bastante convincente.

El entendimiento entre los dos resultó perfecto desde su primer encuentro.

María de Médicis no tardó en olvidarse de los otros candidatos, dejándose arrebatar por el entusiasmo cuando Rubens empezó a ilustrarle sus ideas acerca de la realización del proyecto. Ella le dijo lo que se esperaba de él, y él le explicó lo que pensaba hacer. Sus ideas le gustaron. Entre los dos no podía haber mejor sintonía.

Estaba claro que el objetivo de la soberana era asombrar a sus contemporáneos y legar a la posteridad la imagen de una gran y pródiga reina, con el abundante recurso a la mitología.

Rubens era un elocuente defensor de su causa. Supo encontrar las palabras adecuadas para hacer palanca sobre su ego.

María no tardó en darse cuenta de que el flamenco escondía, debajo de su bonachona apariencia, de hombre sencillo, una notable erudición. Ella podía mostrarse a veces un poco frívola, pero ciertamente no era inculta, y sabía reconocer de un primer vistazo quién poseía una buena cultura y quién carecía de ella. Rubens la sorprendió, pues poseía un conocimiento fuera de lo normal para un hombre de su condición, con un dominio considerable de la historia de la Antigüedad, la mitología y las cuestiones religiosas.

Le gustó de inmediato.

Si como regente había sido un desastre, como mecenas era insuperable. Su gusto por los objetos hermosos era infalible. Seguía su instinto, segura de realizar la elección más adecuada, porque en materia de arte poseía un inigualable don que discurría por sus venas. Sus genes no la engañaban, lo había entendido de inmediato: Rubens era la persona que le hacía falta. El hombre justo para llevar a término su gran proyecto.

Nunca antes un pintor del norte había tenido la ocasión de realizar un encargo decorativo de tanta envergadura como el del palacio de Luxemburgo. Habitualmente, esos grandes trabajos eran patrimonio casi exclusivo de los italianos.

En los sucesivos encuentros, que tuvieron lugar en el palacio del Louvre, se había entrometido también el cardenal Richelieu, confidente de la reina.

Ya desde su primer encuentro, los dos hombres habían congeniado poco.

No fue solo una cuestión de epidermis. Tenían ideas opuestas sobre la realización de la obra. Richelieu había intentado influir en el pintor y convencerlo para que siguiera sus consejos. Estaba claro que pretendía ser inmortalizado al lado de la reina. Se lo había sugerido claramente. Sin embargo, Rubens conocía lo suficientemente bien a la reina como para entender que María de Médicis no estaría dispuesta a permitir que nadie viniera siquiera a hacerle sombra en la que consideraba su obra maestra. Y mucho menos, un simple consejero.

11

Rubens estaba a punto de ser recibido en audiencia por la soberana. Esperaba sentado en la antesala del acostumbrado Gabinete de los Espejos del Louvre, ya bien conocido, y se entretenía mirando a su alrededor para matar el tiempo. La reina madre tenía toda la razón al quererse construir otro palacio. El Louvre necesitaba serias reformas.

Se sentía nervioso. Una desagradable sensación de malestar se había apoderado de él desde que emprendiera viaje hacia París y un ligero escalofrío le recorría ahora la espalda. Sabía que lo que se lo provocaban eran sus sentimientos de culpa. Esperaba lograr convencer a la reina de su buena fe con la excusa que se había preparado sobre la ejecución de las telas.

La duquesa de Monfort vino a distraerlo de sus pensamientos y le rogó que la siguiera. Su majestad se disponía a recibirlo.

Entraron en el Gabinete de los Espejos, donde María de Médicis, de pie, ya lo estaba esperando. Estaba sola.

La duquesa de Monfort se retiró enseguida, no sin cerrar antes detrás de ella los dobles batientes de la puerta.

«Qué extraño», pensó Rubens, porque habitualmente, en las audiencias privadas, la reina hacía esperar al huésped y llegaba siempre con unos minutos de retraso. Cuestión de protocolo. En cambio, ya estaba allí esperándolo.

Dejó escapar un suspiro de alivio al verla sola. Si lo había hecho llamar para exponerle sus reproches, al menos había decidido no hacérselos en público, ante todo su séquito.

La reina llevaba unos suntuosos ropajes color plata, recubiertos de perlas y diamantes. «Demasiado suntuoso para una sencilla audiencia privada», pensó Rubens. Seguramente tendría algún otro compromiso más tarde, o bien vendría de una representación oficial.

Le resultó imposible no confirmar su opinión de que aquella mujer tenía mucha clase. A pesar de su físico poco atractivo —había seguido engordando desde la última vez—, lograba, a pesar de todo, mostrar una infinita gracia en sus movimientos. No por nada era la reina de Francia, pensó, y nunca se olvidaba de su condición.

Lo recibió con una enorme sonrisa en los labios.

El pintor se acercó para besarle la mano y se dio cuenta de que tenía las manos perfumadas con una ligera esencia de violetas que emanaba un aroma fresquísimo.

—Sois siempre bienvenido, monsieur Rubens. Gracias por haber acudido en cuanto os he hecho llamar.

—Un honor y un deber, majestad. Os encuentro en una espléndida forma.

Ella se rio, feliz por la galantería.

—*Vous êtes un flatteur, monsieur Rubens. Vous allez me faire rougir.*

—Espero entonces que sea así, majestad, porque es un color que os favorece en modo particular.

Ella se rio de nuevo. Este Rubens le gustaba. Era galante y educado y siempre le hacía requiebros. Naturalmente, solo cuando estaban solos, porque era un lenguaje demasiado osado para dirigirse a una reina en público, pero ella se lo perdonaba de buena gana cuando ocurría en privado. Nadie en la corte le hacía nunca requiebros.

Rubens se sentía satisfecho por haber logrado distender el ambiente. Con todo, seguía aguardando la estocada.

—Vayamos a lo que nos interesa —continuó la reina—. ¿Cómo van nuestros cuadros? Sabéis que estoy impaciente por recibir las primeras muestras.

«Ahí estamos», pensó Rubens.

—Confío en poder enviaros pronto los primeros tres o cuatro, majestad. Ya es cuestión solo de unas pocas semanas más.

Ella se giró bruscamente, dándole la espalda, y empezó a caminar arriba y abajo por la sala.

«Mala señal —pensó él—. Lo hace habitualmente cuando está nerviosa».

—En realidad, no os he hecho venir para hablar de mis cuadros —declaró inesperadamente.

Rubens se sintió relajado de golpe. ¿De modo que no era para hacerle reproches por lo que lo había convocado?

—Vos sabéis bien la alta estima en la que os tengo —prosiguió la reina—, y sabéis que gozáis de mi total confianza. Para mí, sois casi un amigo.

—Vuestra majestad me honra —replicó Rubens, que no entendía bien a dónde quería ir a parar.

María de Médicis hizo una pausa, como si estuviera buscando las palabras adecuadas para empezar su razonamiento.

—Quisiera confiaros una misión, monsieur Rubens. Una cuestión bastante delicada. Se trata de un encargo que requiere no solo mucha confianza, sino sobre todo mucha discreción. Es fundamental que nadie, os lo repito, nadie, venga a saber de vuestra misión, ni una sola palabra de cuanto estoy a punto de deciros.

Rubens quedó desconcertado. No era aquello ciertamente lo que esperaba escuchar. Sentía curiosidad por saber de qué se trataba. ¿Qué podía querer de él la reina, que a nadie debía ser revelado?

Sintió la necesidad de tranquilizarla.

—Puedo asegurar a vuestra majestad que la confianza que deposita en mí está en buenas manos. No la traicionaré nunca, os lo aseguro. Querría añadir también que me honra que vuestra majestad haya pensado en mí para esta misión.

Ella lo miró perpleja, como si sus palabras la hubieran sorprendido.

Rubens no se dio cuenta, pero a María de Médicis, durante una fracción de segundo, se le cruzó un pensamiento repentino y se paró a valorar si no sería un error confiarle a aquel hombre lo que tenía en la cabeza. ¿Sería en verdad digno de confianza? Sabía perfectamente que estaba encargado de vigilarla y de transmitir a la corte de Bruselas todos sus movimientos y las cosas que decía. Sus espías ya la tenían informada. Rubens era un infiltrado de la infanta Isabel Clara Eugenia. Y era probable que la infanta supiera que ella lo sabía. La buena educación imponía fingir que no se sabía. Pero, sin embargo, en el fondo, no le importaba. Si no era él, sería otro. Era mejor saber quién la espiaba.

Estaba todavía a tiempo de dar marcha atrás, pero si lo hiciera, habría sido difícil encontrarle un sustituto. No tenía a nadie más a mano por el momento, y Rubens, por distintos motivos, era el candidato perfecto.

¿A quién se le iba a ocurrir que un conocido pintor flamenco, que se dedicaba a espiarla a ratos perdidos por cuenta de la gobernadora de los Países Bajos españoles, estuviera llevando a cabo una misión secreta precisamente para la reina de Francia?

No, no cabía la menor duda. El pintor Rubens era el candidato ideal.

Dejó de pasearse y se detuvo bruscamente ante él, tan próxima que hubiera podido tocarlo con el codo. Rubens se sintió incómodo. Iba contra todas las reglas permanecer tan cerca de la reina como para poder tocarla. No sabía si le convenía dar un paso atrás o esperar a que fuera ella quien se desplazase.

—Voy a deciros lo que espero de vos, maestro Rubens —prosiguió la reina sin moverse—. Quiero confiaros un pequeño envoltorio que debéis llevar con la máxima urgencia y con el máximo secreto a Amberes.

Había pronunciado las últimas palabras casi susurrando, como si temiera que alguien pudiera escucharla al otro lado de la puerta. Rubens entendió así por qué se le había acercado tanto. No quería que se les oyera.

—No debe saberlo nadie —continuó ella—. Y cuando digo nadie, quiero decir nadie en absoluto. Está en juego vuestra vida. Cuando lleguéis a Amberes, escondedlo en un lugar seguro, mejor si es en vuestra propia casa. Deberéis entregárselo más tarde a un enviado mío que os mostrará un papel secreto escrito por mí. No lo firmaré con mi nombre. Ahora elegiremos juntos un nombre en clave. Vos seréis el único en conocerlo.

Las palabras de la reina lo dejaron algo perplejo. No se esperaba nada semejante.

—Tened en cuenta que mi enviado podría tardar en ir a retirarlo —siguió diciendo la soberana—, tal vez semanas o meses, de modo que lo mejor es que lo escondáis bien.

—¿Cree vuestra majestad que sería oportuno que yo conociera el contenido del envoltorio? —preguntó él, curioso por saber de qué se trataba. Estaba pensando en papeles comprometedores o documentos que la reina quisiera poner a buen recaudo para que no fueran descubiertos.

María de Médicis reflexionó unos instantes antes de contestar.

¿Podía entregar un paquete de semejante valor a su pintor sin desvelarle su contenido?

Por toda respuesta, se acercó a una cómoda, de aspecto macizo, apoyada contra una de las paredes que había detrás de ella, con unas escenas de caza en relieve sobre sus pequeñas puertas, y abrió el primer cajón en alto, a la izquierda, para sacar un paquete de reducidas dimensiones, envuelto en una tela.

—Tal vez sea mejor que lo conozcáis —admitió finalmente—. Así podréis valorar el grado de confianza que tengo en vos.

Sumando un gesto a la palabra, le entregó el paquetito, no sin antes levantar un extremo de la tela para mostrarle su contenido.

Rubens abrió los ojos, maravillado. Apareció uno de los aderezos de diamantes más bonitos que había visto en toda su vida.

—Pero, majestad... —protestó.

—Es uno de mis aderezos —confesó ella—. Su valor supera el millón de libras. Como podéis ver, monsieur Rubens, deposito en vos una gran confianza.

Rubens se sentía terriblemente incómodo. No lograba entender por qué razón la reina de Francia había decidido confiarle precisamente a él, a quien apenas conocía, y que era oficialmente su pintor y no su hombre de confianza, un aderezo de diamantes valorado en más de un millón de libras para llevarlo a escondidas a Amberes.

¿No tendría realmente a nadie más de quien fiarse o era una trampa? ¿Por qué él? Una trampa no tenía mucho sentido. Si le sorprendían con ese aderezo en el bolsillo, como mucho podrían acusarlo de haberlo robado, pero ¿qué sentido tenía? Hasta resultaba ridículo.

La reina había hablado de una misión secreta. Eso significaba, por lo tanto, que no quería que se supiera nada del aderezo. Y ¿por qué razón lo mandaba al extranjero, confiándoselo a un extranjero además, si no era para venderlo a escondidas?

Intentó razonar rápidamente. Que la reina tuviera intención de vender en secreto un aderezo de diamantes era plausible. El porqué era una cuestión muy distinta. Si necesitaba dinero para la construcción del palacio de Luxemburgo, no le hacía falta vender sus joyas en secreto, sino que podría hacerlo a la luz del sol. Era más propenso a pensar que María de Médicis necesitaba reunir fondos para alguna causa secreta, y no era muy difícil imaginar cuáles podían ser sus motivaciones. Todo el mundo estaba al corriente de su profunda frustración por haber sido apartada del poder. Si esa era la razón, no le hacía demasiada gracia ser utilizado como mensajero para transportar joyas. Cabía otra posibilidad: que la reina quisiera someterlo a prueba.

Estaba seguro de que María de Médicis suponía que él tenía un doble cometido. Y por eso no se fiaba completamente de él. Había podido darse cuenta cuando estaban juntos y alguien entraba para decirle algo, alguna persona de su séquito o bien uno de sus secretarios, y ella se apartaba de él lo suficiente para que no pudiera oír lo que le decían.

Si era una prueba, ¿esperaba la reina tal vez que, tras aceptar el encargo, él se precipitara a ir a ver a la infanta para informarla de todo? En realidad, era lo que debía hacer, sobre todo si la reina tenía intención de vender aquellas joyas para financiar una rebelión.

Era cierto también que viajar con joyas de tanto valor significaba correr un enorme riesgo.

Solo la mera sospecha de lo que estaba transportando podía acarrear que le robaran o incluso que lo asesinaran.

La reina dio una última ojeada a sus diamantes antes de entregárselos definitivamente a Rubens. Eran realmente hermosos. Se veía que le dolía separarse de ellos. «Que lástima», pensó, aunque le sirviera de consuelo recordar que era por una buena causa. Y por otra parte, tenía bastantes más aderezos de diamantes, aunque no todos tan hermosos.

—Os insisto, amigo mío, sed muy prudente y, sobre todo, ¡punto en boca! Es vuestra vida la que está en juego.

Luego, como si se hubiera puesto demasiado seria, recobró su encantadora sonrisa y cambió de tema.

—Entonces, ¿qué nombre en clave elegimos?

A Rubens le pareció una actitud de una frivolidad extrema. Que ella pensara únicamente en su nombre en clave, como si se tratara de un juego, iba más allá de su entendimiento. Ni siquiera le había preguntado si estaba de acuerdo. Lo daba por descontado. Sus deseos eran órdenes.

—¿Con qué nombre pensáis que debo firmar los papeles con los que os autorizo a entregar estos diamantes a mi enviado? —prosiguió ella, fingiendo que no se había percatado de su azoramiento—. Debe ser un nombre fácil, para que pueda recordarlo, pero que no guarde relación con el hecho de que sea la reina quien firme. Nadie debe sospecharlo.

Rubens se prestó muy a pesar suyo al juego. Tenía la cabeza en otra parte, preocupado por la nueva situación, y desde luego, no le apetecía en absoluto ponerse a jugar a las adivinanzas. Sin embargo, no le quedaba otra elección.

Hicieron varios intentos para hallar un nombre, pero ninguno de los que Rubens proponía le gustaba a la reina. Después de que él hubiera propuesto el nombre de «La pimpinela escarlata», la reina lo rechazó sin motivo aparente y exclamó:

—¡Bolas rojas! Así es como firmaré. ¡Bolas rojas! —dijo, visiblemente satisfecha de sí misma.

—¿Bolas rojas? —repitió Rubens.

—Apreciado Rubens, ¿es que no os acordáis de mi escudo?

—Desde luego, majestad, seis bolas sobre fondo de oro de las cuales cinco son rojas y una azul con la flor de lis de los Borbones. Pero ¿no os parece que se trata de una referencia demasiado obvia?

—No creo que nadie que lea «bolas rojas» lo asocie de inmediato a la reina de Francia. Y además, sea como fuere, es lo que he decidido. Al menos así me acordaré de mi seudónimo.... —dijo dejando escapar una risita.

Rubens no osaba contrariarla, pero consideraba aquel nombre ridículo y demasiado fácil de identificar. Le parecía que la reina trataba el tema con demasiada ligereza. Acababa de confiarle un aderezo de un millón de libras y pretendía que un desconocido se presentara con un trozo de papel firmado «bolas rojas» para que él se lo entregara. Muy frívolo por su parte.

Intentó hacerla cambiar de parecer y convencerla para que eligiera un nombre en clave más elaborado, pero ella no quiso atender a razones. Era muy testaruda.

Le dio las últimas recomendaciones y luego lo despidió. Temía que, de prolongarse demasiado la audiencia privada, alguien de su séquito pudiera recelar. Las audiencias privadas no solían durar nunca más de un cuarto de hora y la reina y Rubens se habían demorado bastante más hablando. Era peligroso llamar la atención y dar pie a que alguien se preguntara qué estaba haciendo la reina encerrada en el Gabinete de los Espejos, sola y sin nadie de su séquito, con el pintor flamenco. Cuando posaba para él, había siempre alguna de sus damas de honor presente, dispuesta a servirla si necesitaba algo, o incluso sencillamente para distraerla con su conversación.

María de Médicis estaba saliendo de la sala ya cuando, inesperadamente, volvió sobre sus pasos.

—Se me ha ocurrido una idea mejor.

Se concedió un momento de reflexión antes de proseguir:

—Cread vos mismo un código que podamos utilizar para nuestra correspondencia. Cuando estéis de vuelta en casa, escribidme para informarme de vuestro viaje y de si el aderezo ha llegado sin novedad a Amberes. Encontrad un buen escondite y avisadme del lugar preciso donde habéis depositado los diamantes.

Dado que Rubens no le contestaba y permanecía escuchándola tranquilamente, ella pensó que tal vez creyera que no se fiaba de él. Añadió rápidamente:

—Por si os ocurre algo... Dios os conserve la salud, estimado Rubens, pero en la vida hace falta ser previsor. Nunca se sabe lo que nos reserva el mañana. Entenderéis que resultaría sumamente fastidioso no saber dónde habéis escondido mis diamantes si, desafortunadamente, os sucediera alguna desgracia. Escribídmelo todo en clave, naturalmente. Usaremos este sistema solo para hablar de los diamantes. ¿Estamos de acuerdo?

—Desde luego, majestad.

Y al cabo de unos segundos de reflexión, añadió:

—Es posible que tengáis razón —admitió por fin—. «Bolas rojas» resulta casi demasiado evidente. Sin embargo es un nombre que me gusta y es fácil de recordar. De modo que lo utilizaremos, pero para despistar a quien pueda descubrir nuestra correspondencia, seréis vos quien firmaréis como «bolas rojas».

Rubens sonrió para sus adentros. En el fondo, la reina era una buena persona. A veces daba la impresión de que su testarudez la perdía, pero luego se lo pensaba mejor y no tenía reparos en reconocer sus errores y dar marcha atrás.

—¿Y qué nombre en clave usaremos entonces para vuestra majestad?

—Dejadme pensar...

Clavó su mirada en el infinito durante unos segundos, mientras pensaba. Luego le preguntó:

—¿No tendréis algún amigo querido que hayáis tenido la desgracia de perder últimamente?

Rubens reflexionó unos segundos antes de contestar.

—Puede que sí. Jan Hoffmann. Era un colega pintor. Desgraciadamente, murió hace algunas semanas.

—Perfecto —exclamó feliz la reina—. Yo seré Jan Hoffmann. Sin embargo, deberéis traducir ese nombre en clave, como es natural. Cuando tengáis acabado el código secreto, no dejéis de enviarme una copia, no hace falta que os lo recuerde. Que no sea demasiado complicado y que no abarque demasiadas palabras. Mejor dicho, es preferible que me lo traigáis vos mismo en vuestro próximo viaje y me lo entreguéis personalmente, así me explicaréis también cómo funciona.

—Podéis contar conmigo, majestad. Todo se hará según vuestros deseos —dijo, haciendo una reverencia, porque ella tenía ya un pie fuera de la puerta.

No se dio la vuelta para saludarlo. Tenía prisa. Para ella, el asunto había quedado resuelto.

Rubens introdujo delicadamente el envoltorio que contenía los diamantes en el bolsillo interior de su jubón y salió por una puerta secundaria que ya conocía, por haberla usado anteriormente. Era un pasadizo interior que, a través una serie de pasillos ocultos a la vista del público, desembocada prácticamente en la calle. Pocos lo conocían, le había dicho la reina la primera vez que se lo mostró. Le contó también que había sido proyectado para una eventual fuga precipitada de la familia real del Louvre, pero que ella, por suerte, nunca había tenido necesidad de usarlo. Había sido muy útil, en cambio, durante la Matanza de San Bartolomé, para esconder a los hugonotes de la furia asesina de los católicos.

Esperándola detrás la puerta por la que había salido, estaba la duquesa de Monfort.

La interrogó con la mirada.

—Todo en orden, querida. Nuestro plan está en marcha —le dijo la reina, en voz baja—. Ahora es vuestro turno.

La duquesa sonrió. Le divertía pensar que todos creían que María de Médicis era una estúpida. En realidad, era una mujer muy astuta. Bien lo sabía ella, que formaba parte de la conjura. La reina había urdido un plan realmente genial.

La condesa de Auteuil hizo llegar discretamente al cardenal Richelieu la información de que, después de haber recibido en audiencia privada al pintor Rubens, el aderezo de diamantes que se encontraba en el cajón ya no se hallaba allí. Lo había verificado ella personalmente. Precisó también que el pintor no había salido por la puerta principal, por la que había entrado, pues ella misma se había quedado vigilando y no lo había visto pasar, de modo que era probable que la reina lo hubiera hecho salir por algún otro pasaje secundario que ella desconocía. Había oído hablar de un pasadizo secreto que permitía entrar y salir discretamente de los aposentos reales, pero que nadie había visto nunca. Era un secreto a voces que circulaba por los pasillos del Louvre. Se decía que Enrique IV lo usaba frecuentemente para reunirse con sus amantes. Se contaba también que una noche la reina María se escondió en el pasadizo secreto para descubrir quién era la amante de turno de su marido y que cuando vio pasar a la marquesa de Verneuil, le arrojó encima una rata enorme y la marquesa huyó de allí gritando y jurando que nunca más usaría aquel pasadizo. Sin embargo, era más leyenda que realidad. Entre otras cosas, porque la propia reina sentía terror a las ratas y nunca ni bajo ningún concepto habría cogido una en la mano, y además porque Enrique IV se pavoneaba abiertamente con sus amantes ante los ojos de la reina y de toda la corte, y desde luego no tenía necesidad alguna de usar el pasadizo secreto para verse con sus favoritas.

En cuanto supo la noticia, el cardenal ordenó que se reforzase la vigilancia en torno al pintor. Quería saber a dónde iba, a quién veía y de qué hablaba con las personas con las que se topaba.

Si llevaba consigo los diamantes, quería saber qué hacía con ellos, y, si los entregaba a alguien, ordenaba que esa persona fuera seguida y que no se perdieran de vista los diamantes ni un solo momento.

—Esa mujer está tramando algo —murmuró entre dientes el cardenal, para sí mismo—. Estoy convencido. Lo presiento. Sin embargo, me resulta difícil creer que esté usando a ese pintor. No puede estar involucrado en esas conjuras suyas. No da la talla. Sin duda, lo habrá utilizado solo para sacar las joyas de sus aposentos, tal vez a sus espaldas. Pero acabará entregándoselas a alguien, a la fuerza, y a ese es al que debemos interceptar.

12

Los amigos de Enrico Forlani no eran unos auténticos delincuentes. No en apariencia, por lo menos.

Más bien al contrario. Ambos tenían ganada en la ciudad su consideración como gente honrada. Uno, Alberto, era un joyero que gozaba de cierta reputación. La joyería había sido fundada por su padre y Alberto pertenecía a la segunda generación que la regentaba. En cambio, el otro, Sergio, era el titular de una correduría de seguros. Ambos, al igual que Forlani, rondaban los cuarenta años.

A primera vista, era gente intachable.

Lo que los empujó para dar el paso hacia la delincuencia y la ilegalidad fue la delicada situación económica en la que se hallaban. Bajo el aparente bienestar que ostentaban las dos familias —coches de gran cilindrada, segunda vivienda en el campo o en la playa, barca— se ocultaba una realidad bien distinta. Hacía tiempo que no corrían buenos tiempos para sus negocios, como en el pasado, y ambos estaban de deudas hasta el cuello. Alberto, el joyero, se veía obligado a dar auténticos saltos mortales para salvar las apariencias y evitar un sonoro cierre de sus tres establecimientos.

Cuando su amigo Enrico Forlani aludió inocentemente al descubrimiento de Scopetta acerca de unos supuestos diamantes de la reina María de Médicis, los dos amigos se cruzaron una mirada y se entendieron al instante. Lo que Forlani ignoraba era que el profesor Scopetta era un viejo conocido de ambos. De vez en cuando hacían negocios juntos, vendiendo documentos antiguos que el profesor les pasaba en secreto. Sin embargo, Scopetta nunca había hecho la menor alusión a la historia de los diamantes. Si era cierta, podía suponer la solución para todos sus problemas. Para Alberto, siendo joyero además, no habría representado dificultad alguna el colocarlos discretamente en el mercado. Si Scopetta no había querido compartir con ellos su secreto, la solución más sencilla era robarle esos papeles. Era una ocasión que no podían dejar pasar de largo.

La cuestión era convencer a Enrico para dar el paso.

Daban por descontado que Enrico Forlani era un chico tímido, temeroso hasta de su propia sombra. Un eterno indeciso.

Sabían, sin embargo, por haberlo hablado a menudo en sus reuniones nocturnas, cuando jugaban a las cartas o sencillamente se veían para tomar algo juntos, dando rienda suelta a sus inverosímiles proyectos, que a Enrico, cuando había bebido demasiado, se le soltaba la lengua y dejaba entrever una ambición desmesurada que contrastaba con su carácter.

No había sido fácil convencerlo, pero al final, Alberto, el más avispado de los dos, había sabido tocar la tecla adecuada, el único elemento que podía aguijonear al apático Forlani: Mariella, su novia, de quien Forlani estaba enamoradísimo.

Mariella no les gustaba a ninguno de los dos.

Era una chica algo dejada, rubia teñida y ni siquiera demasiado guapa, rechoncha y con un pecho impresionante. Trabajaba como empleada del Ayuntamiento, no poseía una gran cultura ni aparentaba intereses especiales, más allá de los productos de marca, ropa y zapatos, sobre todo, y, sin embargo, por quién sabe qué extraña suerte de misterio, ejercía sobre Enrico un ascendiente que los otros dos no entendían.

Mariella estaba convencida de que si aceptaba casarse con el tímido Enrico, a quien ella misma acusaba constantemente de ser un hombre sin carácter y sin pelotas, cambiaría su estatus social, convirtiéndola en una verdadera señora. No dejaba de ser un profesor universitario, un trabajo prestigioso, que haría que sus amigas se murieran de envidia.

No vivían juntos, porque ella decía que su diminuto apartamento era demasiado pequeño para los dos y era mejor esperar a que tuvieran medios económicos para comprarse un piso más grande, más adecuado a su futuro nivel social. En realidad, Mariella tenía dudas. No estaba convencida del todo de que casarse con Enrico Forlani fuera la mejor solución para su vida. No estaba enamorada, pero eso era cuestión secundaria. Mientras le resultara posible, prefería ganar tiempo y esperar a ver si la fortuna acababa por sonreírle al final y le proporcionaba un pretendiente mejor que Enrico.

—¿Te imaginas —le había dicho Alberto— la cara que pondrá Mariella cuando le anuncies que has ganado una bonita suma a la lotería? Ya la estoy viendo. A ver si deja de una vez de tratarte como un idiota. Si tienes pasta, esa es de las que no te suelta ni aunque se la lleven con la camisa de fuerza.

Forlani estuvo dándole vueltas. Lo cierto es que Alberto tenía razón. Si dispusiera de más medios económicos, podría ofrecer una vida más confortable a Mariella y permitirle entrar en esas lujosas tiendas de Florencia que ella siempre admiraba, sin traspasar los escaparates, cuando paseaban los domingos. Ya no habría necesidad de ir a los mercadillos para comprarle los falsos bolsos de marca que tanto le gustaban. Y además, podrían adquirir por fin un piso más grande. Ese era el sueño de Mariella. Y hasta puede que con vistas al río Arno, lo que sería una verdadera maravilla.

De esta manera, después de muchos titubeos, Enrico Forlani se dejó convencer para participar en el plan preparado por sus amigos.

—Tu papel es muy sencillo, Enrico —le dijo Sergio—. Tú solo tienes que hacerte con esos documentos, sea como sea. Del resto nos encargamos nosotros. No me parece un trabajo demasiado complejo para una recompensa tan alta. ¿Tú qué dices?

—A primera vista no lo parece, efectivamente, pero el caso es que Scopetta se ha ido de vacaciones y se ha llevado con él los documentos para estudiarlos. Habrá que esperar a que vuelva.

—Pero ¿qué dices? —intervino Alberto—, tienes que ir tras él y apañártelas para quitárselos. ¿Adónde se ha ido de vacaciones?

—A Camogli, en la costa de Liguria, igual que siempre.

—Pero caramba, si eso está a tiro de piedra. Te coges el coche y te vas para allá. No son ni dos horas de viaje.

—Sí, ¿y luego? No voy a presentarme y a decirle que me enseñe los papeles. No es tan sencillo. Por si fuera poco, ha mandado venir desde Estados Unidos a una experta en textos renacentistas con la que va a reunirse en Camogli para estudiar los documentos. ¿Qué puedo hacer yo para adueñarme de ellos?

—¿Una experta americana? ¿Con qué propósito? —preguntó Alberto, receloso. No le gustaba la idea de que hubiera más personas involucradas. Podían representar un peligro.

—Para que le ayude a traducir el código. Eso es lo que Scopetta me ha dicho.

—¿Y por qué no te lo ha pedido a ti? ¿No es también tu especialidad? ¿No sois tan amigos?

—Amigos, en realidad, no. Nos conocemos porque somos colegas, pero amigos no es que seamos. Y además, en los círculos universitarios lo cierto es que somos de alguna manera rivales. Nunca me pediría ayuda a mí. Prefiere contar con la colaboración de alguien externo, aunque tenga que hacerlo venir desde Estados Unidos, como en este caso.

—Entonces está muy claro, amigo Forlani —concluyó Alberto—. Tienes que apoderarte de los documentos antes de que los vea la americana esa. No te queda tiempo que perder. Vete enseguida a Camogli, síguelo, e intenta prever cuál será su próxima maniobra. Tú lo conoces bien, sabes cómo se mueve habitualmente.

—Pero si lo sigo y me reconoce, ¿qué le digo?

—No es necesario que lo hagas tú en persona. Al contrario, mejor que no sea así. Localiza a algún ladronzuelo de esos que siempre hay por la calle, dale un puñado de dinero y que haga él el trabajo por ti.

Enrico Forlani no lo veía tan sencillo en absoluto, pero Alberto tenía razón. Si le encargaba el trabajo a otro, todo resultaría más fácil para él. La cuestión era cómo identificar al ladronzuelo. Sin embargo, era un problema que podría solucionar sobre la marcha. Al menos, eso era lo que esperaba. Había momentos en los que se arrepentía de haber hablado demasiado y de haber confiado el secreto de Scopetta a sus amigos. Desde que había empezado esa historia, se sentía constantemente sometido a presión. Luego pensaba en Mariella, en la casa que daba al Arno, y se resignaba. Tal vez estar bajo presión fuera precisamente el impulso que le hacía falta para seguir adelante.

Al día siguiente, se puso al volante de su viejo Fiat para ir a Liguria. A Mariella, que se había extrañado por aquella repentina ausencia, le dijo que tenía que ir a Piombino para ver a una pariente que estaba enferma.

—No sabía que tuvieras parientes en Piombino —dijo ella, por decir algo más que nada, porque en realidad no es que le importara demasiado.

—Hay muchas cosas que no sabes de mí —contestó Enrico, haciéndose el misterioso.

Por toda respuesta, ella se encogió de hombros.

En el camino de regreso, tras embocar la autopista en Recco, en dirección a La Spezia, para volver a Florencia, Enrico Forlani reflexionaba.

Alberto tenía razón. En el fondo, no había sido tan difícil. Una llamada de Alberto a un amigo suyo de Camogli le había permitido averiguar dónde podía localizar a los dos delincuentes. Había sido más fácil de que lo que se había imaginado. Ahora, de regreso a casa, sin embargo, no dejaba de sentirse un poco preocupado por la forma de huir de aquellos dos después de haberle entregado el portafolios. Confiaba en que no hubiera surgido ningún problema.

No podía dejar de imaginarse la expresión de Scopetta al ver que esos dos le robaban el portafolios. Debía de haberse puesto furioso. Seguro que ahora los estaba maldiciendo y mandándolos al infierno. Se imaginaba ya la bronca que habría debido soportar por boca de la americana. También ella debía de estar furiosa por haber venido de Estados Unidos para nada.

Enrico Forlani se rio para sus adentros. Le había gastado una buena bromita a su colega Scopetta, no cabía duda.

13

El inspector Pegoraro se disponía a llamar a Ann Carrington al hotel cuando un subalterno entró en su despacho.

—Tengo buenas noticias, jefe —le dijo el joven con una amplia sonrisa de satisfacción—. Ya hemos encontrado el pasaporte de la americana. Tal como había dicho usted, jefe, estaba en una papelera delante de la estación.

—Ah, bien —contestó complacido Pegoraro. Estaba buscando una excusa para llamar a la rubia americana y el hallazgo del pasaporte le venía de perlas. Se lo llevaría personalmente al hotel, así tendría una excusa perfecta para verla. Tal vez, si la veía animada, podrían incluso ir a cenar al restaurante de Rosa, desde donde se disfrutaba de unas vistas increíbles del puerto y del mar.

—Hay otra noticia que también concierne a la señora Carrington, jefe —prosiguió el subalterno—. Ah, por cierto, hemos curioseado en el pasaporte. Resulta que la mujer tiene cuarenta y un años. Muy bien llevados desde luego, por lo buena que está.

Eso ya lo sabía él. Lo había preguntado en la recepción del hotel.

—¿Y cuál es esa otra noticia que tienes sobre la señora Carrington? ¿Que ahora sabes cuántos años tiene? —preguntó Pegoraro con tono sarcástico.

—No, jefe —contestó el otro, entre risitas—. Los colegas la han visto entrar esta tarde, hacia las seis, en casa del profesor Scopetta, en la plaza Colombo. No ha salido todavía de allí.

—¿Ah, sí? —dijo Pegoraro, no sin cierta curiosidad.

¿Qué habría ido a hacer la señora Carrington a casa de los Scopetta? ¿No había dicho que no los conocía? ¿Sería tal vez que se había sentido obligada a ir a saludar a la viuda, ya que había venido especialmente de Estados Unidos para encontrarse con su marido? Los americanos son muy formales. Se acordaba bien. Había pasado varios meses en Maryland estudiando en una academia de policía, en uno de esos cursos de intercambio de métodos e informaciones.

—¿Qué hago con el pasaporte? —preguntó el joven—. ¿Se lo acerco al hotel?

—No, dámelo —dijo el inspector—. Tengo que pasar por allí. Ya se lo daré yo.

En cuanto se marchó su joven subalterno, Antonio Pegoraro cogió el teléfono y llamó a su casa.

—Sigo todavía en la oficina, cariño —le dijo a su mujer—. Esta noche tengo para rato, así que es mejor que no me esperes a cenar. Qué te voy a contar, con este nuevo caso de asesinato andamos todos como locos.

—No te preocupes —contestó Maria Rosa, su mujer—. Cuando no te he visto llegar a la hora de siempre, ya me lo he imaginado. No se habla de otra cosa en la ciudad. La verdulera me ha contado que ha sucedido allí mismo, cerca de su tienda, en el callejón. ¿Habéis descubierto ya algo?

—No, todavía no, pero estamos en ello. El comisario está fuera de sus casillas. Nos está volviendo a todos locos. Quiere que lo solucionemos lo antes posible. Parece ser que ha recibido una llamada del prefecto, quien exige ser informado cada hora. Una auténtica locura. Como si tuviéramos una varita mágica para solucionar en un abrir y cerrar de ojos todos los casos. Bueno, ya te llamaré más tarde, para avisarte cuando vaya a salir.

—De acuerdo. Te pondré la cena a calentar en cuanto me llames. A ver si no llegas muy tarde, inténtalo.

Oyó a la niña que estaba llorando detrás de ella.

—¿Qué le pasa a Rosa? ¿Por qué está llorando? —preguntó Pegoraro para cambiar de tema.

—No es nada, no te preocupes. Ha estado muy caprichosa todo el día. Ahora le daré de comer y luego la meteré en la cama. Acuérdate de llamarme, para que pueda tenerte preparada la cena cuando llegues.

—De acuerdo, cariño, pero si me retraso, no me esperes. Hasta luego.

Colgó antes de que su mujer tuviera tiempo de protestar. Maria Rosa era una buena chica. Al principio de estar casados, protestaba siempre cuando llegaba tarde, pero ya habían pasado cinco años y se había ido acostumbrando a sus estrambóticos horarios. Más tarde, nació la niña. Rosa tenía ahora tres años y le daba mucho que hacer.

Cogió el pasaporte de Ann Carrington y se lo metió en el bolsillo interior de la chaqueta. Salió en dirección al hotel Casmona. Confiaba en encontrar a la americana, siempre que hubiera vuelto de su visita a casa de los Scopetta.

Pero Ann Carrington no estaba en el hotel.

Había un hombre en la recepción, que había sustituido a la chica habitual y que le informó de que la señora había salido hacia las seis, pero no había regresado aún.

Estuvo a punto de dejar allí el pasaporte, pero luego se lo pensó mejor. Se habría quedado sin excusa para volver a verla. Se lo metió de nuevo en el bolsillo.

—Haga el favor de decirle, cuando regrese, que me llame. Hemos localizado su pasaporte. Soy el inspector Pegoraro. Ella tiene mi número.

Salió del hotel y se encaminó hacia la plaza Colombo. Si Ann Carrington estaba todavía en casa de los Scopetta, quizá pudiese verla cuando saliera.

Le parecía extraño que permaneciese tanto rato en casa de la viuda. ¿De qué estarían hablando si ni siquiera se conocían?

El paseo marítimo estaba abarrotado de gente que paseaba. Algunos iban a cenar, otros, a tomarse un aperitivo, y no faltaban los inevitables amantes del baño, que volvían con sus bolsas o con la toalla sobre el hombro, después de haber apurado su estancia en la playa hasta el último rayo de sol.

De vez en cuando se tropezaba con alguien a quien conocía, aunque solo fuera de vista, y se saludaban educadamente desde lejos. Formaba parte de las obligaciones de quienes viven en una pequeña localidad, donde todos se conocen. Si, por el contrario, se trataba de alguien a quien conocía un poco mejor, se entretenía charlando un par de minutos. Por educación. A la gente del lugar le gustaba que la vieran en compañía del atractivo inspector de policía para poder presumir luego de gozar de su amistad. Cosas de los pueblos.

En la plaza Colombo tomó asiento en una de las mesitas de la terraza del café La Cage aux Folles. Desde allí podía observar toda la plaza pero sobre todo la puerta del edificio de los Scopetta.

Pidió un aperitivo.

Siempre se había preguntado la razón por la que los dueños habrían elegido un nombre tan estúpido para su local. No tenía nada que ver con la película y en esa plaza un nombre así estaba casi fuera de lugar. Tenía que acordarse de preguntárselo la próxima vez.

Llevaba sentado allí unos cuarenta minutos cuando vio por fin abrirse el portal de la casa de los Scopetta y a Ann Carrington que salía. Pero no estaba sola. Iba acompañada por la señora Scopetta. Las dos conversaban animadamente y, cuando pasaron por delante de él, ni se percataron de su presencia. Por otra parte, la terraza se hallaba repleta de gente.

Pegoraro pagó y las siguió a cierta distancia. Pero ¿adónde podían ir a esas horas si no a cenar a algún sitio?

Efectivamente, las vio entrar en un restaurante.

Pegoraro decidió dejarlo correr. Ann Carrington iba a estar ocupada. Ya procuraría verla al día siguiente. Visto que no tenía nada mejor que hacer, podía volver a casa. A su mujer le alegraría verlo de regreso antes de lo esperado. De modo que la llamó para que le calentara la cena.

14

Enrico Forlani estaba estudiando las fotocopias de los documentos que había conseguido robar al profesor Scopetta, disfrutando de unos instantes de frescor en la tranquilidad de su casa de Florencia, cuando hizo un amargo descubrimiento. Faltaba una hoja. Verificó escrupulosamente todos los documentos, pero por desgracia el resultado seguía siendo el mismo: faltaba una hoja. Era la segunda parte del código. ¿Y ahora qué podía hacer? Se la habían jugado.

Su primer pensamiento fue para los dos ladronzuelos que habían birlado el portafolios. ¿Cabía la posibilidad de que hubieran sustraído una hoja para poder chantajearlo? Imposible. Era absurdo. Esos sujetos no tenían ni idea del contenido del portafolios, y aunque lo hubieran abierto para comprobar qué contenía, al encontrarse con fotocopias de documentos, era imposible que fueran capaces de entender de qué se trataba. Y además, ¿chantajearlo cómo? Ni siquiera sabían quién era. Desde luego, no les había dado su nombre. Era una idea absurda. Esos dos no tenían la menor posibilidad de localizarlo.

Se preguntó después si Scopetta habría escondido voluntariamente una parte del código para evitar que la americana con quien estaba intentando descifrarlo pudiera enterarse de todo el asunto. Tal vez pensara, una vez descubierta la técnica empleada, poder descifrar por su cuenta la segunda parte. Era una posibilidad que no podía descartar, pero ¿era Scopetta un tipo tan astuto como para maquinar algo parecido? Por lo poco que lo conocía, lo dudaba seriamente. Quizá se hubiera olvidado simplemente de hacer una de las fotocopias del documento original. Una sencilla distracción.

Se levantó del escritorio para acercarse a la ventana. Mirar hacia fuera lo ayudaba a pensar. En el exterior, hacía un calor tremendo. Igual que cada verano. En el mes de agosto, el aire de Florencia podía volverse insoportable. Por suerte, había hecho instalar en su casa un aparato de aire acondicionado. Era el primer año que podía disfrutar de él y, desde luego, había sido una buena inversión. Se estaba estupendamente en el frescor de su pisito.

Ahora venía la parte más difícil. Debía informar a sus amigos de que no podía descifrar el código porque le faltaba una hoja. Seguramente se enfadarían, pero no era culpa suya si Scopetta no había hecho bien su trabajo.

Llamó a Alberto para darle la mala noticia. No es que tuviera preferencia por él, pero conocía bien a Sergio: hablaba mucho y le tendría un buen rato entretenido al teléfono. Alberto era más práctico.

Media hora más tarde, los dos amigos estaban ya en su casa.

A ninguno de los dos les gustaba especialmente la casa de Enrico. Era pequeña y oscura, y situada en un barrio periférico, al lado de la carretera de San Giovanni, que no era más que una zona obrera.

No entendían por qué razón había escogido Forlani un lugar como aquel para comprarse una casa, cuando hubiera podido adquirir otra en una zona mejor, más o menos por el mismo precio.

La conclusión a la que llegaban era que la decisión no había sido una cuestión de precio, sino de simple mal gusto. Estaba claro que a Enrico su casa no le importaba excesivamente. Era solo un sitio en el que depositar sus cosas. Se notaba por el desorden que reinaba por todas partes. Sobre la mesa del salón, en una esquina, aún seguía estando el mantelito de la comida, mientras que al otro lado de la mesa se veían la sal, el aceite y el vinagre, un vaso sucio y una botella de vino medio vacía. Los platos sucios se acumulaban en el fregadero de la cocina y, al pasar ante la puerta del dormitorio, habían visto la cama todavía sin hacer. Era obvio que Enrico Forlani no era un gran amo de casa.

Su chica, Mariella, no gozaba de sus simpatías, como hemos dicho, pero viendo el follón en el que vivía Enrico, comprendían a la perfección su rechazo a irse a vivir con él. Tampoco ellos habrían aceptado vivir en un tugurio semejante.

—¿Y dónde crees que está la hoja que falta? —le preguntó Alberto, irritado—. ¿Piensas de verdad que la han robado esos dos, como nos decías hace un momento, o que Scopetta ha podido olvidarse de hacer una fotocopia? Porque no tiene mucho sentido que quiera esconderla voluntariamente a la americana.

—Te he dicho que puede ser una posibilidad. En realidad, no tengo ni idea —contestó Enrico, dando vueltas por la habitación, incapaz de quedarse quieto, con una mano apoyada sobre la cadera, mientras se pasaba una y otra vez la otra sobre su cráneo afeitado—. Como os decía, me resulta bastante inverosímil que esos dos la hayan sustraído, si es que estaba efectivamente en el portafolios. No tiene sentido. Y un descuido de Scopetta es impensable. Lo he estado pensando. Es un hombre demasiado meticuloso con sus cosas como para olvidarse de hacer una fotocopia de un documento tan importante. En cuanto a la posibilidad de que la hubiera retirado voluntariamente para no dejársela ver a la americana, es una estupidez. En cambio, he estado pensando, mientras os esperaba, y se me ha ocurrido otra idea. ¿Y si ese documento faltaba ya en el legajo original? Eso no lo sabemos. Es posible que no haya llegado nunca al Archivo Estatal.

Alberto y Sergio se miraron escépticos y llegaron al mismo tiempo a una idéntica conclusión: decididamente, Enrico era un inútil.

—¿Y no puedes descifrar tú la clave solo con esa primera hoja? Si Scopetta podía hacerlo, deberías ser capaz tú también —dijo Sergio—. Quizá si logras entender el sistema que ha usado el codificador, puedas reconstruirlo con la información de la primera página, ¿o no? —concluyó, no muy convencido de obtener una respuesta positiva.

—A ti puede parecerte muy fácil, pero es imposible. Se trata de un código muy sofisticado. Y además, ¿quién te ha dicho que Scopetta era capaz de lograrlo? Yo creo que no, pues de ser así, ¿para qué iba a pedirle ayuda a la americana?

—¡Ponme un ejemplo!

—Aquí mismo, la primera palabra: *amateur*. Parece una palabra sencilla. En francés significa «aficionado». Por el contrario, aquí quiere decir algo completamente distinto. En la primera parte del código se explica que viene empleada para decir «viaje». Luego mira esta otra: escribe *les étoiles*, cuando en realidad quiere decir «los diamantes». Y otra más: para decir «los diamantes están escondidos», se escribe *les étoiles sont couchées*. La única deducción a la que puede llegarse es que, cuando se refiere a la reina María de Médicis, la llama las *bolas rojas*. Es una clara referencia a su escudo familiar.

—Pero, por lo que alcanzas a entender, ¿de qué hablan exactamente estos papeles? —preguntó Alberto.

Enrico no necesitó repasar los papeles. Se los sabía ya de memoria por habérselos estudiado infinitas veces desde que habían llegado a sus manos.

—En resumen, Rubens, el pintor de la reina, afirma que María de Médicis, según parece, le ha confiado unos diamantes para que se los lleve a Amberes y los esconda. Y hasta ahí, no hay mayor problema. Sin embargo, lo que despertó la curiosidad de Scopetta fue un documento hallado en los archivos de Amberes, en el que un tal Jan Stuyvevergge, que no sabemos a ciencia cierta quién puede ser, afirma haber oído decir a un descendiente del pintor (precisa que era hijo de su segunda mujer), que circulaba por su casa el rumor de que Rubens escondió efectivamente unos diamantes por cuenta de la reina de Francia, pero que nunca vino nadie a recuperarlos y que el propio Rubens, hacia el final de su vida, ya no se acordaba bien de dónde los había escondido, porque se le había ido un poco la cabeza. De ahí la suposición de que puedan seguir estando aún donde los haya dejado, y de que teóricamente, entre estos documentos que tenemos en nuestras manos, hay uno que desvela su escondrijo, aunque, desgraciadamente, esté en clave, y sin la parte del código que falta, sea imposible descifrarlo. No logro entender cómo funciona.

—¡Maldita sea! —rugió Alberto, que había levantado la voz sin querer—. ¿Y qué hacemos ahora? ¿Crees que la americana es capaz de traducirlo?

—Lo dudo. Si no lo ha logrado Scopetta, que es un experto... Y además ella ni siquiera ha visto los documentos, ya que se los quitamos nosotros antes de que Scopetta pudiera verla.

—Sí, de acuerdo, pero seguro que Scopetta habrá sacado una copia para su propio uso. ¿Donde están los originales, además? La hoja que falta ¿no se habrá quedado olvidada por casualidad en el cartapacio de los archivos?

—Conociendo la meticulosidad de Scopetta, lo dudo, o incluso me atrevería a decir que lo excluyo. Seguramente no estaba en el legajo. O se ha perdido, o está archivada en otro sitio, o puede incluso que haya sido destruida.

Los tres hombres se quedaron pensativos un momento, sin decir nada más, buscando cada uno una posible solución. Enrico se sirvió una copa de vino blanco que sacó de la nevera.

—¿Queréis un vaso de vino blanco? —preguntó, dándose cuenta de que aún no les había ofrecido nada.

—Si no hay nada más... —contestó Alberto.

Sergio aceptó también una copa de vino.

Enrico sacó de un armario de la cocina otros dos vasos. Sus dos amigos verificaron que estuvieran limpios antes de beber.

—A pesar de todo, debemos seguir adelante, sea como sea —prosiguió Alberto—. Tú intenta descubrir todo lo que puedas con lo que tienes. Si Scopetta se estaba afanando tanto para intentar descifrar el código, eso quiere decir que se ha olido que hay algo muy gordo por debajo. Y si esos diamantes existen, tenemos que adelantarnos nosotros antes de que se presente alguien más.

Inesperadamente, sonó el teléfono y los tres se sobresaltaron levemente.

—¿Esperas alguna llamada?

—No. Debe de ser Mariella —contestó Enrico—. Qué raro, porque no me llama nunca a estas horas. Está en la oficina.

Efectivamente, era ella.

—¿Has oído las noticias del telediario? —dijo ella con su voz estridente, a modo de saludo.

—No, ¿qué ha ocurrido?

—Enciende el televisor —ordenó ella—. Van a pasar el reportaje dentro de poco. Yo solo he escuchado los titulares. Prepárate para una sorpresa. Ha sucedido una cosa increíble. Ya hablaremos después. Ahora tengo que dejarte. El jefe está dando vueltas por aquí y, si me pilla hablando por teléfono, me caerá una buena bronca.

Colgó antes de que Enrico tuviera tiempo de añadir nada.

Puso su habitual expresión de escepticismo, con una mueca de la boca hacia abajo, encogiéndose de hombros.

—¿Qué ha pasado? —preguntó Sergio—. ¿Por qué pones esa cara? ¿Quién era?

—Era Mariella. Dice que ha ocurrido una cosa increíble. Lo están diciendo en el telediario.

—¿Qué es lo que ha ocurrido? —preguntó Alberto.

—No lo sé. No me lo ha dicho. Solo me insistía en que encendiera el televisor.

Sergio cogió el mando y conectó el aparato.

En la primera cadena estaban hablando todavía de la huelga de los controladores de vuelo, luego pasaron a la crónica y anunciaron el hallazgo del cuerpo de una prostituta en la campiña livornesa y finalmente informaron de un brutal asesinato que había tenido lugar en la localidad ligur de Camogli que había estremecido a todos sus habitantes. Un veraneante habitual, que frecuentaba la ciudad estival desde hacía más de treinta años, había sido brutalmente asesinado en plena calle por dos maleantes, que le habían robado un portafolios que solo contenía fotocopias, pero nada de dinero. El titular era: «Asesinado por un par de fotocopias». La víctima era el profesor Gianni Scopetta, de la Universidad de Florencia.

Los tres se miraron estupefactos.

—¡Qué cojones...! —gritó Alberto—. Pero ¿qué coño has hecho? ¿Te has vuelto loco?

—Pero si yo... —dijo Enrico, pasmado—, yo no tengo nada que ver. No sabía nada. Es imposible que hayan sido esos dos chicos. No tenían aspecto de ser unos asesinos.

—¿Y tú qué sabes, si ni siquiera los conocías? —gritó Sergio, fuera de sí.

A Enrico se le vino a la cabeza la extraña huida de los dos en cuanto recogieron el dinero. Ahora se aclaraba todo. Por eso se habían largado como alma que lleva el diablo. Algo había salido mal y a aquellos dos cretinos no se les había ocurrido otra cosa que cargarse a Scopetta.

—¿Y ahora qué hacemos? —preguntó, clavando la mirada alternativamente en sus dos amigos con expresión de extravío.

—¡Pues nada! ¿Qué quieres que hagamos?

Había sido Alberto el que había hablado. Sergio estaba haciendo zapping para ver si daban la noticia en otros canales.

—Tenemos que comportarnos de forma normal —prosiguió Alberto—. Total, hasta ti no pueden llegar. Esos dos ni te conocen.

—Qué angustia me está entrando... —admitió Enrico. Parecía estar a punto de echarse a llorar.

—Vaya, justo lo que nos faltaba... —gritó Sergio, visiblemente alterado por la noticia—. Procura sobreponerte. Y, sobre todo, no hagas estupideces. ¿Me has entendido bien? Concéntrate en el rompecabezas.

—¿Qué rompecabezas?

—Bueno, hombre, en el código quería decir. Esfuérzate por entender algo. Que por lo menos ese desgraciado no haya muerto en vano y no nos quedemos en bragas.

Alberto hizo una señal a Sergio de que era ahora de marcharse. No tenía ganas de seguir en esa casa con aquel llorica. Sentía que incluso le faltaba el aire.

—Ya hablamos mañana, Enrico. Te lo repito, tú quédate tranquilo, no hables con nadie de esto, ni una sola palabra, y procura no preocuparte demasiado. Si te surge algún problema, llámame.

—Pero ¿es que os vais ya? Tenemos que hablar. Debemos decidir qué vamos a hacer ahora. No podéis dejarme solo.

—Venga, valor, Enrico —lo tranquilizó Alberto—. Ahora no podemos hacer nada y, sobre todo, no debemos hacer nada. Te lo repito: tú no te distraigas y no hagas estupideces. Y, por encima de todo, punto en boca con Mariella, que esa es capaz de denunciarte solo para salir en la tele medio segundo.

Enrico agachó la cabeza, visiblemente abatido.

Sus amigos se despidieron de él y se fueron.

Enrico Forlani se sintió de repente solo y abandonado.

En cuanto salieron del edificio, Alberto y Sergio se encaminaron hacia sus respectivos coches. A Sergio le asaltaron toda clase de dudas.

—Pero ¿tú crees que podemos fiarnos de ese cretino? A mí me da que, a las primeras de cambio, lo suelta todo.

—También a mí me preocupa. Pero no podía seguir un minuto más en esa casa mugrienta con ese deprimido crónico. ¿Has visto que casi se nos echa a llorar? Solo nos hubiera faltado eso. Desde luego, no podemos fiarnos de él. Por el momento, contentémonos con tenerlo bajo control y con que no haga estupideces. Tú llámalo de vez en cuando para asegurarte de que está en casa trabajando en ese bendito código.

—De acuerdo —dijo resoplando—. Pero llámalo tú también. Así nos alternamos en tenerlo bajo control.

—Mira que acabar cargando con un asesinato, sencillamente para robar un portafolios... es cosa de estúpidos. Era lo último que nos hacía falta. Por un simple robo, nadie hubiera hecho el menor caso, pero ante un asesinato la policía no se quedará de brazos cruzados. Indagarán entre todos los amigos y colegas de Scopetta. Esperemos que no vayan a interrogar a Enrico, porque entonces sí que estamos apañados.

—Pero ¿tú crees que sospecha algo?

—Seguro que no. Ya lo habría dicho si fuera así. No, no sabe nada. Usémoslo para lo poco que sirve, luego tendremos que encontrar la forma de distanciarnos de él. No quiero más líos.

Se separaron.

15

Rubens salió del Louvre en un estado de gran desasosiego. En el pasadizo secreto que lo sacaba de allí poco le faltó para extraviarse. En cierto momento, había una encrucijada. Tomando por un lado, se desembocaba en el lado del Sena del palacio del Louvre, en las proximidades del río, mientras que yendo por la parte opuesta se salía a la calle que flanqueaba la entrada principal. Se equivocó y se dirigió hacia el río, aunque al pasar por delante de un ventanuco viera el río y pudiera darse cuenta de su error.

No le gustaba nada pasar por allí. Aquel pasadizo le parecía de lo más lúgubre.

Su inquietud, en todo caso, no provenía únicamente del largo camino que acababa de recorrer para salir de los aposentos de la reina. El aderezo de diamantes era un fuerte motivo de preocupación. No estaba preparado para una eventualidad de esa clase y la mera idea de tener que viajar con aquel envoltorio oculto entre el pecho y el jubón le hacía sudar a mares.

Por la calle, mientras caminaba, no cesaba de darse la vuelta ni de mirar a su alrededor, para comprobar que nadie estuviera siguiéndolo, aunque al final pensó que tal vez lo mejor fuera calmarse, dado que tan evidente nervosismo acabaría por traicionarlo. No debía llamar la atención.

Dudaba entre irse derecho a la posada donde estaba alojado, recoger su equipaje y volverse directamente a Amberes, o acercarse a ver al embajador Vicq.

No sabía bien qué hacer.

La residencia del embajador de los Países Bajos estaba bastante próxima. Sin saber realmente por qué, acaso por la necesidad que sentía de recibir alguna forma de aliento, se encaminó en esa dirección.

Confiaba en que el embajador Vicq estuviera en casa.

No le cabía la menor duda de que el embajador debía haber recibido instrucciones de la infanta gobernadora para que la informara de inmediato sobre el motivo del encuentro entre la reina y él. La cuestión era: ¿qué debía decirle?

Si confesaba la verdad y le contaba al embajador el asunto de los diamantes, eso significaba traicionar la confianza de la reina, y, al mismo tiempo, poner a más personas al corriente del secreto y aumentar, por lo tanto, el riesgo de ser víctima de un robo. Si, por el contrario, callaba o se inventaba otro motivo, era a la infanta a la que traicionaba. Debía pensárselo muy bien antes de dar un paso en falso. Le debía fidelidad a ambas. A la reina, por ser su benefactora, y a la infanta, por ser su soberana. Lo cierto era que se hallaba metido en un buen embrollo.

No había tomado aún una decisión cuando llegó a la residencia del embajador.

Era un palacete de reducidas dimensiones, no carente de cierta elegancia gracias a su fachada renacentista. La actividad del embajador era bastante limitada y consistía más en una cuestión de relaciones públicas y de recogida de información que en una verdadera actividad diplomática, dado que los asuntos de Estado eran prerrogativa del embajador de España, país al que pertenecían las tierras gobernadas por la infanta Isabel Clara Eugenia.

El barón Vicq estaba en casa y le estaba esperando, a pesar de que él no le hubiera anunciado que pasaría a verlo. No tenían ninguna cita previa. Como es natural, ansioso por obtener noticias, lo recibió nada más anunciársele su visita.

Era un hombre de edad bastante avanzada. Rubens creía que podía superar ampliamente los setenta. De baja estatura y enjuto, escondía bajo sus elegantes gestos y sus exquisitas maneras una tenacidad sorprendente y una férrea voluntad. Con una larga carrera a sus espaldas, enteramente desarrollada al servicio de la Corona española, gozaba de la total confianza de la infanta gobernadora.

No era un hombre especialmente astuto, pero su experiencia y unas buenas dosis de intuición lo llevaban siempre a dar el paso justo en el momento adecuado. En conjunto, era un hombre afable, de trato placentero, por más que Rubens lo encontrara a veces algo cargante, por su manía de repetir constantemente las mismas frases, un defecto que cabía atribuir a su avanzada edad.

El barón lo recibió con una amplia sonrisa.

—Maestro. Qué placer veros de nuevo entre nosotros. ¿Qué tal ha ido ese encuentro vuestro con su majestad?

Rubens dedujo que debía estar de lo más impaciente por saber de qué se trataba, hasta el punto de entrar directamente en la cuestión que le interesaba, sin perder el tiempo en corteses giros de palabras.

—Perfecto, de lo más agradable, excelencia.

Rubens se mostró voluntariamente lacónico, no por hacerlo sufrir —se veía que el barón bramaba de impaciencia— sino, sencillamente, porque no sabía a ciencia cierta qué decir.

Se produjo un momento de silencio algo embarazoso. El barón intuyó que algo no iba por donde debía. Rubens no era hombre al que le gustara perder tiempo yéndose por las ramas si tenía algo que decir. Esperó a que fuera él quien hablara. Tal vez hubiera sido excesivamente directo. La impaciencia era mala consejera, bien lo sabía él, a pesar de que a veces le costara acordarse.

La breve pausa permitió a Rubens tomar una decisión. Ahora sabía lo que debía decirle al embajador.

—Supongo, estimado barón, que querréis conocer el motivo por el que he sido convocado por su majestad.

El barón lo miró con aire divertido.

—Siempre que tengáis a bien explicármelo...

Esta vez fue el turno para sonreír de Rubens.

—En realidad, es una cosa algo extraña —prosiguió, inventándose por el momento una excusa—. Su majestad quería hablarme de ciertas modificaciones que quiere aportar a la obra, sobre todo en cuestiones mitológicas, pero no era ese el motivo principal por el que quería verme.

El barón lo miraba con curiosidad. Esperaba pacientemente a que Rubens se decidiera de una vez por todas a soltar la lengua.

—Veréis, barón, y no me preguntéis el motivo de ser yo precisamente el elegido, pero su majestad me ha pedido una cosa muy peculiar. Me he quedado muy perplejo cuando lo he oído.

El barón tuvo que recurrir a toda su capacidad de autocontrol para no intervenir. Permaneció en silencio, absteniéndose de todo comentario.

—La reina me ha encargado una «misión secreta», por usar sus propias palabras.

El barón escuchaba atentamente, pendiente de los labios del pintor.

—Y, como es natural, me ha hecho jurar que no hablaría de ello con nadie. Debe ser un secreto entre ella y yo.

Esta vez, el barón no pudo evitar poner una cara extraña, en la que podía leerse la sorpresa, el extravío y la decepción.

—Y entonces, ¿qué pensáis hacer? —le preguntó por fin—. Os recuerdo que vuestra fidelidad se debe a su alteza la infanta gobernadora, no a la reina de Francia, que no deja de ser una soberana extranjera, en cualquier caso.

La alusión a su condición de súbdito de la infanta no le gustó mucho a Rubens. Sonaba como una amenaza.

—Naturalmente que lo sé, estimado barón, y no hay necesidad alguna de que me lo recordéis. Creo que vos me conocéis lo suficientemente bien para no necesitar recurrir a este tipo de...

—Os ruego que me disculpéis —le interrumpió el barón, tras darse cuenta de su metedura de pata—. No era mi intención ofenderos.

—Os contaré lo que se me ha pedido, pero, como es natural, barón, deberéis jurarme que este secreto no podrá ser conocido por otra persona que no sea su alteza la infanta gobernadora, aparte de vos y de mí, claro está.

—Naturalmente.

Rubens hizo otra breve pausa. Esta vez, de forma voluntaria. Quería corresponder a la audacia del barón, haciéndolo esperar. No le había gustado en absoluto que se le recordaran sus deberes.

—Como acabo de deciros, es un asunto ciertamente particular.

16

El barón no daba crédito a sus oídos.

Rubens acababa de contarle el motivo por el que la reina lo había convocado, dejándolo de una pieza.

—Pero ¿lo estáis diciendo en serio, maestro Rubens, o es que me estáis tomando el pelo?

—Nunca he hablado más en serio, barón. Ya os he dicho que era una solicitud un poco particular.

El barón, que hasta ese momento había permanecido sentado detrás de su escritorio, se levantó de repente para dar unos pasos por la habitación.

—¿Me estáis diciendo, maestro Rubens, que su majestad la reina de Francia os ha hecho venir expresamente desde Amberes para pediros a vos, a su pintor, que le escribáis un código para mantener en secreto vuestra correspondencia? Pero eso no tiene absolutamente ningún sentido.

Parecía en verdad sorprendido.

—Tal como os lo digo, embajador. Imaginaos mi asombro.

—Sin embargo, no acabo de entenderlo. Qué necesidad tenéis de usar un código secreto para vuestra correspondencia. No hay nada que podáis escribir sobre vuestros trabajos o vuestros proyectos que requiera esa clase de protección.

—La reina está muy preocupada. Creo que teme que alguien me robe mis ideas y pueda utilizarlas antes incluso de que yo haya acabado toda la obra. Sería una tremenda humillación para ella tener en su galería unos cuadros que parecen copiados de otros. Por no hablar de mi reputación...

—Sí, naturalmente... lo entiendo... pero, sin embargo..., me parece con todo una medida algo exagerada, dicho sea con el debido respeto, maestro.

—Bueno, viéndolo desde cierto punto de vista, no es desde luego una idea tan descabellada. Vos sabéis perfectamente, embajador, que prácticamente toda la correspondencia dirigida a la reina o escrita por su majestad es interceptada. De modo que ella no se fía. Y tiene sus buenas razones.

—Ciertamente, ciertamente... —confirmó el barón, poco convencido y casi en voz baja—. ¿Y cómo tenéis pensado redactar ese código?

—No lo he pensado aún. A decir verdad, no tengo la menor idea.

El embajador parecía reflexionar.

—Tal vez pueda ayudaros. Podemos hacer que lo prepare alguno de nuestros especialistas. Una copia, en todo caso, deberá quedar en nuestras manos, seréis consciente de ello, ¿no?

—Naturalmente, barón.

Rubens sonrió para sus adentros.

Al final, todo había sido más fácil de lo previsto.

Había contado solo una verdad a medias, y, sobre todo, no había mentido. Era cierto que la reina le había encargado un código. Pero no había precisado el verdadero motivo. Había decidido guardar silencio sobre los diamantes. Eso debía seguir siendo su secreto: suyo y de María de Médicis.

Había dejado que el barón se ocupara de redactar un código. Él a su vez, por su cuenta, prepararía otro, el verdadero, y de esta forma, todos contentos.

—No debemos descartar, y os ruego que no os lo toméis a título personal —intervino el barón, que parecía estar pensando en voz alta—, que, tal vez sí, tal vez sea cierto que la reina quiere proteger vuestras obras de posibles copias, pero es también probable que quiera usar ese código para otras correspondencias suyas. Deberemos estar muy alertas y vigilar. Sin embargo, si nosotros tenemos la matriz, escriba a quien escriba, sabremos siempre qué se están diciendo.

—No había valorado esa posibilidad, barón. ¡Sois un verdadero experto!

La mirada que le lanzó el barón no parecía particularmente complacida, pero luego acabó relajándola con una media sonrisa.

—Debo regresar a Amberes lo antes que pueda, barón —prosiguió Rubens—. Me espera un trabajo titánico y aquí solo estoy perdiendo el tiempo.

—Ya lo sé, querido amigo, ya lo sé. Por eso os tengo reservada una pequeña alegría. Su alteza la infanta gobernadora quiere verme lo antes posible. De modo que, si para vos no supone una molestia, haremos el viaje juntos. Como es natural, seréis huésped en mi carroza.

La idea de viajar junto al viejo barón no le gustó demasiado a Rubens, aunque, por otra parte, con aquel envoltorio que guardaba en el bolsillo de su jubón, viajar con alguien más significaba correr menos riesgos, sobre todo si era en compañía de un diplomático. Por lo menos, los diamantes estarían más seguros.

17

El viaje hacia Amberes se reveló más pesado de lo previsto. Las primeras horas fueron las peores. El barón no dejó de hablar ni un solo momento, repitiendo a menudo las mismas cosas, hasta que el balanceo continuo de la carroza lo sumió en un sueño profundo. Rubens se sintió aliviado, por más que ahora le tocara soportar los insufribles ronquidos del anciano diplomático.

Como si no bastara, en cuanto salieron de París y se adentraron en el camino hacia el norte, unos nubarrones cada vez más densos y oscuros acabaron por cubrir todo el cielo, hasta que empezó a llover, una lluvia persistente y molesta, a ratos fina y en otros momentos muy copiosa. El diluvio transformaba la polvorienta carretera en una sucesión interminable de charcos, que el cochero no siempre lograba evitar, provocando grandes brincos de la carroza.

Para distraerse, Rubens observaba la evolución del cielo en el horizonte, estudiando la forma de las nubes, que cambiaban a veces de color cuando en la lejanía daba la impresión de que estaba a punto de asomarse el sol. Pero no era más que una ilusión momentánea, porque inmediatamente después las nubes volvían a ser negras y oscuras, y no prometían nada bueno.

Él procuraba almacenar todas las imágenes de las que podía acordarse en su mente, para usarlas más tarde como fondo en sus cuadros.

De vez en cuando, sacaba un cartón y trazaba un rápido bosquejo, para inmortalizar el momento.

Tenía prisa por llegar a la posada donde habían decidido pernoctar, porque desde que habían salido de París no había tenido tiempo de sacarse los diamantes del jubón y temía que a causa de algún falso movimiento, pudieran caérsele.

En un primer momento, había pensado en meterlos en su bolsa de viaje, pero después de haber reflexionado un poco más, se le ocurrió una idea mejor.

Cuando se detuvieran, se desnudaría y se pondría él mismo el aderezo. A nadie podía ocurrírsele pensar que, debajo de su gruesa camisa, el pintor de la reina llevaba un collar de diamantes por valor de un millón de libras.

Por fin, bajo una lluvia machacona, llegaron a la posada. Era la última parada en territorio francés antes de cruzar la frontera. Él la conocía ya por haberse detenido allí en numerosas ocasiones. Era un sitio bastante decente dentro de sus límites, con unas cuantas habitaciones a disposición de los viajeros que querían pasar allí la noche y donde servían una comida más que correcta. Sus clientes más asiduos eran sobre todo comerciantes que iban y venían entre los Países Bajos y la capital francesa.

Rubens despertó al barón, para avisarlo de que habían llegado.

El embajador estiró los brazos antes de bajar de la carroza, como si acabara de levantarse de la cama.

A causa de la lluvia, el barón no prestó excesiva atención a lo que tenía a su alrededor y no se dio cuenta de que en el patio colindante con la posada había más caballos de lo habitual. En cuanto bajó de la carroza, corrió a refugiarse en el interior.

Tampoco Rubens lo había notado, pero, una vez en el interior, ambos se dieron cuenta que había mucha gente. Más de lo acostumbrado. Aparte de las criadas, eran casi todos hombres, soldados en su mayoría.

Al embajador no se le escapó que muchos de ellos llevaban el uniforme del cardenal Richelieu, y se preguntó qué hacían todos aquellos hombres tan lejos de París y, sobre todo, tan cerca de la frontera. Le pareció un poco extraño.

—¿Habéis notado cuántos hombres del cardenal hay aquí esta noche? —le dejó caer el barón a Rubens mientras buscaba con la mirada al posadero, que debía llevarlos a sus habitaciones.

—Sí, efectivamente, excelencia. Nunca había visto tanta gente antes. ¿Habrá ocurrido algo?

—No lo creo. Son hombres del cardenal, no del rey. Me informaré con el posadero, cuando se digne presentarse. No lo veo por ninguna parte. Espero que no haya alquilado nuestros cuartos. Sería un inoportuno incordio.

Finalmente apareció el hombre, en lo alto de las escaleras que llevaban a la primera planta, donde estaban ubicadas las habitaciones. Cuando reconoció al barón, acudió rápidamente a su encuentro.

Era un hombre bastante bajo de estatura, entrado en carnes y con una calva que relucía a causa del sudor. Tenía siempre un aire jovial, lo que le confería de entrada una instintiva simpatía.

—Señor barón, es siempre un honor recibiros en mi modesta posada.

—Gracias, Bunier. ¿Está ya preparada mi habitación? Estoy muy cansado. —Luego, acordándose de repente de la presencia de Rubens, añadió—: Creo que ya conocéis el maestro, ¿no es así?

—Naturalmente —dijo el otro, saludando el pintor.

—Ordene que lleven arriba mi equipaje, a mi cuarto, Bunier.

Luego, volviéndose hacia Rubens, añadió:

—Hay mucha gente aquí esta noche. Creo que será mejor que cenemos en mi habitación, si no os molesta.

—Todo lo contrario, me parece una excelente idea —contestó el pintor, que estaba pensando en los diamantes.

—Nos ha surgido un pequeño problema, señor barón —intervino el posadero, visiblemente incómodo.

—¿Qué clase de problema? —preguntó irritado el barón, que ya se olía que el posadero estaba a punto de darle una mala noticia—. ¿No estará ya alquilado mi cuarto por casualidad?

Bunier esbozó una tímida sonrisa. Parecía realmente compungido.

—Desgraciadamente, sí. Eso es lo que pasa. Se me acaba de presentar una dama importante. Una señora de la corte. Su llegada no estaba prevista. Se dirigía a un castillo poco distante de aquí, propiedad de un familiar suyo, según tengo entendido, pero dado que los caminos se han vuelto intransitables a causa de la lluvia, no ha podido proseguir y se ha visto obligada a detenerse aquí para pasar la noche. Sin embargo, no tenéis de qué preocuparos, señor barón, he guardado una de mis mejores habitaciones para vos y para el maestro. Ya veréis lo cómodos que estaréis.

Cual viejo cortesano curioso, el barón no pudo evitar preguntar:

—¿Y quién es esta dama tan importante?

—Os ruego que me disculpéis, señor barón, pero la señora me ha pedido expresamente que guardara silencio sobre su presencia aquí. Desea conservar el anonimato. Sabed, es una dama que ocupa una posición muy importante en la corte —dijo orgulloso.

El barón Vicq no pudo reprimir un leve gesto de disgusto en la boca. ¿Quién podía ser tan importante como para querer mantener el anonimato y alojarse al mismo tiempo en un tugurio como aquel?

—No pretenderéis hacerme creer que esta noche está alojada aquí su majestad la reina, ¿verdad? —dijo sarcástico—. Bueno, enséñadnos de una vez nuestros cuartos.

—¿Vuestros cuartos? Mucho me temo que no me he explicado bien, señor barón. Solo me queda un único cuarto, y es el que deberéis compartir con el maestro.

—¿Cómo? —gritó el embajador, reprimiendo un golpe de tos que por poco lo ahoga—. ¿No pensaréis que voy a compartir mi cama con el maestro?

—La cama no, excelencia, pues hay dos grandes camas y ambas muy cómodas, sin embargo es el único cuarto que me queda. Como podréis constatar con vuestros propios ojos —dijo a modo de excusa— esta noche hay muchos viajeros que han quedado atrapados por la tormenta.

Rubens se había mantenido ajeno a la conversación, inmerso en sus propios pensamientos. A él lo que le preocupaba era la bolsa que guardaba bajo su jubón. Con toda aquella gente en la posada no se sentía tranquilo en absoluto.

El asunto de la habitación era un incordio, desde luego; pero por otra parte, pensándolo bien, compartir el cuarto con el embajador le daba también cierta seguridad. Nadie osaría entrar en su habitación para intentar robarle. Al menos esa noche, las joyas estaban a salvo.

—Es un fastidio, sin duda, barón, pero por mí no hay problema. Ya nos las apañaremos de una forma u otra. Siempre será mejor que dormir aquí abajo sobre una silla, con toda esta soldadesca borracha, o, peor todavía, en la carroza. Me parece que debemos resignarnos. Total, será solo por una noche.

—Si vos lo decís... —concluyó el barón, visiblemente descontento, mientras se encaminaba escaleras arriba.

Mientras subía, preguntó:

—Por cierto, Bunier, ¿qué hacen todos estos caballeros aquí? ¿No son guardias del cardenal?

—Sí, excelencia, efectivamente son soldados al servicio de su eminencia. En realidad, no he entendido del todo por qué se han detenido aquí. Aunque, en lo que a mí respecta, es estupendo. Con toda esta gente, los negocios van viento en popa. Los soldados han llegado esta tarde, parecía en principio que no iban a hacer más que una rápida parada, y luego al final se han quedado. Hay quien dice que han venido a acompañar a un importante personaje hasta la frontera, mientras que otros me han dicho justo lo contrario, que habían venido al encuentro de un ilustre huésped para escoltarlo hasta París. No está nada claro. Están a las órdenes de aquel caballero vestido de negro, al que podéis ver cenando solo en aquella mesa del fondo.

Efectivamente, siguiendo la dirección que Bunier les señalaba con el dedo, vieron a un caballero con un gran sombrero negro que le tapaba el rostro, sentado solo a una mesa al fondo de la sala y que estaba cenando. Iba envuelto en una capa del mismo color que no se había quitado ni siquiera para cenar.

—Sea como fuere, debe de ser alguien de muy importante para que el cardenal envíe una escolta de esta clase. ¿No será para esa dama?

—No, no, excelencia, la dama ha llegado por su cuenta, y mucho después que ellos. Cuando ha visto tanta gente, no quería quedarse y ha insistido en proseguir, pero el cochero le ha dicho que por esta noche resultaba absolutamente imposible.

Mientras hablaban, habían llegado ante una puerta. Bunier la abrió.

—Vuestro cuarto, señores. Espero que sea de vuestro agrado.

La habitación era efectivamente espaciosa, tal como les había dicho, aunque amueblada de manera espartana. El barón se dirigió enseguida hacia una de las camas para probar el colchón, y se dio por satisfecho. Escogió la que estaba más cerca de la ventana, mientras que Rubens tuvo que contentarse con la situada detrás la puerta, que era ligeramente más pequeña y no parecía tan cómoda.

—Haga que nos suban algo para cenar, Bunier. Estoy muriéndome de hambre —dijo el embajador, mientras el posadero se despedía.

Les sirvieron la cena en la habitación como habían solicitado. Un poco de carne hervida, un trozo de queso con pan que parecía recién horneado, y una jarra de buen vino. Ambos cenaron con gusto y prácticamente sin pronunciar palabra, porque tenían hambre. Rubens se sentía incómodo por tener que compartir el cuarto con el barón y tenía prisa por irse a la cama. Pensaba que con el cansancio acumulado, y considerando su avanzada edad, el barón no tardaría en quedarse dormido.

A Rubens le gustaba el buen vino, pero procuró no abusar de él. Temía caer en un sueño profundo, a causa de la fatiga y del vino, y prefería mantenerse alerta.

El barón, por el contrario, no se anduvo con miramientos.

—Esto me ayudará a conciliar el sueño —dijo, acabándose la jarra.

«Eso espero —pensó el pintor—. Ahora solo me falta que este se ponga a roncar como un cerdo».

Y, de hecho, el barón no tardó en quedarse dormido y en empezar a roncar estruendosamente.

Antes de acostarse, Rubens echó un vistazo fuera de la ventana. Por fin había dejado de llover y las nubes empezaban a disiparse, dejando entrever un fragmento de luna.

También a Rubens le entraron ganas de adormecerse.

Tumbado sobre la cama, se dejaba transportar de vez en cuando y cerraba los ojos, intentando no caer en un sueño profundo. La preocupación por los diamantes, en cualquier caso, se lo impedía, y si de cuando en cuando, vencido por el cansancio, se adormecía, no tardaba en despertarse poco después, para verificar, metiendo la mano debajo del colchón, que el envoltorio con los diamantes siguiera todavía allí.

Entre un sueño y el otro, reflexionaba sobre la mejor manera de transportarlos al día siguiente. El bolsillo de su jubón era poco seguro. Debía encontrar un modo que fuera más fiable y discreto. Durante todo el viaje, había habido momentos en los que le daba la impresión de que el bulto se le veía y temía que el barón lo notara y le preguntara qué era eso tan voluminoso que guardaba debajo de la camisa.

Oyó unos pasos en el pasillo.

No eran muy marcados. Eran sigilosos, como si alguien estuviera caminando de puntillas para no hacer ruido. Sonrió para sus adentros a causa de un pensamiento estúpido que se le estaba pasando por la cabeza. Tal vez fuera la famosa dama de la corte que se disponía a recibir una visita nocturna...

Prestó atención y aguzó el oído. Oyó que los pasos venían en dirección a su cuarto. No, definitivamente no era una visita nocturna para la dama de la corte. Su habitación se hallaba en la parte opuesta del pasillo.

Los ronquidos del barón le impedían oír bien, sin embargo, entre un ronquido y otro, si prestaba atención, no le cabía duda de que alguien se estaba acercando.

Intentó recordar si había alguna otra habitación junto a la suya, pero en su memoria no figuraba haber visto ninguna otra puerta. No obstante, cuando subieron, estaba hablando con Bunier y con el barón y no había prestado mucha atención. Le parecía, eso sí, que su cuarto era el último del pasillo.

Tuvo la impresión de que los pasos se habían detenido delante de su puerta. Escuchó atentamente. ¿Era una impresión suya o había alguien de verdad ante su dormitorio?

Contuvo la respiración, con todos sus sentidos alerta.

De repente, oyó un ruido familiar e inequívoco. Alguien estaba intentando abrir la puerta. Desde su posición en la cama, a escasos pasos de la puerta, y con la ayuda de los débiles rayos de luna que entraban por la ventana y, al iluminar con una pálida luz el cuarto, impedían que este quedara inmerso por completo en la oscuridad, vio cómo el picaporte se movía. Recordó que, después de que la criada hubiera subido a retirar los platos de la cena, no habían echado el pestillo al marcharse esta.

La puerta se abrió. Un hombre alto, con una larga cabellera que le caía sobre los hombros y envuelto en una capa oscura, entró de puntillas. Rubens quedó inmóvil, fingiéndose dormido, mientras vigilaba con el rabillo del ojo cada movimiento que hacía. Le era difícil distinguirlo con nitidez, pero le parecía que era ese caballero que cenaba solo al fondo a la sala cuando habían llegado.

El hombre quedó un instante inmóvil en el centro del cuarto, escuchando la respiración de los dos ocupantes. Estaba intentando orientarse.

Vio a los pies de la cama del barón su bolsa de viaje y se dirigió enseguida hacia ella, y tras abrirla, metió una mano dentro. Por mucho que intentase no hacer ruido, Rubens podía oír el sonido de los dedos rebuscando en el fondo de la bolsa. Confiaba en que el barón no se despertara de golpe, aunque lo dudaba. Tenía el sueño pesado. Se lo confirmaban sus ronquidos regulares. Temía que si el barón se despertaba sobresaltado y empezaba a gritar, el desconocido pudiera reaccionar violentamente, poniendo en riesgo su incolumidad.

¿Qué andaba buscando aquel hombre? ¿Los diamantes, acaso?

El hombre del pelo largo pareció darse cuenta de que lo que buscaba no estaba en aquella bolsa. Se aproximó a la cama del barón y metió la mano debajo de la almohada. A Rubens ya no le cabía la menor duda. Estaba buscando los diamantes.

No encontrando nada bajo la almohada del barón, el intruso se acercó a la cama de Rubens. Estaba tan cerca que podía notar su aliento. El pintor intentó mantener una respiración regular, como si estuviera durmiendo. El hombre rebuscó también en su bolsa, y después, al igual que había hecho anteriormente en la cama del barón, metió la mano por debajo de su almohada.

Rubens tuvo que hacer un esfuerzo para no mordérsela. Esperaba solo que no se le ocurriera la idea de pasarla también por debajo del colchón.

Pero el hombre renunció. Dio otra vuelta por la habitación, dando un repaso, antes de salir de puntillas, tal como había entrado, y cerró la puerta detrás de él.

Solo entonces se dio cuenta Rubens de que estaba completamente empapado en sudor.

Mientras seguía cada movimiento del intruso, había sido capaz de mantener la calma y el control sobre sí mismo, pero ahora que el peligro había pasado, sintió descargarse toda la tensión y le faltó poco para echarse a temblar. Se había librado de una buena.

Por la escena a la que había asistido, ahora tenía la completa certeza de que alguien más sabía que transportaba los diamantes de la reina. Para robárselos, no habían vacilado en entrar en su habitación mientras supuestamente estaba durmiendo. Lo que no entendía era por qué se trataba precisamente de los hombres del cardenal ¿No había dicho Bunier que aquel caballero era el que mandaba la escolta?

No creía que volviera de nuevo esa noche. Los diamantes estaban a salvo debajo del colchón, con él tumbado encima. Intentó dormir algunas horas, aunque debido a la excitación de cuanto acababa de suceder, le costó conciliar el sueño.

Por la mañana, cuando se despertó, su primera reacción fue pasar la mano por debajo el colchón. Al encontrar el envoltorio de tela con los diamantes, se quedó más tranquilo.

Hizo lo que había decidido el día anterior. Aprovechando que el barón seguía durmiendo aún, se puso el aderezo alrededor del cuello. Con la camisa cerrada, no se notaba. Las pulseras las dejó en el envoltorio de tela. Por sí solas no formaban un bulto demasiado grande y podía llevarlas perfectamente en el bolsillo.

Había decidido no decirle nada al embajador sobre la visita nocturna que habían recibido. No quería que el barón tuviera motivo para sospechar que lo que buscaban era algo que llevara él. Y además, estaba seguro de que el barón habría montado un escándalo. Era precisamente lo que él quería evitar. Llamar la atención.

Mientras se estaba vistiendo, echó un vistazo a través de la ventana. Un tímido sol intentaba abrirse paso entre la bruma matutina.

Abajo en el patio, una carroza estaba dispuesta para partir. Apenas le dio tiempo a ver cómo el cochero ayudaba a una dama de apariencia anciana, a causa de sus movimientos lentos e inseguros, a entrar en la carroza. ¿Sería esa la famosa dama de la corte de la que les había hablado Bunier? Le estaba dando la espalda y no podía verle el rostro, pero sin embargo, en determinado momento, la señora se giró para decirle algo al cochero y Rubens pudo verle claramente la cara. Sí, lo había adivinado. Era una señora anciana. Debido a la distancia, no podía verla con nitidez, pero tuvo sin embargo una clara impresión de *déjà vu*. La había visto antes, estaba seguro, aunque de momento no supiera decir dónde ni cuándo. Si Bunier había dicho que era una importante dama de la corte, seguramente se había cruzado con ella en el Louvre. De una cosa estaba seguro; la había visto con anterioridad.

18

Giulia Scopetta había vuelto unos días a Florencia para encargarse del funeral de su marido y de todas las gestiones que ello implicaba. Había dejado a Ann Carrington sola en Camogli.

El inspector Pegoraro había llamado a Ann un par de veces al hotel y le había dejado varios mensajes, pero ella no le había devuelto las llamadas. Temía que le hiciera preguntas indiscretas.

Después de haber estado con Giulia Scopetta, estaba al corriente de cosas que Pegoraro ignoraba. De haberla interrogado, no habría sabido qué contestar.

En su anterior encuentro, había negado conocer la naturaleza de los documentos, lo que era verdad; sin embargo ahora la situación era muy distinta. No solo había tenido los originales en las manos, sino que sabía también de qué trataban y la importancia que tenían para quien hubiera robado las fotocopias.

Si hablaba con el inspector y le confesaba su descubrimiento, no solo faltaría a la palabra dada, sino que traicionaría la confianza que Giulia Scopetta había depositado en ella. No se sentía capaz de hacer algo semejante.

Detestaba verse obligada a decidir entre el uno y la otra, como si de dos bandos opuestos se tratara. La ponía en una situación absurda. Ella, en realidad, no se sentía obligada con ninguno de los dos, más allá de la promesa hecha a Giulia de guardar silencio sobre la información que le había proporcionado, aunque de una cosa estaba segura: no obstaculizaría la acción de la justicia.

Giulia tenía razón cuando afirmaba que la policía no era tonta y que no tardaría en descubrir por su cuenta la naturaleza de los documentos, sin necesidad de su ayuda.

En el fondo era consciente de que sí había tomado una decisión, en realidad. Había optado por el bando de Giulia Scopetta.

Por la mañana se había pasado por la comisaría para realizar su declaración, tal como le había pedido Pegoraro, pero no lo vio porque se hallaba ausente, por cuestiones de servicio.

En las últimas horas, Giulia y ella habían estado juntas trabajando intensamente para intentar descifrar el código, pero no habían logrado avanzar siquiera media palabra. Su tentativa de entender si el creador de la clave había seguido alguna lógica, sustituyendo simplemente una palabra por otra, no dio ningún resultado. Era un recurso demasiado sencillo.

La verdad era que no tenían la menor idea de a qué aferrarse para poder avanzar.

La única solución que Ann entreveía era estudiar atentamente la primera página del código para deducir su construcción. La segunda página no podía ser muy distinta. Debía de haber utilizado el mismo método a la fuerza, pues, de no ser así, no tendría sentido.

Había algo extraño en la hoja donde estaba anotado el código que la había dejado perpleja. El autor había especificado que aquella era la primera hoja de dos. Era una cosa sorprendente. ¿Por qué se había sentido obligado a precisar que eran dos hojas si se trataba de un código secreto? ¿Para qué dar esa pista? ¿Y de una manera tan evidente, además, al final de la página, a la derecha? ¿Tendría eso algún significado? No entendía la razón de tanta minuciosidad para hacer saber que eran dos páginas. ¿A quién podía servirle esa información? ¿Y si hubiera sido escrito expresamente para despistar? Una mente tan retorcida, capaz de escribir un código de semejante complicación, no deja una información tan evidente. ¿Con qué otro objeto que no fuera el engaño lo haría?

Sin embargo, no podía negarlo, no tenía nada en que apoyar su hipótesis. Era precisamente eso nada más: una de las muchas hipótesis.

Por otra parte, era evidente que faltaba una parte. Las veinticuatro palabras escritas en la primera página no eran suficientes para descifrar el misterio de su significado.

Había aún otro detalle que había llamado su atención. Si el autor se había visto obligado a utilizar dos hojas para permitir descifrar todo el código, ¿por qué cada uno de los primeros veinticuatro nombres habían sido transcritos dejando un amplio hueco entre ellos? Podía haberlos escrito perfectamente más apretados, uno debajo del otro, en vez de dejar tanto espacio entre las líneas. La escritura era de trazo pequeño, con las letras escritas unas contra otras muy juntas. ¡De haberlo hecho así, no habría necesitado una segunda hoja!

Necesitaba respirar un poco de aire. Llevaba horas encerrada en su habitación a solas. Necesitaba aclarar su mente y pensar en cosas distintas durante un rato.

Bajó a la calle y caminó hasta el pequeño puerto. El paseo que discurría siguiendo la orilla estaba a rebosar de gente. El tiempo era estupendo y se veía que la gente tenía ganas de aprovechar sus vacaciones.

Se detuvo ante un par de escaparates. En uno vendían bolsos y accesorios. Estuvo a punto de entrar para ver mejor uno que le gustaba de modo particular, pero al hacer mentalmente el cambio a dólares le pareció carísimo y renunció.

Un poco más adelante había una pequeña joyería que vendía pulseras muy monas. Estaban hechas con finas cuerdas de cuero de distintos colores decoradas con pequeños objetos de oro que representaban figuras de distintas clases, animalillos sobre todo. Tortugas, gatos, perros, pajaritos. Le gustaban mucho, porque una podía elegir los motivos que quisiera para montar su pulsera.

Entró.

En aquel momento era la única clienta.

Se tomó su tiempo para escoger alguna ya confeccionada que le gustara más que las otras. En realidad, le gustaban todas. Compró tres. Una con la cuerdecita azul, otra rosa y una blanca.

Salió de la tienda feliz con sus compras. Exhibía orgullosa la pulsera azul.

Unos pasos más adelante había una terraza. Se hallaba justo al lado de la otra donde se había tomado su primer capuchino la mañana de su llegada a Camogli. Recordaba perfectamente que era pésimo. Esperaba que en ese otro bar lo prepararan mejor.

Mientras lo saboreaba, sus pensamientos volvieron a Giulia Scopetta.

Era una mujer de lo más extraño.

Había aceptado la muerte de su marido con una facilidad que no dejaba de sorprenderla. Durante sus conversaciones, evitaba tocar el asunto, y cuando, involuntariamente, se le escapaba algo sobre él, aunque no fuera más que una alusión, cambiaba enseguida de tema, como si hablar de su marido acarreara un dolor que no quería, o no podía afrontar delante de otra persona.

Al principio, Ann había pensado que era una mujer con un increíble sentido de la dignidad. Estaba convencida de que, a medida que fueran conociéndose mejor en el curso de las largas horas que pasarían juntas trabajando sobre el código, Giulia se iría relajando y perdería parte de esa discreción, abriéndose a ella, pero no lo hizo. En ningún momento.

Giulia Scopetta mantenía siempre un férreo control sobre sus sentimientos.

Ann le habló del temor que sentía ante la posibilidad de que los asesinos de su marido pudieran volver a presentarse, y ella le contestó muy convencida, con un tono frío que la dejó sin palabras:

—Mi marido quería descubrir este código y se jugó la vida en ello. Y nosotras lo haremos en su lugar. Continuaremos con su investigación. Es la única forma que me queda para honrar dignamente su memoria. Logrando lo que él no pudo lograr. Sé que eso lo haría muy feliz.

Y Ann Carrington no había sabido qué contestar ante tanta firmeza. No cabía la menor duda. Giulia Scopetta era una mujer muy dura, muy segura de sí misma, y por extraño que pudiera parecer, lograba transmitirle también a ella un poco de esa seguridad. Dejó de pensar en los asesinos y se concentró en su trabajo.

Giulia Scopetta no le había hecho ninguna pregunta sobre su vida privada. Ni una sola. Era extraño que no le interesara saber si estaba casada o no, si tenía pareja o hijos. Entre mujeres, de esa clase de cosas se habla habitualmente, no por indiscreción, solo para entablar conversación. Pero Giulia Scopetta no le había preguntado nada en absoluto.

A decir verdad, a ella le había parecido estupendo. ¿Qué le habría podido contar? ¿Que tenía un matrimonio desastroso a sus espaldas, una cicatriz dolorosa y nunca cerrada del todo, y el remordimiento de no haber podido tener hijos? Por lo que sabía, tampoco los Scopetta tenían hijos, de modo que Giulia debía saber qué significaba.

Embebida en sus pensamientos, no se dio cuenta de que alguien se le había acercado, había cogido una silla y se disponía a sentarse a su lado.

—¿Le importa si me siento con usted? —preguntó muy sonriente el inspector Pegoraro.

—Claro que no, Antonio. Es un placer volver a verlo.

—Le he dejado un par de mensajes en hotel, pero no me ha contestado...

Había un tono de reproche en sus palabras, pero ella optó por no hacerle caso.

—Sí, me los han dado. Tenía usted razón. Parece que han encontrado mi pasaporte. Me pasé a hacer la declaración y pregunté por usted, pero me dijeron que había salido... con mi pasaporte.

Él se lo sacó del bolsillo interior de la chaqueta y se lo entregó.

—Aquí lo tiene. Quise llevárselo yo personalmente para que no se molestara.

—Muy amable por su parte. ¿Y la declaración? ¿Todo bien?

—No la he leído. Supongo que sí. Cambiando de tema, y si no he entendido mal, parecer ser que ha decidido quedarse usted unos días más en nuestra ciudad. ¿Le gusta, entonces?

—La verdad es que es muy agradable. Aquí me siento muy a gusto. Por fin unas auténticas vacaciones...

—¿Pero no quería ir a Florencia?

—He renunciado a la idea. Tengo tan pocos días que no vale la pena. Ya que estoy aquí, quiero aprovechar mi estancia. Ya iré alguna otra vez a Florencia. Mejor visitar bien una sola ciudad que no dos a toda prisa.

—Cierto...

Ann se colocó en su sitio un mechón rebelde con su habitual gesto de la mano. Sonrió al inspector, que parecía pensativo.

Llevaba el mismo traje azul del otro día, con una camisa blanca de cuello ancho, inmaculada. Ann se preguntó quién se las plancharía tan bien.

—¿Habrá entablado amistades, supongo? —prosiguió Antonio.

—No, la verdad. Bueno, sí, en cierto modo, pues he conocido a la señora Scopetta, la viuda del pobre profesor. Una mujer de gran amabilidad. No es que nos hayamos hecho amigas, pero es una persona muy dispuesta y me ha sacado de paseo por la ciudad. Habla perfectamente inglés, lo cual ayuda. Pero ahora ha tenido que volver a Florencia. Ya sabe, para el entierro de su marido.

—Sí, estoy al corriente.

Ann sintió que había algo de frialdad entre ellos y lo atribuyó al hecho de que Pegoraro tal vez se sintiera algo ofendido dado que ella no le había devuelto las llamadas.

Para evitar tener que contestar a preguntas embarazosas, prefirió anticiparse.

—¿Hay alguna novedad sobre el asesinato? ¿Se ha descubierto algo nuevo?

Con toda intención, quiso emplear un tono neutral, para que no resultara demasiado evidente el interés que sentía por el caso, pero la respuesta la dejó sorprendida.

—Ya hemos arrestado a los dos culpables. Y han confesado. Mañana podrá leerlo en todos los periódicos. Son dos delincuentes de poca monta. Solo tenían el encargo de robarle el portafolios, pero desgraciadamente se produjo un forcejeo con el profesor y, como consecuencia, este acabó muerto. No tenían intención de matarlo. Solo querían los documentos y cuando le vieron salir del banco, pensaban que quizá hubiera retirado también dinero.

—¡Pero esa es una noticia estupenda! ¿Por qué no me lo ha dicho enseguida?

—Era una sorpresa que le reservaba para después de cenar.

—¿Cómo dice?

—Que si no tiene nada mejor que hacer, y dado que su nueva amiga está fuera de la ciudad, quizá podamos ir a cenar juntos. Así celebramos el hallazgo del pasaporte.

Antonio la miró fijamente a los ojos con una sonrisa melancólica, a la que no supo resistirse, como si fuera él quien tuviera algo que hacerse perdonar.

En realidad, no era precisamente lo que Ann hubiera preferido, porque temía que, en el curso de la cena, él intentase hacerla hablar y quizá a ella pudiera escapársele algo que no debía decir, pero no podía dar marcha atrás. De haberse inventado alguna excusa, él habría recelado enseguida.

—Muy bien, de acuerdo. Pero con una condición. Invito yo. Le debo una cena por haber localizado mi pasaporte.

—De eso ni hablar, ni pensarlo.

—Entonces nada de cenas, inspector —dijo ella, intentando hacerse la dura.

—Si se pone usted en ese plan, Ann, elegiré el restaurante más caro de Camogli —dijo bromeando.

—Perfecto. Porque de lo que tengo ganas, precisamente, es de una buena cena en un sitio bonito.

Pegoraro la llevó a un restaurante alejado del centro.

Durante la cena no hizo la menor alusión al caso, con lo que ella se tranquilizó, por más que no dejaran de resonarle en la cabeza las pala-

LORENZO DE' MEDICI

bras de Giulia Scopetta: «La policía no es tonta. Llegará con sus propios medios a la misma conclusión». Y, una vez más, demostró que tenía razón.

La otra noticia que le dio el inspector era que la policía había determinado que el robo en su habitación del hotel no estaba relacionado con el caso. Había sido una simple y desafortunada coincidencia. Los dos delincuentes habían declarado que, tras haber recibido el dinero, huyeron. Los robos en hoteles no eran su especialidad. Debían de haber sido sin duda unos vulgares cacos de hotel.

Ann no se acordaba con exactitud de cómo había sucedido todo. Sin duda había bebido alguna ginebra de más, porque cuando se despertó estaba tendida desnuda en la cama de su habitación de hotel, y no estaba sola.

Debía de haberse cogido una buena borrachera.

De vez en cuando, algún retazo de recuerdo se le iluminaba, como cuando Antonio la había ayudado a subir las escaleras, visto que el ascensor no funcionaba, pero poco más. ¿Habrían hecho el amor? Dada la desnudez del cuerpo de Antonio, tumbado a su lado, era más que probable.

Solo esperaba que durante la borrachera no se hubiera dejado arrastrar a confidencias.

Estaba furiosa consigo misma.

Él estaba tendido a su lado, con la cabeza apoyada sobre una mano, mientras con la otra le apartaba delicadamente el habitual rizo de cabellos que le caía sobre la frente.

—¿Has dormido bien? —preguntó sonriendo.

Ann se tapó los ojos con las dos manos.

—¡Qué vergüenza! ¿Cómo es que hemos acabado así? No me acuerdo de nada.

—¿De nada, de nada? —preguntó él sonriendo.

Ella le contestó con una sonrisa algo azorada.

—Entonces, eso quiere decir que habrá que repetirlo para refrescarte la memoria —le murmuró al oído.

Y antes de que le diera tiempo a decir nada, ya se había reclinado sobre ella, besándola y acariciándola.

A Ann nunca le había gustado hacer el amor nada más despertarse, porque se sentía un poco incómoda si no se lavaba antes los dientes y se refrescaba, pero Antonio no le dejó más opción.

Hicieron el amor como no recordaba haberlo hecho ni siquiera en la época en la que empezaba a salir con Philipp, su exmarido. Antonio era en verdad un amante excepcional. Lograba hacer que se estremeciera solo con tocarla.

Lo repitieron una vez más, antes de que Antonio mirara el reloj.

—¡Qué tarde se me ha hecho! Tengo que marcharme —dijo, dándole un último beso.

«Debería hacerlo más a menudo. No me acordaba de lo relajante que resulta», pensó Ann mientras Antonio se metía bajo la ducha.

Salió del baño sonriente, y con el pelo mojado. Era realmente irresistible.

Su felicidad no era completa, y ella sabía por qué. En el fondo de su conciencia se sentía culpable por no haberle dicho toda la verdad, pero, dado su evidente buen humor, Ann dedujo que, a pesar de la borrachera de la noche anterior, había logrado contenerse y no dar rienda suelta a la lengua.

Tomaron un rápido desayuno en la habitación. Café con leche y cruasanes. Una excepción para ella, que siempre estaba muy atenta a su línea. Pero si no se peca de vez en cuando, dónde estaría el placer, pensaba mientras se metía un trocito de cruasán en la boca.

Era obvio que Antonio no quería ser visto en su compañía en el hotel después haber pasado la noche juntos. Solo el portero de noche los había visto subir y, dadas las condiciones de la señora, había pensado en un primer momento que el inspector, a quien conocía de vista, se limitaría solo a acompañarla hasta su habitación; sin embargo, más tarde, al no verle bajar, comprendió que el inspector tenía otras intenciones. No era una novedad para él. Como portero de noche, estaba acostumbrado a ver de todo.

—¿Puedo hacerte una pregunta, Ann? —le dijo Antonio, mientras bebía un sorbo de su café con leche.

—Naturalmente. ¿Qué quieres saber? —contestó ella, ya a la defensiva.

—No acaba de entrarme en la cabeza que una insigne catedrática como tú (he tenido que informarme sobre ti, forma parte de mi trabajo, y gozas de una excelente reputación) se traslade hasta Europa solo para ver un par de viejos papelajos. ¿Es que de verdad merece la pena?

Ella lo miró, fingiéndose sorprendida. Pero en realidad, esperaba aquel momento. Sospechaba que, en el fondo, Antonio se había acostado con ella solo para sonsacarle información.

—Te haces esas preguntas porque eres un policía y tienes una mente recelosa por naturaleza. Si fueras de nuestro gremio, lo entenderías. Para nosotros, los investigadores, no hay nada más importante que descubrir documentos inéditos. Es como que te toque la lotería. Forma parte de nuestro trabajo. Luego, como es natural, hay algunos que poseen un gran valor histórico, porque aportan cosas nuevas, y otros que no valen mucho porque no ofrecen datos contrastados o porque dicen algo ya conocido. Pero eso no puede saberse hasta que no los tienes ante tus ojos.

—¿Y Scopetta te convenció de que estos valían la pena?

—Scopetta es, perdona, quiero decir era, un hombre con cierta reputación. Si me dice que tiene en sus manos algo que puede interesarme, es que es así. No me habría hecho venir si se tratara de una estupidez que puedo descubrir en cualquier otro sitio. Desgraciadamente, no lo sabré nunca, ya que no he podido leerlos.

Se dio cuenta de que acababa de dar el paso decisivo. Había dicho su primera mentira. Hasta ese momento, se había mantenido en el limbo de la duda, pero ahora se había comprometido. Acababa de decidir que a Antonio no le confesaría que había visto los documentos y que estaba trabajando con ellos. Sin meditarlo de verdad, se había puesto definitivamente del lado de Giulia Scopetta. En cualquier caso, además, todas esas preguntas le parecían fuera de lugar. Hacía pocos minutos estaban haciendo el amor. ¿Con qué valor la sometía a un interrogatorio justo después?

—¿Cuándo vuelve la señora Scopetta? —insistió él.

—No lo sé. Creo que dentro de unos días, ¿por qué?

—Tendré que ir a charlar un rato con ella. El día del asesinato de su marido nos limitamos a interrogarla superficialmente. Tal vez el profesor guardara en casa los documentos y ella no lo supiese. Quiero pedirle que mire entre los papeles de su marido por si encuentra algo. Todo podría servirnos. Estamos en un punto muerto.

Ann Carrington sonrió para sus adentros. Pensó: «Si este se cree que Giulia Scopetta va a permitirle husmear en los papeles de su marido, va listo». Y además, ¿qué importancia podían tener para él los documentos si ya habían arrestado a los asesinos? No le cuadraba.

19

Giulia Scopetta aparcó el coche en la plaza Matteotti.
Había tenido que dar muchas vueltas antes de encontrar un sitio libre, el habitual problema de Camogli. Demasiados coches para tan poco aparcamiento. Habitualmente, cuando encontraba un sitio, no volvía a mover el coche, a no ser que fuera estrictamente necesario. Su marido y ella iban andando a todas partes. Incluso hasta el mercado de Recco, que distaba un par de kilómetros de su casa. Era un incordio volver luego andando con las bolsas de la compra, pero era mucho peor pasarse horas y horas dando vueltas con el coche en busca de un aparcamiento que no se hallaba nunca.

Se dirigió caminando hacia casa. Era tarde, casi medianoche.

Estaba un poco cansada del viaje, porque había tenido que conducir ella sola desde Florencia y hacía años que no le tocaba hacerlo. Cuando venía a Camogli con Gianni, a mitad de camino se cambiaban para alternarse en la conducción, de modo que el viaje no resultara demasiado pesado para ninguno de los dos. Empezaban a tener ya cierta edad y lo notaban en estas pequeñas cosas.

Estaba contenta de haber vuelto a Camogli. El entierro en Florencia había resultado todo un trago. Afortunadamente, era agosto y la gente seguía aún de vacaciones, pero a pesar de todo, habían sido muchos los que habían acudido a dar el último adiós a Gianni. Giulia suponía que buena parte habían venido movidos por la curiosidad, dadas las peculiares circunstancias de su muerte. Nadie había osado preguntarle nada directamente, pero todos esperaban un comentario por su parte, que ella se guardó mucho de hacer. Si querían saber algo, que leyeran los periódicos. Ella no tenía la menor intención de hablar del caso.

Al entierro acudieron numerosos amigos de la pareja, pero también muchos colegas de su marido, y ella se vio obligada a poner cara de circunstancias, aunque sin exagerar. No le apetecía sumirse en el papel de la viuda desconsolada, por más que la ocasión lo requiriera. Desde luego, había sido una tragedia que Gianni fuera asesinado. Una verdadera conmoción para ella. No se esperaba una muerte tan repentina y, sobre todo, en tales circunstancias. Pero había muchas cosas que la gente no sabía y que se guardaban ocultas en el ámbito familiar. Era un tácito acuerdo entre ellos. En realidad, nunca llegaron a hablarlo. Como una costumbre fomentada por los largos años de convivencia, se había convertido en su modus vivendi: nadie debe saber lo que ocurre entre las paredes de casa.

Hacía años que Gianni y ella no se llevaban bien y estaban siempre a punto de tomar la decisión de separarse.

Si no habían llegado a divorciarse se debía únicamente a la firme oposición de Gianni. Decía que temía por su reputación, como si eso tuviera algo que ver y fueran la primera pareja que se separaba después de cuarenta años de matrimonio. Es verdad que habría dado que hablar. Pero, en el fondo, ¿que importaba? Giulia estaba segura de que si Gianni se resistía al divorcio era solo por puro egoísmo. ¿Quién le plancharía sus camisas si tuviera que irse a vivir solo? ¿Quién le tendría la cena preparada cuando volviera a casa de la universidad? Además, había otra cuestión que tener en cuenta, que, según sospechaba Giulia, era el verdadero motivo de su firme oposición al divorcio. Las dos casas, la de Florencia y la de Camogli, estaban a su nombre. Si Gianni se marchaba, las perdería. A él Camogli le volvía loco. Allí es donde quería irse a vivir cuando se jubilara. Nunca renunciaría a la casa de Camogli, por pequeña que fuese.

A ella, en cambio, le fastidiaba la idea de tener que pasar por la víctima si se separaba de Gianni. Todos estaban al corriente de las andanzas de él, pero Giulia no tenía ninguna intención de asumir la identidad de la mujer abandonada, cada vez que se tropezara con algún conocido por la calle. En Florencia la situación era distinta. Era una ciudad grande, donde la gente puede llevar una vida más anónima, no como en Camogli, donde todo el mundo conoce la vida y milagros de los demás.

Gianni era un auténtico cerdo.

Hacía años que le ponía los cuernos con sus amigas. Ella lo sabía y fingía ignorarlo, pero se daba perfecta cuenta de cuándo se preparaba él para acudir a una cita galante y luego volvía con el perfume de otra encima. Se creía un gran rompecorazones. «Menudo cretino», pensaba Giulia, si creía poder engañarla. Se equivocaba de cabo a rabo. Lo conocía demasiado bien. Cuarenta años juntos son más que suficientes para saber cómo es la otra persona.

Ella lo había soportado todo en silencio. Fingiendo siempre no darse cuenta de nada, pero aguardando el día de la venganza. Le haría pagar sus ofensas, una por una. Esperaba únicamente el momento oportuno.

De vez en cuando, se divertía contrariándolo en las cosas más anodinas. Solo para que se fastidiara. Él odiaba las berenjenas y, cuando volvía a casa a cenar, se encontraba con un plato de berenjenas rellenas. Y lo mismo ocurría con el bacalao. A ella le gustaba muchísimo, mientras él no soportaba siquiera su olor. De modo que, para desairarlo, se lo preparaba en todas sus variedades. Y él, furibundo, se cogía un enfado monumental, tiraba el plato en el fregadero, y debía prepararse por su cuenta un par de huevos fritos porque no había nada más. Ella se las apañaba para que se encontrara la despensa y la nevera vacías.

En cualquier caso, sus conflictos personales los guardaban celosamente entre las paredes de casa. Nunca salían a relucir fuera o en presencia de extraños. Sin ponerse de acuerdo, cumplían con su papel de pareja bien avenida, sin permitir que nadie sospechara cuál era el verdadero estado de su relación.

Su asesinato la pilló por sorpresa. Nunca se hubiera esperado nada parecido. Alguien se había encargado de eliminarlo antes incluso de que empezara el proceso de separación.

Cuando la policía la informó de que alguien había matado a su marido en plena calle, su primer pensamiento fue que había sido víctima de un marido celoso.

Pero más tarde, cuando le dijeron que había sido obra de dos maleantes, le costó creerlo.

No se alegró de su muerte. Ella quería separarse, hacer que saliera de su vida, pero no verlo muerto. Entre una cosa y otra, había un buen trecho.

Dejó de pensar en él para prestar atención a los ruidos de la calle.

Desde que había dejado el coche en el aparcamiento, tenía la impresión de que alguien la estaba siguiendo. ¿Era su imaginación o respondía a la verdad? No osaba darse la vuelta para comprobarlo, no porque tuviera miedo, sino para no poner sobre aviso a quien la estuviera siguiendo de que se había dado cuenta.

Cada vez que pasaba ante una tienda, echaba un vistazo al escaparate para ver si se reflejaba en él la imagen de alguien, pero no conseguía ver nada. Y, sin embargo, la sensación no la abandonaba. Se sentía observada.

¿Quién podría estar siguiéndola? ¿Por qué motivo? ¿Para robarle? Si era así, no le preocupaba en exceso. Si era un ladrón, le daría el bolso sin oponer resistencia. Solo llevaba calderilla en el bolsillo. No merecía la pena correr riesgos por un puñado de monedas. Pero si no fuera un ladrón, ¿quién podría ser? No tenía la menor idea. Ojalá solo fueran imaginaciones suyas.

La calle, en todo caso, estaba bien iluminada. Y además, a pesar de la hora tardía, circulaba aún bastante gente por las aceras. Le bastaba con llegar al arranque del paseo marítimo para quedarse tranquila. La gente se acercaba hasta allí para darse su paseo vespertino, con un helado en la mano, los niños que corrían arriba y abajo y el perro que tiraba de la correa para ir a olisquear el trasero de algún amiguito. Luego se daban la vuelta en dirección al pequeño puerto. Era la tradicional *passeggiata* de Camogli, donde uno podía ver a todo el mundo y ser visto por todos.

Desde el aparcamiento hasta el principio del paseo marítimo habría unos seiscientos o setecientos metros, más o menos. La calle, inicialmente bastante oscura a causa de los árboles que ocultaban parcialmente las farolas, iba aclarándose poco a poco, a medida que se estrechaba hasta convertirse en un angosto callejón.

Una vez alcanzado ese punto, se sumergió entre la gente, olvidándose de la sensación que tenía hasta que llegó frente a su casa, en la plaza Colombo. Antes de abrir el portal, se giró para echar un último vistazo a la gente que circulaba por la plaza, pero no notó nada de particular.

Y con todo, no lograba quitarse de encima la sensación de que alguien estaba observando sus movimientos.

Cerró con cuidado el portal tras de sí y, cuando entró en casa, hizo lo mismo con la puerta principal. Allí se sentía a salvo.

Se alegraba de estar de nuevo en casa. Ahora que estaba sola, podría por fin organizar su vida de acuerdo con sus horarios y no con los de Gianni, siempre fuera, zanganeando quién sabía dónde para volver después tarde a casa, y que ella tuviera que calentarle la cena porque aquel cerdo era incapaz de llegar una sola vez puntual.

Era demasiado tarde para llamar a Ann Carrington al hotel y avisarla de que ya había vuelto. Lo haría al día siguiente.

Le gustaba esa Carrington. Era muy americana en ciertos aspectos, pero se la veía buena persona y, sobre todo, lista e inteligente.

Parecía honrada y sinceramente consagrada a su trabajo. A ella le gustaban esa clase de personas. Pocos pájaros en la cabeza y los pies bien asentados en el suelo. Odiaba a la gente frívola.

Había algo que no le había dicho a Ann Carrington. Le daba un poco de vergüenza y se había prometido hacerlo a la primera ocasión, pero antes debía asegurarse de su lealtad. En el fondo, solo la conocía superficialmente. Era demasiado pronto, después de un único encuentro, para confiarle todos sus secretos.

La documentación que Gianni había sustraído del Archivo Estatal, de hecho, era mucho más voluminosa de lo que le había enseñado. Abarcaba un montón de cosas.

La correspondencia de Rubens escrita en clave y la propia clave era lo que más había llamado su atención, porque para él suponía un juego intentar descifrarla, pero había también cartas escritas por la reina María de Médicis de suma importancia. Eran esas las que quería ceder a Ann Carrington para compensarla por su ayuda.

Giulia Scopetta abrió las ventanas para disipar el olor a cerrado y puso en su sitio las cuatro cosas que se había traído consigo de Florencia.

En el fondo del armario del dormitorio estaban las bolsas de plástico en las que guardaba los jerséis que Gianni usaba en invierno cuando venían a Camogli. No era mala idea empezar por ahí a hacer sitio para ella. Miró el reloj. Las doce y media de la noche. Era tarde, pero la breve caminata desde el aparcamiento hasta casa la había espabilado. No tenía sueño, y el cansancio la había abandonado momentáneamente. Si se metía en la cama sabía que no iba a pegar ojo. Podía empezar a vaciar un poco el armario hasta que le entrara sueño. Era la ventaja de vivir sola. No necesitaba preocuparse de si hacía ruido o de si molestaba a alguien.

Sacó la bolsa de plástico y la dejó sobre la cama.

No sabía todavía qué iba a hacer con todas las cosas de Gianni. Probablemente se desharía de ellas. Le fastidiaba regalárselas a gente que conocía. En primer lugar, porque no quería muestras de agradecimiento ni de falsa gratitud, y además porque le molestaba la idea de ver que alguien llevaba un jersey que había pertenecido a su marido. Le resultaba incómodo.

Abrió la bolsa y sacó los jerséis. Eran tres y olían un poco a naftalina. La había añadido ella misma, de esa con un ligero aroma a lavanda, cuando los guardó a finales del invierno pasado.

Se sentó al borde de la cama y sacudió el primero para que respirara, desplegándolo delante de ella. Era azul celeste con unos cuadraditos de color burdeos delante. Una breve ojeada fue suficiente para decidir que lo tiraría directamente al contenedor de ropa usada del ayuntamiento. De qué hacía después el ayuntamiento con toda la ropa que recogía no tenía la menor idea. Probablemente acabara en manos de gente necesitada.

El segundo no era mejor. Era gris, sin dibujos. Lo abrió para verlo mejor, sosteniéndolo de los hombros y algo que se hallaba en su interior cayó al suelo. Era un sobre de tamaño A4 doblado por las esquinas. Giulia se quedó estupefacta.

«¿Pero qué narices es esto?», se preguntó en voz alta, mientras lo recogía.

Ella, desde luego, no lo había puesto allí. Solo podía haber sido Gianni. ¿Qué sería eso que había escondido entre sus jerséis?

Pensó enseguida en material pornográfico. Lo abrió desgarrando el envoltorio de golpe, más irritada que curiosa.

Para su enorme sorpresa, apareció un fajo de billetes. Eran todos de quinientos euros.

Se quedó con la boca abierta. No podía creérselo. ¿Por qué razón habría de esconder Gianni un fajo de billetes de quinientos euros en sus jerséis?

Hizo cálculos rápidamente. Sumaban treinta y cinco mil euros.

Pero ¿de dónde había salido todo ese dinero?

Estaba atónita.

Sentada al borde de la cama con el dinero en la mano, inmersa en sus pensamientos, el descubrimiento que acababa de realizar no le cabía en la cabeza y la dejaba consternada. Que Gianni tonteara con otras mujeres ya lo sabía, pero que llevara una doble vida y escondiera en casa una suma de dinero tan importante, la dejaba preocupada. ¿Qué otras cosas desconocía de la existencia de su marido? ¿De dónde había sacado aquel dinero y por qué lo escondía? ¿Qué pensaba hacer con él? ¿Habría vendido a escondidas algunas de las acciones que poseían en común? Pero ¿con qué propósito?

Maldijo su memoria.

20

Rubens se sentía feliz por haber vuelto a casa, y sobre todo, por haberse desembarazado del barón. Era un buen hombre, pero pesado como pocos. En las últimas horas del viaje no había dejado de hablar un solo instante, impidiéndole pensar en sus cosas, por mucho que debiera admitir también que, tras llegar a su destino, en Bruselas, había tenido la amabilidad de cederle su carroza para que pudiera proseguir el viaje hacia Amberes. Finalizar el recorrido solo, sin tener que soportar su aburrida conversación, había supuesto un inmenso placer. Ahora se hallaba sentado en su estudio, meditando sobre los últimos acontecimientos.

Una vez que abandonó Bruselas, el tiempo, de repente, había cambiado para mejor. Las nubes, muy altas, fueron barridas por el viento, dejando espacio a un sol que reconciliaba con la vida. Prometía ser uno de esos preciosos días de otoño que, a causa de los colores del paisaje, daban paso libre a su espíritu romántico. El otoño le gustaba más que cualquier otra estación del año.

Se acordó de la noche en la posada y del hombre que había entrado en su habitación. Viéndolo con perspectiva, no cabía duda de que se había librado de una buena. Aquel hombre hubiera podido resultar peligroso. Prefería no darle más vueltas. Debía concentrarse, por el contrario, en algo más importante: encontrar rápidamente un buen escondite para los diamantes.

No era nada fácil.

Había estado pensándolo durante el viaje y no se le había venido nada a la cabeza. Debía ser forzosamente un sitio de difícil acceso, seguro, y que no solo no despertara sospechas, sino que no estuviera tampoco al albur de un posible hallazgo casual.

Rubens había comprado su casa, situada en la calle Wapper, y la había hecho reconstruir y agrandar en 1610, poco después de haberse casado con Isabella Brant. El proyecto de reestructuración había sido obra suya, con la ayuda de su amigo, el escultor Hans van Mildert. Conocía perfectamente, por lo tanto, cada rincón de la casa.

Su primera idea fue levantar una esquina del pavimento de madera de su estudio, donde los tablones eran más cortos. Por dimensiones era ideal, pero luego se lo pensó mejor, acordándose de que los ratones podían acceder hasta allí con excesiva facilidad. Descartó la idea. No quería correr ninguna clase de riesgos.

Al entrar en su estudio, había cerrado la puerta con llave a sus espaldas, después de haber ordenado a los criados que nadie lo molestara por ninguna razón. No quería ser descubierto mientras escondía los diamantes de la reina.

Ahora que estaba solo, a resguardo de ojos indiscretos, depositó el envoltorio sobre la mesa que tenía delante y lo abrió para examinar tranquilamente el aderezo. En París, en presencia de la reina, apenas pudo entreverlo, y durante el viaje había sido absolutamente imposible.

Eran decididamente hermosos. Brillaban con una luz muy especial. Nunca había tenido en sus manos unas joyas de tanto valor. El aderezo estaba compuesto por un collar de cuatro rangos, un par de pendientes con diamantes en forma de gotas, un par de pulseras y una pequeña diadema. Todo, con diamantes de distintas tallas.

No es que entendiera mucho de joyas, pero aquellas le parecieron realmente extraordinarias. Lo que no tenía en cambio del todo claro era por qué la reina había querido que fuese él quien las sacara de Francia. Y si su intención era venderlas de incógnito en la plaza de Amberes, ¿por qué no le había pedido directamente al joyero que se las llevara, en vez de enredarlo a él en esa historia y pedirle que las escondiera en su casa? Prefirió no pensarlo. No era asunto suyo. Él había cumplido con el encargo y era lo único que le interesaba.

Con todo, no dejaba de parecerle un poco extraño que María de Médicis hubiera depositado tanta confianza en él. En el fondo, no es que se conocieran demasiado.

Colocó delicadamente las joyas en su sitio y las envolvió con la tela.

La reina le había dicho que tal vez tardaran en venir a recogerlas. Podía ser cuestión de semanas. Mientras tanto, sobre él recaía la responsabilidad de salvaguardarlas.

Mientras seguía pensando en un escondite, no podía quitarse de la cabeza el rostro de la dama de la posada. La conocía, estaba seguro, aunque no lograra ponerle un nombre ni ubicarla.

Volvió a concentrarse en los diamantes. No era cuestión de dejarse distraer por otros pensamientos. Miró a su alrededor. ¿Dónde demonios podría esconderlos?

Levantó la mirada para examinar el techo. Pensó que si alguien entraba buscando algo, un ladrón ocasional, exploraría preferentemente lo que más a su alcance estuviera, es decir, el suelo o los sitios de fácil acceso, mientras que era difícil que se le ocurriera pensar en el techo. Sin embargo, no veía nada entre las vigas que pudiera serle práctico para su objetivo.

Por mucho que se esforzase, no encontraba ningún sitio en el estudio que le fuera útil. Había pensado en el estudio como primera opción, porque era donde accedía a diario y nadie más podía entrar si él estaba trabajando, pero pensándolo mejor, no tenía por qué esconderlos allí forzosamente. La casa era grande y sin duda habría algún sitio seguro en alguna otra parte.

Recorrió mentalmente cada rincón de la casa, cada habitación, buscando una cavidad o algo parecido, pero no se le venía nada a la cabeza.

Se acordó de que, pocos meses atrás, había mandado reforzar la pared exterior de su dormitorio, a causa de la humedad que se formaba en el exterior, expuesto al norte y donde prácticamente no daba nunca el sol.

La solución pensada, para proteger el dormitorio del frío y eventuales filtraciones, fue construir otro muro exterior, bastante estrecho, dejando una pequeña cámara de aire entre ambas paredes para que pudiera circular el aire.

Siempre cabía la posibilidad de comprobar si alguna de las piedras de la pared interior había quedado suelta, para esconder las joyas detrás de ella.

Se metió las joyas en el jubón y se dirigió hacia su cuarto, que estaba en la misma planta.

Antes de entrar en la habitación, verificó que no hubiera nadie cerca que pudiera entrar y sorprenderlo.

El muro estaba al lado de su cama. Pasó las manos por cada piedra, para comprobar si alguna se movía, pero todas le parecieron muy sólidamente fijadas con el cemento. Desprender alguna costaría bastante trabajo. Además, habría que escoger una que no fuera demasiado gruesa y cuya parte superior estuviese protegida por otra piedra más grande que se apoyara sobre las de ambos lados, para evitar que se movieran también las otras.

Prescindiendo de si era este o no el escondite más adecuado, para hacer un trabajo así debía conseguir que su mujer se marchara unos días. Con ella en casa, habría sido imposible. Se daría cuenta enseguida, con la atención que prestaba a los detalles.

Volvió en su estudio. Tal vez no dejara de ser la mejor solución.

En espera de encontrar el escondite perfecto, cabía la posibilidad de guardarlos en un escondite provisional. No podía ir por ahí siempre con el envoltorio metido en el jubón.

Volvió a sentarse ante su mesa, con los hombros pegados a la pared, observando cada rincón de su estudio como si lo viera por primera vez. Lo conocía a la perfección y habría podido enumerar cuántas cosas había y dónde se encontraba cada una con los ojos cerrados, pero, a pesar de todo, estudiaba la sala con ojos nuevos, como si fuese la primera vez. Era extraño, casi ridículo, pero pensándolo bien, nunca se había entretenido en observar con tanta atención sus objetos cotidianos.

¡Hasta que su mirada se posó sobre la chimenea!

Era bastante grande, y si uno se inclinaba ligeramente, podía incluso caber de pie dentro de ella.

Se levantó y fue a examinarla más de cerca. Una vez dentro, miró hacia arriba. Todo estaba muy sucio y oscuro. Encendió una vela para poder ver mejor el interior.

Había una esquina donde podía apoyarse algo no demasiado voluminoso, aunque fuera una posición de cierto riesgo frente al fuego y a las cenizas. Las paredes estaban incrustadas de suciedad. Intentó acordarse mentalmente de cuándo había sido la última vez que había mandado limpiar las chimeneas de toda la casa. Lo hacían regularmente, para prevenir los incendios, pero la de su estudio no parecía haberse limpiado recientemente.

Era un poco arriesgado, en efecto, pero, provisionalmente, podía ser un buen escondite, que le daba algo de margen para buscar un sitio más adecuado.

Salió de la chimenea y buscó algo más sólido para meter dentro el envoltorio de tela.

Sobre su escritorio había una caja de metal donde guardaba su correspondencia. Sacó las cartas que seguían en espera de respuesta e introdujo el paño con las joyas. Encajaba muy bien. Parecía hecha a propósito.

Volvió al interior de la chimenea y buscó la mejor posición para la caja. Intentó colocarla en el hueco que había descubierto y entraba perfectamente. Así no corría el riesgo de que resbalara o se cayera. Desde luego, habría que ver qué sucedía una vez que la chimenea estuviera encendida, pero no pensaba que pudiera ocurrir nada grave. Como mucho, la caja podía ennegrecerse con el humo y las cenizas, pero nada más.

Además, se trataba de una solución provisional, en espera de encontrar otra mejor. La sacaría de allí lo antes posible. Tal vez incluso antes de que llegara el momento de encender la chimenea. Dependía del tiempo. Había días en los que debían encenderse las chimeneas incluso en verano. Confiaba en que no sucediera esta vez.

Satisfecho por haber solucionado momentáneamente la cuestión, volvió a sentarse al escritorio.

Estaba a punto de coger los lápices cuando se acordó de repente de quién era la dama de la posada a la que vio montando en una carroza.

No cabía duda, era ella. ¿Cómo era posible que no la hubiera reconocido de inmediato?

El desliz se debía claramente al hecho de habérsela encontrado en un lugar tan poco habitual y vestida con ropa de viaje en vez de su consabida vestimenta de corte. Además, nunca se habría imaginado poder ver en aquel tugurio a la duquesa de Monfort en persona, la primera de las damas de compañía de la reina de Francia.

Pero ¿qué diablos estaba haciendo allí la duquesa, en plena noche?

Bunier, el posadero, les había dicho que se dirigía a un castillo cercano. Pero ¿era concebible que la duquesa viajara en plena noche para ir a visitar a unos parientes o amigos? Resultaba un poco extraño.

Por un instante, le asaltó la idea algo paranoica de que la duquesa lo estuviera siguiendo por orden de la reina: María de Médicis quería asegurarse de que sus joyas viajaban seguras y llegaban a buen puerto, pero luego se dio cuenta de que era ridículo. Para empezar, porque la reina le había dicho que solo ellos dos estaban al corriente del secreto y, además, porque la duquesa había llegado antes que ellos a la posada. No podía estar siguiéndolo si lo precedía.

No dejaba de ser, en todo caso, una extraña coincidencia.

Volviendo a pensar en lo que tenía que hacer, se acordó de que el barón le había dicho que en el plazo de una semana le haría llegar por medio de un mensajero el código que iban a preparar los agentes secretos de la infanta gobernadora. Sin embargo, él prefería escribir el suyo antes de ver el del barón, para evitar que le influyera y se inspirase en él sin desearlo.

La cuestión era que no tenía la menor idea de por dónde empezar.

21

Algunos días antes, en el Louvre...
La reina estaba en su estudio, despachando la correspondencia con sus secretarios, cuando uno de ellos le presentó una carta lacrada.

—Ha llegado esta mañana, majestad. No la he abierto porque lleva la mención «confidencial y personal». ¿Quiere que la abra ahora?

María de Médicis examinó distraídamente el papel. Estaba a punto de darle su beneplácito cuando se lo pensó mejor. ¿Y si fuera una nueva carta de ese indeseable que intentaba chantajearla?

—No. Ya la leeré yo más tarde.

Y mientras dictaba simultáneamente a los secretarios las respuestas a la numerosa correspondencia, caminaba arriba y abajo por el despacho como hacía siempre que dictaba una carta, porque eso, decía ella, la ayudaba a pensar. De vez en cuando, su mirada se posaba sobre la carta con la mención «confidencial y personal», apoyada bien a la vista sobre el escritorio. Estaba impaciente por abrirla, pero no quería hacerlo delante de ellos.

Dictó rápidamente la correspondencia, despidió a sus secretarios, y una vez sola, abrió por fin la carta.

Su intuición no la había engañado. Era realmente una de ellas. La tercera.

La carta estaba plegada de modo que pudiera contener en su interior otra hoja. La reina sintió un ligero escalofrío recorriéndole la espalda cuando reconoció su propia escritura en la segunda hoja. El chantajista había añadido a su propia carta otra escrita por la reina, como prueba de que las poseía y de que el chantaje no era ninguna broma.

Sí, no cabía duda. Aquella era una carta suya, escrita hace trece años. Iba dirigida al duque de Epernon, uno de sus más fieles servidores. Fue el duque quien le ofreció la regencia en bandeja de plata.

Sin él, difícilmente habría llegado a ser regente durante la minoría de edad de su hijo, dado que Enrique IV había dispuesto un protocolo distinto en el caso de que él llegara a faltar. Había ordenado, en efecto, que se instituyera una Junta de Regencia, en la que la reina debía ocupar una posición poco más que honorífica, pero Epernon supo jugar bien los triunfos a su favor.

En su carta, la reina hacía mención a Ravaillac, el hombre que una semana más tarde asesinaría brutalmente al rey.

Era de lo más embarazoso.

Según quien las leyera, sus cartas podían transformarse en un arma muy peligrosa en contra de ella. Podía llegar a ser acusada de haber estado al corriente del atentado que se estaba preparando contra su majestad.

El autor de la misiva confirmaba en su escrito lo que ella ya había intuido. Le mandaba su propia carta para demostrarle que las poseía todas. La amenazaba nuevamente con que, si no pagaba, las cartas acabarían en manos de sus peores enemigos. No precisaba a quién se refería, pero a ella no le costaba imaginárselo.

Pero ¿quién podía ser ese maldito chantajista, se preguntó, para haber tenido acceso a sus cartas? Y, sobre todo, ¿por qué Epernon no las había destruido tras haberlas leído? No se acordaba de cuántas llegó a escribir. Habían pasado muchos años, trece por lo menos.

La situación era muy preocupante. Debía hablar inmediatamente del asunto con Epernon.

Llamó a uno de sus secretarios y le ordenó que convocara de inmediato al duque.

Ah, si su fiel Concini estuviera aún vivo, le habría ordenado que encontrara al chantajista y que lo eliminara. Pero, desgraciadamente, había muerto. Ahora no tenía a nadie de quien fiarse.

Le entró una ligera melancolía. Le sucedía siempre que se topaba con un problema que no sabía cómo solucionar.

¿Qué debía hacer ahora? ¿Aceptar las condiciones del chantajista, ceder y pagar? Era indignante pensar que la reina de Francia tuviera que plegarse ante un vil desgraciado. Pero ¿tenía elección? Sin duda habría alguna otra forma de solucionar el problema sin pagar ningún rescate, pero ¿cuál?

Alguien llamó suavemente a la puerta y entró sin esperar a que se le invitara a hacerlo.

Era la duquesa de Monfort.

Traía la taza de chocolate caliente que su majestad tomaba cada día a la misma hora.

La expresión preocupada de la soberana no le pasó desapercibida a la curiosa duquesa.

—¿Hay algún contratiempo, majestad? ¿Malas noticias?

María de Médicis permaneció en silencio. Estaba indecisa sobre si hablar o callar. ¿Sería oportuno poner a la duquesa al corriente de la situación? Temía que luego la noticia se esparciera cual mancha de aceite, si la duquesa dejaba escapar una palabra de más. Sin embargo, en este momento necesitaba un consejo. Se sentía incapaz de tomar una decisión por sí misma.

Sentía una tremenda necesidad de compartir su secreto. Tal vez la duquesa no fuera la persona más adecuada para mantener la boca cerrada, pero era la que tenía más a mano y, hasta cierto punto, pensaba en poder contar con su lealtad.

—¿Puedo haceros una confidencia, Monfort, sin que salga de esta sala?

—Vuestra majestad sabe que puede fiarse ciegamente de mí. Nunca abriría la boca para desvelar un secreto vuestro. De eso podéis estar segura.

María de Médicis dejó caer una mirada inexpresiva sobre la duquesa. Estaba sopesando su sinceridad. Tal vez no fuera tan mala en el fondo como ella pensaba. La conocía desde hacía muchos años, aunque, sin embargo, siempre había habido algo en ella que le hacía dudar de que la sirviera con absoluta lealtad. Era más una intuición que una certeza, porque nunca se había visto obligada a reprocharle nada. En realidad, es que no se fiaba de nadie. Quizá, de todas sus damas, fuera la menos peligrosa. No como la maldita Auteuil, que corría siempre a airear todas sus cosas al cardenal.

Hacía tiempo que sabía que la condesa de Auteuil era una protegida del cardenal. Y fue precisamente Monfort la que le informó de ello. Ella lo había interpretado como una estrategia más de Monfort para imponerse sobre Auteuil en la pugna que ambas mantenían por granjearse sus favores.

Un discreto seguimiento había confirmado sus dudas. Auteuil era una espía. Le venía bien saberlo. Sin que la condesa lo sospechara, la utilizaba para pasar información falsa al cardenal. Ni Richelieu ni la condesa de Auteuil se dieron cuenta nunca de que la reina manipulaba voluntariamente la información que Auteuil transmitía al cardenal.

—De acuerdo —suspiró la reina—. Os concederé mi confianza, Monfort. Sin embargo, debéis estar muy atenta. Si llego a descubrir que me traicionáis, puedo aseguraros que haré que acabéis en la hoguera. Palabra de reina.

La duquesa se mostró impasible ante la advertencia, aunque, para sus adentros, temblara. Sabía que María de Médicis no estaba bromeando.

—Vuestra majestad puede estar tranquila. No tengo la menor intención de acabar en la hoguera.

La reina sonrió, con socarronería. Al menos la duquesa no se tomaba a la ligera sus amenazas.

—Debéis saber, estimada Monfort, que desde hace algún tiempo me está sucediendo algo muy desagradable. Yo diría, incluso, que estoy francamente disgustada.

—¿Qué os ocurre, majestad? No había notado que vuestra majestad estuviera preocupada.

—Preocupada es un eufemismo, estimada duquesa. Estoy desesperada. No sé realmente qué hacer. Alguien está intentando chantajearme.

A la duquesa se le pusieron los ojos como platos y abrió ligeramente la boca, en una expresión de sorpresa que no dejaba lugar a dudas.

—¿Cómo? ¿Un chantaje? No puede ser. ¿Quién osaría hacer algo semejante? Me parece inaudito.

La reina le contó a la primera de sus damas de compañía lo que le estaba ocurriendo. No se acordaba con precisión de cuántas cartas había escrito ni de lo comprometidas que podían llegar a ser, pero de una cosa estaba segura: si caían en las manos equivocadas, podían representar un serio problema para ella.

—Si es así, majestad, no veo otra solución. Debéis recuperarlas lo antes que podáis.

—Lo sé, pero el caso es que me piden una cifra gigantesca.

—¿Cuánto es una cifra gigantesca para vuestra majestad?

—Un millón de libras.

La duquesa no pudo reprimir un grito de sorpresa.

—Pero eso es imposible. Es una cifra inconcebible, inimaginable, grotesca, ridícula.

María de Médicis se encogió de hombros en señal de impotencia.

—Eso es lo que pienso yo también. Pero ¿qué más puedo hacer? A ver si se os ocurre alguna idea, Monfort.

—Una idea sí que tengo, majestad; sin embargo, no os puedo garantizar que funcione.

La reina le prestó atención, curiosa por saber qué solución podía concebir la duquesa.

—Decídmelo todo, duquesa.

—Podríais hacer saber a esa persona que le enviaréis un emisario, que podría ser yo, para intentar razonar con él y hacer que rebaje la cifra.

—¿Vos haríais eso por mí?

—Yo haría todo lo posible para serviros, majestad.

—Pero ¿qué garantía puedo tener de que me entregará todas las cartas?

La duquesa se detuvo a pensar unos instantes. Era cierto ¿Cómo podían estar seguras de que les devolverían todas las cartas si ni la propia reina se acordaba de cuántas había escrito?

—Temo que ninguna, majestad. Si vos no os acordáis con precisión del número exacto de cartas, es difícil saberlo.

María de Médicis sopesó el ofrecimiento de la duquesa. Usarla como intermediaria no era una idea descabellada, al fin y al cabo. Ella nunca hubiera aceptado tratar personalmente con aquel desalmado. No era digno de su alta posición. Sin ser la solución que buscaba, podría funcionar, sin embargo. No tenía la menor intención de pagar aquella astronómica cifra, aparte de no poseerla en aquellos momentos.

—Intentémoslo —dijo por fin, con la punta de los labios—. ¿Cómo lo haremos?

—Solo debemos esperar a que se ponga en contacto nuevamente con vuestra majestad. Si pide que se deje el rescate en un sitio determinado, en vez del dinero dejaremos una nota. Él contestará sin duda alguna.

María de Médicis no tenía ganas de pensar en esas cosas. No quería saber nada de negociaciones, de mensajes ni de encuentros secretos.

—Dejo el asunto en vuestras manos, Monfort. Actuad con prudencia. No quiero más quebraderos de cabeza. Y, sobre todo, recordadlo bien: nadie debe saber nada.

22

Algunas semanas antes...

Michel Dupré, el mayoral de la finca que el duque de Epernon poseía en las cercanías de Angulema, estaba sudando a chorros. No era a causa del calor. Era debido al temor de ser sorprendido in fraganti.

El pañuelo con el que se secaba continuamente la frente estaba ya empapado. Era un hombre de baja estatura, bastante regordete, que intentaba suplir la ausencia de pelo sobre su cráneo peinándose los que subsistían a ambos lados lo más en alto posible, para cubrir su calva.

Se arrepentía de haberse dejado convencer por el padre Mauvaire. El padre superior del convento de la Congregación de los Capuchinos le había pedido que le ayudara a introducir a uno de sus jóvenes frailes en la estancia del castillo en la que el duque tenía escondidos sus documentos. Según el prior, se trataba de *verificar* si el duque guardaba allí ciertos papeles por los que su eminencia, el cardenal Richelieu, sentía gran preocupación.

Había añadido, melifluo, que su eminencia, en su infinita benevolencia, había demostrado particular interés por el requerimiento que el propio Dupré había enviado a su eminencia, solicitando la merced de permitir que su hijo pudiera ponerse a su servicio, entrando a formar parte del cuerpo de la guardia personal de su eminencia el cardenal, y que su eminencia estaba a punto de inclinarse por un parecer favorable.

El asunto, en todo caso, no le hacía ninguna gracia. Él era un buen católico, devoto y practicante, pero debía lealtad al duque, en cuyas tierras vivían él y su familia, ya que siempre le había honrado con un alto grado de confianza. Traicionarlo, permitiendo que el fraile husmeara en sus papeles, no le gustaba en absoluto y le provocaba grandes remordimientos de conciencia.

Si había aceptado, era solo por ayudar su hijo menor. El mayor, con un poco de suerte, heredaría su cargo, pero para el segundo había pocas esperanzas de poder garantizarle un futuro, y la carrera militar era una excelente solución. Si el cardenal, tal como le aseguraba el padre Mauvaire, tenía la intención de admitirlo en el cuerpo de sus guardias, él no podía negarse a hacerle el favor que le pedía.

Sin embargo, no le gustaba nada.

El joven fraile, cuyo nombre había olvidado, pues estaba demasiado nervioso para acordarse, llevaba más de una hora en el interior del aposento privado del duque. Dupré se había quedado sorprendido al verlo, dado que se trataba de un joven de buena presencia, alto y musculoso. Poco tenía en común con los demás jóvenes frailes que conocía. Se habían puesto de acuerdo en que, mientras el fraile se introducía en la estancia de los documentos, él permanecería fuera, en el pasillo, montando guardia, ante la posibilidad de que alguien del castillo pasara por allí y los sorprendiera. Sería de lo más embarazoso para él. Sus tareas concernían a las tierras del duque y nada tenía que hacer en el interior del castillo. Dejar que lo pillaran en los aposentos del duque resultaba de difícil justificación. Si los descubrían además rebuscando entre los papeles personales del duque, estaría perdido.

De vez en cuando, Dupré se asomaba al umbral de la puerta para apremiarle y recordarle que era hora de irse, pero el otro se mostraba imperturbable y continuaba leyendo todo lo que caía en sus manos. Lo que consideraba interesante lo ponía sobre una pila, mientras que los demás papeles volvía a meterlos en los cartapacios.

Dupré le instó varias veces: «Volved a ponerlo todo en su sitio, tal como lo habéis encontrado, no vaya a ser que el duque se dé cuenta de que alguien ha entrado en la estancia». El otro había contestado: «No os preocupéis», pero cuando abrió de nuevo la puerta para que se diera prisa, vio un montón de documentos esparcidos por el suelo, y le entró el pánico. ¿Sería capaz ese frailecillo de colocarlo todo en su sitio, exactamente igual a como lo había dejado el duque?

Aguzó el oído, porque le había parecido notar un ruido. Pero después de quedarse unos instantes a la escucha, se dio cuenta de que no era nada. Estaba tan asustado ante la idea de que los descubrieran que oía ruidos en todas partes.

Abrió la puerta de nuevo.

—Daos prisa, por favor. No podemos seguir aquí demasiado tiempo.

—Ya he acabado —contestó el joven fraile, algo harto de aquel gordinflón que tanta lata le daba—. Estoy poniéndolo todo en su sitio.

Cerró de nuevo la puerta y mientras se daba la vuelta para retomar su posición de centinela, sintió a sus espaldas una voz que le decía:

—Ah, conque estáis aquí, Dupré, os estaba buscando por todas partes.

A Dupré se le heló la sangre.

Ante él, mirándolo fijamente con cierta curiosidad, estaba el secretario del duque. Era un hombre de unos cuarenta años, de una delgadez tal que todo el mundo pensaba que estaba enfermo. Dupré lo conocía desde hacía años. Lo consideraba una buena persona. Siempre había visto al secretario con ese mismo aspecto enfermizo, y si procuraba mantenerse a debida distancia de él era a causa del aliento pestilente que salía de su boca, lo que reforzaba su opinión de que estaba podrido por dentro.

—Pero ¿qué estáis haciendo aquí? —preguntó el secretario, señalando con la barbilla la puerta entreabierta del despacho del duque.

Dupré estaba a punto de balbucear algo cuando la puerta se abrió de repente.

Apareció el joven fraile, con unos papeles en la mano. Ambos, el secretario y el fraile, se miraron, sorprendidos, y durante una fracción de segundo, ninguno de los dos reaccionó, pero luego el fraile dejó caer bruscamente los papeles al suelo y ante la mirada horrorizada de Dupré se lanzó contra el secretario, lo aferró por detrás con un gesto rápido, le pasó el brazo alrededor del cuello y, antes de que el otro tuviera tiempo de reaccionar, Dupré pudo oír un crujido siniestro y vio al secretario caer al suelo, inerte.

El joven fraile le había partido el cuello.

Dupré quedó con los ojos como platos, la boca abierta, incrédulo, incapaz de reaccionar. Todo había pasado tan deprisa que su mente no había tenido tiempo de asimilar lo que había ocurrido.

—Vamos, moveos —gritó el fraile—. Daos prisa, antes de que aparezca alguien más. Procurad deshaceros del cuerpo.

Y sin darle tiempo a contestar, recogió con una mano los papeles que había dejado caer al suelo y se alejó a la carrera escaleras abajo.

Dupré estaba conmocionado.

Aquel joven fraile había fulminado al secretario con una sencilla llave. Y ahora, el cuerpo de aquel pobre hombre yacía sin vida a sus pies.

Estaba a punto de echarse a llorar. Nunca había presenciado un asesinato y que la víctima fuera aquel buen hombre lo tenía conmocionado. Ni siquiera lograba pensar en algo concreto. Su mente, en plena ebullición, saltaba de un pensamiento a otro, incapaz de detenerse en una sola idea fija. El secretario había muerto. Y él era responsable de su muerte. Era una situación que lo superaba con creces. Su vida había quedado hecha trizas, definitivamente. ¿Cómo iba a ser capaz de mirar a la cara al duque, sabiendo lo que había sucedido?

Se dejó caer al suelo, con las piernas abiertas, la espalda apoyada contra la pared, incapaz de reaccionar.

«Qué desgracia, qué desgracia», seguía repitiendo. «Estoy acabado. Pobre de mí. Me mandarán a la horca».

Pero ¿qué clase de fraile era aquel y cómo es que tenía tamaña fuerza? Nunca había visto a un hombre romperle el cuello a otro con tanta facilidad. Y, además, ¿cómo había sido capaz, un fraile, de matar a sangre fría a otro hombre, así, como si nada? No le cabía en la cabeza.

Sintió unos pasos a lo lejos. Esta vez no se lo estaba imaginando. Alguien estaba acercándose hacia allí.

Se levantó lo más rápidamente que pudo, arrastró el cuerpo del secretario por los brazos hasta el interior de la estancia, cerró con llave al salir y se alejó lo más deprisa posible, justo a tiempo para encontrarse, en la esquina del pasillo, con el duque en persona.

—Ah, estáis aquí, Dupré. ¿No habéis visto a mi secretario? Le he mandado a buscaros.

—No, excelencia —contestó Dupré, sacando el sucio pañuelo de su bolsillo para secarse de nuevo la frente sudada. Sentía su corazón latiéndole alocadamente en el pecho—. No lo he visto. ¿En qué puedo serviros?

—Venid, tenemos que hablar del ganado.

Dupré lo siguió con pasos rápidos, sin osar darse la vuelta. Tenía aún ante sus ojos la escena de la muerte del secretario.

Más tarde, cuando cayera la noche y el duque se hubiese retirado a sus aposentos, se llevaría el cuerpo al bosque cercano para enterrarlo.

El joven fray Giacomo volvió a paso ligero hacia el convento de la Congregación de los Capuchinos. Debía entregar lo antes posible los documentos al prior Mauvaire.

El accidente del castillo había sido muy desagradable. Un imprevisto. Sin embargo, sus instrucciones estaban claras. No debía dejar rastros ni testigos. Y él se había limitado a obedecerlas a rajatabla. Nadie debía poder llegar hasta el convento. Aquel pobre desgraciado se había presentado en el momento más inoportuno.

Solo esperaba que ese cretino de Dupré se encargase de hacer desaparecer el cuerpo y supiera mantener la boca cerrada. Debía preguntarle al prior si era cuestión de fiarse de él. De no ser así, regresaría para solucionarlo.

Entró en el convento por una puerta secundaria y siguió el camino que ya conocía para llegar hasta el despacho del prior sin ser visto por sus hermanos.

A esas horas, todos estaban reunidos en la sala contigua a la iglesia para la plegaria de las seis. Si se daba prisa, podría tomar parte en la misa de las seis y media. Antes, sin embargo, debía confesarse con el prior y pedirle la absolución por la muerte de aquel desgraciado. No tenía dudas de que el prior se la otorgaría. Se había limitado a seguir sus instrucciones.

El prior no estaba en su despacho. Fray Giacomo decidió esperarlo.

Se puso de rodillas ante el gran crucifijo que ocupaba una pared entera del despacho. El prior lo usaba para sus oraciones, cuando meditaba en soledad. Fray Giacomo le pidió perdón a Dios por haber pecado. Para apaciguar su alma, añadió que lo había hecho en cumplimiento de su deber y por la grandeza de la Santa Iglesia y el bien de su eminencia el cardenal Richelieu.

Sintió un crujido de ropas detrás de él, que indicaba claramente que el prior estaba ya de vuelta.

Se levantó para correr a besarle el hábito. El padre Mauvaire le posó una mano sobre la cabeza, en señal de benevolencia.

—¿Habéis cumplido con vuestro deber, hijo mío? ¿Habéis encontrado algo interesante?

Fray Giacomo le entregó los documentos que había sustraído antes de contarle lo que había ocurrido y pedirle la absolución por sus pecados.

—Hijo mío, habéis cometido un pecado mortal —contestó el prior, visiblemente molesto por que fray Giacomo hubiese recurrido a la violencia—. No puedo concederos la absolución tan fácilmente. Antes deberéis pasar por un periodo de expiación.

—Pero, padre —protestó—, tuve que hacerlo para seguir vuestras instrucciones.

—No lo dudo, hijo mío, pero mis instrucciones eran que nadie debía relacionar el acto de *coger prestados* los archivos del duque con el convento. No os he dado licencia para matar. No entra en mis competencias.

Fray Giacomo se sintió desorientado.

—¿Qué debo hacer ahora, padre?

El prior Mauvaire parecía reflexionar. Se tomó su tiempo antes de contestar:

—Creo que, por el momento, lo mejor es que desaparezcáis de la circulación durante cierto tiempo. Que nadie se acuerde de vosotros. Os enviaré al convento de nuestros hermanos de Montpellier. Allí deberéis hacer penitencia por vuestros pecados. Cuando llegue el momento, podréis volver.

Fray Giacomo besó nuevamente el hábito del prior.

—Gracias, padre, por concederme vuestra benevolencia. Espero poder ser llamado en breve de nuevo junto a vos.

El padre Mauvaire se despidió de él.

Estaba furibundo. Ahora todo el asunto se complicaba con ese muerto de por medio. Confiaba en lograr contener el escándalo.

Lo primero que debía hacer era hablar con Dupré.

Había sido fácil convencerlo para que aceptara la solicitud del cardenal. Dupré era un fiel devoto. Un hombre sencillo, inocente, dispuesto a hacer cualquier cosa con tal de complacer al cardenal. Desde luego, estaba la cuestión del hijo al que quería colocar, pero eso lo habrían hecho en cualquier caso, incluso aunque él no hubiera aceptado ayudarlos.

Ahora, con el muerto de por medio, el asunto se complicaba un poco más, pero esperaba poder resolverlo usando toda la influencia que ejercía sobre él.

Se dedicó a estudiar los papeles que fray Giacomo había *cogido prestados*.

Había muchas cartas. Algunas firmadas por la reina madre y dirigidas al duque de Epernon. Otras de gente que no conocía. No era un hombre mundano y no frecuentaba la corte. Indudablemente, ciertos nombres le sonaban, pero en realidad no sabía quiénes eran. Se preguntó por qué fray Giacomo habría elegido precisamente esas cartas.

Todo el asunto le parecía en general bastante aburrido. No le interesaba en absoluto. Lo había hecho solo para complacer al padre

Joseph, el poderoso secretario de su eminencia. No creía que el cardenal en persona estuviera particularmente interesado en una correspondencia de trece años de antigüedad, por más que hubiese sido escrita por la reina en persona.

Volvió a meter todos los papeles en el legajo y lo dejó a un lado.

Dentro de pocos días debía ir a París. Aprovecharía para entregárselo al padre Joseph.

23

Sergio no se sentía tranquilo en absoluto. Enrico Forlani estaba perdiendo la cabeza.

Con el asesinato del profesor Scopetta podían estar seguros de que la policía empezaría a hurgar en su entorno. Si llegaban hasta Enrico, algo bastante probable, dado que era colega suyo en la universidad, no le cabía la menor duda de que Enrico caería como un pajarito. No sería difícil hacerlo hablar y Forlani lo cantaría todo en un abrir y cerrar de ojos. Largaría su nombre y el de Alberto.

Debía neutralizarlo antes de que esto sucediera. No le quedaba más elección.

Prefería no hablar de ello con Alberto. Probablemente, plantearía objeciones y no era cuestión de perder el tiempo y andarse con paños calientes. Debía actuar de inmediato y sin dilación.

Llamó a Enrico Forlani a su casa.

—¿Diga? —oyó que contestaba.

Por su tono de voz, Sergio se dio cuenta de que Enrico estaba deprimido.

—Enrico, te llamaba para saber qué tal estabas —dijo con un tono que pretendía ser atento.

—Estoy muy preocupado, Sergio. Esta historia de Scopetta me está volviendo loco. No sé qué hacer. ¿No crees que debería llamar a la policía y decirles que yo no tengo nada que ver? Al fin y al cabo, prefiero ser acusado de haber encargado el robo de un portafolios que de complicidad en un homicidio. Estoy seguro que fue un accidente.

—Tranquilízate, Enrico. Lo mejor será que lo pensemos juntos. Tú no hagas nada sin haber hablado antes conmigo. Bájate al bar que hay enfrente de tu casa, al otro lado de la calle. Tomemos un café y hablemos. Estaré allí dentro de diez minutos.

—Sí, sí, es una buena idea. Nos vemos en el bar. La verdad es que me hace falta hablar con alguien. Allí te espero.

Sergio colgó. Forlani estaba peor de lo que él creía. Si le quedaba algún resquicio de duda sobre lo que debía hacer, ahora ya no la tenía. Enrico era un peligro potencial para su seguridad. Una verdadera bomba de relojería. Debía actuar de inmediato, antes de que montara una de las suyas.

En realidad, no necesitaba diez minutos para llegar a casa de Enrico. Estaba ya aparcado en una esquina de la avenida que pasaba por delante de su edificio, a escasos doscientos metros, y desde su posición podía ver el portal de la casa.

Tal como había sospechado, no habían transcurrido ni tres minutos desde su llamada cuando vio aparecer a Enrico en el portal de su casa. Caminaba con la cabeza gacha, en dirección al bar. Iba por la acera de enfrente. Solo le quedaba cruzar la calle.

Puso en marcha el motor de su potente automóvil. En los alrededores no había prácticamente nadie. Era una zona periférica, una de las llamadas ciudades dormitorio, donde la gente trabajaba todo el día. Se animaba solo a las horas punta, cuando los que vivían en la zona regresaban a casa.

Esperó que Enrico alcanzara el paso de cebra antes de salir del lugar donde estaba aparcado para meterse en la calzada. Aceleró a fondo. El BMW salió disparado. En pocos segundos llegó al paso de cebra. Enrico estaba cruzando por las rayas blancas, en medio de la calle. Se giró instintivamente para ver el coche que se acercaba a toda velocidad, pero no tuvo tiempo de reaccionar. Sergio vio su cara aterrorizada antes de alcanzarlo de lleno. Enrico voló por los aires. Sergio no oyó el ruido siniestro que hizo el cuerpo cuando volvió a caer al suelo. Evitó también mirar por el retrovisor. Prefería no ver el cuerpo destrozado de Enrico en medio de la calle, bastantes metros atrás, cubierto de sangre.

Aceleró para desaparecer lo más rápidamente posible. Esperaba que, aunque alguien hubiera presenciado el accidente, no le hubiera dado tiempo a memorizar la matrícula del coche. Solo cuando alcanzó la entrada de la autopista en Sesto San Giovanni empezó a aminorar la velocidad. Sentía el corazón latiéndole a mil por hora en el pecho. Ya estaba hecho. Se sentía culpable y aliviado al mismo tiempo, pero no había espacio en su espíritu para los remordimientos. Había tenido que hacerlo, por su bien y por el de Alberto.

24

Ann Carrington se alegró sinceramente al oír la voz de Giulia Scopetta. Había pasado varios días sin verla, y aunque la compañía de Antonio Pegoraro era muy agradable, a decir verdad, se aburría un poco.

Se había visto con Antonio un par de veces. Una tarde, acudió al hotel e hicieron el amor. Con él sentía apagados sus sentidos y no cabía duda de que le gustaba, pero, sin embargo, cuando estaban juntos, experimentaba una extraña sensación, como si hubiera una especie de velo entre ellos que no le permitiera sentirse totalmente cómoda. Sabía que era cosa suya y no culpa de Antonio, pero, por mucho que intentase no pensar en ello, no lograba librarse de aquella sensación de malestar.

Era perfectamente consciente de que se debía al hecho de no haber sido del todo sincera con él, y de que eran sus sentimientos de culpa los que la hacían sentirse mal, pero no tenía otra elección.

Con todo, había también algo atípico en el comportamiento de Antonio. No faltaban momentos en los que se percataba de que tampoco él estaba del todo cómodo, como si hubiera un muro invisible que los separara.

Una vez, por ejemplo, al salir juntos del hotel, se dio precipitadamente la vuelta y volvió al interior con una excusa.

—Vuelvo enseguida —le dijo.

Ann se quedó fuera esperándolo. Le asaltó la sospecha de que Antonio quería evitar que lo vieran en su compañía, dado que se había metido a toda prisa en el hotel cuando había visto bajar por la escalinata situada ante la entrada del albergue a una joven mujer morena. La chica pasó por delante de Ann sin prestarle atención, y prosiguió hacia abajo por las escaleras que desembocaban en el paseo marítimo.

Solo cuando la chica hubo alcanzado el último escalón para desaparecer de la vista después, Antonio salió nuevamente del hotel y la tomó del brazo para encaminarse en dirección opuesta.

No sabía si era por intuición femenina o por su sexto sentido, pero Ann tuvo la certeza en ese momento de no estar equivocándose: Antonio no quería que esa chica los viera juntos.

Aunque no había abordado directamente con ella el asunto de los documentos, de vez en cuando dejaba escapar una frase, lanzada al viento, como si esperara que ella mordiera el anzuelo y contestase sin darse cuenta.

—Es una auténtica pena que no hayas podido ver esos papeles, nos habría resultado de gran ayuda.

Los remordimientos que ella sentía por ocultarle la verdad acrecentaban su inseguridad, hasta el extremo de convencerse de que Antonio sospechaba que le estaba ocultando algo.

Prefería no contestar a sus indirectas, para evitar colocarse en una situación embarazosa que la habría obligado a mentir. No quería tirarle de la lengua.

Si Antonio, cuando estaba en la cama con ella, hubiera podido imaginarse que estaba tendido sobre los documentos que tanto anhelaba, se habría quedado sin palabras. Ann los escondía debajo del colchón antes de que él llegara, para evitar que curiosease entre sus cosas cuando ella estaba en el baño y no podía vigilar sus movimientos. Cuando se iba, los sacaba de ahí, esta vez para evitar que la camarera los encontrara allí debajo mientras hacía la cama.

La llamada de Giulia suponía, pues, una distracción muy bien recibida. Además, tenía algo importante que comunicarle. No sabía si decírselo enseguida o esperar una ocasión propicia. Quería que fuese una sorpresa para Giulia y estaba convencida de darle una alegría. Por lo menos, podía distraerla de los tristes días que había pasado en Florencia a causa de los funerales. Sin duda debían de haber sido momentos tormentosos para ella.

La sorpresa que Ann guardaba para Giulia Scopetta y se disponía a anunciarle era que había descubierto cómo funcionaba el código.

En realidad, más que por mérito suyo, se había debido a una simple casualidad.

Estaba pasando por delante una lámpara apoyada sobre una mesilla con la hoja del código en la mano, cuando se dio cuenta, gracias al trasluz, de que se veían otras palabras escritas en los huecos que

Rubens había dejado vacíos entre línea y línea. Los examinó atentamente a la luz de la lámpara, porque en un primer momento pensó que eran simplemente palabras escritas sobre el dorso de la hoja y sucesivamente borradas, pero luego pudo darse cuenta de que eran justo las palabras que faltaban para descifrar el código. Fue para ella una auténtica sorpresa. Estaba contentísima.

Así pues, su primera intuición había resultado exacta. Se había preguntado por qué Rubens habría dejado tanto espacio entre una línea y otra, precisando así de una segunda hoja para completar su código, cuando, transcribiéndolo todo más apretado, hubiera cabido en una sola hoja. Tampoco le había faltado razón al pensar que la supuesta meticulosidad del autor del código —se suponía que era el propio Rubens, pero no estaba segura— al especificar que esa era la primera hoja de un total de dos no era más que un engaño. Rubens, o quien fuera, lo había escrito únicamente con la intención de despistar a quien intentara descifrar la clave. Pese a tratarse de un recurso bastante tosco, en apariencia había funcionado, permitiendo que el código quedara protegido a lo largo de los siglos.

Una tarea que inicialmente parecía de difícil solución, dada la falta de la segunda hoja, se había completado al final con una facilidad sorprendente. Seguramente, muchos de aquellos que intentaron descifrar el código perdieron mucho tiempo buscando la segunda hoja, cuando en realidad esta no existía, y ante la imposibilidad de encontrarlo, habrían acabado por renunciar.

Giulia Scopetta le había dicho que la esperaría en la terraza de La Cage aux Folles.

Mientras se encaminaba al lugar de la cita, la vio de lejos, sentada en una de las primeras mesas, vestida de blanco. Estaba hojeando el periódico. Ann no pudo dejar de pensar en lo equivocada que estaba, cuando pensaba que en ese país las mujeres se vestían de riguroso luto cuando se les moría el marido. Un prejuicio que debía enterrar.

En cuanto la vio, Giulia Scopetta se levantó para ir a su encuentro y la besó cariñosamente. También ella parecía contenta de verla. Daba la impresión de ser otra persona. Mucho más cordial que la Giulia Scopetta que había conocido pocos días antes. Se comportaba como si fueran amigas de toda la vida.

—¿Qué tal? ¿Te estás acostumbrando a la vida de Camogli?

—Oh, Dios mío, casi diría que demasiado. Estoy empezando a aburrirme.

—Eso es una buena señal. Significa que te estás relajando. Necesitabas descansar.

—Tal vez tengas razón. Es que estoy acostumbrada a una vida más enérgica. Aquí no hago absolutamente nada. Ni siquiera salgo a correr, algo inconcebible para mí. Nunca me había pasado.

Giulia Scopetta estaba mirando por encima de sus hombros, distraída por algo. Parecía no escucharla.

—No te des la vuelta ahora, pero hay un hombre junto al quiosco que nos está observando. Es extraño, pero anoche, cuando llegué, tuve la sensación de que alguien me estaba siguiendo, y ahora hay ahí un sujeto que finge leer el periódico y que lanza de vez en cuando una ojeada hacia nosotras. Date lentamente la vuelta cuando puedas y dime si lo conoces o si te suena de algo.

Ann no se atrevía a girarse, a pesar de la curiosidad y de la tentación de hacerlo de inmediato. Encontró una estratagema. Se levantó para entrar en el bar con la excusa de coger uno de los periódicos que se hallaban a disposición de los clientes. Saliendo de nuevo, echó un rápido vistazo en dirección al quiosco. Tal como le había dicho Giulia, había un hombre, de unos cuarenta años, bastante alto y con el pelo ya entrecano, que lanzaba ojeadas furtivas en su dirección. Volvió a sentarse en su sitio, fingiendo que se sumergía en el periódico.

—Sí, ya lo he visto, pero no lo conozco. No lo he visto nunca, diría yo. Pero ¿por qué crees que te está siguiendo?

—No lo sé. Es una sensación que tengo.

—Yo no me preocuparía demasiado. Al contrario, me parece un hombre bastante atractivo. ¿No será que está interesado en ti? Todavía eres una mujer guapa.

—Gracias por ese «todavía» —dijo Giulia riendo—. A mi edad suele decirse que somos mujeres interesantes, pero guapas lo cierto es que no.

—Pues ahí, ves, te equivocas. Hay mujeres de tu edad que son realmente fascinantes y tú eres una de esas.

—Venga ya. Ahora no sabes cómo salir del lío del «todavía guapa» —siguió zahiriéndola Giulia.

—Volvamos a nuestro hombre —cortó Ann—. Fijémonos en sus rasgos. Si volvemos a verlo y lo reconocemos, eso significa que tu sensación estaba justificada, y digo bien, *estaba justificada* y no que es correcta.

—Tienes razón. De acuerdo, me fijaré bien en él.

Hablaron de esto y de aquello. Giulia le contó los detalles del funeral.

—Se me ha hecho raro volver al piso de Florencia sin Gianni. Supongo que tendré que acostumbrarme.

Lanzó una mirada hacia el quiosco, pero vio que el hombre ya no estaba allí.

—Parece que ese tipo se ha largado.

Ann se dio la vuelta. Ella tampoco lo vio.

—Ya ves que no había de qué preocuparse. Ven, vamos a Rovello, que me apetece mucho una *focaccia* de queso. Sé que es un delito para mis muslos, pero me consuelo pensando que dentro de poco tendré que volver a casa y se acabarán los excesos. Volveré a una estricta dieta.

Giulia se rio.

—No digas estupideces. Si tienes un cuerpo perfecto... Todas las mujeres te envidian. Por no hablar de los hombres. Veo perfectamente cómo se vuelven para admirar tus curvas.

Esta vez fue el turno de Ann para las risas. Se sentía halagada.

Se levantaron para ir a la *focacceria*. Como siempre, había cola y mientras esperaban su turno, Giulia Scopetta saludó a un par de personas que conocía.

Luego, después de haber adquirido dos buenos trozos de *focaccia* con queso, volvieron al apartamento de Giulia para comérselos allí.

Al abrir la puerta, Giulia lanzó un grito.

—¡Oh, Dios mío!

Ann Carrington metió la cabeza para echar un vistazo al interior. No pudo creer lo que vieron sus ojos. El apartamento había sido desvalijado.

«Otra vez», pensó. Empieza a ser un vicio típico de estos lugares.

—¿Pero es muy corriente que desvalijen los apartamentos y las habitaciones de hotel en esta ciudad?

—¿Por qué lo dices? —preguntó Giulia sorprendida—. ¿Es que te han robado a ti también?

—Sí, al día siguiente de mi llegada.

—¡Qué raro! No puede ser una coincidencia. Nunca había pasado nada parecido en este edificio y llevo viviendo aquí casi treinta años.

A Ann Carrington Giulia Scopetta le pareció más sorprendida que consternada, en realidad.

—¿Qué estarían buscando? ¿No vas a comprobar si te han robado dinero o joyas?

—No guardo nada en casa. Y menos si me voy durante unos días. Guardo todas mis cosas de valor en la caja fuerte del banco. Es más seguro. Así te evitas disgustos. Aquí no hay nada que robar. No se han llevado ni siquiera el televisor. La verdad, no me extraña. Este televisor tiene más años que yo.

Ann sonrió tímidamente, un poco sorprendida. Ni siquiera ante un robo perdía Giulia Scopetta su sentido del humor.

Se dio una rápida vuelta por la casa, abriendo cajones y armarios. La inspección duró apenas unos minutos.

—Solo me falta una cosa.

—¿Qué echas en falta? —preguntó Ann Carrington.

—El ordenador. Quien haya entrado se ha llevado mi viejo ordenador. Menuda estupidez.

—¿No vas a llamar a la policía?

—No lo creo oportuno. Sería como confirmarles que aquí había algo importante. Ellos pensarán enseguida en los documentos. Total, para un viejo ordenador, no vale la pena preocuparse. El seguro, estoy convencida, no me daría prácticamente nada. ¿A ti robaron algo?

—Sí. ¡El ordenador! También se llevaron mi pasaporte, pero luego lo encontraron en una papelera. Exactamente como había dicho el inspector Pegoraro.

—Ah. ¿Conque Pegoraro te dijo eso? Qué curioso. ¿Y qué te dijo del robo?

—Que no tenía relación con el de los documentos a tu marido.

—¿Y cómo es que estaba tan seguro?

A Ann le pareció que la actitud de Giulia Scopetta era realmente inusual.

Le acababan de desvalijar el apartamento y ella estaba tan tranquila, poniéndolo todo en su sitio como si no hubiera ocurrido nada y, para colmo, ni siquiera pensaba en llamar a la policía.

«Esta mujer es realmente peculiar —pensó—. ¡Menudo carácter tiene, de lo más fuerte!».

En realidad, si Giulia estaba así de tranquila era porque se sentía especialmente satisfecha de su exceso de prudencia. Antes de marcharse, había pensado que era peligroso dejar en casa los documentos, y los había dejado en la caja fuerte de su banco. Pero eso no podía contárselo, porque Ann Carrington desconocía que poseía otros.

Tampoco podía confesarle que había encontrado treinta y cinco mil euros dentro de un jersey de Gianni. Pero ese dinero no lo había llevado al banco. Los del banco podían interesarse por su procedencia. Los había dejado en un sitio donde seguramente los ladrones no se habrían parado a buscar. En su buzón del correo, en un sobre escondido entre la publicidad. Anoche, cuando llegó, estaba demasiado cansada y preocupada por cerrar bien el portal ante la eventualidad de que alguien la hubiera seguido, de modo que pensó que el dinero estaría más seguro allí donde estaba. Y razón no le había faltado. Si lo hubiera subido a casa anoche, ahora seguramente habría desaparecido.

—¡De modo que te robaron el ordenador! —dijo retomando el hilo después de su breve reflexión—. Y ahora desaparece el mío. ¿Qué estarán buscando en nuestros ordenadores? Solo pueden estar interesados en una cosa. En que hayamos podido descubrir la clave del código secreto.

—A propósito, Giulia, quería decirte....

—¿Sí?

—¡Que he descifrado la clave del código! —anunció, intentando reprimir su satisfacción y observando la reacción de Giulia.

El rostro de Giulia demostró una sincera sorpresa. No estaba del todo segura de si Ann le estaba tomando el pelo o de si hablaba en serio, pero, por su expresión satisfecha, parecía ser cierto.

—¿Cómo? ¿Que has descubierto las palabras que faltaban? ¿Y no me lo dices hasta ahora? Mira que eres lista... Pero ¿cómo lo has hecho?

Ann se lo explicó todo.

Las dos mujeres pasaron el resto de la mañana hablando del código y haciendo planes, mientras lo ponían todo en orden.

Giulia Scopetta prefería que todo estuviera en su sitio en casa antes de volver a echar mano al texto y ver si lograban descifrar juntas los papeles de Rubens y averiguar dónde había escondido los diamantes.

—¿Sabes lo que creo, Ann? —dijo Giulia Scopetta, mientras colocaba en su sitio los cojines del sofá.

—Dime.

—Que ese tipo del quiosco no estaba allí por casualidad. Creo que estaba haciendo de centinela mientras algún cómplice suyo me desvalijaba el apartamento.

—Ahora que lo dices, es posible. Sin embargo, no nos hemos tropezado con nadie que bajara por las escaleras.

—Probablemente ya se había marchado. Debe de haber bajado mientras estábamos en la *focacceria*.

—Tal vez tengas razón —contestó Ann, pensativa.

—¿Me acompañas un momento al banco?

—¿Para qué?

—Querida mía, si queremos descifrar la carta de Rubens gracias a tu descubrimiento, tendremos que tener la carta en nuestras manos, ¿no te parece? Y como yo no me fiaba de dejarla en casa, me la llevé a la caja fuerte que tengo en el banco.

—Vaya, vaya. Miras que eres lista. ¿O es que ha sido tu sexto sentido el que te ha inspirado? Es una suerte que lo hayas hecho, porque si no, ahora nos veríamos compuestas y sin novio.

En ese mismo momento, mientras las dos mujeres hablaban en el apartamento, al otro lado de la plaza, sentados al fondo de la barra de un bar, Alberto y Sergio estaban charlando también.

—¡Así que nada! O la vieja los ha escondido en algún otro sitio, o es verdad que no los tiene y ese cerdo de Scopetta guardó los documentos a salvo en alguna otra parte, quizá precisamente para evitar que su mujer los encontrara por casualidad.

Era Alberto quien había hablado.

—¡Qué rabia! Pues en alguna parte tendrán que estar.

—¿Y si los hubiera dejado en el piso de Florencia? —preguntó Sergio.

—Imposible —afirmó Alberto—. No se habría llevado consigo una parte de los documentos para dejar la otra mitad en Florencia. En algún sitio tienen que estar. Debemos encontrarlos lo antes posible. Nuestro cliente se está impacientando. Ha pagado el anticipo que le pedimos y todavía no ha visto nada. Si no le entregamos algo pronto, ese nos despacha para siempre.

—Te refieres a las cartas de la reina, no a las de Rubens, ¿verdad? —preguntó Sergio, un poco confundido sobre qué documentos le habían vendido al anticuario parisino.

—Naturalmente, idiota. El secreto de los diamantes es cosa nuestra.

Ambos asintieron con un movimiento de cabeza. Sabían de quién hablaba Alberto. Tenía ya vendidos los documentos a un anticuario de dudosa reputación de París. Alberto se había reunido varias veces personalmente con él. Era un tipo que pagaba en metálico y sin discutir, pero que también parecía capaz de mostrarse peligroso si las cosas no funcionaban como él quería. Alberto sospechaba que tenía relaciones con el hampa y que los documentos en cuestión probablemente ya habían sido vendidos a su vez por el doble de su precio a algún coleccionista. Esa debía de ser la razón que lo ponía tan nervioso. El retraso en la entrega de los documentos era un grave problema para todos.

—No es por cambiar tema, pero ¿por qué te has ido del quiosco? —preguntó Alberto, dirigiéndose a Sergio mientras bebía un sorbo de café.

—Porque esas dos se habían percatado de que las estaba vigilando. Han mirado varias veces hacia mí. No podía seguir allí.

—De acuerdo, pero que sepas que casi me pillan cuando estaba a punto de salir. Las he oído subir por las escaleras. He tenido que irme al piso de arriba a esconderme, y luego, cuando han cerrado la puerta del apartamento, he bajado a toda pastilla.

—Pues así has hecho un poco de ejercicio —ironizó Sergio—. Pero ¿estás seguro de no haberte olvidado de nada? ¿Has mirado debajo el colchón?

—Por todas partes. Allí no están. El apartamento es muy pequeño. No hay muchos sitios donde esconder unos documentos.

—Pero ¿por qué te has llevado ese trasto de ordenador? Tendrá la edad de mi abuela.

—Para hacer creer que era un vulgar ladrón. De verdad, no había absolutamente nada que robar. No podía llevarme el televisor. Es tan viejo que debe de ser una de esas reliquias en blanco y negro.

Se rio solo de su ocurrencia.

En realidad, estaba furibundo.

—En resumen, que has repetido un poco la puesta en escena del hotel —continuó Sergio.

—Sí, solo que de allí me llevé también el pasaporte de la americana, para que la cosa resultara más creíble. Luego pensé que era peligroso que alguien me encontrara con aquel pasaporte encima, y lo tiré en la primera papelera con la que me topé.

—En resumidas cuentas, que estamos otra vez como al principio. ¿Dónde podrá haber escondido los documentos ese maldito Scopetta?

—Para mí que quien los tiene escondidos en alguna parte es la vieja. Y dado que estamos seguros de que no están en su casa, ¿a dónde podría haberlos llevado, si quería dejarlos en un sitio seguro?

Sergio parecía reflexionar.

—Venga, Sergio. No es tan difícil, en el fondo. Usa el cerebro, coño. Para una mujer como Giulia Scopetta hay una lógica elemental. Si quiere poner algo a salvo, solo puede haberlo dejado en un banco, donde además de una cuenta posee seguramente una caja de seguridad también. Por lo demás, en su casa no había nada de valor. Ni dinero, ni joyas. De modo que la deducción lógica es que fue a depositarlo todo en el banco antes de irse al funeral.

—Si fuese como dices, y usando tu misma lógica, es evidente que la señora Scopetta conoce el valor de los documentos, pues de no ser así, ¿para qué llevarlos al banco?

—Tienes razón. ¿Y si la sometemos a un interrogatorio?

—Me parece que tendremos que hacerle una visita —concluyó Sergio.

Alberto se terminó su café antes de levantarse. Mientras salían del bar, se acordó de Enrico Forlani.

—¿Sabes que sigo sin palabras aún por lo que le ha ocurrido a ese estúpido de Forlani? Dejar que a uno le atropelle un coche en un paso de cebra es cosa de idiotas. Solo a alguien como él podía pasarle algo así. Sin embargo, hay que reconocer que ese imbécil no podía haber tenido una muerte más oportuna. Quien haya provocado ese accidente nos ha hecho un gran favor. Empezaba a resultar un problema.

—Sí, ya lo sé —confirmó Sergio, que no había osado confesar que había sido él. Alberto no sospechaba nada y Sergio prefirió callar y no darle motivo para iniciar una discusión. Total, lo hecho, hecho estaba. Y, además, también había pensado que tal vez fuera mejor no dar a Alberto información alguna que en un futuro pudiese usar en su contra. Alberto era perfectamente capaz de chantajearlo. Eran amigos, pero no se fiaba ni un pelo de él.

—Venga, vámonos, que nos está esperando Antonio —dijo Alberto.

—¿Y dónde nos reuniremos?

—En Recco. No quiere que lo vean con nosotros aquí en Camogli.

Cruzaron andando toda Camogli para llegar hasta el aparcamiento, del lado opuesto de la ciudad, en la plaza Matteotti. Hacía un tiempo estupendo y al pasar por la playa repleta de gente, Sergio preguntó:

—¿Y si nos damos un chapuzón antes de irnos? Mira qué agua tan buena.

En efecto, era uno de esos días en los que el agua del mar estaba diáfana.

—También a mí me gustaría, pero desgraciadamente no tenemos tiempo. Antonio nos está esperando. Venga, muévete.

Tardaron apenas cinco minutos en llegar a Recco en coche. Mientras Alberto buscaba aparcamiento, vieron a Antonio que salía de su automóvil. Acababa de llegar.

Alberto tocó el claxon, para atraer su atención, y le hizo un gesto para decirle que lo verían al cabo de unos minutos en el bar donde se habían dado cita.

Cuando llegaron, se lo encontraron esperando fuera, fumándose un cigarrillo.

—Hay un montón de gente de Camogli aquí dentro —dijo Antonio Pegoraro—. No se me ha ocurrido que hoy es día de mercado y que la mitad del pueblo está aquí. Busquemos un sitio más discreto.

Caminaron otros diez minutos antes de encontrar un bar apartado de las calles más abarrotadas. Pidieron tres cervezas.

—¿Entonces, qué? ¿Habéis encontrado algo? —preguntó Antonio, ansioso de saber que aquellos dos habían echado mano por fin a los documentos que buscaban.

—¡Nada! —contestó Alberto—. He rebuscado por todo el apartamento. No hay nada de nada. Puesto que tampoco había joyas ni dinero, hemos pensado que tal vez la vieja se lo haya llevado todo al banco. O bien que es cierto que no tiene nada y que Scopetta los ha escondido en alguna otra parte.

—Siento realmente curiosidad por saber qué declarará cuando vaya a la comisaría a hacer la denuncia por robo —dijo el inspector.

—Pues en alguna parte tienen que estar —intervino Sergio—. ¿Estás seguro de que Scopetta se los trajo aquí, a Camogli?

—Segurísimo —confirmó Antonio—. Me los enseñó y todo. Sin embargo, cuando le quise dar el dinero, ya no estaba de acuerdo en la cantidad, y pretendía recibir el doble. Se había vuelto muy obsesivo con el dinero, últimamente. Por ello solo nos entregó la mitad de los documentos. Me gustaría saber qué ha hecho con los demás. Deben de estar forzosamente en su casa. Pero si tú dices que no están allí —dijo mientras se volvía hacia Alberto—, entonces quizá los tenga escondidos en algún otro sitio. No estoy seguro de que la señora Scopetta lo sepa. Scopetta decía que su mujer no estaba al corriente de sus trapicheos, porque no quería repartir el dinero con ella. A la luz de los hechos, podría ser verdad. Creo que el profesor tenía medio decidido separarse en cuanto hubiera acumulado la suficiente pasta. Si así fuese de verdad, ¿por qué habría de tomarse la molestia Giulia Scopetta de llevar al banco unos viejos papelajos de su marido? Con menos razón aún, si desconoce su valor.

—Ese tipejo era realmente un asco de hombre —soltó Sergio, rabioso—. Con todo el dinero que le hemos dado por los documentos que robaba en el Archivo Estatal... Hiciste muy bien en ordenar que lo mataran.

—Un momento —lo interrumpió Antonio—. Yo no ordené que lo mataran. Que quede bien claro. Eso fue una gilipollez de esos dos. Un incidente de trayecto.

Alberto y Sergio se miraron, dubitativos.

—¿Quieres decir que a esos dos se les fue de verdad la mano? —dijo Alberto—. Entonces son realmente unos idiotas.

—Sí, en efecto —admitió Pegoraro—, yo tampoco pensaba que llegarían a tanto. Cuando te dije por teléfono que podías ponerte en contacto con ellos, creía que no eran más que dos desgraciados delincuentes de poca monta, capaces apenas de robar un portafolios. Nunca me hubiera imaginado que fueran capaces de matar a nadie. Los conocía desde hace tiempo y los tenía vigilados. Acumulan entre el uno y el otro un montón de denuncias por pequeños hurtos. Por ello se me ocurrió pensar en ellos cuando buscábamos alguien para ese trabajito. Me parecieron los tipos idóneos. Y mira por dónde, la que me montan.

—De acuerdo —intervino Sergio—. Volvamos a nuestros asuntos. ¿Qué hacemos ahora? Tenemos que encontrar los documentos antes de que el francés se ponga demasiado nervioso. Tú, Antonio, ¿estás seguro de que la americana no sabe nada?

—Yo diría que no. Estoy convencido de ello. Ni siquiera lo conocía personalmente. No les dio ni tiempo a reunirse. Creo que podemos excluirla sin vacilar.

En realidad, Antonio tenía sus dudas sobre Ann Carrington, pero no tenía intención de poner su vida en peligro compartiendo su incertidumbre con sus compañeros. Si no se fiaba de Alberto, todavía menos de ese Sergio. Tenía una mirada viscosa. No se sabía nunca lo que estaba pensando. No le gustaba ese tipo en absoluto.

Ya había intentado en varias ocasiones tenderle un anzuelo a Ann. Ella no había picado, por más que se hubiera dado cuenta, en más de una ocasión, de que titubeaba al contestar a sus preguntas. Para él, era suficiente para dudar de su sinceridad. Ann era una persona demasiado espontánea como para reaccionar de forma tan serena. Se había acostado con ella. Confiaba en conseguir que se pusiera de su parte y que se sincerase con él. Pero seguía aún muy recelosa.

¿Sabría algo tan importante como para no poder decírselo a su amante policía?

Apartó sus pensamientos para concentrarse sobre lo que convenía hacer.

—Lo cierto es que a mí se me ha ocurrido una idea —dejó caer, insidioso.

—Venga, cuenta —dijeron al unísono los otros dos.

25

El viejo duque de Epernon esperaba en la antecámara de los aposentos de la reina en el Louvre para ser recibido por su majestad.

Estaba algo preocupado por la perentoria convocación que había recibido de la reina. Esperaba que María de Médicis no le estuviera dando vueltas a otra de sus aventuras guerreras y que no le hubiera hecho venir para convencerlo de participar en ellas.

A sus setenta años, no tenía ya ganas de dedicarse a la política y mucho menos de salir al campo de batalla.

La duquesa de Monfort se acercó para avisarlo de que estaba a punto de ser recibido en audiencia. La reina lo estaba esperando.

Al verla, entendió enseguida que la reina no la había hecho llamar para hablarle del tiempo o de los últimos chismorreos que circulaban en la corte. Tenía el rostro sombrío y parecía sinceramente preocupada.

—Ah, mi estimado Epernon, qué placer volver a veros —dijo acogiéndolo con una amplia sonrisa.

—El placer es mío, majestad.

—Supongo que estaréis sorprendido de que os haya mandado venir a verme, ¿verdad? —dijo la reina, que no tenía ganas de perder el tiempo en conversaciones fútiles.

—Efectivamente, majestad —admitió el anciano duque, asombrado de ver cómo la reina quería abordar directamente el motivo de su encuentro, sin darle más vueltas. Llegó a la conclusión de que algo la estaba preocupando de verdad. Habitualmente, María de Médicis hablaba mucho, evitando abordar de inmediato las cuestiones que le interesaban para sorprender al final a su interlocutor cuando este menos se lo esperaba. Sin embargo, aquel día todo era muy distinto. Tenía prisa por entrar en lo más vivo de la cuestión.

—Voy a contaros al instante la razón, así no perderemos tiempo —dijo rápidamente, confirmando los pensamientos del duque.

Hizo una pequeña pausa, antes de proseguir.

—Decidme, duque, ¿por qué habéis conservado las cartas que os escribí en el pasado en vez de quemarlas, y dónde guardáis esas cartas? Me refiero a nuestra correspondencia previa a la muerte del rey.

El duque se quedó estupefacto.

No esperaba de ninguna manera que fuese su correspondencia del pasado el motivo de esa convocatoria urgente. Su mirada de desconcierto pasaba de la reina a la duquesa de Monfort, que permanecía de pie unos pasos por detrás de ella, y luego nuevamente a la reina.

María de Médicis se dio cuenta de lo que le preocupaba.

—La duquesa está al corriente del asunto. Podéis hablar sin temor. Es persona de mi confianza.

—Lo cierto, majestad, es que temo no entender bien a qué correspondencia os referís.

—Lo habéis entendido perfectamente, Epernon —replicó ella, en un tono inusualmente duro—. No os hagáis el desmemoriado conmigo. Nos conocemos demasiado bien para que trucos así funcionen entre nosotros. Alguien se ha apoderado de esas cartas y me está chantajeando con ellas.

El duque se puso pálido.

Las cartas. Era verdad. Había desobedecido sus instrucciones. En vez de quemarlas como le había ordenado, las había conservado. Era un as que se guardaba en la manga en el caso de que su relación se deteriorara, para poder recurrir a esos documentos y ejercer presión sobre ella. Sin embargo, no entendía cómo nadie podía chantajearla si se hallaban a salvo en los archivos secretos de su castillo.

—¿Que alguien está intentando chantajear a vuestra majestad? —repitió, atónito—. Eso no tiene sentido. Si no había nada, que yo recuerde, nada importante en esas notas. No tanto como para pedir un rescate por ellas.

María de Médicis le hizo un gesto a la duquesa de Monfort, y esta le tendió al duque la carta de la reina, escrita de su puño y letra, que había recibido del chantajista como demostración de que las poseía de verdad.

El duque la leyó rápidamente y la reconoció.

—Como podéis daros cuenta, este escrito mío podría ser malinterpretado —prosiguió la reina—. Resulta bastante embarazoso que hablemos de Ravaillac en nuestras cartas y que al día siguiente este asesine a mi marido, en vuestra presencia por si fuera poco. No necesito recordaros que vos estabais sentado al lado de mi marido cuando fue asesinado y que no hicisteis nada para detener la mano del regicida. Una mente maquiavélica podría pensar que vos y yo sabíamos lo que iba a suceder y que no hicimos nada para impedirlo. ¡¿Y me venís a decir ahora que no había nada importante en las cartas?! Hacedme el favor de no decir más estupideces, duque. La situación es muy grave, y si yo puedo verme comprometida, no soy la única, pues es también vuestro caso, estimado duque. Os repito mi pregunta. ¿Dónde están esas cartas, por qué no las habéis quemado como os ordené, y por qué razón están en poder de ese infame ahora?

El duque agachó la cabeza. Estaba muy confundido.

Se sentía culpable. Nunca se hubiera imaginado que aquel robo que tuvo lugar en su castillo de Angulema tuviera como objetivo apoderarse de las cartas de la reina.

Había descubierto un enorme desorden en sus archivos. Alguien había entrado a husmear, pero poseía tal cantidad de documentos que no era nada fácil averiguar cuáles faltaban. Por si fuera poco, desde el día del robo, su secretario había desaparecido.

Explicó la situación a la reina.

—Pero ¿por qué demonios conservasteis esas cartas, Epernon? —gritó ella, visiblemente fuera de sí.

—Yo lo guardo todo, majestad, nunca quemo nada.

—Pues apañados estamos. ¿Y qué hacemos ahora? Os aviso de que si al final tengo que pagar para recuperarlas, os exigiré que me devolváis todo el dinero. Y es mejor que os vayáis preparando, porque me están pidiendo un millón de libras.

—Un millón de libras —repitió el duque, asombrado—. Pero es ridículo.

Hizo una breve pausa antes de proseguir.

—¿Sabemos quién es este infame? O por lo menos, ¿cómo se hace llamar?

—Si así fuese, ya lo habría hecho arrestar y ahorcar —sentenció la soberana—. ¿Creéis que vuestro secretario podría estar implicado?

—Lo dudo mucho, majestad. Es una persona íntegra y de gran lealtad. No haría nunca una cosa así.

—¿Y cómo se explica entonces su desaparición justo el día del robo? Es una coincidencia un poco extraña, ¿no os parece? Debe de haber a la fuerza una conexión.

—Ahora que sé lo que me han robado y lo que están intentando hacer, es posible que deba replanteármelo. Pero sigo creyendo que mi secretario está necesariamente al margen de todo este asunto. Tiene que haber otra explicación. Mi despacho estaba patas arriba, los papeles colocados de cualquier manera en sus cartapacios. Un caos absoluto. De haber sido mi secretario el ladrón, habría ido directamente a coger el legajo que le interesaba. Era él quien se encargaba de todo ello. No le hacía falta revolverlo todo.

—Haced lo que debáis hacer, removed cielo y tierra, si es necesario, pero llegad hasta el autor del robo y encontrad a ese chantajista. Y de inmediato. Es una orden —gritó la reina.

—Haré lo imposible, majestad, puedo asegurároslo.

—Lo imposible no me basta, Epernon —dijo ella, en un tono durísimo—. Os reputo personalmente responsable. Si este chantaje no cesa enseguida, me encargaré yo misma de que vuestra vida se convierta en un infierno. Haré que os requisen todas vuestras tierras y vuestros castillos, que os retiren vuestros títulos y prebendas y mandaré al exilio a toda vuestra familia. En cuanto a vos, sabéis perfectamente qué castigo os espera por haber desobedecido mis órdenes. Podéis retiraros. No quiero volver a veros más hasta el día en que vengáis a anunciarme que habéis capturado al chantajista y recuperado las cartas. Las quiero todas en mis manos. Todas.

Tras este largo desahogo, María de Médicis se dio la vuelta y salió del aposento. El duque hizo una profunda reverencia.

Estaba metido en un buen lío. Sabía que las amenazas de María de Médicis no habían sido pronunciadas en vano. Ella sabía cómo vengarse y no dudaría en hacerlo si no se la contentaba.

Por duro que fuese admitirlo, desgraciadamente no podía negar que la reina tenía razón. Esas cartas circulando por ahí representaban un grave peligro. No solo para ella, sino también para él, como le había recordado.

Pero ¿quién podría tener interés en robar esas cartas? Debía empezar por ahí si quería encontrar al chantajista.

26

Algunos meses antes, en el Louvre...
El padre Mauvaire, el prior del convento de frailes capuchinos de Angulema, se presentó en el Louvre para solucionar distintos asuntos relacionados con su convento. Su privilegiado interlocutor era el padre Joseph, el poderoso secretario del cardenal Richelieu. Entre otras cosas, quería entregarle los papeles sustraídos del archivo del duque de Epernon. Tenía prisa por deshacerse de ellos. El robo se había convertido para él en una auténtica pesadilla. Recitaba varias veces al día diez padrenuestros y otros tantos avemarías para quitarse de encima la sensación de culpabilidad que le causaba este asunto. Primero el robo, después el muerto....

Un asunto muy feo.

Iba contra todos sus principios. Esconderse detrás de la excusa de que se había limitado a seguir las instrucciones del padre Joseph para complacer a su eminencia no le servía de consuelo alguno. Sentía profundos remordimientos.

Estaba cruzando uno de los grandes salones abiertos al acceso del público. Era allí donde se agolpaban las personas a la espera de ser recibidas por algún alto funcionario o por un ministro incluso, para plantearle sus solicitudes. Había bastante gente. Más de lo habitual.

—¿Qué sucede? —preguntó a un desconocido, vestido de oscuro, que parecía estar esperando también.

—Está a punto de pasar la reina.

—¿Y toda esta gente?

—Se ve que no estáis acostumbrado a frecuentar el Louvre, padre —dijo el hombre sonriendo—. Cuando pasa su majestad, todos la esperan para verla. Hay quien aprovecha para entregarle una súplica, quien únicamente aspira a verla, quien intenta presentarse. Es el acontecimiento de la jornada. Ver pasar a su majestad es siempre un gran honor.

—Bien, pues entonces, si es el acontecimiento de la jornada, me quedaré yo también para ver a la reina. Nunca la he visto en persona. Es una buena oportunidad. Así podré decir que he visto a la reina de Francia —dijo socarrón.

Al otro no le hizo mucha gracia. La reina de Francia era un asunto muy serio.

Intentaba ser irónico, para disimular su repentino nerviosismo. No quería darle demasiado peso al asunto, pero no dejaba de sentir bastante curiosidad y orgullo por poder ver de cerca a la reina madre de Francia. Se lo contaría después a los hermanos del convento para que lo envidiaran.

Pocos minutos más tarde, se produjo un murmullo y el padre Mauvaire vio como toda la gente que ocupaba la parte central del salón se apartaba y hacía una profunda reverencia. María de Médicis acababa de entrar, precediendo a un numeroso séquito. Sonreía, daba su mano a besar, cogía en sus manos las cartas de súplica que algunos le entregaban para pasárselas después a uno de los secretarios que la seguían. Los más fervientes se arrojaban de rodillas a sus pies para poder besarle la ropa.

El padre Mauvaire quedó sorprendido por su elegancia. Era más alta de lo que creía. Aunque bien entrada en carnes, se movía con gracia y una majestuosidad fuera de toda discusión. Llevaba joyas de increíble belleza.

Mientras atravesaba a paso lento la parte central del salón, se acercaba cada vez más a la posición que ocupaba el padre Mauvaire. Avanzaba con una lentitud exasperante, dado que la gente la paraba, y ella, educadamente, intercambiaba algunas palabras con cada súbdito. Con un poco de suerte, podría verla muy de cerca. Cuando faltaban solo unos pocos pasos, el hombre vestido de oscuro con el que había intercambiado unas palabras se acercó a la reina y, después de haberle besado ceremoniosamente la mano, le dijo algo que el padre Mauvaire no pudo escuchar. El cuchicheo general de la sala cubría el sonido de sus palabras. Evidentemente, la reina debía conocerlo, porque levantó la cabeza y miró hacia él. Contestó con una sonrisa a las palabras del desconocido. Este dio unos pasos atrás para acercarse a él.

—Decidme vuestro nombre, padre. Deseo presentaros a su majestad.

—Soy el padre Mauvaire, de la Congregación de los Padres Capuchinos de Angulema.

El padre Mauvaire sintió que le invadía la emoción. Estaba a punto de ser presentado a la reina en persona.

Le sudaban las manos.

Se dio cuenta de que sostenía en sus manos su portafolios de cuero con todos los documentos que debía entregarle al padre Joseph. No sabía bien qué hacer con él. Se dio la vuelta y lo dejó rápidamente sobre unas sillas situadas detrás, antes de acercarse a la soberana para serle presentado.

La reina se entretuvo unos minutos con él. Le preguntó de dónde era, pidió noticias del convento, cuántos hermanos eran y, aparentemente satisfecha con las respuestas, le dio su mano para que se la besara, como dando a entender que el encuentro había llegado a su fin.

Luego la reina continuó su camino, saludando a otras personas en espera de poder hablar con ella.

El padre Mauvaire estaba muy satisfecho. Se dirigió al gentilhombre que tan cortésmente lo había presentado a la soberana.

—No sé cómo daros las gracias. Ha sido una verdadera sorpresa. Todo ha sucedido tan de repente... ¿A quién debo el honor...?

—El honor es mío, padre. Me había parecido que os hacía ilusión que os presentaran a su majestad. He oído que le habéis dicho a la reina que sois de Angulema. Así pues, somos vecinos. Poseo una propiedad en los alrededores de vuestra bonita ciudad. Soy el duque de Epernon.

El padre Mauvaire se quedó de piedra. Por poco se desmaya.

Sintió que le invadía la vergüenza. Aquel hombre tan amable, que, sin conocerlo siquiera, le había hecho el inmenso favor de presentarle a la reina, era el mismo a quien él había hecho que le robaran los documentos que guardaba precisamente en su portafolios.

¿Y el portafolios?

Se giró bruscamente, acordándose de que lo había dejado sobre una silla, pero el portafolios ya no estaba allí.

Le entró el pánico.

La silla donde lo había dejado estaba desesperadamente vacía. Miró a su alrededor para cerciorarse de que se trataba de la misma silla y no de alguna otra, pero todas las que lograba alcanzar con la vista estaban vacías.

El portafolios había desaparecido.

El pánico se apoderó de él.

—¡Mi portafolios! Ha desaparecido. Lo había dejado apoyado sobre esa silla para saludar la reina —dijo indicando con el dedo la silla que estaba detrás de ellos—. No puede haber desaparecido sin más.

Estaba casi temblando.

El duque miró a su alrededor. Tampoco él veía nada que pudiera parecerse a un portafolios. Notando el nervosismo del fraile, intentó calmarlo.

—Mire que lo siento, padre. Parece ser que su portafolios ha desaparecido realmente. Lo lamento de verdad. Esto es el Louvre, padre, no puede uno fiarse de nadie. Espero que no contuviera documentos insustituibles...

—Desgraciadamente, así era. Vos que sois tan amable, señor duque, ¿no tendréis alguna idea de quién ha podido quitármelo?

Al duque de Epernon la pregunta le pareció de lo más ingenua.

—Seguramente alguien que habrá pensado en ganarse así su jornal. Por desgracia, en estas audiencias públicas puede entrar cualquiera, y como ve, incluso los ladrones. Lamento de verdad lo sucedido, padre, pero mucho me temo que se lo han quitado. Ha sido una imprudencia dejarlo allí.

El padre Mauvaire estaba desesperado.

Pensó en la ironía de lo ocurrido.

Llevaba en sus manos los documentos sustraídos al propio duque de Epernon, el hombre al que acababa de conocer por casualidad y que tan amable había sido con él. Y había saludado también a la reina, cuyas cartas estaban en el portafolios. Si ambos hubieran sabido lo que contenía ese portafolios apoyado a apenas pocos metros de ellos, seguramente no se habrían mostrado tan amables.

Mauvaire estaba convencido que la mano del diablo estaba detrás de todo. Era el castigo que le enviaba el Señor por haber robado los documentos. La pérdida del portafolios aumentó su sensación de culpabilidad.

¿Qué ocurriría ahora si alguien encontraba esos documentos? Y, sobre todo, ¿qué podría decirle al padre Joseph?

El cardenal se pondría furioso sin duda alguna cuando lo supiera.

Perder los documentos había sido en verdad un imperdonable error.

Una camarera de palacio, una chica joven originaria de la lejana provincia de Gascuña, había abandonado momentáneamente sus tareas para ir a ver pasar a la reina ella también. Desde que trabajaba en el Louvre, un par de semanas apenas, no había tenido hasta ahora ocasión de verla. Su familia, que se había quedado en Gascuña, le había preguntado más de una vez cómo era la reina, en las cartas que le dictaban al cura para que él pudiera escribírselas a su vez. Toda la familia era analfabeta y se comunicaba a través de los curas de sus respectivas parroquias. Ver a la reina tan de cerca era un honor y un motivo de orgullo que habría dado que hablar a todo el pueblo. Ya se imaginaba a su padre repitiendo cada noche ante los vecinos atónitos cómo su hija tenía el honor de servir a su majestad, dándoles todos los detalles de los que podía acordarse sobre su ropa y sus joyas.

Permaneció semiescondida detrás de la multitud de curiosos, atenta para que no la viera ningún chambelán, que sin duda la reprendería por no estar haciendo nada. A espaldas de la gente, vio un portafolios de cuero apoyado sobre una silla. Pensó inocentemente que se le habría olvidado a alguien. Creyendo hacer lo más adecuado, lo cogió y corrió a llevárselo a un mayordomo. Éste sabría lo que hacer con él.

El mayordomo en cuestión, un tal Hubert, un hombre poco propenso a ocuparse de tareas que no le correspondían, no sabiendo qué hacer con el voluminoso portafolios, se lo entregó directamente al chambelán, sin abrirlo siquiera para verificar su contenido. Prefería no meterse en líos y la mejor manera para evitarlos era desembarazarse de ellos lo antes posible.

El chambelán sabría sin duda lo que había que hacer y se encargaría de hacérselo llegar a quien correspondiera.

Este echó una rápida ojeada al interior, y cuando, tras un examen superficial, vio que la mayoría de los papeles estaban firmados por su majestad la reina, no osó leerlos y dio instrucciones a un lacayo para que llevara enseguida el portafolios a los aposentos reales. El portafolios no llevaba el sello real y el chambelán dedujo que debía de pertenecer a uno de los jóvenes ayudantes que trabajaban para los secretarios de la reina. Pensó que se lo habría dejado olvidado sobre la silla en un descuido.

En los aposentos de la reina, el lacayo se dirigió a una de sus damas de compañía, que se encontraba allí en el umbral, esperando su regreso. La soberana no tardaría mucho en aparecer.

—El chambelán me ha dado orden de entregar este portafolios en los aposentos de su majestad, señora. Debe de haberlo perdido algún secretario. Lo han encontrado encima de una silla en el salón de las audiencias.

—Ya me encargo yo —dijo la dama, ligeramente molesta por tener que ocuparse incluso de los portafolios que extraviaban los secretarios. Esperó a que el lacayo se hubiera ido antes de abrirlo, para curiosear en su interior. Un rápido vistazo le bastó para intuir que esas cartas abandonadas encima de una silla podían tener una importancia relevante. Estaban todas firmadas por la reina. Aunque solo fuera por curiosidad, la tentación de leerlas se le hacía demasiado irresistible.

La reina estaba a punto de llegar. Debía decidir raudamente qué hacer con el portafolios. Si la reina la veía con eso en las manos, era indudable que le preguntaría qué estaba haciendo, ya que no era cosa habitual que una dama de corte se paseara con un portafolios de cuero en la mano. Tomó una rápida decisión. Debía leer absolutamente esas cartas antes de decidir qué iba a hacer. Estaban más seguras en sus manos que en las de cualquier otro, y escondió el portafolios en un escondrijo discreto, donde podría recuperarlo más tarde con toda tranquilidad.

27

María de Médicis estaba sinceramente preocupada. Acababa de recibir una nueva carta del misterioso chantajista, y se había quedado de piedra ante sus exigencias.

El autor afirmaba que aceptaría joyas a cambio de los papeles, siempre que fueran diamantes, de venta más fácil.

Ella poseía una gran cantidad de diamantes, pero para pagar una suma tan desproporcionada como la que requería ese desgraciado, solo podía entregarle su famoso aderezo, que precisamente tenía ya comprometido.

Hizo llamar a la duquesa de Monfort.

La duquesa apareció pocos minutos después. Obedeciendo a un gesto de la soberana, cerró la puerta tras de sí para que pudieran quedarse a solas.

María le tendió la carta que acababa de recibir.

—¿Qué pensáis, Monfort? ¿No creéis que tiene que ser alguien muy bien informado acerca de nuestros movimientos? ¿Por qué razón se le ocurre pedirme precisamente diamantes?

—No sabría qué deciros, majestad. Tal vez sea solo una coincidencia.

—¿Así que creéis en las coincidencias, querida mía? No os hacía tan ingenua, la verdad —dijo con una pizca de amargura en la voz.

María de Médicis parecía pensativa.

—Estoy convencida de que nuestro chantajista forma parte de mi entorno. Debe de ser alguien que frecuenta habitualmente la corte. Sabe demasiadas cosas. Por cierto, id a coger el aderezo. Quiero examinarlo de nuevo.

La duquesa desapareció por una puerta secundaria, para reaparecer al cabo de unos minutos con un estuche en la mano. Se lo tendió a la soberana, abriéndolo para que la reina pudiera verlo.

María de Médicis cogió en la mano su aderezo. Lo examinó con ojo experto. Sí, no cabía duda. Eran realmente sus diamantes.

Mientras los acariciaba con la punta de los dedos, preguntó:

—¿Creéis que monsieur Rubens se ha dado cuenta de la sustitución?

—No lo creo, majestad. El maestro es un gran pintor, pero no un experto en diamantes. Por otra parte, la copia que habéis ordenado hacer a vuestro joyero florentino es realmente perfecta. Parecían los originales. Haría falta un profesional muy cualificado para darse cuenta a primera vista de que son falsos.

—Sí, la verdad es que eran preciosos. Yo misma tuve que mirarlos con mucha atención para asegurarme de que no os hubierais equivocado, entregándole los originales.

La duquesa de Monfort sonrió. La reina, en el fondo, estaba muy lejos de ser tan frívola como quería hacer creer. Lo demostraba el meticuloso plan que había preparado para sacar de Francia sus joyas.

María de Médicis sabía con absoluta certeza que todos sus movimientos eran vigilados. Por la mañana, a la hora de elegir las joyas que se pondría durante la jornada, estuvo jugueteando voluntariamente con el aderezo de diamantes, para meterlo después, con aparente negligencia, en un cajón. Estaba segura de que la condesa de Auteuil, que no dejaba de observar atentamente cada uno de sus movimientos, correría de inmediato a ver al cardenal para notificarle los hechos. Además de Auteuil, entre sus damas había sin duda otra espía: la que estaba al servicio de su hijo, el rey. Aún no la había localizado, pero no perdía de vista a ninguna, y antes o después caería ella también.

Le había divertido mucho ver, con el rabillo del ojo, al cardenal Richelieu acercarse a la cómoda en la que había metido los diamantes para intentar echar una ojeada dentro del cajón, sin lograrlo, porque ella no le quitaba la vista de encima y el prelado no había osado abrirlo, por miedo a ser descubierto.

La reina estaba convencida de que todos eran unos intrigantes. Querían saber por qué había metido los diamantes en el cajón en vez de devolvérselos a la duquesa de Monfort, como era lógico. María de Médicis lo había hecho a propósito, para desviar su atención de su verdadero objetivo.

Para asegurarse de que sus diamantes llegaran a Amberes a salvo, la reina había ordenado hacer a sus joyeros florentinos de confianza un aderezo idéntico, pero falso, que era el que le había entregado al pintor Rubens para que se lo llevara al extranjero. No era difícil imaginar que toda la atención de los espías se concentraría en el pintor, convencidos de que era él quien viajaba con el aderezo, mientras que las verdaderas joyas llegaban a Amberes por otro medio más seguro.

El pobre Rubens era víctima de un engaño al creer que tenía en sus manos los verdaderos diamantes de la reina. María de Médicis sabía que, siendo quien era, el pintor no corría ningún peligro. Por otro lado, sin él le habría resultado imposible montar toda aquella puesta en escena. Era el único que podía justificar frecuentes viajes entre Amberes y París a causa del encargo pictórico del palacio de Luxemburgo.

María de Médicis se sentía levemente culpable por haberlo engañado de aquella forma, pero era de fundamental importancia que Rubens creyera sinceramente que transportaba el aderezo de diamantes. Solo de ese modo actuaría con la debida precaución y era eso precisamente lo que la reina pretendía. Si Rubens se mostraba muy cauto y alerta, quienes lo perseguían para recuperar los diamantes se darían cuenta y no dudarían de que era él a quien se le habían entregado los diamantes de la reina.

Con todo, se prometió contarle la verdad en su próximo encuentro.

—Monfort —continuó la reina—, creo recordar que vos tenéis algunos parientes en la zona fronteriza con los Países Bajos, ¿no es así?

—Sí, majestad. En las cercanías de Rocroi. Mi hermana Françoise vive allí.

—Bien. Pues vais a hacer una breve visita a vuestra hermana. O por lo menos, esa será la excusa oficial de vuestro viaje.

—¿Por qué «oficial»? Temo que no os entiendo.

—Porque, en realidad, os dirigiréis a Amberes.

—¿A Amberes? —repitió sorprendida la anciana duquesa.

—Sí, Monfort. Iréis a entregar personalmente mi aderezo de diamantes a nuestros amigos joyeros.

—Pero, madame... —protestó la duquesa.

—Nada de peros —la interrumpió la reina, antes de que la duquesa tuviera tiempo de formular su protesta—. Es el momento más adecuado. Mientras la atención de quienes nos espían está concentrada en Rubens, vos viajaréis de incógnito con el verdadero aderezo. Nadie sospechará de vos.

La duquesa estaba furibunda. Verse obligada, a su edad, a hacer un viaje tan largo y tan arriesgado, sola, por los incómodos y polvorientos caminos de Francia, dando tumbos todo el día en una carroza.

Sin embargo, una pequeña luz se le encendió en algún rincón de su cerebro.

Si maniobraba bien, tal vez fuera la oportunidad que andaba buscando.

Era un juego muy peligroso el que se aprestaba a realizar y, sobre todo, muy arriesgado. Era como aventurarse en un terreno pantanoso. No estaba segura de lograr llegar sana y salva hasta el otro lado, donde el terreno vuelve a ser más sólido. Si la descubrían, para ella significaría el final.

Lo que la espoleaba era la apuesta que había en juego. Una suma fabulosa. Valía la pena correr ciertos riesgos para intentarlo.

En realidad, ya había dado los primeros pasos, aunque hubiera sido más por entretenimiento que por avidez.

Todo empezó por pura casualidad, cuando un lacayo le había entregado un portafolios de cuero que alguien había olvidado encima de una silla del salón de las Audiencias.

Al fisgar en su interior, pudo percatarse de que tenía en sus manos algo muy importante, que, en el momento oportuno, podía usar a su favor. Era un arma fantástica para ejercer presión sobre la soberana en el caso de que fuera necesario. Eran cartas escritas de su puño y letra al duque de Epernon, varios años antes, de las que se deducía, sin excesiva dificultad, que ambos tenían conocimiento de un atentado que iba a perpetrarse contra su rey y marido. El regicidio tuvo lugar, efectivamente, y el rey Enrique IV murió el catorce de mayo de 1610.

La duquesa había empezado a escribir cartas a la soberana, sin caer del todo en el chantaje, para sondear cuál era su estado de ánimo en relación con aquellos papeles. Si se sentía culpable, lo comprendería de inmediato juzgando su reacción. Si, por el contrario, no se sentía culpable ni perjudicada por sus propias cartas, no movería una ceja.

La reacción de la soberana no le dejó la menor duda de sus sentimientos de culpabilidad y de que estaría dispuesta a cualquier cosa con tal de recuperarlas.

La posición de la duquesa se hizo muy ventajosa, aunque muy peligrosa también, al ser ella misma tanto la que escribía las cartas de amenaza como la que sugería la respuesta a sus propias cartas a la soberana.

A decir verdad, al principio no había pensado en pedir un rescate. Solo quería darle una lección a la reina, para castigarla por la arrogancia con la que la trataba a veces. Se divertía al ver cómo se angustiaba mientras ella la observaba en silencio, pero luego, comprobando que la situación se volvía tan favorable para ella, y que la soberana estaba dispuesta a todo con tal de recuperar sus cartas, poco a poco fue germinando en su espíritu la idea de que quizá tuviera en sus manos la oportunidad de ganar mucho dinero.

Nunca hubiera creído que María de Médicis tolerara verse sometida a chantaje. Era demasiado orgullosa. Pensaba que correría a ver a su hijo, el rey, para denunciar el hecho. En cambio, los sentimientos de culpa fueron más fuertes y le impidieron dar ese paso, favoreciendo así las aspiraciones de la duquesa.

La duquesa de Monfort no tenía la menor duda de que si a María de Médicis se le pasaba por la cabeza la mera sospecha de tener a su lado a la persona a la que más temía y más odiaba en aquel momento, no habría vacilado en mandarla directamente a la horca.

Intentar chantajear a la reina madre de Francia era un crimen de lesa majestad, castigado con la muerte.

Sin embargo, la reina estaba muy lejos de sospechar de la duquesa.

—¿Y si, en cambio, alguien sospecha que llevo yo el verdadero aderezo y me asaltan para robármelo? —prosiguió la duquesa, para que la soberana pudiera valorar el riesgo que corría si ella viajaba con sus diamantes.

La reina la gratificó con una mirada entre divertida y socarrona.

—Mi querida Monfort, responderíais con vuestra cabeza. Solo vos y yo estamos al corriente de estos hechos. De modo que si mantenéis la boca cerrada y hacéis lo que se os ha ordenado, no corréis ninguna clase de riesgo. Si en cambio habláis, sufriréis las consecuencias.

María de Médicis abrió el cajón de su secreter para extraer una hoja. Se la tendió a la duquesa.

—Aquí está el nombre y la dirección de los joyeros de Amberes. Aprendéoslo de memoria y destruid este papel de inmediato. Es por vuestra propia seguridad. Os están esperando. Y os insisto, Monfort: ni una palabra a nadie.

La reina echó un último vistazo a su aderezo antes de entregarle el estuche nuevamente a la duquesa.

En el fondo, lamentaba desprenderse de esos diamantes. Era una pena, pero no le quedaba más elección.

La duquesa hizo una profunda reverencia antes de retirarse. Estaba a punto de salir del aposento cuando retrocedió.

—¿Y qué sucede, majestad, si entre tanto se pone en contacto con vos el... —no quería pronunciar la palabra «chantajista» para no malquistar a la soberana— ... la persona de las cartas, digamos?

La reina esbozó una tímida sonrisa.

—Si eso ocurre, deberá esperar a vuestro regreso para obtener una respuesta por mi parte. Tampoco a él le convienen las prisas, y lo sabe. Nadie le pagará tanto como yo... Si es que acabo pagando, claro —añadió, dejando la frase en suspenso.

La duquesa se retiró y la reina fue a sentarse ante su escritorio, tomó papel y pluma, y empezó a escribir una carta para sus joyeros de Amberes.

En ella daba instrucciones sobre cómo quería que se desmontara el aderezo para que las piedras fueran vendidas separadamente, de modo que no se reconociera su procedencia.

Hizo llamar luego a uno de sus más fieles secretarios, Adriano Fachinetti. Era uno de los pocos italianos que habían permanecido a su lado de la numerosa corte que se había traído de Florencia. Pocos meses después de su llegada, a solicitud del rey, tuvo que enviar de regreso a buena parte de su corte, porque, según Enrique IV, a los franceses no les gustaba que su reina estuviera siempre rodeada de tantos italianos.

Fachinetti se había quedado con la excusa de que le era útil para despachar la correspondencia en italiano, ya que ella estaba en constante contacto con sus parientes de todas las cortes de Italia. Raramente escribía personalmente sus cartas. Por lo general las dictaba y luego las firmaba. Si ella escribía, era por cosas muy personales, de las que no quería que se enteraran ni sus secretarios siquiera.

Antes de que entrara el secretario, María de Médicis tomó en su mano la última carta del chantajista y la cortó por la mitad. Conservó la parte en la que, al leerla, no se entendía de qué trataba, mientras que rompió la otra, la que contenía palabras demasiado evidentes.

El secretario Fachinetti no tardó en presentarse.

—¿Vuestra majestad desea dictarme una carta? —preguntó, convencido de que la soberana lo había hecho llamar por ese motivo.

—No, Fachinetti. Quiero confiaros una tarea algo especial, de la máxima confianza. Procurad realizarla con la máxima discreción.

—Estoy a vuestras órdenes, majestad —contestó el secretario, orgulloso de la confianza de su ama. Desde que estaba a su servicio, era a él a quien recurría para sus asuntos personales. No se fiaba demasiado de los demás secretarios y Fachinetti se sentía un privilegiado.

—Coged este papel —dijo, tendiéndole la parte que había conservado—, y haced que nuestro amigo, el experto en caligrafía, la compare con la escritura de todos aquellos que tienen acceso diario a mi persona. Todos, sin excepción. Si os falta un ejemplo de alguno, haced que la persona en cuestión os escriba algo. Pero quiero que todos, repito, todos sin excepción, sean sometidos a este examen. Deberéis actuar con discreción, para que este asunto no se convierta en el hazmerreír de palacio. Insisto, mucha discreción. Quiero saber si entre ellos está el autor de la carta de la que os entrego un fragmento. Nadie debe saber que su caligrafía está siendo sometida a examen, de modo que deberéis actuar con astucia si es necesario. ¿Lo habéis entendido bien?

—Perfectamente, majestad, y será empeño mío personal seguir vuestras instrucciones con la máxima discreción. ¿Quiere que me someta yo también a este examen?

—No es necesario, Fachinetti. Conozco vuestra escritura y no coincide. Quiero que lo que os pido se haga de inmediato. Me traeréis los resultados mañana por la mañana como muy tarde.

—Es poco tiempo para controlar a todas las personas que tienen acceso a vuestra majestad. Nos harán falta bastantes días.

—De acuerdo —concedió la reina—, pero daos toda la prisa que podáis. Quiero un trabajo bien hecho. Hacedme saber lo antes posible si el autor de esta carta forma parte de mi séquito.

—Si se encuentra en esta corte, lo encontraremos, majestad, no lo dudéis.

Le hizo un gesto con la mano para indicarle que podía retirarse y Fachinetti desapareció con la misma discreción con la que había aparecido. Le gustaba trabajar para su soberana. Era a él a quien María de Médicis encargaba los trabajillos un poco especiales. Para él, más que una cuestión de confianza, suponía sobre todo una distracción. El trabajo de secretario era muy aburrido y pesado.

María de Médicis estaba satisfecha. Si, como sospechaba, quien había osado enviarle aquellas cartas se hallaba en su séquito, lo descubriría de inmediato, aunque hubiera intentado falsificar su caligrafía para no ser reconocido. El calígrafo al que recurría era un gran experto. Lo había usado en bastantes ocasiones, y no era hombre como para dejarse engañar por una letra o un número escritos de manera extraña para ocultar a su autor.

En su imprevisto viaje hacia Amberes, la duquesa de Monfort se había topado con el mal tiempo.

No bastaba con que fuese un viaje molesto. El camino cruzaba paisajes sin el menor interés para ella, recorridos ya cientos de veces en el curso de su larga vida. Su familia era originaria de una provincia del norte, junto a la frontera con los Países Bajos españoles. No había dejado de llover en todo el día. A veces, la lluvia caía con tal intensidad que el cochero tenía que pararse al borde de la carretera, que se había vuelto invisible a causa del diluvio o para evitar que fueran arrastrados por un arroyo que se había formado repentinamente. El diluvio se transformó más tarde en una llovizna persistente e insidiosa, que cesaba bruscamente en ciertos momentos, dejando entrever en la lejanía un tímido arcoíris recién surgido.

Al llegar a las proximidades de una posada que el cochero conocía bien, por haberse detenido allí en distintas ocasiones, y ser una de las pocas situadas en la carretera que llevaba de París a Bruselas, sugirió a su ama que se pararan a pasar allí la noche. El temporal no había cesado del todo y era peligroso proseguir en esas condiciones.

De mala gana, la duquesa aceptó.

No le hacía ninguna gracia pernoctar en un lugar público, poco adecuado a su rango, lleno de humo y de olores de la cocina, frecuentado por viajeros de baja categoría y por la soldadesca. Seguramente, la cama era horrible. A solo unas cuantas leguas, podía disfrutar de las comodidades del castillo de su hermana, pero si el cochero decía que era demasiado peligroso, no le quedaba más elección que aceptar su consejo. Sabía que al cochero no le faltaba razón y que se preocupaba por su incolumidad. Lo que la convenció fue sobre todo el precioso hatillo que guardaba escondido en el fondo de su bolso. Visto el estado de las carreteras, no podía correr el riesgo de sufrir un accidente.

Le pidió al cochero que se adelantara para ordenar que le prepararan un cuarto, mientras ella esperaba en la carroza. No quería verse en la situación de tener que esperar de pie, en medio de la sala, expuesta a la curiosidad de los viajeros y de los soldados. Más que el riesgo poco probable de ser reconocida —no creía que esa gente fuese de la que frecuentaba habitualmente la corte—, temía sobre todo que alguien le arrancara la bolsa con los diamantes dentro.

El cochero volvió al poco rato para decirle que todo estaba listo y la ayudó a bajar de la carroza.

La insistente lluvia había cesado un momento. Apenas tuvo tiempo de aprovechar aquella tregua para llegar hasta el edificio cuando empezó otra vez de repente a llover con fuerza. No había podido evitar, a causa de la oscuridad, meter un pie en un profundo charco, empapándose hasta los tobillos y estropeando sus preciosos escarpines de viaje.

Se puso hecha una furia.

El cuarto que le había asignado el posadero era más cómodo de lo que se había imaginado. Era amplio y acogedor, templado por el fuego de una chimenea que parecía haber sido preparado con bastante antelación, lo que le hizo pensar que probablemente había sido dispuesto para algún viajero que lo tenía ya reservado. Sin embargo, no tenía ganas de hablar, de modo que no le preguntó nada al posadero y se quedó con la duda en la cabeza.

Habitualmente, la duquesa viajaba con una doncella de compañía, pero dadas las circunstancias y hacia dónde se dirigía, había preferido correr el riesgo de viajar sola para no tener que dar explicaciones sobre por qué se dirigía a Amberes.

Ahora, en el cuarto de la posada, sentía la falta de una doncella, para ayudarla a desvestirse y ocuparse de las pequeñas tareas, pero solo le quedaba resignarse.

Ya se había acostado cuando oyó unas voces en el patio. Otra carroza acababa de llegar.

«Debe de ser el viajero que había reservado el cuarto que ocupo», pensó. Más tarde, oyó pasos en el corredor, y se tranquilizó al percatarse de que el viajero se había acomodado en otra habitación, al fondo del pasillo.

Por temor a que alguien entrara en su cuarto durante la noche, además de haber apoyado una silla contra la puerta, con el consiguiente ruido si alguien hubiera intentado entrar, optó por dormir con el aderezo de la reina encima, escondido debajo de su camisón nocturno.

Dada su edad, era poco probable que alguien intentase ponerle las manos encima, en el caso de que ocurriera algo de verdad.

No pudo reprimir una risita nerviosa al pensar en lo ridículo de su situación.

Allí estaba ella, acostada en la cama de una habitación de una modesta posada perdida en la carretera entre París y Bruselas, con uno de los más hermosos aderezos del mundo encima, que valía una verdadera fortuna, y que cualquier mujer le habría envidiado. Era realmente frustrante.

Se lo acarició por debajo del camisón con la punta de los dedos, reflexionando sobre la posibilidad, bastante remota, a decir verdad, de poder conservarlo consigo para siempre.

María de Médicis había sido muy clara a tal propósito. Le había dicho que respondía del aderezo con su vida, y sabía perfectamente que no bromeaba. No se contentaría con la excusa de que se lo habían robado.

Antes de acostarse, le había dado instrucciones al cochero para que preparara el coche con las primeras luces del día. Tenía prisa por abandonar aquel mugriento lugar.

En un primer momento, había pensado en quedarse unos días en casa de su hermana antes de proseguir su viaje hacia Amberes. Pero luego había pensado que lo mejor era no perder más tiempo y detenerse solo lo necesario para descansar. También debía entregarle un estuche que recogería en el camino de regreso.

Pensaba decirle a su hermana, para justificar el viaje, que debía ir a Bruselas para arreglar un asunto por cuenta de la reina.

Se quedó dormida pensando en cómo apropiarse del aderezo sin correr el riesgo de acabar en el patíbulo.

28

Al llegar a la sucursal de la CARIGE, la Caja de Ahorros de Génova, el banco donde los Scopetta tenían sus cuentas, Ann Carrington se detuvo.

—Es mejor que entres sola. Estas son cosas personales. Te espero aquí fuera, en ese banco —dijo, señalándole con la mano uno de los banquitos con vistas al mar justo al lado del edificio.

—De acuerdo —contestó Giulia Scopetta—, como quieras. No creo que tarde mucho.

Había bastante gente en el banco aguardando su turno. Giulia se puso pacientemente en la cola. Tuvo la tentación de salir de nuevo para avisar a Ann de que se demoraría un poco más de lo previsto, pero entraron otras personas y para no perder su turno, renunció a ello. Si tardaba mucho, a Ann siempre le cabía la posibilidad de echar un vistazo a través del ventanal que daba a la calle para ver si avanzaba.

El director de la sucursal, en cuanto la vio, le hizo un gesto para que se acercara al mostrador.

—Buenos días, señora Scopetta. Siento mucho no haberla visto cuando vino al banco, hace unos días. Quería darle el pésame.

—Gracias, muchas gracias —contestó Giulia con una tímida sonrisa. Empezaba poco a poco a acostumbrarse a esa clase de demostraciones de simpatía. Le ocurría cada vez que se encontraba con alguien por la calle. Era una ciudad pequeña y el hecho de que el profesor hubiera sido brutalmente asesinado aumentaba además el morbo y el interés. La gente no se atrevía a interpelarla, pero Giulia podía leer en la expresión de sus caras que se morían de curiosidad y de las ganas de hacerle preguntas sobre las causas de aquel horrendo crimen.

—¿Podría venir un momento a mi despacho, señora Scopetta? Tengo que hablar un momento con usted.

—Naturalmente —contestó ella, mientras rodeaba el mostrador para seguir al director.

Se preguntó que querría de ella. Esperaba que no fuera para curiosear sobre la muerte de su marido.

El director la hizo pasar mientras cerraba la puerta detrás de él.

«Esto va en serio», pensó Giulia, dado que el director siempre dejaba la puerta abierta si se trataba únicamente de hablar de cuestiones administrativas.

—Supongo, señora, visto que no tienen hijos, que es usted la única heredera de su marido. A no ser que el profesor haya hecho testamento, con disposiciones diferentes.

La pregunta la sorprendió. ¿A qué venía ahora eso de la herencia de su marido?

—Efectivamente, es así. Soy la única heredera de mi marido, y mi marido no ha dejado testamento. No entiendo por qué me hace esta pregunta. Y, además, como sabe usted perfectamente, soy cotitular de todas nuestras cuentas.

—Desde luego, señora, lo sé muy bien. Hace años que nos conocemos. Sin embargo, debo precisar que no es así en todas las cuentas. Verá, señora Scopetta, su marido había abierto otra, hace un año aproximadamente, con él únicamente como titular. Después de su... —estuvo a punto de decir «asesinato», pero pudo contenerse y escoger una palabra menos dramática— ... fallecimiento, debo pedirle, siendo usted su mujer y única heredera, por lo que tengo entendido, que haga el favor de entregarme un certificado de defunción y una declaración escrita suya de que no existe, que usted sepa, un testamento con otras disposiciones de su difunto marido. Debo avisarla también de que en el caso de que saliera a la luz posteriormente algún testamento, nos veremos obligados a aceptarlo y a seguir las últimas voluntades de su marido, siempre en el caso de que no la mencionara a usted, específicamente, como única heredera.

La última frase la molestó bastante. ¿Cómo se atrevía a insinuar que Gianni podría haber designado a otro heredero universal que no fuese ella? No tenían hijos, ni parientes cercanos. ¿A quién podía dejarle sus bienes si no a ella? Era insultante. En todo caso, y por lo que sabía, no había ningún testamento. Si lo hubiera habido, lo habría encontrado entre sus papeles. Sin embargo, no se sentía tranquila del todo. Ahora que había descubierto que Gianni le ocultaba cosas de su vida, como esos treinta y cinco mil euros, solo le faltaba que apareciera un testamento secreto.

Intentó no demostrar su contrariedad.

—¿Y para qué necesita ese certificado de defunción y esa declaración mía?

—Para poder poner a su nombre la cuenta personal de su marido y que usted pueda operar con ella y disponer de los fondos como le parezca oportuno.

—Ah, ya. ¿Y cuánto dinero hay en esa cuenta?

El director buscó un papel en la pila que acumulaba sobre el escritorio. Encontró lo que buscaba y le dijo, con la mayor naturalidad:

—Cuatrocientos cuarenta y cinco mil euros, señora.

Giulia Scopetta se quedó sin palabras. ¿Cuatrocientos cuarenta y cinco mil euros? ¿No habría algún error? Gianni no habría podido reunir a escondidas tanto dinero en toda su vida. Intentó ocultar su estupefacción, pero no debió de resultar muy convincente a juzgar por la reacción del director.

—Me parece entender, señora Scopetta, que ignoraba usted la existencia de esta cuenta —comentó—. ¿Tiene alguna idea de la procedencia de ese dinero?

Giulia se recuperó de la conmoción. No quería darle al director la satisfacción de descubrir que su marido le había escondido una información de tal importancia.

—Creo que se trata de una pequeña herencia que recibió. Una tía suya fallecida.

El director comprendió que estaba mintiendo, pero prefirió no insistir. Eran asuntos que no le incumbían. La señora Scopetta era cliente del banco desde hacía muchísimos años. No era cuestión de que se molestara y transfiriera sus cuentas a otro banco por despecho, sobre todo la cuenta de su difunto marido.

—De acuerdo, le traeré los documentos mañana. Si ahora tiene la amabilidad de acompañarme a mi caja de seguridad... —dijo ella como conclusión del encuentro.

Tenía prisa por marcharse.

Cuando salió del banco, seguía trastornada.

No podía creérselo. Gianni no solo ocultaba en casa treinta y cinco mil euros, sino que poseía también una cuenta donde había acumulado, sin que ella lo supiera, cuatrocientos cuarenta y cinco mil euros. En total, cuatrocientos ochenta mil euros. Una pequeña fortuna...

Era increíble. Estaba alucinada.

Pero ¿de dónde había sacado todo ese dinero?

Empezaba a estar seriamente preocupada.

Ann Carrington, sentada en un banco, intentaba explicar a una anciana señora sentada junto a ella que no hablaba italiano y que no entendía nada de lo que le estaba diciendo, pero esta no dejaba de hablar sin pausa. Seguía observando la puerta del banco, esperando que Giulia saliera pronto para liberarla de la insistente viejecita.

Cuando Giulia salió por fin, notó enseguida por la expresión de su rostro la inquietud que sentía.

—¿Ocurre algo? Pareces preocupada —le preguntó mientras se alejaban.

Giulia Scopetta estuvo a punto de sincerarse con ella y confesarle lo sucedido. Le sentaría bien hablar con alguien de lo que le estaba pasando, pero luego se lo pensó mejor. No era oportuno. Apenas la conocía.

—No, todo en orden. Solo estaba absorta en mis cosas.

—¿Has retirado los papeles?

—Sí, sí. Aquí los tengo, pero vayamos a tomar un aperitivo antes de volver a casa. ¿Te parece bien?

Ann no decía nunca que no cuando se trataba de tomar algo. Además, le encantaba la usanza italiana de que te sirvieran una serie de tostaditas con paté, aceitunas, trozos de *focaccia* o un montón de tapitas apetitosas con el aperitivo. Dependía del bar. Algunos eran muy generosos, otros más austeros, pero todos te ofrecían algo.

Se pararon en La Cage aux Folles para tomar el aperitivo antes de subir a casa.

Apenas hablaron. Ninguna de las dos tenía ganas de mencionar el código en presencia de extraños que pudieran escucharlas. Total, tenían todo el tiempo del mundo para hacerlo después. Bastaba con atravesar la plaza para llegar a casa.

Sentadas en el salón de los Scopetta, Ann Carrington le explicó a Giulia cómo funcionaba el código. Se trataba ahora de aplicarlo a las cartas de Rubens para descifrar su contenido. No era, en todo caso, un trabajo fácil. Algunas palabras tenían un doble sentido y no siempre permitían entender bien lo que Rubens desvelaba en las misivas.

De vez en cuando, Giulia Scopetta se levantaba para hacer un café. Al principio, era demasiado fuerte para el gusto de Ann, pero luego se había ido acostumbrando poco a poco y empezaba a gustarle. Lo tomaba sin azúcar y para su paladar resultaba de lo más amargo. Decía que beber una sola taza era suficiente para despertar a un muerto. Giulia Scopetta lo servía en tacitas diminutas de porcelana fina que sacaba del aparador. Ann Carrington pensó que seguramente formaban parte de la vajilla buena, la que se usa cuando uno tiene invitados. Sin duda, en la cocina tenía otras, aunque no las hubiera visto nunca.

Descifrar el texto de Rubens se reveló tarea más complicada de lo que Ann había supuesto, pero al final, lentamente, fue cobrando forma y empezó a volverse inteligible. Una vez descifrado, para ella fue una verdadera satisfacción descubrir dónde había escondido el pintor los diamantes de la reina. En su carta, explicaba meticulosamente el punto preciso. Ann pudo considerarse satisfecha.

—Y ahora que lo hemos descifrado, ¿qué hacemos? ¿No querrás que vayamos a buscarlos? —preguntó en broma.

La respuesta de Giulia Scopetta la dejó de piedra.

—¿Y por qué no?

29

Cuando Ann Carrington salió de casa de Giulia Scopetta era ya tarde. Seguía habiendo luz, pero el sol estaba a punto de desaparecer por el horizonte del mar y en ciertas zonas de Camogli ya estaba oscureciendo.

Giulia Scopetta la había invitado a cenar, pero ella había rechazado cortésmente la propuesta, alegando que estaba cansada. Se había pasado prácticamente todo el día con ella y necesitaba estar un rato sola para poder reflexionar en paz sobre sus cosas.

Si había resultado intrigante y casi divertido el proceso para descifrar el código, no le gustaba en cambio esa obsesión de Giulia por seguir con el asunto. ¿Qué sentido tenía ir en busca de los diamantes?

Le parecía absurdo.

Una cosa era descifrar un documento en clave. Daba siempre una gran satisfacción cuando se conseguía, pero de ahí a transformarse en buscadora de tesoros había un paso que no se sentía capaz de dar. Sencillamente, no le interesaba.

Dejando a un lado la probabilidad prácticamente nula de que los diamantes siguieran estando en el lugar donde los había escondido Rubens, se trataba de una operación complicadísima. ¿Cómo iban a poder hacerse con ellos? Eso significaba introducirse furtivamente en la casa del pintor en Amberes, ahora convertida en museo, cuando las visitas turísticas hubieran terminado, practicar un orificio en el muro, y luego, admitiendo, lo que era mucho suponer, que lo lograran, ¿qué habrían hecho? No tenía la menor intención de transformarse en una ladrona y de acabar en los periódicos por haber destruido un monumento nacional, con los consiguientes engorros legales. Era absolutamente inconcebible.

Tenía su vida, su trabajo —un buen trabajo, que le gustaba—, una casa que todavía estaba pagando, amigos con los que poder contar; en definitiva, tenía una vida organizada y podía afirmar, en conjunto, sin mentirse demasiado a sí misma en el fondo, que era una mujer feliz.

¿Para qué tirarlo todo para la ventana por satisfacer el capricho de una señora testaruda carente de escrúpulos? Era sencillamente ridículo. Vamos, ni hablar. Giulia Scopetta podía contentarse con la ayuda que ya le había proporcionado y olvidarse de sus obsesiones. Su empeño por descubrir los diamantes la molestaba. Hacía que se sintiera muy incómoda.

Ella no era así.

Iba de regreso hacia su hotel, caminando distraídamente, en realidad, dado que, si por una parte estaba algo cansada, por otra tampoco tenía ganas de encerrarse en su habitación. Observando a la gente a su alrededor, se dio cuenta de que caminaba contracorriente. La mayoría de los transeúntes se dirigían hacia el puerto, de donde ella venía. Se acordó de que la gente tenía por costumbre, a esas horas de la tarde, ir a concentrarse en el muelle para contemplar el ocaso. Pero ya era demasiado tarde. El sol estaba a punto de ponerse. Y, además, no tenía ganas de volver atrás.

Miraba despreocupadamente a las personas con las que se cruzaba cuando, de repente, reconoció a Antonio. No estaba solo.

Iba paseando con un hombre de mediana edad, que ella reconoció enseguida. Era el tipo del quiosco, ese que las había estado observando, a ella y a Giulia, mientras se tomaban un café a La Cage aux Folles.

Se quedó sorprendida.

De modo que esos dos se conocían. ¿Sería un policía él también o solo un amigo? Por la poca discreción que había demostrado esa mañana, descartaba a priori que pudiera ser un agente. Y suponiendo que lo fuese, ¿las estaba vigilando por encargo de Antonio, o no tenía nada que ver?

Su instinto le decía que había algo que no estaba nada claro.

Se acordó de que Giulia le había hablado de su impresión de haber sido seguida la noche anterior, de regreso de Florencia. Empezaba a creer ella también que no se trataba solo de una impresión.

Pero ¿por qué motivo habría de seguir la policía a Giulia Scopetta? ¿Es que no se fiaba de ella?

Se le vino a la cabeza que Antonio había intentado en más de una ocasión lanzarle un anzuelo, para hacerle hablar de los documentos, y que ella no se había dejado enredar. ¿Es que la policía relacionaba tal vez a Giulia Scopetta con el asesinato de su marido? No se le había ocurrido hasta ahora, pero la mera idea la horrorizaba.

Era cierto que Giulia le había dado a entender claramente que entre ella y su marido las cosas no iban demasiado bien, pero de ahí a planear un asesinato había bastante diferencia. No creía que pudiera llegar a tanto, pero la cuestión era si la policía lo creía también. Si no, ¿por qué razón la estaban vigilando? Eso suponiendo que fuera efectivamente la policía la que la estaba vigilando.

No la conocía tan bien como para poder asegurar que no fuese una asesina, por más que su instinto le dijera que no, pero entonces, ¿por qué la policía andaba detrás de ella?

La próxima vez que viera a Antonio debía intentar descubrirlo. O, por lo menos, lograr que le confesara si Giulia Scopetta estaba en la lista de los sospechosos.

¡Sería el colmo!

Pero cabía también otra posibilidad.

Que a quien estuvieran siguiendo no fuera a Giulia Scopetta sino a ella.

Pero ¿por qué razón? Ella no tenía nada que ocultar, ni actividades sospechosas. ¿Que había descubierto cómo funcionaba un código? ¿Y qué? No era un crimen, desde luego.

No, no podía ser ella a la que seguían. De eso estaba casi segura.

Vio cómo Antonio se despedía de aquel tipo y proseguía solo. Venía justo en su dirección. No la había visto, de modo que ella se sentó sobre el murete que separaba el paseo de la playa para esperarlo.

Él se detuvo a saludar a una pareja con la que se encontró, y mientras hablaba con ellos, se percató de su presencia y la saludó brevemente con un discreto gesto de la cabeza.

Observándolo a distancia, mientras hablaba con aquella pareja, Ann no pudo dejar de pensar que Antonio era realmente un hombre atractivo. No le habría disgustado tener un novio como él que la estuviera esperando cuando volviese a casa.

Vio cómo se libraba de la pareja y se acercaba a ella.

—¿Qué hace una mujer tan guapa como tú sentada tan solita sobre un murete? ¿Estás intentando ligar con alguien? —preguntó en tono de broma, obsequiándola con una de esas sonrisas suyas tan encantadoras.

—Pues sí. Precisamente estaba esperando para ligar con uno como tú —contestó ella en el mismo tono jocoso.

—¿Por qué no nos compramos un helado y vamos a tomárnoslo a tu habitación del hotel? —preguntó él, con tono pícaro.

—Tú sí que sabes cómo tratar a las mujeres —contestó ella, sarcástica—. Ya podrías ser menos directo y más romántico.

—Podría —admitió él, mirándola con expresión tímida—, pero prefiero a las mujeres directas como tú, que saben lo que quieren.

—Ya, ya, excusas, excusas. Venga, vamos a tomarnos ese helado entonces —dijo ella, fingiéndose resignada.

Hicieron el amor con más pasión que otras veces.

Sí, decididamente Antonio era un buen amante, pensó Ann mientras permanecía tendida a su lado, observándolo mientras dormía. Era una lástima que solo fuera una aventura pasajera.

Se preguntó si sentía algo por él, y concluyó que no había ni que planteárselo. Le gustaba hacer el amor con él, pero era consciente de la precariedad de su relación. Dentro de pocos días volvería a casa, a Estados Unidos, y Antonio pasaría a formar parte de sus recuerdos como un agradable interludio de sus vacaciones italianas. Nada más.

Le acarició dulcemente el pelo, para despertarlo.

Antonio reaccionó lentamente, como si emergiera de un sueño profundo, para luego abrazarse a ella, buscando su boca.

—Debes prepararte, Antonio. Es muy tarde —dijo ella, casi susurrando—. ¿No me habías dicho que esta noche no podías quedarte a dormir?

—Sí, ahora me levanto. No hay prisa.

Ann se puso de pie para ir al baño a buscar su bata de seda blanca. No le gustaba exhibirse desnuda ante un hombre, aunque acabaran de hacer el amor. No era solo una cuestión de pudor. Quería conservar esa pizca de misterio que proporciona un seno entrevisto por el escote de una bata. Le parecía que una mujer vestida era más sexy que completamente desnuda.

No sabía cómo abordar la cuestión de Giulia Scopetta. Quería saber si era a ella a la que estaban siguiendo o no. Quería hablar con él antes de que se marchara.

Cuando volvió a la habitación, Antonio ya se había levantado y empezaba a vestirse.

—¿Habéis descubierto algo más sobre el asesinato del profesor? —preguntó, fingiendo desinterés, como si no fuese más que una pregunta casual.

—Todavía no. Sabemos, por la declaración de los dos chicos a los que hemos arrestado, que lo que se les encargó fue únicamente robar el portafolios con los documentos, pero no hemos sido capaces de averiguar aún quién fue el mandante. Quizá sea alguien de fuera. Tenemos su descripción, pero no se corresponde con nadie que conozcamos. Si fuera de Camogli sería mucho más fácil. Aquí todo el mundo se conoce.

—De modo que fue una muerte accidental. No un asesinato premeditado.

—En principio parece que sí, pero no descartamos ninguna hipótesis. Los chicos podrían estar mintiendo. ¿Por qué te interesa tanto?

—Por nada, por nada, simple curiosidad. No es algo que me suceda todos los días, eso de que maten al hombre con quien tengo una cita —contestó ella, haciéndose la desenvuelta.

—Afortunadamente. Te convertirías en la sospechosa número uno.

Ann se rio.

—He visto a la señora Scopetta un par de veces en estos últimos días. Es una buena mujer. Debe ser terrible encontrarse en su situación.

—Ni es la primera, ni será la última. Hay un montón de viudas por muertes violentas en este país. ¿Puedo preguntarte cómo es que te ha dado por verla?

—Me pareció obligado ir a presentarle mis respetos, después de la muerte del marido. Luego me ha llamado un par de veces para que nos viéramos. Eso es todo. Es una mujer bastante culta, con la que da gusto hablar. Y, además, tú me dejas sola todo el día —añadió abrazándolo por los hombros.

Antonio no se separó del abrazo.

—Si te hiciera alguna confidencia, tú vendrías a decírmelo, ¿verdad? —le preguntó de repente.

—Giulia no es la clase de mujer que se deja llevar a confidencias. Y, además, ¿por qué iba a sincerarse precisamente conmigo? No me conoce. ¿Por qué me haces esa pregunta? ¿Es que la crees sospechosa de algo?

Él se volvió para mirarla fijamente a los ojos.

—Todos son sospechosos en un caso de asesinato. No podemos descartar ninguna pista hasta que no salga a la luz algún elemento muy claro, que determine si una persona está involucrada o no. Pero no has contestado a mi pregunta. ¿Tú me lo dirías o no?

Ann se soltó del abrazo para dar un paso atrás.

—No lo sé. Depende de la confidencia, supongo. No me gusta ser una soplona.

Antonio había acabado de vestirse. Se estaba poniendo la corbata.

—Voy a hacerte una confidencia, para demostrarte que yo sí que tengo confianza en ti —dijo él—. Esa mujer no me gusta —afirmó con contundencia—. Es muy dura. No ha dado muestras de la mínima sensibilidad ante la muerte de su marido. Para mí, es posible que nos esté escondiendo algo.

—Quizá sea sencillamente su propia manera de afrontar el dolor. No quiere exponerlo delante de todo el mundo. No todos reaccionamos igual. ¿No crees?

—Sea como fuere, si te enteras de algo, deberías decírmelo. Esa mujer es demasiado extraña.

—No te preocupes, Antonio. Si descubriera por casualidad que hace cosas extrañas o ilegales, te lo diría. Puedes estar seguro. No me gusta la idea de verme metida en situaciones extrañas, mucho menos si son ilegales.

—Eso es lo que quería oírte decir, querida. Bueno, ahora tengo que dejarte. Debo irme a toda prisa, que es ya muy tarde.

—De acuerdo. Me resignaré entonces a dormir sola —dijo ella sonriendo, antes de proseguir, meliflua—. Pero eso quiere decir que está en vuestra lista de sospechosos...

Antonio ya estaba con la mano en el picaporte de la puerta. Se paró para girarse.

—Sí, claro que lo está. Y voy a decirte también el porqué. Nos ha llamado el director de un banco de aquí para informarnos de que los Scopetta tienen una cuenta con una ingente suma, cuyo origen no pueden justificar. ¿Qué me dices?

—Si fuera así, supondría como mucho un delito fiscal. ¿Qué tiene que ver eso con la muerte de su marido? Quizá hayan vendido una casa, o algo parecido.

—Lo hemos verificado, no han vendido nada. Sin embargo, ella tiene ahora un motivo para matarlo. El dinero. Es la única heredera. ¿Entiendes ahora por qué está tu amiga en la lista de los sospechosos?

—Ya entiendo. ¿Y tenéis idea de dónde puede haber salido ese dinero?

—Ciertas sospechas sí que tenemos. Pensamos que el egregio profesor trapicheaba con la venta de documentos robados.

—¿En serio? —dijo ella, levemente incrédula—. ¿Una persona como él? ¿Con la reputación que tenía? Me resulta extraño.

—No te fíes nunca de nadie, querida Ann. La gente más irreprensible es a veces la que peores cosas hace.

Le dio un beso en la boca y se fue, dejándola fantaseando sobre las revelaciones que le acababa de hacer.

Saliendo del hotel, Antonio se encaminó hacia su despacho, satisfecho de sí mismo. Había logrado sembrar la duda en la mente de Ann Carrington. Ahora tenía un motivo para delatar a Giulia Scopetta si descubría algo, y estaba seguro de que la señora Scopetta sabía algo que no quería decir. Ann Carrington era una persona íntegra, limpia. Nunca se dejaría involucrar en una historia de tráfico de documentos.

Naturalmente, lo que había afirmado sobre las sospechas de la policía no era cierto. La investigación seguía sumida en la oscuridad más absoluta. Ya se había encargado él mismo de sembrar pistas falsas. Lo que le había dicho a Ann servía para sus intereses y para los de sus cómplices Sergio y Alberto. La policía no sabía nada del tráfico de documentos y era mejor que las cosas siguieran así, para evitar que se pusieran a investigar en esa dirección y pudieran llegar eventualmente hasta él y o sus amigos.

Estaba convencido de que Giulia Scopetta escondía algo. Había soltado lo del dinero solo para ver cómo reaccionaba Ann, pero por lo que había dicho, era evidente que Ann no estaba al tanto de los trapicheos del profesor Scopetta y mucho menos del dinero de la cuenta de los Scopetta.

En cuanto a Giulia Scopetta, le estaban preparando una buena sorpresa. Si tenía los documentos que buscaban, esta vez no le quedaría más remedio que soltarlos.

30

Rubens retrocedió unos pasos para observar la porción del cuadro que acababa de pintar.

Se sentía realmente satisfecho. La reina se mostraría muy contenta del resultado.

Estaba a punto de acabar la gigantesca obra que le había ordenado. Faltaban aún ciertos detalles aquí y allá, pero en conjunto se sentía aliviado, porque iba a conseguir respetar el contrato y cumplir con los plazos de entrega.

Lo que le preocupaba en esos momentos era algo muy distinto.

Seguía perfeccionando el código y estaba a punto de pedir ayuda a algún amigo porque no era capaz de rematarlo. Todas las palabras le parecían evidentes, demasiado fáciles de interpretar. Crear un código no era ninguna broma. Tal vez hubiera quien se entretuviese más tarde en descubrirlo, pero, por el momento, a él le estaba costando un esfuerzo ímprobo crearlo.

Había hecho el intento de reemplazar únicamente letras, sustituyendo unas por otras.

Para hacer una prueba, había usado el alfabeto al revés. De esta forma, una zeta se convertía en una a, mientras la be se transformaba en una i griega.

Pero así las palabras escritas carecían de sentido y no eran más que una sucesión de letras puestas en fila. Además, era un juego de niños descubrirlo. Renunció.

Luego, en cambio, partiendo precisamente de la base de que las palabras debían tener sentido, llegó a la conclusión que solo había que elegir algunas palabras clave y sustituir su significado por otro. Quien leyera una carta traducida en clave no le encontraría mucho sentido, pero qué más daba.

De ese modo, la palabra «diamante» se sustituía por «manzana», mientras que «reina» se convertía en «boceto», «escondrijo» se transformaba en «nocturno», «muro» en «árboles», etcétera.

Escribió en primer lugar una carta con la descripción del escondite, y luego sustituyó las palabras claves por las que había elegido.

Se dio cuenta, sin embargo, de que su «código», por llamarlo en algún modo, solo podía ser útil para descifrar una carta a la vez, y que, como consecuencia, cada vez que escribía a la reina una nueva carta, debía añadir otras palabras a su código para ampliarlo.

En cualquier caso, si en una segunda carta usaba de nuevo la palabra «manzanas», la traducción seguía siendo «diamantes», y así fue avanzando, porque el vocabulario no dejaba de ser bastante limitado.

No estaba demasiado orgulloso de su invención, pero creía que daba cierta seguridad a su correspondencia, porque quien leyera la última de sus cartas, tenía forzosamente que poseer el código de las precedentes para comprender su significado.

Lo llamó el «código ampliable».

Sin embargo, estaba casi convencido de que la reina pronto se cansaría de aquel jueguecito y de que, una vez desvelado el lugar en el que había escondido los diamantes, poco más habría que añadir.

Una vez redactada la lista de palabras en una hoja, optó por numerar las hojas para facilitar su lectura por parte de la reina, y añadió el número uno en la esquina derecha; sucesivamente, modificó la numeración, poniendo uno de dos, para que la reina entendiera que había dos hojas.

Pero luego, observando las dos hojas sobre su escritorio, le siguió pareciendo aún demasiado fácil de descifrar. Decidió reescribirlo todo en una sola hoja y hacer desaparecer la mitad de las palabras, dejando una línea visible y otra no.

Se acordó de que los antiguos romanos escondían información secreta en el interior de mensajes corrientes, utilizando una tinta simpática elaborada con substancias naturales, como zumo de limón, leche u orina. ¿Por qué no podía hacerlo él también? Al menos para ocultar parte del código y hacer más difícil su lectura. Bastaba con mezclar zumo de limón y agua. Una vez que el papel se secaba, para poder leer el texto, era suficiente con pasar la hoja por delante de una fuente de calor, como podía ser una vela. De hecho, el ácido cítrico del limón, incoloro, cuando se aproxima a una intensa fuente de calor reacciona con el oxígeno del aire y asume una coloración oscura.

El único problema era que, una vez adquirida esa coloración, el texto quedaba a la vista.

Debía acordarse de avisar a la reina de ese detalle.

Al fin y al cabo, lo importante era proteger el mensaje durante el viaje. Una vez leído, podía ser destruido. En cuanto al código, siempre se podían volver a copiar las palabras que aparecían con la luz de la vela.

Reescribió pues las dos hojas, concentrándolas en una sola, saltándose las líneas que rellenaría después con palabras escritas con tinta simpática. Copió tan meticulosamente la primera hoja que se percató demasiado tarde de haber escrito de nuevo uno de dos, abajo a la derecha. Pensó en principio en hacerlo desaparecer con el limón para no tener que volver a copiar por tercera vez el texto, pero luego decidió dejarlo tal como estaba. Ya le explicaría a la reina que no había dos hojas sino solo una.

Era un sistema bastante elemental, pero servía para el objetivo marcado: hacer llegar un mensaje a la reina que solo ella pudiera leer.

Acabado el trabajo, envió tres mensajeros separados a París. Con el primero, viajaba la carta. Era incomprensible sin el código.

El segundo llevaba el código, y el tercero, las instrucciones para usar este último.

No estaba particularmente satisfecho con su trabajo, pero la reina debía contentarse. Él era pintor, no inventor de códigos secretos.

En cambio, sí que estaba plenamente satisfecho con la idea que había tenido de esconder los diamantes en la doble pared de su dormitorio.

Había aprovechado la ausencia de su mujer para llevar a cabo la pequeña obra. Había sido menos difícil de lo previsto. La piedra elegida no era demasiado grande, y una vez despegado el conglomerado que la mantenía fija, había sido un juego de niños sacarla, meter en el hueco interior el paño con el aderezo, y volver a taparlo.

Si su mujer se hallaba presente cuando tuviera que sacar los diamantes, no importaba. Le diría la verdad. Una vez entregadas las joyas, ya no era necesario mantener el secreto.

Pero mientras se afanaba en la tarea, Rubens no se daba cuenta de que alguien lo estaba observando.

Al quedarse sola en casa mientras su ama se ausentaba con el resto del personal doméstico, la joven Annijeke oyó unos ruidos procedentes del dormitorio de los amos. Se acercó de puntillas para ver qué sucedía. En principio, no había nadie en casa aparte de ella y del amo, que estaba trabajando en su estudio. ¿Podría tratarse de un ladrón que se había introducido furtivamente en casa? Dudaba si correr a la planta de arriba para avisar al amo o acercarse antes a verificar si efectivamente había alguien en la habitación. Si era necesario, siempre le quedaba tiempo para ir corriendo a avisar a su amo.

Grande fue su sorpresa cuando se percató de que era precisamente el maestro Rubens quien estaba extrayendo una piedra de la pared de su dormitorio. Se quedó un momento espiándolo desde la puerta entreabierta.

Pensó que estaría realizando algunos trabajos de reparación, aunque no recordaba haber oído a su amo quejarse de que hubiera problema alguno en aquella pared, pero luego, cuando le vio introducir en el interior ahuecado una tela que parecía contener un objeto, ya no tuvo más dudas. El amo estaba escondiendo algo.

La curiosidad se apoderó de su mente de adolescente.

¿Qué podía estar escondiendo el maestro en la pared de su dormitorio? ¿Por qué hacerlo cuando su mujer estaba ausente? ¿Qué podría contener aquel paquete? ¿Cartas de amor secretas de alguna amante, o bien dinero?

No lo entendía.

Arriba, en su estudio, el amo tenía una caja fuerte. ¿Por qué esconder dinero en el muro de su cuarto, entonces? ¡Quizá fuera oro!

Volvió a la cocina dando rienda suelta a su fantasía. Le gustaba fantasear. Soñaba con encontrar a un chico que se enamorase perdidamente de ella y con vivir junto a él toda su vida en una bonita casa del centro de Amberes. Cuando paseaba por allí, contemplaba cada casa y ya tenía elegida cuál iba a ser la «suya».

Volvió con su vivaz imaginación a la extraña maniobra del maestro, y dedujo que la gente rica tenía un extraño modo de actuar.

Ya lo había notado cuando servían las comidas en una vajilla diferente, según fuera un día cualquiera de la semana o el domingo. La vajilla usada el domingo era más bonita y más imponente.

Su familia, en casa, solo tenía un servicio de platos para todos los días, que ni siquiera resultaba suficiente para todos, hasta el punto de que por turnos, alguno de sus hermanos —cuando no le tocaba a su madre, que ponía la excusa de que estaba cocinando para sacrificarse— debía esperar a que otro hubiera acabado de comer para lavar el plato y poder así usarlo de nuevo. Ella se había jurado que el día que formara su propia familia habría platos suficientes para todos.

31

Rubens salió de casa para ir a hacer una visita a su amigo Franz, pintor como él. A Rubens le gustaba conversar de vez en cuando con ese amigo suyo. Hablaban de pintura, de los colegas o, sencillamente, de los chismorreos que circulaban sobre quién había recibido un encargo importante; también podía limitarse simplemente a compartir con su amigo sus proyectos o a pedirle algún consejo, por más que luego, en realidad, nunca los siguiera.

El día no era de los peores. Caía una ligera llovizna, fina y persistente, pero que a él no le molestaba.

Echó una rápida ojeada al cielo. Las nubes eran bajas, lo que significaba que estaría lloviendo todo el día. No era una novedad. Sonrió para sus adentros al acordarse de un gentilhombre español con quien se había topado en la corte de la infanta gobernadora, que se quejaba de que en ese país había más días de lluvia que de sol y que no recordaba haber visto caer tanta agua en toda su vida.

En días como aquellos se le venía a la cabeza su estancia en Italia, cuando trabajó en su juventud en la corte del duque de Mantua. Allí no llovía con tanta frecuencia y la luz era distinta. Brillaba de una forma particular.

Sin embargo, a él no le molestaban las jornadas grises de su Amberes natal. Estaba tan acostumbrado a ellas que formaban parte de su carácter.

Seguía el canal que llevaba a la casa de su amigo Franz. Para llegar hasta allí —estaba apenas a diez minutos de caminata— debía cruzar el barrio de los joyeros, que eran, en su gran mayoría, judíos.

Caminaba absorto en sus pensamientos cuando se fijó en una figura familiar que entraba en el interior de un edificio a pocos pasos de él. Era una mujer, y en un primer momento la confundió con la esposa de un amigo suyo, para darse cuenta de inmediato de que no podía ser ella por el modo de vestir, demasiado elegante. Antes de que desapareciese de su vista, la reconoció. Era la duquesa de Monfort.

¿De nuevo ella? ¿Qué estaría haciendo en Amberes?

Al pasar por delante del edificio en el que había entrado la duquesa, lo reconoció. No había estado nunca en esa casa, pero sabía que allí tenía su taller un famoso mercader de diamantes.

No conocía personalmente a aquel mercader, pero había oído decir que era un hombre de orígenes judíos, instalado desde hacía un par de generaciones en la ciudad y que comerciaba con las cortes de Francia y de España, así como con diversos príncipes de Alemania.

Con la cabeza llena de interrogantes acerca de la presencia de la duquesa en el taller de un mercader de diamantes de Amberes, prosiguió su camino hacia casa de su amigo.

Ya de regreso, Rubens, devorado por la curiosidad, empezó a sospechar que la presencia de la duquesa de Monfort en Amberes no era puramente casual.

¿Por qué no había venido a visitarlo si se encontraba en Amberes? Hubiera sido lo correcto, dado que se conocían.

Y, por si fuera poco, a quien sí había ido a visitar era a un mercader de diamantes. Qué cosa tan extraña.

Si la duquesa debía venir precisamente a Amberes, ¿por qué no le había dado la reina a ella el encargo de traer los diamantes? Era una de sus personas de confianza, al fin y al cabo. Una de las más cercanas a la soberana.

Decidió jugarse el todo por el todo. La curiosidad era demasiado fuerte.

Se dirigió a la casa del mercader, y llamó a la puerta.

Abrió un empleado que no lo reconoció, y Rubens solicitó hablar con el amo de casa.

—Dígale que soy Pedro Pablo Rubens —dijo, a modo de presentación.

Era consciente de su fama en la ciudad y de no carecer de cierta reputación. No quería impresionar, sino asegurarse de que el mercader en persona saliera a atenderlo y no mandara a un simple empleado. Si la duquesa había entrado en esa casa poco antes, solo podía ser para reunirse con el joyero. La conocía poco, pero lo suficiente para saber que no se hubiera conformado con ser recibido por un mero subalterno.

El hombre no tardó mucho en presentarse. Era un anciano, con los escasos cabellos que le quedaban, de color blanco, cayéndole sobre los hombros. Sus ojos oscuros emanaban inteligencia y curiosidad. Estaba muy delgado y su piel arrugada era vagamente amarillenta, lo que le hizo pensar a Rubens que tal vez sufriera de bilis.

—Maestro Rubens —dijo con un hilillo de voz apenas—. Qué gran honor. Nunca habría pensado que mi casa fuese lo bastante digna como para merecer una visita vuestra.

—Tonterías, señor Solomon —había leído su nombre en la entrada—. Lo cierto es que venía a informarme sobre un pequeño regalo que hace tiempo que estoy pensando en hacer a mi mujer y, dado que pasaba por aquí delante...

El señor Solomon sonrió complacido.

—Habéis hecho bien, maestro. No encontraréis mejores precios en toda la ciudad. ¿Habíais pensado en algo en particular?

—La verdad es que no. Algo discreto, eso sí, pero de gran belleza. ¿Sabéis? A mi mujer no le gusta exhibir nada demasiado vistoso.

—¿Preferís pendientes o más bien un anillo?

—Veamos ambas posibilidades, si no es demasiada molestia.

El viejo mercader le rogó que lo siguiera a un saloncillo privado, donde hizo traer toda clase de pendientes, anillos, collares, pulseras y piedras sueltas. Era un cuarto de pequeñas dimensiones, amueblado con gusto. Había dos sillones para los clientes delante de una mesa baja donde seguramente se apoyaban las joyas y una silla para el joyero. No había cuadros en las paredes, sino un pequeño tapiz de Gobelin que colgaba de la pared a espaldas de la silla y, en el suelo, una hermosa alfombra.

—Si preferís, podéis escoger la piedra, y luego podemos montarla sobre algo que sea de vuestro agrado.

Mientras examinaba distraídamente la mercancía, Rubens estaba pensando en la mejor manera de abordar la cuestión que le había traído hasta allí: la duquesa de Monfort.

—O mucho me equivoco, o acabo de ver salir de vuestra casa a una vieja amiga mía. Como estaba algo distante, no estoy seguro de haberla visto bien, y no quise asustar a aquella señora corriendo detrás de ella en la eventualidad de que fuera otra persona.

—¿Ah, sí? —dijo el mercader, receloso—. ¿Cómo se llama su amiga, si me es lícito preguntároslo?

—Es francesa. La duquesa de Monfort.

La mirada del mercader se iluminó.

—Ah, sí, la duquesa, naturalmente. Es una lástima que no hayáis podido saludarla, porque era ella, efectivamente.

—Supongo que habrá venido con algún encargo de su majestad. No sabía que fueseis también proveedor de la Casa Real de Francia.

El viejo Solomon reflexionó un momento antes de contestar.

—¿Sabéis, maestro? Nosotros somos una casa muy respetuosa. Nuestra mejor virtud es la discreción que aseguramos a nuestros clientes.

—Claro, naturalmente. Os ruego que me disculpéis si la pregunta era excesivamente indiscreta. Es que, dado que la duquesa tiene gran intimidad con la reina, he pensado que podía haber venido hasta aquí por algún encargo suyo. No creo que la duquesa se moleste en cruzar la frontera solo para comprarse un par de diamantes. Ya se lo comentaré a su majestad la próxima semana, cuando la vea en el Louvre.

—¿Es que conocéis personalmente a su majestad la reina madre de Francia? —preguntó el viejo judío, muy interesado de repente.

—Naturalmente. ¿No sabéis que me ha encargado una gran cantidad de cuadros para decorar la galería que se está construyendo en el nuevo palacio de Luxemburgo?

—No, francamente no había oído nada.

—Eso es porque también nosotros, los pintores, debemos mantener una cierta discreción, como podréis entender. —Y luego, de repente, como si quisiera cambiar de tema, añadió—: Pero no sé por qué os estoy contando todo esto. Este lugar invita a la confidencia. Ya se lo diré a la reina, y la felicitaré por su elección. Esta casa me parece realmente digna de confianza.

El mercader se sintió orgulloso de las palabras del pintor más famoso de la ciudad.

—Solo porque sois vos, maestro, y porque sois el pintor de la reina, voy a enseñaros algo maravilloso. Si me queréis esperar unos instantes...

Salió del saloncito para volver unos minutos más tarde trayendo un estuche que depositó sobre la mesa, ante el pintor, y lo abrió.

Rubens tuvo que hacer un gran esfuerzo de contención para no revelar su sorpresa.

Tenía ante él una copia exacta del aderezo que había escondido en la pared de su dormitorio. No entendía nada. ¿Cómo era posible que hubiera dos aderezos absolutamente idénticos?

—Sí, lo reconozco. Es el aderezo de diamantes de su majestad. Se lo vi una vez puesto —mintió—. Realmente maravilloso —comentó, mientras el viejo judío le estaba observando—. ¿Y la reina quiere vender esta preciosidad? Es una auténtica lástima.

—No puedo estar más de acuerdo con vos, maestro, es un crimen destruir tanta belleza. Desgraciadamente, como la duquesa me acaba de confiar, parece ser que la reina necesita fondos y tiene decidido vender esta maravilla. Quiere que la desmontemos pieza por pieza. Un verdadero crimen. Es uno de los aderezos más hermosos que he visto nunca.

El viejo mercader parecía sincero.

—¿Y no se podría revender tal cual —preguntó Rubens—, sin necesidad de desmontarlo?

—Imposible. Es una joya reconocible a simple vista. No se olvida un aderezo de este género. Vos mismo lo habéis reconocido de inmediato.

—¿Y aunque no fuera más que modificándolo un poco?

—Ya lo he pensado yo también —replicó el mercader—, pero luego se plantearía el problema de localizar a un eventual comprador. Para un aderezo de este género, hay realmente pocos compradores posibles. Su valor es insuperable.

—Tal vez podáis ofrecérselo a la infanta gobernadora —sugirió Rubens, para darle algo más de conversación. Ya sabía lo que quería saber, y ahora tenía prisa por irse.

—No lo creo. La infanta es mujer muy austera. No se gastaría nunca una suma semejante por una joya, aunque posee algunas maravillosas.

—¿Por qué no lo intentáis? Quizá podáis hallarla en un momento de debilidad y se deje tentar.

El mercader pareció reflexionar. Se veía que la idea no le disgustaba.

—Ya veremos. Por el momento, tengo que modificarla. Y en todo caso, deberé vender todas las piezas si quiero reunir la suma que requiere su majestad.

Rubens se levantó, para dar a entender que debía irse.

—Gracias para su confianza, señor Solomon. Le garantizo que este secreto quedará entre nosotros. Desgraciadamente, ahora tengo que marcharme. Me están esperando en mi estudio. Volveré a verle por el regalo de mi mujer. No hay prisa. Faltan aún muchas semanas para su cumpleaños.

—Vos sois siempre bienvenido aquí, maestro. Estamos a vuestro servicio.

Le acompañó hasta la puerta.

Fuera, mientras tanto, había dejado de llover.

Rubens se encaminó hacia su casa. No sabía qué pensar.

¿Por qué razón le había confiado la reina un collar diciéndole que lo escondiera en su casa, para enviar después uno igual a Amberes por medio de la duquesa de Monfort? Había algo que se le escapaba en todo ese asunto, y no estaba seguro de que la respuesta fuera de su agrado.

La primera pregunta era naturalmente por qué María de Médicis poseía dos aderezos iguales. Sobre todo, dado el fabuloso valor que ambos tenían.

¿O es que no tenían el mismo valor?

Si la duquesa le había entregado ese al mercader hebreo, no cabía la menor duda de que era auténtico. No estaba tan seguro, en cambio, de que el que tenía escondido en casa lo fuese también. Si no, ¿qué sentido tenía?

Se preguntó si debía pensar que le habían tomado el pelo o si habría alguna explicación lógica. Dado que no conocía la respuesta, decidió que no era cuestión de irritarse.

Desgraciadamente, él no entendía nada de piedras preciosas, y habría sido incapaz de distinguir una verdadera de una falsa. Sin embargo, llegados a este punto, debía cerciorarse de no estar escondiendo un aderezo falso. Habría sido el colmo, después de todos los esfuerzos que había hecho por esconderlo.

¿A quién podía pedirle asesoramiento? Debía ser una persona que fuese lo suficientemente discreta y que tuviera competencia para examinar las piedras. De momento no se le ocurría nada. Pero no dejaría de pensarlo.

Le habría gustado charlar un rato con la duquesa, pero no sabía dónde se alojaba.

32

La duquesa seguía adelante con su plan.

Había entregado el aderezo, tal como le había pedido la reina, y el mercader judío, el señor Solomon, le había dado un recibo. De momento, todo estaba en orden.

Contrariamente a las instrucciones recibidas por la reina, le había dicho a Solomon que desmontara el aderezo, pero que no lo vendiera aún, con la excusa de que tal vez su majestad quisiera al final que se le devolviese una parte de él, si no todas las piedras, para hacerse otro distinto.

Solomon se había quedado un poco sorprendido y perplejo.

No había podido dejar de preguntarse, si era esa la intención de la reina, por qué no encargaba ese trabajo a sus habituales joyeros de París. Le parecía inútil correr el riesgo de viajar hasta Amberes con joyas de tanto valor, simplemente para desmontarlas y devolverlas luego si acaso a París. No lo entendía. Sin embargo, la duquesa había sido muy clara en sus instrucciones y a él no le quedaba más que someterse a la voluntad de la soberana.

Pudiera ser que María de Médicis necesitara dinero, pero tal vez no tanto como para tener que deshacerse del aderezo entero. Sin embargo, él no habría podido desembolsar una cifra semejante si no lograba vender al menos una parte del aderezo.

La duquesa estaba agotada del viaje, y habría aceptado de buena gana la hospitalidad de algún burgués de la ciudad para descansar unas cuantas horas en su casa, pero desgraciadamente al único a quien conocía era al pintor de la reina, Pedro Pablo Rubens, y no era cuestión, desde luego, de ir a llamar precisamente a su puerta.

Para poder entrar en los territorios españoles, había tenido que pedir un salvoconducto a la infanta gobernadora, que le había sido concedido de inmediato. Era de buena crianza realizar una parada en Bruselas en el camino de regreso y presentarle sus respetos. Ojalá pudiera reposar algunas horas en el palacio de Bruselas antes de proseguir hacia el castillo de su hermana Françoise, pasada la frontera.

Se armó de ánimos, y ordenó al cochero que se dirigiera hacia Bruselas.

No tenía todavía un plan bien claro sobre cómo monetizar las cartas de la reina, pero una posibilidad era apoderarse de parte de las piedras del aderezo, una vez que hubiera sido desmontado. El señor Solomon la conocía. No pondría reparos en entregárselas. Sin embargo, debía encontrar el modo de justificarlo, sin que pareciera un robo.

Por el momento, las cartas estaban a salvo. Se las había dejado en custodia a su hermana Françoise, sin precisar de qué se trataba. De haberlo sabido, la pobre se habría preocupado inútilmente, y la duquesa no quería involucrar a su hermana más de la cuenta en esa historia.

Se había limitado a entregarle un cofrecillo, pidiéndole que lo guardara en un lugar seguro, con la intención de recogerlo a su regreso de Amberes.

Le dijo también que en el caso de que le sucediera algo, debía hacer lo necesario para poner el cofrecillo a salvo.

Miró por la ventanilla de la carroza. Para variar, llovía de nuevo. Desafortunado país. No entendía por qué los españoles luchaban tanto por conservarlo.

Mientras tanto, en el Louvre de París, el secretario particular de la reina, Fachinetti, había trabajado sin descanso para intentar descubrir si el autor de las líneas escritas en la hoja que la reina le había entregado era alguien de su entorno.

Había bastante gente por investigar.

Empezó por las personas más próximas a la soberana, aquellas que tenían un trato diario con ella.

Si no se hallara entre ellas, pasaría a un segundo círculo, menos íntimo. Eran, con todo, muchísimas personas, y no era fácil localizar entre las súplicas o papeles que llegaban a diario para la reina una escritura que se asemejara a la del billete. Había mandado recopilar también todas las notas escritas por el entorno de la reina a otros departamentos del palacio.

Por suerte, había decidido descartar al personal doméstico.

En primer lugar, porque era inimaginable que alguien de dicho personal osara dirigirse directamente a la soberana, sin pasar por la escala jerárquica, y porque la mayor parte de ellos, además, apenas sabía leer ni escribir, cuando no eran completamente analfabetos. Lo lógico era, pues, descartarlos.

El billete mostraba una escritura firme, decidida, de alguien dotado sin duda de una cierta cultura y con una evidente facilidad para la escritura. Podía tratarse solo de una persona de un rango bastante elevado. Un alto funcionario o un aristócrata. Con toda seguridad, alguien para quien no suponía un aprieto tener que escribir una carta o una nota.

Estaba ya algo desesperado cuando tuvo un golpe de suerte. Una breve nota, enviada al servicio de guardia del palacio, ordenando que se dejara pasar a cierta persona, tenía la misma caligrafía que la hojita que le había entregado la reina. Las erres eran iguales, las pes y las eles también. No cabía duda.

El experto en caligrafía, que estaba trabajando junto con él, descartó sus últimas dudas. No había el mínimo margen de error. Había sido escrita por la misma persona.

Fachinetti corrió a ver a la reina.

Apenas habían necesitado dos días para identificar al autor de la carta.

María de Médicis recibió la noticia con gran satisfacción.

Estaba contenta consigo misma. El descubrimiento de Fachinetti había confirmado sus sospechas de que se trataba de alguien de su entorno que intentaba chantajearla. Siempre había estado segura de ello.

Al descubrir quién era el autor, quedó un poco sorprendida, pero luego, pensándolo mejor, no del todo.

Dio enseguida instrucciones para que aquella persona fuera detenida y se secuestrasen todos los documentos que llevara encima.

La duquesa de Monfort llegó a Bruselas al cabo de pocas horas. En las cercanías de la capital, el tiempo había mejorado de repente y pudo disfrutar de un poco de sol en la última parte del viaje.

La capital de las provincias españolas de los Países Bajos era una ciudad pequeña, pero caótica y en plena ebullición.

La duquesa no la conocía y se asombró de ver tanta actividad comercial por las calles.

A su llegada a las puertas del palacio real, entregó su salvoconducto a los guardias para que la anunciaran a la infanta y solicitar ser recibida.

Tuvo que esperar un largo rato antes de que apareciera alguien.

Finalmente, un joven capitán abrió la portezuela de la carroza y le preguntó:

—¿Sois la señora duquesa de Monfort?

—Sí —contestó ella, orgullosa, sin lograr esconder un ligero tono de superioridad.

—¿Podéis bajar de la carroza, señora?

La duquesa se sorprendió. Pensaba que habrían permitido el acceso de su carroza al patio del palacio. Sin embargo, obedeció la orden y le tendió su mano al joven capitán para que la ayudara a bajar.

—Deduzco que la infanta podrá recibirme. Siento mucho no haber podido anunciar mi vista con más antelación.

El capitán replicó, muy serio:

—Señora duquesa de Monfort, por orden de su alteza la gobernadora, os declaro en arresto.

La duquesa empalideció bruscamente.

—¿En arresto? Pero ¿qué estáis diciendo? Debe de ser un error. ¿Sabéis con quién estáis hablando? —intentó rebelarse, orgullosa.

—Sí, señora, sé perfectamente con quién estoy hablando —contestó educadamente el capitán.

Luego, volviéndose hacia los guardias, añadió:

—Guardias, lleváosla de aquí. La señora duquesa debe ser encerrada en la fortaleza de Mons. Es una orden precisa de la gobernadora.

La duquesa protestó, gritó, forcejeó, se echó a llorar, pero no pudo hacer nada mientras los guardias la forzaban a subir a otra carroza, no tan cómoda y lujosa como la suya. Era la que se usaba para trasladar a los prisioneros. En cuanto lograron encerrarla dentro, puesto que se debatía y gritaba como una posesa, la carroza partió a toda velocidad hacia su nuevo destino con una buena escolta.

Desde una ventana del palacio, la gobernadora había observado discretamente toda la escena. Había sido una suerte que la duquesa hubiera cometido la imprudencia de presentarse precisamente en palacio, cuando ya había dado orden de que se la buscara por todo el país y se la condujese a la fortaleza de Mons.

Pocas horas antes, había recibido una carta urgente de su prima, la reina madre de Francia, pidiéndole que ordenara arrestar de inmediato a la duquesa de Monfort por alta traición. Isabel Clara Eugenia estaba satisfecha por haber podido hacerle ese favor. Ahora podría pedirle otro a cambio.

Además, odiaba a los franceses.

María de Médicis, tras haber descubierto que el chantajista que tantas noches de insomnio le había hecho pasar era en realidad una mujer, y nada menos que su primera dama de compañía, no se lo había pensado dos veces y había reaccionado con presteza.

Era primordial que la duquesa fuera arrestada lejos de las fronteras del país. De haberlo sido en Francia, aunque no hubiera podido sustraerse al arresto, habría debido someterla a juicio para demostrar su culpabilidad, y eso significaba sacar a la luz las famosas cartas, algo que la reina quería evitar a toda costa.

Si el arresto de la duquesa suponía para ella una buena noticia, esta venía acompañada también, desgraciadamente, por otra mala: la duquesa no llevaba consigo carta alguna cuando fue arrestada. El único documento que le habían encontrado encima era un recibo del joyero Solomon de Amberes, por un aderezo de diamantes.

María de Médicis pensó enseguida que, de camino hacia Amberes, la duquesa podría haberse parado a ver a su hermana Françoise, que poseía un castillo cerca de la frontera. Era verosímil que hubiera escondido allí las cartas para mayor seguridad. La residencia parisina de Monfort ya había sido registrada y no se había encontrado nada.

Envió a sus guardias al castillo de Françoise de Monfort con la orden de inspeccionarlo a fondo. Por desgracia, esta última había huido precipitadamente al extranjero en cuanto se conoció la noticia del arresto de su hermana. Para la reina, era la confirmación de que su razonamiento era correcto y una demostración de culpabilidad. Ordenó promulgar una orden de arresto también para ella.

Lamentablemente, la fuga de Françoise de Monfort significaba también que había perdido el rastro de sus preciosas cartas.

Algunas semanas más tarde, la infanta gobernadora Isabel Clara Eugenia recibió del joyero Solomon un pequeño estuche que contenía un precioso alfiler de diamantes. Iba acompañado por un billete.

«De parte de su majestad, la reina madre de Francia».

Isabel Clara Eugenia sonrió, satisfecha. Su prima siempre había sido muy espléndida. Una verdadera Médicis, como ella, solo que ella no había heredado ese lado generoso de su abuela materna, la reina Catalina de Médicis.

Le intrigaba conocer el secreto que ocultaba la duquesa de Monfort para que la persiguieran por «alta traición». ¿Acaso debería ordenar que la sometieran a tortura para hacerla confesar? Si la duquesa poseía una información preciosa, era primordial que lo supiera también ella.

Ordenó que la duquesa de Monfort fuese sometida a interrogatorio.

Pero no llegaron a tiempo.

La duquesa, con la salud minada por las insalubres condiciones de su celda, difíciles de soportar para una mujer de su avanzada edad, tuvo el buen gusto de sufrir una pulmonía y de morir repentinamente antes de que los enviados de la gobernadora pudieran sonsacarle información alguna.

33

Ya habían dado las tres de la madrugada cuando Sergio y Alberto se introdujeron furtivamente en el portal de la casa de Giulia Scopetta, y subieron por las escaleras hasta el tercer piso, donde se hallaba el apartamento de los Scopetta.

En el rellano, se pusieron los pasamontañas oscuros y los guantes de cirujano para evitar dejar rastros de huellas en el caso de que interviniera la policía científica.

Antonio les había dejado un manojo de llaves que permitían abrir cualquier puerta. El día anterior, cuando Sergio había visitado el apartamento en busca de los documentos, había notado con satisfacción que la puerta no estaba blindada. Por lo demás, dado lo que contenía el apartamento, no resultaba de utilidad alguna. Habría sido un coste innecesario instalar una, y los Scopetta no eran gente que tirara el dinero por la ventana.

Los dos se habían quedado esperando en la plazuela a que el flujo de la gente que aún paseaba a esas horas tardías disminuyera. Por lo general, eran jóvenes que iban o volvían de los bares y de las discotecas, aunque no era la gente que pasaba por la calle lo que los preocupaba, sino más bien los inquilinos del inmueble. Debían asegurarse de que no volviera nadie a casa mientras ellos estaban en las escaleras con su pasamontañas o bien mientras seguían en casa de los Scopetta, con el riesgo de que los vieran salir del apartamento.

Por lo que ellos sabían y basándose en la información que les había proporcionado Antonio, el edificio estaba habitado en su mayor parte por personas de mediana edad, salvo un par de ancianos que ocupaban todavía el primer piso. No había jóvenes adolescentes que pudieran regresar a casa hacia las tres o cuatro de la madrugada. Vivía allí, efectivamente, una chica joven, que estaba de vacaciones con sus abuelos, cuya casa estaba justo encima del apartamento de los Scopetta, pero a esa la habían visto volver a casa ya hacía rato. Así pues, en principio, el camino estaba libre.

Sergio probó varias llaves antes de encontrar la adecuada.

Abrió la puerta sin hacer ruido.

Antes de abrirla, esperó a que el temporizador de la luz de las escaleras se apagase, para evitar que la luz entrara en el apartamento e iluminara el pequeño pasillo. El dormitorio de los Scopetta daba a la parte de atrás, pero una luz repentina en el pequeño pasillo en plena noche habría podido despertar de repente a Giulia Scopetta, si tenía el sueño ligero.

Entraron y cerraron la puerta tras ellos, sin hacer ruido. Si Giulia Scopetta se despertaba y se ponía a gritar, estaban acabados.

Sergio, que conocía ya el apartamento, se dirigió sin dilación hacia el dormitorio. Le costó acostumbrarse a la penumbra con el pasamontañas puesto, al principio sobre todo, pero localizó sin demasiadas dificultades la cama.

Por la respiración regular, comprendió que Giulia Scopetta estaba durmiendo.

Sergio sacó de la bolsa que llevaba en bandolera un rollo de cinta aislante, arrancó un trozo y mientras Alberto encendía bruscamente la luz, se abalanzó sobre ella y le tapó la boca.

Giulia se despertó de golpe, asustada, y no tuvo tiempo de reaccionar porque aquellos dos ya le habían atado los pies y las manos con cinta adhesiva.

La dejaron tranquilamente sobre la cama y empezaron a inspeccionar a fondo la casa.

Abrieron cajones y armarios, sacándolo todo y tirándolo al suelo. Verificaron también que no hubiese ningún sobre pegado al fondo de los cajones o en su parte inferior. La cocina fue revisada de arriba abajo, sin que encontraran nada.

Volvieron al dormitorio, levantaron a Giulia con delicadeza para llevarla al salón y la reclinaron sobre el sofá mientras volvían a inspeccionar a fondo el cuarto. No encontraron nada, ni siquiera debajo del colchón.

Se miraron el uno el otro, perplejos.

¿Y si se hubieran equivocado y la viuda no supiera realmente nada? Lo único seguro era que en la casa no estaba lo que buscaban.

Volvieron al salón.

—Si te quedas tranquila, te quito la cinta de la boca —dijo Sergio.

Después del susto inicial, Giulia Scopetta se había tranquilizado por sí sola al comprobar que no tenían intención de hacerle daño. Lo notó por la delicadeza con la que la trasladaron de la cama al sofá. Estaba claro que aquellos dos buscaban algo bien preciso, que no podía ser más que los documentos. No era difícil deducir que probablemente conocían a su marido.

Se preguntó qué clase de relación habrían mantenido con Gianni. Pero ¿en qué historias andaba metido? ¿Tenía trato con gente como esa? ¿Y todo aquel dinero? ¿Se lo habrían dado ellos? Ya no lo reconocía. Se había pasado cuarenta años junto a él para descubrir que llevaba una vida secreta y acabar amordazada y atada como un embutido sobre el sofá de su salón. Era el colmo.

Había miles de interrogantes que le rondaban por la cabeza, pero era incapaz de hallar una sola respuesta. Ya lo pensaría más tarde. Ahora debía concentrarse en mantener la calma y no dejarse intimidar por aquellos dos.

Hizo una señal afirmativa con la cabeza para que le retirasen la cinta que le tapaba la boca.

El hombre que había hablado se la quitó de un tirón, para evitar hacerle daño. Ella no dejó escapar ni un gemido siquiera.

—¿Ya sabes lo que estamos buscando, supongo? —preguntó uno de los dos.

Giulia se lo imaginaba, pero tenía necesidad de que se lo confirmaran. Intentó resistir.

—No hay dinero en casa, si es eso lo que buscáis.

—El dinero no nos interesa —replicó el hombre—. Lo que queremos son los documentos que tu marido se llevó de Florencia. Son nuestros. Le hemos pagado por ellos. Pero el cerdo de tu marido se quedó con el dinero sin darnos más que una parte de los documentos. Queremos el resto. Nos pertenecen. ¿Lo entiendes?

Ahora Giulia estaba segura de que no querían hacerle daño. La historia no iba con ella. Estaban furiosos con su marido. Esos dos no eran más que unos aficionados. No eran ladrones profesionales. Se sintió más tranquila.

—¿Por eso lo matasteis? —preguntó, fingiéndose en un arrebato de intrepidez.

—No fuimos nosotros los que lo matamos —replicó rápidamente el hombre, mientras el otro asistía mudo a la escena—. Tienes que creernos. Venga, dínoslo. ¿Dónde están esos documentos?

Giulia Scopetta sostuvo su mirada. A través del pasamontañas que tanto le había impresionado al principio y que ahora encontraba casi ridículo, asomaban los ojos azules del hombre. Se preguntó si sería capaz de reconocerlos.

—No tengo ni idea de lo que me contáis. ¿Que mi marido os ha vendido unos documentos? ¿Pero de qué clase de documentos me estáis hablando? Como ya habéis visto, aquí en casa no hay nada. De no ser así, los habríais encontrado. Esto no es un palacio donde hay miles de escondrijos. Lo que veis es lo que hay.

Sergio y Alberto quedaron impresionados ante la prontitud de reacción de aquella mujer. No parecía atemorizada. A pesar de su edad, se había recuperado en un instante del susto inicial, que a cualquier otra le habría provocado un infarto. Sí, decididamente, esa mujer los tenía bien puestos.

—¿No viste nunca a tu marido con unos documentos viejos aquí por casa? —preguntó Alberto.

—Nunca —contestó ella, con decisión—. Aquí venimos de vacaciones. Mi marido nunca se traía trabajo de vacaciones. No era de esos.

Los dos se miraron, interrogándose con los ojos.

Parecía sincera. Demasiado segura de sí misma para mentir. Por otra parte, habían rebuscado por todas partes. No había rincón del apartamento, por pequeño que fuera, que no hubiese sido registrado. Ahí no había nada, eso era indudable.

—No intentes hacerte la lista con nosotros —intervino Sergio—. ¿No te los habrás llevado al banco para ponerlos a salvo?

Ella lo fijó desafiante.

—¿Al banco? Pero si os acabo de decir que no sé nada de esos documentos que buscáis. Yo desconozco esa supuesta actividad de la que acusáis a mi marido. ¿Quién me dice que no me estáis contando una patraña? Mi marido y yo nos hemos pasado juntos cuarenta años. Y durante todos esos años, nunca hizo nada ilegal. Comprenderéis que me cueste un poco creeros. ¿Por qué debo creeros a vosotros y no a él?

Los razonamientos de Giulia desmontaron un poco su convicción. Era posible que el profesor, a fin de cuentas, hubiera mantenido a su mujer al margen de sus actividades paralelas. Quizá quisiera acumular unos buenos ahorrillos para huir más tarde con alguna joven amante. La reputación del profesor era sobradamente conocida. Se lo había contado muchas veces Forlani, quien lo conocía muy bien. Si así estaban las cosas, era evidente que la mujer habría sido la última en enterarse.

Al final decidieron que allí no había nada más que hacer.

Era evidente que los documentos no estaban en la casa.

—De acuerdo —prosiguió Alberto—. Por esta vez te dejaremos en paz. Pero acuérdate: te vamos a tener vigilada. Al mínimo gesto sospechoso que hagas, te lo haremos pagar, y muy caro. ¿Has entendido bien lo que te he dicho?

Giulia tuvo fuerzas para esbozar una amarga sonrisa.

—Vosotros sabéis más que yo, que no sé nada, de las supuestas actividades clandestinas de mi marido. Si esos documentos existen de verdad, estarán de alguna otra parte. En casa, desde luego que no. De haber estado aquí, los habría encontrado yo, y, francamente, no habría sabido qué hacer con ellos.

Le desataron las muñecas y los pies, y sin añadir una sola palabra, salieron por la puerta.

Giulia aguardó un momento, recuperándose de la conmoción, luego se levantó lentamente y se aproximó a la ventana. A través de las persianas echadas vio cómo aquellos dos salían del edificio y se alejaban.

Se acercó a la puerta de entrada, la cerró bien. Qué estúpida había sido al no echar la cadena. Esta vez lo hizo y fue directamente al balconcillo de la cocina que daba a la parte de atrás, donde estaba la lavadora. La abrió, sacó la ropa sucia y cogió el enorme sobre que estaba al fondo.

Contenía el código de Rubens.

De buena se había librado.

Esos dos eran unos auténticos aficionados. Si hubieran mirado en el interior de la lavadora, los habrían encontrado. «Los hombres son realmente unos estúpidos —pensó—. No piensan en un truco tan sencillo como esconder algo en medio de la ropa sucia».

Abrió el sobre. Junto con los documentos, estaban también los treinta y cinco mil euros que había hallado en el jersey de Gianni.

Había hecho bien en esconderlo todo. Ni siquiera sabía por qué lo había hecho.

¿Intuición femenina?

Miró la hora. Eran más de las cuatro de la madrugada.

Volvió a la cama. En la oscuridad de su cuarto, con la poca luz de las farolas de la calle que se filtraba a través de las persianas, se puso a temblar como nunca antes le había sucedido, y de repente, se relajó y dejó que las lágrimas corrieran por sus mejillas.

Se había mostrado muy entera mientras aquellos dos estaban en casa, pero ahora, sin embargo, se daba cuenta del peligro que había corrido y sentía que sus fuerzas la abandonaban. El cansancio pudo al final más que sus pensamientos, y volvió a quedarse dormida.

34

Al quedarse sola después de que Antonio se marchara, Ann Carrington se preguntó qué debía hacer ahora que había solucionado el misterio del código de Rubens. Muerto el profesor, no tenía mucho sentido que se quedara en Camogli. Había decidido que la historia de los diamantes de María de Médicis, aunque pudiera ser documentada, no iba a utilizarla en su libro. No tenía la menor intención de hacer que la biografía de la reina que estaba escribiendo se transformara en una especie de libro-revelación capaz de desencadenar los instintos aventureros y la curiosidad de los lectores, de modo que alguien creyera que podía ir a la caza de un tesoro perdido.

En cuanto a Giulia Scopetta, no pretendía seguirla en absoluto en sus divagaciones. Si tanto le importaba verificar la historia de los diamantes, que fuera a hacerlo por su cuenta. Ella no quería verse involucrada.

Lo mejor que podía hacer era volverse a casa.

En el curso de la mañana, pasaría a despedirse de Giulia y a comunicarle su decisión.

Le habría gustado visitar Florencia, ya que estaba allí, pero dadas las circunstancias, era como si la muerte del pobre profesor Scopetta ofuscara como una sombra su entusiasmo inicial, de modo que prefería dejar pasar algo de tiempo antes de afrontar ese viaje y esperar a haber olvidado todo el asunto. No quería estropear la visita con el recuerdo del profesor tan fresco sobre sus hombros.

Seguramente, debería dejar pasar bastante tiempo antes de poder olvidar, pero no tenía prisa.

Empezó a vaciar el armario y a dejar su ropa sobre la cama para tenerla a la vista, e ir metiéndola así más cómodamente en la maleta.

Sonó el teléfono. Era la recepción.

—¿Señora Carrington? Hay una señora aquí abajo en la entrada que desea verla.

Ann pensó enseguida que era Giulia Scopetta.

—Dígale que bajo enseguida.

Se puso un par de zapatos sin tacón antes de bajar, pues tenía la costumbre de caminar siempre descalza cuando estaba en casa o en su habitación de hotel.

No vio a Giulia en el vestíbulo, y estaba a punto de ir a ver si por casualidad había salido a la terraza a esperarla cuando se le acercó una joven de unos treinta años, que ella calificó enseguida como la típica belleza del sur, con un pelo negro muy oscuro y largo que le llegaba hasta la mitad de la espalda, boca sensual, ojos oscuros bien perfilados.

—¿Es usted la señora americana? —le preguntó la joven.

—Sí, soy americana —contestó Ann, quien no estaba segura de que «la americana» a quien buscaba aquella joven fuera realmente ella.

A primera vista parecía bastante tímida, aunque podía deberse sencillamente al hecho de hallarse ante una persona desconocida.

La joven le tendió la mano.

—Soy Maria Rosa Pegoraro —dijo la joven, presentándose, en un titubeante inglés—. La mujer del inspector Pegoraro.

A Ann se le puso el corazón en la garganta.

—¿La mujer del inspector Pegoraro? —repitió estúpidamente—. No sabía que estuviese casado. Mejor dicho, tenía el convencimiento de que no lo estaba.

Se le vino a la cabeza su conversación inicial con Antonio. Se acordaba perfectamente de haberle preguntado si había alguna señora Pegoraro esperándole con la comida en casa y él había afirmado que no había ninguna señora Pegoraro.

Menudo embustero.

Se sintió muy incómoda de golpe. Ahora era ella quien había perdido su seguridad natural. Se preguntó qué querría de ella aquella joven que aseguraba ser su mujer. Esperaba que no hubiese venido para montar un escándalo en el vestíbulo del hotel.

—¿En qué puedo ayudarla, señora Pegoraro? —preguntó, fingiendo desenvoltura. No tenía ganas de transmitir la impresión de que se sentía culpable.

—¿Podemos ir a hablar a un sitio más tranquilo? —le preguntó ella—. Preferiría que nadie nos escuchara.

La premisa no le gustó a Ann. Estuvo a punto de invitarla a subir a su habitación, pero luego se lo pensó mejor. Al fin y al cabo, no la conocía. ¿Y si era una histérica que había venido a vengarse? Porque estaba convencida de que si la joven se hallaba allí era para hablar de Antonio, y eso quería decir que estaba al corriente de que habían pasado varias noches juntos, pues si no, ¿qué sentido tenía su visita?

—Si quiere, podemos sentarnos en la terraza. A estas horas no hay mucha gente.

Antes de aceptar, la joven echó una furtiva ojeada a la terraza, y después, tras haberse asegurado de que no conocía a nadie que fuera del pueblo, dio su consentimiento.

—Bueno, de acuerdo. Si no hay otro sitio mejor, este puede valer.

«Menos mal», pensó Ann, que ya se veía metida en una situación desagradable. Era la primera vez que se encontraba en una circunstancia semejante. No sabía bien cómo reaccionar. Intentó convencerse de que lo mejor era conservar la calma. El colmo era que esa Maria Rosa, con solo dos palabras, había logrado hacer que se sintiera culpable.

Intentó consolarse pensando que había sido Antonio el que le había mentido sobre su condición matrimonial. Si hubiera sabido la verdad, no se habría dejado arrastrar de ninguna manera a una aventura con él. Por naturaleza, siempre había rehuido a los hombres casados.

Lo estaba maldiciendo por obligarla a afrontar ahora una tesitura que podía resultar muy incómoda.

La joven iba vestida de un modo sencillo, que, sin ser elegante, resultaba decoroso. Ann notó enseguida que, al igual que ella, llevaba zapatos bajos —probablemente para no acentuar la diferencia de altura con su marido, bastante más bajo—, una falda gris y una blusa blanca con los puños arremangados. No llevaba joyas. En su sencillez, se notaba cierto cuidado y buen gusto a la hora de vestirse.

Le sonrió para invitarla a hablar, no sabiendo cómo empezar ella la conversación.

—Es usted la señora Carrington, ¿verdad? —preguntó casi en voz baja, como si quisiera asegurarse de no estar equivocándose de persona.

—Sí, efectivamente, soy yo.

—Me la imaginaba distinta —admitió Maria Rosa Pegoraro.

Ann se quedó sorprendida por esa afirmación.

—Y ¿cómo es que se imaginaba algo? ¿Es que le han hablado de mí?

Maria Rosa sonrió tímidamente.

—Esto es un pueblo, señora Carrington. Todos saben quién es usted y que es amiga de la señora Scopetta. Y también que...

Dejó la frase en suspenso.

—Y también ¿qué? —replicó Ann, sosteniendo su mirada. Estaba dispuesta a presentar batalla, si era lo que la señora Pegoraro pretendía. Pero la otra apartó la mirada.

—No importa —cortó Maria Rosa—. No he venido por eso.

Ann Carrington se sintió aliviada. No tenía la menor duda de que estaban hablando de lo mismo. Sin embargo, si la mujer de Antonio no había venido para hablarle de él y reprocharle su relación, ¿para qué había venido?

Parecía un poco perdida. Quería decir algo, pero no se atrevía. O quizá no supiera por dónde empezar, pensó Ann.

Decidió tenderle una mano.

—¿Ha venido para hablarme de su marido, señora Pegoraro?

Maria Rosa levantó los ojos hasta cruzarse con su mirada.

—No, señora Carrington. Puede estar usted tranquila. No he venido a montar una escena. Conozco demasiado bien a mi marido. He venido para entregarle una cosa.

—¿Ah, sí? —dijo Ann, sorprendida—. ¿Y qué es lo que quiere entregarme?

—Antes, quisiera que usted me confirmara algo, si no le molesta.

—Dígame.

—Tengo entendido que usted había venido de América para reunirse con el profesor Scopetta y estudiar con él ciertos papeles antiguos, ¿no es así?

—Sí, es exacto.

—¿Puede asegurarme usted que no tiene nada que ver con el tráfico de esos documentos?

Ann se quedó estupefacta. ¿Adónde quería ir a parar esa mujer?

—Puedo asegurárselo. No sé nada del tráfico de documentos que usted menciona. Lo único que debía hacer era consultar unos documentos y sacar fotocopias si me interesaban. Estoy escribiendo un libro. Nada más. ¿Por qué?

—Solo quería asegurarme de ello. He oído a mi marido hablando por teléfono y decía que era usted ajena al asunto.

—Pues si ya lo sabe, ¿por qué me lo pregunta?

—Quería escucharlo de sus propios labios antes de entregarle algo.

Ann empezaba a sentirse intrigada.

—Si no me dice lo que espera de mí, temo no poder entenderla, señora Pegoraro.

Maria Rosa miró furtivamente a su alrededor, como si quisiera asegurarse de que nadie la estuviera escuchando.

—Lo que quiero decirle, señora Carrington, si puede resultarle de interés, es que sé quién ordenó matar a su amigo, el profesor Scopetta.

Ann se quedó con la boca abierta. No se esperaba desde luego una revelación semejante.

—Que usted sabe... Y ¿cómo es que lo sabe? Antes de que prosiga, señora Pegoraro, querría precisar que el profesor no era amigo mío. Ni siquiera lo conocía. Solo intercambié algún correo con él, pero nada más.

—Sí, ya lo sé, sin embargo es amiga de la señora Scopetta. No puedo ir a contarle yo misma que sé quién mató a su marido. Se me ha ocurrido que podría decírselo usted.

Ann Carrington se quedó sin palabras. Pero ¿qué clase de historia era esa?

—No estoy del todo segura de que me interese saber quién mató al profesor, señora Pegoraro —dijo, hablando lentamente y pronunciando con claridad cada sílaba para asegurarse de que la joven la entendiera bien—. Me he visto involucrada en esta historia por casualidad, y prefiero no verme envuelta más de lo que ya lo estoy. Supongo que habrá hablado con su marido. Me parece la persona más indicada para revelarle la identidad del asesino, ¿no cree usted? Y además, ¿no han detenido ya a esos dos chicos?

—Oh, claro, él sabe quién ha sido —afirmó, casi con insolencia—. Lo que no sabe es que yo lo sé también. Me refiero al mandante del asesinato.

—Y si lo sabe, entonces ¿por qué no le han detenido aún?

—Porque es difícil que se mande detener a sí mismo, ¿no cree? —dijo en tono irónico, con una sonrisa amarga en los labios.

Hizo una pequeña pausa, antes de dejar caer:

—Fue él precisamente quien ordenó que lo mataran.

Ann quedó desconcertada. Por un momento pensó que la joven no estaba en sus cabales y que buscaba una forma de vengarse de las infidelidades de su marido, acusándolo de ser la mente que estaba detrás del asesinato del profesor Scopetta.

—¿Cómo dice usted? —preguntó, cuando se repuso de su sorpresa.

—Lo que ha oído, señora Carrington. Que mi marido, Antonio, es el responsable de la muerte del profesor Scopetta.

Ann permaneció unos momentos en silencio, incrédula.

—Me parece una acusación bastante grave, señora Pegoraro. ¿Está usted segura o se trata de una deducción suya?

—No, señora Carrington, no estoy fantaseando. Lo sé con certeza porque le oí hablar por teléfono con un amigo suyo de Florencia, un tal Alberto, que buscaba a alguien que pudiera robarle el portafolios al profesor. Le dijo dónde podía encontrar a esos individuos. Le estuvo dando instrucciones. Le dijo también que en el portafolios probablemente solo habría fotocopias y que los originales los tendría escondidos el profesor en alguna parte, y que él tenía en sus manos una parte de las cartas de la reina que el propio profesor le había anticipado, pero que al final no se las había entregado todas porque quería más dinero.

Sacó de su bolso un sobre bastante grande.

—Son estas. ¿Ahora me cree?

Ann no pudo dejar de notar que la señora Pegoraro usaba uno de esos falsos bolsos Louis Vuitton que había visto que vendían en las aceras.

En Estados Unidos algo así sería inconcebible.

Cogió el sobre y lo examinó rápidamente. A primera vista, parecían originales.

—¿Qué quiere que haga con estos documentos, señora Pegoraro? ¿Por qué me los da usted precisamente a mí? ¿No sería más lógico denunciar a su marido, si es cierto lo que afirma?

Maria Rosa Pegoraro dejó escapar una tímida sonrisa.

—Yo no puedo denunciar a mi marido, señora Carrington. Y además no podría testificar contra él. Antonio es muy listo. Encontraría una escapatoria. Lo mejor es que se los quede usted. No se me ocurre nadie más a quien confiárselos. Que él siga con sus trapicheos, yo no quiero saber nada, pero una cosa es traficar con documentos antiguos y otra ser cómplice de un asesinato. Si no hablo, me convierto en su cómplice, y no quiero. Tengo que decirle también que, por lo que tengo entendido, hay otras personas que andan detrás del rastro de estos documentos. No sé qué clase de relación mantienen con mi marido, pero se conocen y sé a ciencia cierta que tienen trato. No me cabe duda de que Antonio está involucrado en el tráfico de documentos. Son esos que están en el sobre que le acabo de entregar. Esa es la prueba flagrante de su implicación. No quiero verlos en casa. Si por casualidad Antonio fuera investigado y apareciera la policía por allí, si encuentran esos papeles me pueden acusar a mí también de complicidad o encubrimiento. Yo no quiero saber nada de toda esta historia y prefiero quedarme al margen.

Ann se dio cuenta de que tenía enfrente a una persona desesperada, abandonada a su propia suerte y con una inmensa soledad como única compañera. Aquella pobre chica no debía de saber qué hacer si su único recurso era ir a confiar su tremendo secreto a una desconocida, sabiendo además que era la amante de su marido.

—¿Y cómo cree que reaccionará su marido cuando no encuentre los documentos?

—No lo sé, señora Carrington, pero yo oficialmente no sé nada de esos documentos y haré como si no supiera nada.

—¿No teme que pueda ser peligroso para usted?

Ella bajó la cabeza, pensativa.

—Lo he pensado, en efecto, y no sé cómo reaccionará Antonio. Pero sea cual sea su reacción, no puedo quedarme con los brazos cruzados y esconder la cabeza debajo de la arena como si fuera un avestruz.

A Ann le pareció una actitud muy valerosa.

—¿Y cómo sabe que yo no voy a llamar ahora a Antonio y a contárselo todo?

Ella pareció meditarlo un momento, y luego contestó:

—Me han hablado muy bien de usted. Me han dicho que es una persona muy seria, leal, de rígidos principios. No creo que lo haga.

Ann hizo un esfuerzo por no sonreír ante tanta ingenuidad.

—¿Puedo saber quién le ha hablado de mí en esos términos, dado que nadie me conoce aquí en Camogli?

Ella esbozó una tímida sonrisa.

—Antonio. Me lo ha dicho él.

Por su expresión, comprendió que Ann se había quedado sorprendida.

—De vez en cuando me habla de sus investigaciones, mientras cenamos —prosiguió Maria Rosa—. No siempre, claro, pero a veces ocurre y, como es natural, el asesinato del profesor está en boca de todo el mundo. Su nombre, señora Carrington, surgió por casualidad en la conversación. Mi marido quedó impresionado con usted cuando la conoció. Me di cuenta por cómo me hablaba de usted.

Ann se sentía en una situación cada vez más embarazosa. No sabía qué decir. Al mismo tiempo, estaba furiosa con Antonio. Primero le miente diciéndole que no está casado, y luego se pone a hablar de ella con su mujer. Qué mal gusto. Pero ¿qué clase de hombre era ese Antonio?

Por lo que decía su mujer, parece que, por si fuera poco, era un asesino, aunque le resultaba difícil creerlo.

No sabía bien por qué, pero, dejando aparte esa eventual implicación de Antonio en el asesinato del profesor, que le despertaba fuertes dudas, por lo demás se inclinaba a creer en la versión de la mujer sobre el tráfico de documentos. Era evidente que la joven se había visto envuelta en una situación que la superaba, y de la que no sabía cómo salir. Debía de estar realmente desesperada para aferrarse a una desconocida como ella.

Si cuanto afirmaba era cierto, Antonio era un tipo peligroso. Debía estar atenta y no subestimarlo. Podría ser un riesgo para ella continuar tratándolo, sobre todo si se enteraba de que su mujer había ido a verla a su hotel.

Prefirió dejar a un lado por el momento esas ideas sobre Antonio.

—Pero ¿cómo le voy a decir yo a la señora Scopetta que me he enterado por casualidad de quién es el asesino de su marido? La primera pregunta que me hará es de dónde he sacado esa información o quién me lo ha contado, ¿no cree usted?

Maria Rosa Pegoraro pareció reflexionar.

—Puede decirle que la persona que se lo la ha dicho prefiere permanecer en el anonimato y que, para demostrar su buena fe, le hace entrega de estos documentos. Estoy convencida de que Giulia Scopetta lo entenderá. Es una mujer inteligente.

—¿Es que no se da usted cuenta de la delicada posición en la que me está poniendo? No creo poder aceptar. Estoy a punto de marcharme. Vuelvo a casa.

—Razón de más —afirmó Maria Rosa—. Si se va, no tiene nada que temer. Y además usted no tiene nada que perder o que ganar en toda esta historia, solo la certeza de haber hecho lo correcto. Por lo que tengo entendido, es eso lo que más le interesa a usted: hacer las cosas correctamente.

Ann Carrington empezó a pensar que, por debajo de las apariencias, la mujer de Antonio ocultaba una gran determinación. ¿Cuál sería su objetivo real?

Por otra parte, si cuanto afirmaba Maria Rosa Pegoraro era cierto, ¿podía acaso callar y guardar un secreto tan importante? ¿Podía continuar tranquilamente con su vida habitual, sin hacer caso a su conciencia?

—Tengo que reflexionar, señora Pegoraro. No estoy segura de poder hacerlo y de querer verme involucrada en esta historia.

—Llámeme Maria Rosa.

Ann la miró un poco sorprendida. Pero ¿cómo? ¿Resulta que venía a verla la mujer de su amante y encima le pedía que la llamara por su nombre, como si fueran amigas? Decididamente, era una situación de lo más extraña.

—¿Puedo llamarla yo Ann? —oyó que le preguntaba.

—¡Naturalmente! —contestó sin pensárselo, como si fuera lo más natural del mundo.

—Usted, sea como sea, ya está involucrada en esta historia, Ann. Y lo sabe perfectamente.

Tenía razón, pero, sin embargo, ¿por qué venía Maria Rosa a revelárselo todo precisamente a ella? Tal vez lo que quería era inducirla así a poner fin a la relación que mantenía con su marido.

Pero, en el fondo, ¿de qué relación estaban hablando? Ella no era más que una turista de paso que se había acostado un par de veces con Antonio. Era absurdo hablar de una relación, como si fuese algo serio.

Claro está, quedaba la cuestión de los documentos. ¿Por qué se los había llevado? Si no quería ver a Giulia Scopetta, ¿por qué no se limitaba sencillamente a dejárselos en su buzón o a mandárselos por correo? Era evidente que quería involucrarla.

—A ver, Maria Rosa, explíqueme por qué ha venido a verme y por qué quiere entregarme esos documentos precisamente a mí. Me parece todo un poco... extraño, la verdad, por no decir que es una situación rocambolesca, ¿no cree? Hay muchas otras formas de entregarle esos documentos a la señora Scopetta.

Maria Rosa Pegoraro levantó la mirada que hasta entonces había mantenido clavada en un punto no precisado del suelo y la miró fijamente a los ojos. De su cara había desaparecido la expresión anterior de joven tímida para dar paso a la fría mirada de una mujer herida.

—Me sorprende que no lo entienda, Ann. Es evidente.

—¿Es que quiere vengarse de su marido?

Maria Rosa dejó escapar una sonora carcajada.

—No sea ingenua, Ann. Vamos. Si quisiera vengarme de mi marido por todas sus infidelidades, tendría mil y una maneras de hacerlo. Nosotras las mujeres tenemos muchos recursos para algo así. No, Ann, no es solo ese el motivo. Yo quiero que Antonio pierda todo lo que ha ido construyendo a su alrededor. Quiero destruirlo para poder librarme definitivamente de él. Y él me ha ofrecido una oportunidad en bandeja de plata con este asunto del tráfico de documentos. Que vaya a la cárcel y pague por todo lo que ha hecho.

—Yo no quiero verme enredada en sus conflictos personales —dijo Ann con calma—. Es asunto suyo, y no me hace mucha gracia que piense usted en utilizarme para alcanzar sus objetivos, Maria Rosa.

Maria Rosa sonrió.

—¿No cree, señora Carrington, que, habiéndose metido en la cama con mi marido, está usted ya enredada y bien enredada en lo que llama «nuestros conflictos personales»?

Ann empezaba a sentirse incómoda. Esa conversación no le gustaba en absoluto.

—Bien, ahora tengo que irme, señora Pegoraro —había vuelto a propósito al tratamiento anterior de «señora» para poner distancia entre ellas—. Esta discusión no tiene sentido. Lo siento mucho, pero no haré de mensajera entre usted y Giulia Scopetta. Si quiere usted que reciba esos documentos, déjeselos en su buzón de correos. Así ella no sabrá quién se los ha entregado. Pero no cuente conmigo.

Se levantó, para darle a entender que el encuentro había llegado a su fin.

Maria Rosa Pegoraro recogió el sobre, resignada, y se lo metió de nuevo en su falso bolso Vuitton.

—De acuerdo, como usted quiera, pero, de ahora en adelante, es mejor que se mantenga apartada de mi marido y que lo deje en paz. Vuelva a su país y olvídese de nosotros. Este no es su sitio.

Ann estuvo a punto de tenderle la mano, pero se contuvo en el último momento.

—Adiós, señora Pegoraro —dijo, mientras se alejaba.

Entró en el hotel sin darse la vuelta para comprobar si Maria Rosa la estaba siguiendo. Delante del ascensor, echó un vistazo de soslayo, pero no la vio. Ya se había marchado.

Subió a su habitación. Estaba furiosa. ¿Cómo había podido enredarse en una historia parecida? Una cosa era cierta. Tenía razón Maria Rosa cuando le había sugerido que se marchara de allí lo antes que pudiera.

Maria Rosa salió del hotel y subió los treinta y nueve peldaños que la condujeron hasta la plaza Schiaffino. Sentado en un banco, estaba Antonio esperándola. Fue directamente hacia él.

—¿Qué tal? ¿Cómo te ha ido? —le preguntó él.

—Mal. No ha aceptado llevarle el sobre. Sin embargo, creo que se ha asustado. No tardará en largarse de aquí.

—Cuéntame todo lo que os habéis dicho —insistió él, irritado al saber que su estratagema no había funcionado. Se levantó, la cogió de brazo y se encaminaron juntos hacia casa. Al resumirle la conversación, Maria Rosa tuvo mucho cuidado en no decirle que le había endosado el asesinato del profesor.

35

La joven Annijeke miraba nerviosamente por la ventana de la cocina por si veía aparecer por fin a ese joven ayudante de cocina, llamado Jan, que desde hacía unos días había empezado a trabajar en casa de los Rubens.

Tenían más o menos su misma edad, quizá fuera uno o dos años mayor, era bastante alto para su edad, muy rubio y, aunque acaso algo delgado también, tenía con dos grandes ojos azules que la hacían soñar cuando la miraban.

Desde el primer día que apareció por las cocinas, Annijeke se sintió atraída por él, y por lo que había podido apreciar, tampoco ella le era indiferente, ya que notaba cómo respondía a sus miradas, aunque estuviera siempre muy atento para no llamar la atención de la cocinera. Las relaciones entre el personal de servicio estaban absolutamente prohibidas por la dueña de la casa y se castigaban con el despido fulminante si llegaban a descubrirse.

Debía de ser muy cuidadosa, pues, ella también, si no quería que la echaran. El ama no admitía bromas sobre las cuestiones de moral y de principios. Estaba en juego la buena reputación de la casa. Consideraba que si los padres le habían confiado a sus hijos, era su deber corresponder enseñándoles, además de a trabajar en una buena casa, a mantener una conducta por encima de toda sospecha.

Ardía en deseo de preguntarle a la cocinera si había mandado al nuevo ayudante por casualidad a hacer algún encargo, dado que tardaba tanto en aparecer, aunque intuyera que podía ser una estupidez hacer una pregunta así. Podía inducir a la vieja cocinera a recelar de su interés por él. Ya no aguantaba más, cuando por fin lo vio aparecer por la esquina de la calle, caminando con rápidos pasos.

Para calmar su corazón, que se había puesto a latir furiosamente, acentuando su nerviosismo, procuró concentrarse en lo que estaba haciendo, para evitar ponerse colorada cuando él entrara y la buscase con la mirada.

Grande fue su decepción cuando Jan entró en las cocinas y no le hizo el menor caso.

Procuró atraer su atención, pasando por delante de él, fingiendo que tenía que ir a coger unos trapos que se hallaban a su lado, pero Jan ni siquiera la miró ni le dirigió una mínima sonrisa.

Annijeke se sintió tan desilusionada que casi se echa a llorar.

Su memoria retrocedió hasta la última vez en la que se habían visto, el día anterior, en esa misma cocina. Jan se había mostrado atento a cada uno de sus movimientos, la seguía con la mirada y ella le contestaba bajando los ojos, con el rubor en las mejillas, esbozando una tímida y cómplice sonrisa.

¿Qué había ocurrido desde entonces? ¿Habría hecho quizá algo que a él no le gustara o hubiera interpretado mal, o es que había conocido a otra chica que le gustaba más?

Annijeke sintió que los celos la desgarraban.

Se pasó todo el día ansiosa, intentando entender qué podía haber ocurrido para que Jan cambiara tan radicalmente de actitud hacia ella.

De vez en cuando iba a esconderse para llorar, y volvía con los ojos enrojecidos.

Sus escapadas no pasaron inadvertidas para la cocinera, que la seguía discretamente con la mirada cuando la veía irse a llorar, aunque no reaccionara ni le dijese una sola palabra.

Si ella y Jan estaban en la misma sala, la cocinera los vigilaba discretamente y si pasaban demasiado tiempo cerca el uno de la otra, los fulminaba con una ojeada severa.

Por la tarde, Jan estaba cortando leña en el patio para el fuego de la cocina, y ella, aprovechando un momento de distracción de la cocinera, se reunió furtivamente con él.

Corrió hacia donde se hallaba y le tocó un brazo, procurando permanecer fuera del campo visual de la ventana de la cocina, para no ser observada.

El chico parecía asustado. Reaccionó, cogiéndola del brazo y arrastrándola hacia un rincón donde estaba seguro de que nadie podía verlos.

—¿Qué es lo que pasa, Jan, que hoy me has evitado todo el día?

—Pero ¿es que te has vuelto loca? —dijo él, muy nervioso—, sabes perfectamente que, si nos ven juntos, nos echarán a los dos.

—No has contestado a mi pregunta —insistió ella.

Jan miró a su alrededor. Parecía realmente preocupado.

—Escucha, Annijeke, no pasa nada. Solo que anoche, al salir de casa, la cocinera me llamó y me echó una buena bronca. Me dijo que se había fijado en cómo nos mirábamos y que si nos sorprendía de nuevo, yo sería el primero en largarme de allí, dado que soy el último que ha llegado, pero que luego tú tendrías los días contados. ¿Lo entiendes ahora? Debemos estar muy atentos. Si nos pillan, estaremos perdidos. ¿Cómo les explico yo a mis padres que me han echado después de tan pocos días?

—¿Estás seguro de que lo que me estás diciendo es la verdad? —preguntó ella, fingiendo estar enfurruñada—. No habrá alguna otra chica...

Jan le pasó el dorso de la mano por la mejilla.

—¡No seas boba, menudas cosas se te ocurren! Venga, vuelve a entrar, deprisa, antes de que te echen de menos. Esta noche intentaremos vernos después de cenar. ¿De acuerdo? Y, sobre todo, no me lances miradas apasionadas, que esa vieja estúpida nos está observando continuamente y no nos quita los ojos de encima.

Ella se puso colorada y prometió obedecer, aparentemente más tranquila. Volvió corriendo a la cocina.

Tras quedarse solo, Jan pensó en Annijeke mientras apilaba los pequeños troncos de leña sobre las brasas. Las chicas eran de lo más crédulas. Bastaba con mirar a una un par de veces y enseguida se creía que era tu novia. A decir verdad, esa Annijeke le gustaba. Era dulce y muy mona. Sin embargo, le daba un poco de miedo que se mostrara ya tan celosa, cuando apenas habían intercambiado dos palabras, preocupándose por si había conocido a otra chica.

En realidad sí que había otra.

Era una morena de ojos negros que trabajaba en una casa al fondo de la calle. No habían hablado nunca, pero notaba cómo lo miraba cada vez que pasaba por allí.

Por el peso, se percató de que ya había añadido suficiente leña. Volvió al interior de la casa.

Por la noche, después de haber cenado con todo el personal doméstico alrededor de la enorme mesa de la cocina, Jan se dispuso a volver a su casa.

No vivía muy lejos, apenas a un cuarto de hora o veinte minutos andando. Era el único del personal, junto con la cocinera, que no vivía en la casa. Las camareras, incluida Annijeke, compartían un cuarto situado debajo del tejado.

A veces esperaba a la cocinera, para recorrer una parte del camino junto a ella, pero esta noche tenía prisa. Quería mantener la promesa hecha a Annijeke de que se verían antes de irse a casa.

Durante todo el día habían evitado mirarse. El temor a que la cocinera descubriera algo había sido determinante.

Jan se despidió de todos y salió. Dio unos pasos en la oscuridad de la noche y luego se detuvo al abrigo de un murete, esperando a que Annijeke lo alcanzara. Confiaba en que la cocinera no saliera también en ese momento, pero pensó que, si la veía llegar, bastaba con agacharse un poco para no ser visto, protegido por el murete.

No debió esperar demasiado antes de ver aparecer a Annijeke. Habría preferido que hubiera sido la cocinera la que saliera antes, para quitársela de medio y no tener que esconderse.

Cuando Annijeke lo hubo alcanzado, le pasó un brazo alrededor de los hombros y la arrastró unos metros más allá, de modo que si la cocinera pasaba, no se diera cuenta de nada, gracias a la oscuridad.

Durante todo el día, Annijeke había estado pensado que debía encontrar alguna manera de mantener a Jan sujeto a ella. Algo que fuera solo de ellos y que creara unos lazos indisolubles entre los dos. Jan le gustaba, y mucho, y no estaba dispuesta a perderlo.

Pero ¿cómo podía convencer a Jan, tan guapo, para que le dedicara solo a ella toda su atención?

Por mucho que rebuscara en su cabecita, no encontraba nada en ella que la distinguiese de las demás chicas. Chicas bonitas había muchas por ahí, y todas con una alta probabilidad de hacer perder la cabeza a su Jan.

Físicamente, ella se veía como una más. No tenía nada que pudiera distinguirla y hacer que sobresaliera. Debía buscar algo que fuera más allá de lo puramente físico. Se acordó de un detalle. No era gran cosa, pero tal vez, bien presentado, pudiera ser un buen motivo para atraer la curiosidad de Jan. Habría que ver si él mordía el anzuelo.

—¿Sabes, Jan? —dijo mirándolo fijamente a sus grandes ojos azules—, tengo un secreto que me gustaría compartir contigo, pero solo contigo. Tienes que prometerme que será nuestro secreto y que no lo dirás nunca a nadie. ¡Prométemelo!

Jan se quedó un poco sorprendido por la inesperada salida de Annijeke. ¿Qué clase de secreto podía tener una chiquilla de quince años para querer compartirlo con él?

—¡Prométemelo! —insistió ella.

—De acuerdo, de acuerdo, Annijeke, te lo prometo. ¿De qué se trata?

—Sé una cosa que nadie más sabe.

—¿Y qué es eso que nadie sabe, Annijeke? Venga, no te hagas de rogar. Si me lo quieres contar, me lo cuentas, si no, te lo guardas para ti y santas pascuas.

Annijeke comprendió que Jan se estaba impacientando y soltó lo que tenía que decir.

—Un día que estábamos solos en casa, el amo y yo, le vi que escondía algo detrás de la pared de su cuarto. Retiró una piedra, metió un paquete dentro y luego volvió a cerrarlo todo. Creo que debe de ser algo de gran valor, si no, no lo habría escondido allí.

—Interesante —dijo Jan, sinceramente intrigado—. ¿Y no tienes ni idea de qué puede ser eso que escondió?

—No, ni idea. No pude verlo, porque estaba envuelto en una tela. Pero creo que debe de ser muy valioso, pues si no, para qué esconderlo dentro de un muro —repitió ella.

—Tienes razón —dijo Jan, pensativo—. Debe de ser algo muy valioso, en efecto. ¿Te acuerdas del sitio exacto donde lo metió?

—Sí. He calculado el número de piedras desde la esquina izquierda del muro. Son doce. El paquete está escondido detrás la decimotercera piedra.

Jan reflexionaba. Esa sí que era una noticia interesante.

Le sonrió mientras seguía pensando. Si Annijeke le había hecho aquella revelación, debía de estar realmente enamorada de él, o bien era sencillamente una chiquilla estúpida.

—Has hecho bien en decírmelo. Tienes razón, este será nuestro secreto. Sin embargo, tú también debes jurarme que no se lo dirás a nadie más, absolutamente a nadie.

—Te lo juro —dijo ella, feliz por haber alcanzado su objetivo.

Jan le dio un leve beso sobre los labios, y ella enrojeció. Era la primera vez que un chico la besaba. Sintió un escalofrío recorriéndole la espalda.

—Dime una cosa, Annijeke, ¿hay alguna forma de comprobar qué ha escondido el amo dentro de ese hueco?

Ella se quedó asombrada por la pregunta.

—¿Qué quieres decir?

—Te lo repito; ¿hay alguna forma de ver qué ha escondido el amo en ese hueco de su cuarto?

Annijeke parecía no entender.

—Pero si no se puede. Está emparedado. Y además, son cosas del amo. No podemos tocar las cosas del amo. Se enfadaría mucho. Hasta puede que nos eche.

—Pero no es necesario que él lo sepa, Annijeke. Sería una cosa entre tú y yo. Abrimos el hueco, miramos qué ha escondido, y luego volvemos a cerrarlo. Así nuestro secreto será mucho más fuerte aún.

Annijeke se quedó pensando. Estaba perpleja. No sabía si eso podía hacerse o no. Creía que no. Como le había dicho, eran cosas del amo, no de ellos.

—No lo sé, Jan. Me parece muy peligroso. ¿Para qué quieres saber lo que hay dentro?

Jan pareció irritado, de repente.

—A ver, tontita mía, ¿para qué vienes a contármelo si luego no podemos saber lo que hay dentro? ¿Dónde está el gusto de tener un secreto si luego no sabemos qué es lo que esconde?

Ella se lo pensó unos instantes.

—No lo sé. Yo te lo he dicho, así, sin más, para compartir contigo mi secreto.

«Decididamente, esta chica es boba», pensó Jan.

—Habrá que esperar un momento en el que los amos no estén en casa, entonces aprovecharemos para subir a su dormitorio y para que me enseñes dónde está exactamente el sitio. Luego ya me encargaré yo de abrirlo y de mirar qué hay dentro. Ojalá sea algo de gran valor y podamos hacernos ricos. Así podríamos marcharnos los dos, casarnos y vivir tranquilos en algún sitio el resto de nuestras vidas.

Las palabras de Jan abrieron una brecha en el cerebro de la muchacha y consiguieron que su voluntad empezara a resquebrajarse. Ni en sus más fantasiosos sueños había ido tan lejos como para pensar en huir con él y en casarse. Si Jan lo había pensado, eso quería decir que la amaba. Aunque no por ello dejaban de atenazarla las dudas.

—No lo sé, Jan, me parece una cosa muy peligrosa. ¿Y si luego nos pillan?

—No nos van a pillar —afirmó el chico con convicción—. Mientras yo hago el trabajo tú estarás de guardia. Si oyes venir a alguien, me avisas, yo tapo el hueco y ya está. No puede pasarnos nada.

Annijeke no estaba convencida del todo, pero presentada de esa forma, parecía ser factible y podía intentarse. Si luego la recompensa era huir con Jan, entonces merecía la pena. ¿Qué otra posibilidad tenía de atarlo a ella para siempre?

—Vale, de acuerdo. Te enseñaré dónde es. Pero tendremos que esperar a que no haya nadie en casa.

Jan sonrió. Había resultado fácil convencerla.

Quién sabe qué habría escondido el amo en aquel hueco. Si era algún objeto de gran valor, podría intentar venderlo para sacar algo. Ojalá fuera lo suficiente para poder llegar hasta alguno de los puertos de las Provincias Unidas del Norte, Ámsterdam o Rotterdam, y embarcarse en una nave que zarpara hacia uno de esos países de los que tantas maravillas contaban los marineros que volvían de largos viajes. Si, en cambio, fuera dinero u oro, sería aún más fácil. Sin embargo, antes de embarcar debía encontrar la forma de deshacerse de esa estúpida de Annijeke. No tenía la menor intención de cargar con un fardo como ese. Si se hacía rico, tendría todas las chicas que quisiera.

Annijeke iba y venía incansable entre la puerta del dormitorio de los amos y la escalera, para vigilar por si se abría la puerta de entrada a la casa.

Estaba nerviosísima. Sabía que estaban haciendo algo malo y los remordimientos que sentía eran tan grandes que intentó convencer varias veces a Jan para que renunciaran, pero él se empecinó y llegó a apartarla bruscamente con un gesto de la mano que no le había gustado nada.

El chico estaba en el cuarto, esforzándose por extraer la piedra tras la que Annijeke decía recordar que el amo había escondido algo.

Le estaba costando mucho.

Annijeke se había olvidado de decírselo, tal vez por no haberse dado cuenta o porque de cosas como esa no entendía, pero el caso es que el amo había reforzado las piedras con un poco de cemento. No mucho, pero lo suficiente para que no se movieran, y era precisamente ese cemento lo que dificultaba la tarea.

Sin embargo, al final lo consiguió. Retiró la piedra de su sitio y metió la mano en el hueco. Encontró algo. Era un paquete envuelto en un paño. Lo extrajo.

Al comprobar su contenido, los ojos se le pusieron como platos. Era un aderezo de diamantes absolutamente increíble. Al menos, él creía que eran diamantes, porque en realidad nunca había visto ninguno en toda su vida.

Echó una rápida ojeada hacia la puerta. Estaba cerrada. Eso quería decir que Annijeke debía de estar aún en lo alto de la escalera, atenta a si se oían ruidos que vinieran de abajo.

No se lo pensó dos veces. Se metió el aderezo en la camisa y volvió a ponerlo todo en su sitio tal como se lo había encontrado. Como es lógico, no tenía cemento para sustituir el que había quitado, pero metió todos los restos que pudo entre las piedras para que no se movieran. Dado que el hueco estaba casi a la altura del suelo, solo si uno se agachaba para mirar justamente esa piedra, podría darse cuenta de que había sido movida, pero de lo contrario, no.

Se levantó y salió del cuarto.

Annijeke corrió a su encuentro.

—¿Qué has encontrado? —preguntó ansiosa.

—Nada. No había más que documentos. Nada importante. Vete a coger algo para limpiar el suelo. Se me ha caído un poco de cemento y alguien podría notarlo.

—¡Oh, Dios mío! ¿Y si el amo se da cuenta?

—Si limpias bien el suelo, nadie se dará cuenta de nada —replicó Jan, harto de tantos remilgos—. Venga, corre a coger un trapo antes de que vuelva alguien.

Ella le obedeció.

Se sentía terriblemente culpable. No habría debido aceptar el plan que Jan le había propuesto. No estaba bien.

Jan salió de casa con una excusa y desapareció durante todo el día. No tenía ninguna intención de compartir con Annijeke lo que guardaba bien apretado contra su tripa, por debajo de la camisa.

Annijeke se pasó toda la tarde y la mañana siguiente esperando, angustiada, a verlo entrar por la puerta de la cocina, pero Jan no volvió a aparecer por casa de los Rubens ni volvió a saberse nunca más nada de él.

36

Ann estaba demasiado nerviosa para quedarse en su habitación colocando sus cosas sobre la cama en espera de meterlas en la maleta. Odiaba hacer el equipaje. Nunca sabía por dónde empezar.

Una breve ojeada por la ventana fue suficiente para que tomara una decisión sobre su futuro inmediato. Saldría a dar una vuelta, con la excusa de ir a despedirse de Giulia Scopetta. De modo que se cambió.

Escogió un pantalón beis con una blusa blanca que favorecían su figura, aunque, por culpa de toda la pasta que había comido desde que estaba en Italia, sus muslos se estaban resintiendo. Tenía que empezar a moderarse seriamente y dar un buen frenazo a su frenesí por la buena comida. Si no, adiós a su línea.

No estaba segura de encontrar a Giulia en casa, pero no era más que una excusa para no quedarse sola en la habitación y, además, sentía la necesidad de tomar un poco de aire fresco. No tenía ningunas ganas de permanecer a solas rumiando todo lo que la estúpida mujer de Antonio le había contado. Lo único que había logrado era ponerla de mal humor.

Caminó sin prisas hasta la plaza Colombo. Era un verdadero placer aprovechar el buen tiempo en un día tan estupendo. Hacía calor, pero no tanto como para que se sintiera incómoda. La playa estaba abarrotada de gente.

En el puerto, las barcazas aún seguían descargando a los numerosos turistas que regresaban de la excursión a San Fruttuoso, un convento escondido detrás del monte, en el extremo de la península. No había carretera que condujera a aquel lugar. Solo podía llegarse hasta allí tras una larga caminata a pie a través del monte, o bien en barca. Antonio le había contado que, cerca de San Fruttuoso, había una gigantesca estatua de Cristo sumergida bajo el agua, y la había invitado a ir a verla, pero a ella no le interesaba en exceso.

No era particularmente religiosa, nunca lo había sido, y la idea de ir a mezclarse con una multitud de turistas vociferantes para ver una atracción local no la estimulaba en absoluto.

Decidió tomarse uno de esos cafés fríos tan buenos que preparaban en La Cage aux Folles, antes de ir a despedirse de Giulia, pero le fue difícil encontrar una mesa libre. Pudo coger una al vuelo por pura casualidad, cuando una pareja joven se levantó para marcharse.

Estaba a punto de pedir cuando vio pasar a Giulia, que volvía a casa con la bolsa de la compra. Tenía el rostro serio y aire preocupado. La llamó.

Giulia contestó con una sonrisa cuando la reconoció.

Se saludaron como si fueran viejas amigas y Giulia, sin hacer ademán de sentarse, le propuso ir a dar un paseo juntas.

—Dame un momento, para subir las bolsas de la compra, y vuelvo enseguida, así tienes tiempo para tomarte tu café si quieres.

—De acuerdo. Aquí te espero.

La miró mientras se alejaba, con aquellas zancadas suyas, rígidas y firmes. Lo único que traicionaba su edad era la lentitud de sus pasos.

«Está preocupada», pensó Ann. Había algo que no iba bien. El saludo había sido efusivo, como siempre, pero había notado un fondo de tristeza en su mirada. Quién sabe, tal vez le hubiera propuesto dar un paseo juntas precisamente para desahogarse.

Tardó apenas un cuarto de hora en volver. Ann pensó que se había dado prisa, si se consideraba la incómoda escalera que le tocaba subir hasta el tercer piso y el tiempo de colocar toda la compra, porque Giulia Scopetta no era mujer de las que dejan sencillamente las bolsas en el suelo y se marchan. Sin duda lo había puesto todo en su sitio, repartido entre los armarios y la nevera.

Se bebió los últimos sorbos de su café frío. Se contuvo y no pasó la lengua por el fondo del vaso alto porque Giulia la estaba observando. Una lástima, porque la espuma del café, lo que a ella más le gustaba, se había quedado justo abajo.

Las dos se encaminaron hacia la parte opuesta del puerto, donde había una escalinata algo menos empinada que llevaba hasta la carretera de Recco. Giulia la llamaba la escalinata de las mulas, porque, según afirmaba, aunque sin demasiada convicción, había sido construida de ese modo precisamente para permitir que los animales pudieran subir por las escaleras.

Giulia se mantuvo en silencio durante toda la ascensión. Parecía reflexionar. Ann Carrington no osó interrumpir sus pensamientos.

Habían alcanzado la carretera que coronaba la escalinata, y ambas se habían quedado sin aliento debido al ímpetu con el que habían subido las escaleras, cuando Giulia, observando la carretera que se extendía ante ella, empezó a hablar.

—Anoche me sucedió una cosa muy extraña, Ann. Sigo aún medio conmocionada.

Ann la miró con el rabillo del ojo, sin dejar de caminar. La carretera de Recco tendía ligeramente hacia abajo en aquel tramo, y Giulia había aumentado involuntariamente el paso.

—¿Es algo que puedas contarme o prefieres no hablar de ello?

—Me entraron en casa dos hombres con el rostro oculto por un pasamontañas en plena noche. Me ataron y amordazaron y estuvieron husmeando en todas partes. Buscaban los documentos de mi marido.

Ann se quedó de piedra.

—Pero ¿qué dices? Qué horror. Te habrás llevado un susto de muerte. ¿Te han hecho daño?

—Solo en el alma, querida, solo en el alma —repitió—, porque me han metido tal miedo en el cuerpo que no logro quitármelo de encima. No sé si podré dormir sola esta noche.

Giulia Scopetta le contó todo lo que había ocurrido hasta en sus mínimos detalles. Dijo también que los documentos los tenía escondidos dentro de la lavadora y que no los habían encontrado. No mencionó el dinero.

Cuando acabó, le llegó el turno a Ann de hablar.

—También a mí me ha sucedido algo extraño esta mañana.

Y fue el turno entonces para Giulia Scopetta de mirarla sorprendida.

Ann Carrington le habló de la inesperada visita de Maria Rosa Pegoraro, de las acusaciones que había lanzado contra su marido, de los papeles que quería que le entregara. Se lo contó todo.

—Lo que no logro entender es por qué quería esa chica que te entregara yo a ti los documentos. Le he sugerido que te los dejara en el buzón de tu casa si tanto interés tenía en que los recibieras. ¿Tienes idea del motivo?

—¿Has podido ver qué clase de documentos eran?

—No, en realidad no. Apenas pude echar un simple vistazo al sobre, pero no me dio tiempo a leer nada. ¿No se te ocurre de qué pueda tratarse? Y esos dos que entraron en tu casa anoche, ¿qué documentos buscaban?

—Creo que los del código. Algo deben saber. Mejor dicho, estoy convencida de que saben de qué se trata e intentan recuperarlos para ir a buscar los diamantes. Estoy convencida. No veo qué otra clase de documentos podría interesarles.

—Si la tal Maria Rosa atiende a mi consejo, quizá encuentres pronto un sobre en tu buzón y podremos ver de qué se trata.

—Tengo miedo de que sea una trampa.

—¿Una trampa? ¿En qué sentido?

Giulia hizo una pausa, como si estuviese buscando las palabras o reuniendo valor para confesar algo. Por fin dijo:

—No te lo he contado todo. No porque quisiera ocultártelo, sino porque no quería involucrarte más de lo que ya lo estabas en una historia tan sórdida.

Ann Carrington ya se había imaginado que ella sabía más cosas de las que le contaba, pero no quería forzarla. Si creía que había llegado el momento de desahogarse, adelante.

—No te sientas obligada. Si quieres contármelo, cuéntamelo; si no, si crees que así estarás más tranquila, es mejor que no me cuentes nada.

Giulia dio un profundo suspiro.

—Después de la muerte de Gianni, he descubierto que tenía una actividad paralela. No quiero llamarla ilícita directamente, porque no estoy del todo segura, pero vamos, que muy lícita no debía de ser.

Ann Carrington escuchaba en silencio. Prefería no hacer preguntas. Se le vinieron a la cabeza las palabras de Antonio. «La gente más irreprensible es a veces la que peores cosas hace».

—Tengo la sospecha de que traficaba con documentos sustraídos del Archivo Estatal. He encontrado en casa, por casualidad, una importante cantidad de dinero escondido en un jersey, y más tarde, el otro día, cuando me acompañaste al banco, descubrí que tenía una cuenta secreta a su nombre, con una importantísima cantidad de dinero. ¿De dónde podía salir todo ese dinero, si no era del tráfico de documentos?

»Lo que tú no sabes es que, antes de su muerte, recibía a menudo llamadas en su móvil del inspector Pegoraro. A mí me sorprendía esta amistad, porque esos dos nunca han tenido nada en común.

—¿Y tú cómo estás segura de que eran llamadas del inspector?

—Porque me entregaron su móvil junto con el resto de sus efectos personales. Yo lo revisé para ver si descubría alguna relación con una mujer, y me encontré en cambio con el número del inspector. Creo que él también está involucrado.

—¿Y crees posible que haya sido realmente él quien encargara asesinar a tu marido?

—No tengo ni idea. Lo cierto es que no lo conozco. Solo «buenos días», «buenas tardes», nada más. Pero a estas alturas, ya no sé qué pensar. Han ocurrido tantas cosas raras últimamente, que me pregunto cómo es posible que no me haya dado cuenta antes.

—¿Qué piensas hacer con ese dinero?

—No lo sé. No lo he pensado todavía. De momento lo dejo allí. Luego ya veré. Antes debo asegurarme de que es efectivamente el fruto de un tráfico ilícito, porque no hay nada que me lo garantice. ¿Y si Gianni lo hubiera obtenido de alguna otra forma? Qué sé yo, jugando a la lotería...

Ann respondió con una expresión de incredulidad que hablaba a las claras sobre lo que pensaba. Giulia Scopetta la entendió perfectamente y se apresuró a añadir:

—Es una forma de hablar. Yo qué sé. Lo único que sé es que hay un montón de dinero en la cuenta, pero que no sé de dónde proviene. Eso es todo. Por eso creo que el sobre que quería entregarte la mujer de Pegoraro podría ser una trampa. Tal vez ese embustero me mande después a la policía y, si encuentran en casa los documentos y el dinero, estoy acabada.

—¿Y para qué iba a hacer una cosa así?

—Porque si me quita de en medio, se libra de un problema. Yo soy la única en conocer sus malversaciones. Represento un peligro para ellos.

Ann lo pensó un rato. Quizá Giulia tuviera razón y no fuera todo únicamente fruto de su imaginación. Cuando pronunció la palabra «trampa», había empezado a pensar que Giulia sufría de manía persecutoria, pero, a la luz de los hechos, era verosímil que alguien intentara desembarazarse de ella.

En una curva de la carretera de Recco, antes del cementerio, había una pequeña plazuela con unos bancos. Se sentaron en uno de ellos, frente al mar.

Permanecieron en silencio durante un buen rato. Luego, Giulia Scopetta se levantó, con aire cansado, y dijo:

—Venga, vámonos a casa. Tal vez esa mujer haya ido de verdad a mi casa para dejar el sobre en el buzón. Ahora lo comprobaremos.

Ann Carrington se levantó para seguirla. Aún no le había dicho que tenía intención de irse lo antes posible. Quería volver a su casa, en Estados Unidos. Había perdido hasta la ilusión de ir a visitar Florencia.

Emprendieron el camino de regreso calladas, absortas las dos en sus propios pensamientos.

Cuando cruzaron el portal y entraron en el vestíbulo, la mirada de las dos corrió enseguida al buzón del correo.

Efectivamente, asomaba un gran sobre amarillo.

Ann Carrington lo reconoció enseguida. Era el mismo que había puesto en sus manos Maria Rosa Pegoraro.

Esperaron a llegar a la casa para abrirlo.

Ambas llegaron con el resuello en la boca a causa de las escaleras. Habían subido más rápido de lo habitual y lo cierto es que esas rampas no tenían piedad.

Giulia Scopetta dejó las llaves de la puerta sobre el mueblecito al lado de la puerta, como hacía siempre, y apoyó el bolso sobre la mesa. Abrió enseguida el sobre, antes incluso de sentarse a la mesa. Empezó a leer los documentos, e iba pasándoselos uno tras otro a Ann Carrington, que los estaba esperando.

Ann Carrington se quedó con la boca abierta. Eran cartas escritas de puño y letra por María de Médicis en persona y dirigidas al duque de Epernon, fechadas pocos días antes de su coronación como reina de Francia, en mayo de 1610, en las que lo invitaba a la máxima prudencia y a vigilar bien a uno de sus hombres, Ravaillac. En una de las cartas, la reina manifestaba su temor de que el tal Ravaillac actuara por cuenta propia y acabara asesinando al rey.

Eran documentos absolutamente fantásticos, inéditos.

Ann Carrington comprendió que eran precisamente esos los documentos de los que le había hablado el profesor Scopetta y los que quería enseñarle. No esos otros que hablaban del código y de los diamantes. Ahora entendía por qué se había mostrado tan misterioso y no había querido hablar claramente del asunto en sus correos.

Sin embargo, se le vino a la cabeza una cuestión y se preguntó cómo es que no se le había ocurrido hasta ahora: ¿por qué motivo, si el profesor había hecho un descubrimiento tan importante, y estas cartas lo eran sin duda alguna, estaba dispuesto a compartir con ella el hallazgo, sin conocerla siquiera? ¿Cuál sería su objetivo? Tenía que haber algún otro fin. Gianni Scopetta había usado un subterfugio para convencerla, pero ¿para qué?

—¿Qué hacemos con estos documentos ahora? —preguntó Giulia—. No puedo quedármelos en casa. Quizá debiera destruirlos.

Ann Carrington la miró con horror.

—Sí, ya lo sé, sería un crimen —admitió Giulia, viendo su expresión—, ¿qué sugieres tú?

—No lo sé, déjame pensar. Si como tú dices, puede ser una trampa, entonces debes desembarazarte lo antes posible de este sobre, efectivamente. ¿Qué has hecho con el dinero que encontraste en casa?

—Me lo llevé esta mañana al coche.

—¿Al coche? —preguntó Ann, sin entender bien.

—Sí, lo tengo escondido en el coche. No sabía dónde meterlo. De modo que lo he dejado escondido debajo del asiento trasero del coche. Luego ya pensaré un sitio mejor. No podía llevármelo al banco e ingresarlo tranquilamente en la cuenta.

—¿No te habrá visto alguien? ¿Y si te roban el coche?

—Por favor, Ann, no convoques a las desgracias que ya llegan ellas solitas. Esperemos que no ocurra.

Ann reflexionaba rápidamente sobre qué podía hacerse con los documentos.

—Yo solo veo una solución posible, Giulia. Metámoslos en un sobre nuevo y mandémoslos al Archivo Estatal. Ellos sabrán qué hacer.

—Pero así denuncio claramente a mi marido. No les costará darse cuenta de que fue él quien los *cogió prestados*. Él, desgraciadamente, ya no vive, pero yo sí. Podrían ponerme pegas y crearme problemas. Es mejor que no. No les busquemos las cosquillas. No me parece una buena idea. Mejor que se queden con la duda o que crean que los han perdido. Seguramente, ni siquiera se han dado cuenta de que han desaparecido.

—Pues entonces, ¿qué sugieres?

—No lo sé, Ann, no me metas prisa. No dejo de pensar —contestó ella, con un tono ligeramente exasperado.

Ann Carrington la dejó meditar mientras leía atentamente los papeles de la reina. Eran documentos realmente importantes. Qué lástima que no pudiera usarlos para su nuevo libro. ¿Cómo podía justificar la fuente de sus informaciones, sabiendo que habían sido robados del Archivo Estatal de Florencia? Era impensable. Ni siquiera podía tocar el tema. Le daba mucha rabia. Tener en sus manos una información tan importante y no poder usarla.

Giulia Scopetta se había ido a la cocina. Por el ruido de las tacitas y de las cucharillas, comprendió que estaba preparando un café. Se reunió con ella. Viéndola atareada, pensó que era el momento oportuno para anunciarle que se volvía a casa.

—Giulia. Quiero decirte que había venido para avisarte de que me vuelvo a casa. Mi estancia aquí ya no tiene sentido.

Giulia Scopetta dejó de hacer lo que estaba haciendo. El típico burbujeo de la cafetera anunciaba que el café estaba subiendo y ella apagó el gas con un gesto automático. La miró con una expresión extraña, como si le hubiera anunciado el fin del mundo. Cogió una de las dos sillas de la pequeña mesa de la cocina y se sentó tranquilamente, mientras Ann permanecía de pie, apoyada con el hombro contra el quicio de la puerta. Antes de contestar, cogió con la mano la cucharita de su taza y se la quedó mirando fijamente como si estuviese buscando una mancha o un pequeño defecto.

—Sabía que antes o después sucedería. Lo siento mucho —dijo al final.

Ann Carrington no sabía qué añadir. Giulia Scopetta parecía lamentarlo de verdad.

—¿Volverás a Camogli?

—No lo sé, Giulia. Ya veremos.

—Yo espero que sí.

Giulia Scopetta se levantó y, con un gesto espontáneo, fue a abrazarla.

Ann Carrington sintió en aquel gesto el cariño sincero de una amiga.

Le molestaba dejarla sola, pero no tenía otra elección. No podía quedarse eternamente en Italia.

—¿Cuándo piensas marcharte?

—Mañana o pasado. Todavía no he cerrado mi vuelo. Lo haré en cuanto vuelva al hotel.

—Entonces esta noche habrá que celebrarlo. Te invito a cenar a un sitio estupendo.

—De acuerdo. ¿A qué hora?

—Pasaré por tu hotel a las nueve para recogerte, ¿te parece bien?

—Muy bien. Ya estoy empezando a acostumbrarme a cenar a esas horas vuestras tan raras. En casa ceno a las siete —dijo riéndose.

—Ahora podrás volver a tus costumbres. Venga, tómate el café antes de que se enfríe —dijo, sirviéndoselo.

Poco después, Ann Carrington dejó la casa de Giulia para volver a su hotel. Tenía mil cosas que hacer. Se preguntó qué haría Giulia con el sobre.

37

Antonio Pegoraro y sus amigos se habían reunido en el habitual bar de Recco. Esta vez no era día de mercado y no estaba abarrotado de gente como en su última cita, cuando tuvieron que ir a buscar otro que fuera más discreto.

El inspector tenía que comunicarles que acababa de mandar a la policía a hacer un registro en casa de los Scopetta y que no habían encontrado nada. Además, inmediatamente después, Giulia había desaparecido.

Pidieron tres cervezas y se sentaron a una mesa apartada.

—Lo que no entiendo —soltó Alberto, dirigiéndose a Antonio— es por qué has tenido que entregarle a la viuda Scopetta esas cartas de María de Médicis que podíamos vender a buen precio. Sergio tenía ya un cliente interesado. Ha sido una cagada de las buenas.

—Tú no entiendes nada, en efecto. Es fruto de una estrategia —contestó Antonio, irritado por el tono de voz de su socio.

—Entonces, explícame bien esa fantástica estrategia tuya, porque no la entiendo.

—Es muy sencillo. Para empezar, solo le he entregado una parte de las cartas, para usarlas como cebo. La mayor parte las sigo teniendo yo. Segundo punto: he mandado a mis colegas a hacer un registro. Si encontraban las cartas, la pillábamos en posesión de documentos robados y podíamos acusarla de encubrimiento, y así nos librábamos definitivamente de ella. Tercero: para verificar su reacción. Si ella estaba al corriente de los trapicheos de su marido, haría desaparecer todo lo que estuviera relacionado con el robo. Lo cual querría decir, con certeza matemática, que ella tiene en sus manos los demás documentos, los que hablan de los diamantes. Lo que efectivamente ha ocurrido, porque los colegas no han encontrado nada. La condenada ha arrasado con todo. ¿Lo entiendes ahora?

Si hubiera sido ajena al asunto, por el contario, no se habría preocupado por esconderlos. En cambio, ¿qué ha hecho la señora Scopetta? Ha cogido documentos y dinero —el director del banco me acaba de llamar para decirme que ha retirado todos sus fondos y cerrado sus cuentas— y se ha largado. Así, de repente. ¿No os parece un poco extraño?

—Sigo pensando que la has cagado a base de bien —repitió Alberto—, y que debías de habernos consultado antes de regalar esas cartas, porque es eso lo que has hecho, regalarlas. No era necesario. Eran nuestras también, y no solo tuyas. Así nos has hecho perder un montón de dinero. Pero tú siempre haces lo que te da la gana, ¿verdad? ¿Es que acaso no sabías que Giulia Scopetta había sido profesora de historia? ¿Qué significa eso? Que ella siempre había sabido el valor que podían tener esos documentos, y seguramente, aunque fuera ajena a los trapicheos de Gianni, viéndolos circular por casa, era lógico pensar que le hubiera preguntado a su marido de dónde provenían. Recuerda que es una mujer muy lista, yo diría que mucho más espabilada que su marido. La pregunta que deberías hacerte en cambio tú ahora es: ¿cómo podemos recuperar esos malditos documentos? A través de la policía, ¿no podrías dictar una orden de detención?

—¿Pero tú te has vuelto completamente idiota o qué? Si no hemos conseguido pillarla en casa con pruebas evidentes, ¿con qué pretexto quieres que sigamos investigando sobre ella o que la detengamos? Oficialmente, no ha hecho nada ilegal. No hay pruebas. Solo sospechas. Tampoco podemos acusarla de complicidad en un robo. No hay nada. Eso lo entiendes hasta tú. Y además te olvidas de una cosa, cerebro de genio. Sin denuncia, no hay robo. Y el Archivo Estatal no ha presentado ninguna denuncia por robo o sustracción de documentos antiguos. ¿Lo entiendes o no?

—Vale, pero entonces, ¿cómo conseguiremos localizarla?

—No será fácil. No tengo la menor idea de a dónde puede haber ido a esconderse. Tal vez haya huido al extranjero.

—Alguien debe saberlo. ¿Por qué se no lo preguntas a esa amiguita americana tuya? Si son tan amigas, casi seguro que ella sabe a dónde ha ido.

—Creo que ya se habrá marchado, o que no le faltará mucho.

—No estés tan seguro. A no ser que tenga alas, porque hay huelga de controladores de vuelo.

—Ah, sí, es verdad. Ya no me acordaba —admitió Antonio.

—¿Y si Giulia Scopetta hubiera ido a refugiarse a Estados Unidos, en casa de esa otra? —intervino Sergio—. Si son tan amigas...

Antonio Pegoraro y Alberto se miraron, estupefactos.

—Le tocaba hablar al otro cretino, ahora —sentenció con voz cansada Antonio—. Si acabamos de decir que la americana sigue todavía aquí, y que hay huelga de controladores, ¿cómo pretendes que Giulia Scopetta se haya refugiado en Estados Unidos, en casa de Ann Carrington? ¿Piensas alguna vez antes de hablar o hablas según te sale, solo porque se te vienen las palabras a la boca?

—Eh, ya está bien, no era más que una posibilidad —replicó Sergio, desolado. Intentó corregir el tiro, insistiendo—: Quizá haya desaparecido de Camogli durante unos días y luego se reúnan allá en Estados Unidos. ¡Qué sé yo! Era por dar una idea. A mí no me parece estúpida. ¿Adónde quieres que vaya?

—Esa es precisamente la cuestión —prosiguió Antonio—. Intentemos pensar con un poco de lógica.

Se humedeció los labios con la lengua como si se dispusiera a pronunciar un largo discurso.

—No será tan estúpida como para volver a su piso de Florencia. Acabamos de decir que es una mujer muy lista, de modo que un paso así no lo dará de ninguna de las maneras. Sin embargo, voy a hacer que lo verifique algún colega de Florencia. Si está en casa, lo sabré de inmediato. Descartada Florencia, no se le conocen amigas en cuyas casas pudiera refugiarse durante unos días. Al menos, por lo que sabemos.

—De eso yo no estaría tan seguro —intervino Alberto.— ¿Cómo quieres que una mujer de esa edad no haya hecho amigos a lo largo de su vida?

—Claro. Amigos tendrá a montones, pero me refiero a alguien lo suficientemente próximo como para presentarse en su casa de repente y pedirle refugio durante unos días.

—¿Y cómo estás tan seguro de eso? —preguntó Sergio.

—Seguro del todo no estoy, sin embargo me baso en ciertas conversaciones que mantuve con Gianni. Se quejaba de que se trataban siempre con las mismas personas. Gente de Florencia cuando estaban en Florencia y gente de aquí cuando venían de vacaciones. Si hubieran tenido amigos fuera de estos dos círculos, una escapada para visitarlos la habrían hecho de vez en cuando, ¿no os parece?

—Y entonces ¿qué? —preguntó Sergio.

—Entonces debemos excluir Florencia y Camogli.

—¿Has puesto bajo vigilancia su coche? —preguntó Alberto—. Si se ha ido, se habrá ido en coche. Y la siguiente pregunta es: ¿hasta dónde puede llegar en coche?

—¿Y si se hubiera dirigido a la Costa Azul? No está demasiado lejos. Dos horas de coche como mucho, sin acelerar demasiado.

—¿Y si, en cambio, ya que tiene todos los papeles en sus manos, se hubiera ido hasta Amberes en busca de los diamantes? —dijo Sergio.

Alberto y Antonio lo miraron.

—Eso sí que es posible. Ves, has tenido una buena idea —admitió Antonio—, aunque no creo que esté en condiciones de afrontar un viaje tan largo en coche ella sola.

—Por eso yo seguiría a la americana —prosiguió Sergio, más animado—. Quizá diga que se vuelve a Estados Unidos para que nos quedemos tranquilos y, en cambio, hayan acordado un encuentro en alguna parte y vayan juntas a Amberes.

Los tres reflexionaron en silencio.

—Esa es una probabilidad que no podemos descartar en absoluto. Mejor dicho, yo creo que nuestra única posibilidad de encontrar a Giulia Scopetta pasa precisamente por seguir los movimientos de Ann Carrington.

38

María de Médicis estaba radiante. Hacía años que no la se veía tan feliz. La inauguración de la galería con los gigantescos cuadros de Rubens la llenaba de orgullo. La corte al completo se había reunido para la ocasión.

Se detuvo varias veces ante el cuadro que representaba *La coronación de María de Médicis*. Era su preferido. Le gustaban también *El destino*, *El triunfo de la verdad*, *La educación*, *El desembarco en el puerto de Marsella* y, sobre todo, *La proclamación de la regencia*. En cuanto a su retrato, en el que ella aparecía vestida de oscuro, Rubens había creado una verdadera obra de arte. Estaba exultante.

Luis XIII admiraba silencioso el trabajo de Rubens, considerándolo una exaltación de la vanidad de su madre. No dejaba de pensar en la fabulosa suma que ella había desembolsado de su propio bolsillo por esos cuadros. Era una cantidad suficiente para armar cuatro barcos de guerra, de los que tan urgente necesidad tenía. Unos pasos más atrás, el cardenal Richelieu ponía al mal tiempo buena cara y felicitaba a la reina por la suntuosidad de las gigantescas obras.

María de Médicis se mostró particularmente amable con su pintor. No era costumbre suya compartir sus instantes de gloria con nadie, pero en aquel momento se sentía tan feliz que reconoció públicamente varias veces los méritos del gran pintor flamenco. Le hizo saber que más tarde le recibiría en audiencia privada.

Verse cara a cara con ella lo preocupaba, porque tenía previsto comunicarle una mala noticia, y no sabía cuál sería su reacción.

Al final, lo recibió varias horas más tarde. La ceremonia de la inauguración había durado bastante más de lo previsto. La reina no tenía prisa alguna por que acabara su gran día de gloria, y dio amplias muestras de locuacidad con cualquier invitado que se acercara a ella para felicitarla.

La reina le tendió su mano para que se la besara. No se le había borrado, ni por un solo instante, la sonrisa que la había acompañado durante todo el día.

—¡Ah, monsieur Rubens, qué feliz me siento! Habéis estado realmente a la altura de mis expectativas y habéis pintado una obra magistral.

Rubens sonrió, complacido, pero no dijo nada. Pensó que había llegado el momento de darle la mala noticia, antes de que cambiara de humor.

—Madame. Como ciertamente recordaréis, vuestra majestad me encargó que llevara a Amberes cierto aderezo...

—Ah, sí —lo interrumpió la reina, sin dejar de sonreír—. Hacéis bien en recordármelo, porque precisamente de eso quería hablaros.

—Yo... —arrancó el pintor antes de verse nuevamente interrumpido.

—Lo lamento de verdad, querido amigo mío, y confío en que no os toméis a mal el que haya abusado de vuestra generosa colaboración. ¿Supongo que sabéis ya que el aderezo de diamantes que os he confiado es falso?

A Rubens, a causa de la sorpresa, se le pusieron los ojos como platos. Había venido él con la intención de darle una mala noticia pero era ella quien se le anticipaba.

—No ha sido más que una pequeña estratagema —prosiguió la soberana—. Quería asegurarme de que el verdadero aderezo llegara sano y salvo a manos de mis joyeros. Mientras a vos os confié un aderezo idéntico al original, pero hecho de piedras vulgares, que ordené realizar especialmente a mis joyeros de Florencia, la duquesa de Monfort transportaba el verdadero sin que nadie sospechase nada. Mientras todas las miradas estaban puestas en vos, la duquesa viajaba tranquila.

—¿Queréis decir, majestad, que el aderezo que he escondido en mi casa es falso?

—Sí, estimado amigo, eso es precisamente lo que os estoy diciendo.

Rubens no pudo reprimir una sonora carcajada.

—Disculpadme, majestad, pero es demasiado divertido. Pensad que venía muy preocupado a anunciaros que me he percatado en estos últimos días de que me había sido robado. Lo había escondido en el interior del muro de mi dormitorio y, por casualidad, he podido darme cuenta de que alguien lo había abierto de nuevo y que el aderezo había desaparecido. Creo que a los ladrones les aguarda una buena sorpresa.

—El aderezo original está a salvo. Podéis estar tranquilo. He ordenado que lo desmontasen y que se enviara un alfiler engarzado con parte de los diamantes a la infanta, para agradecerle su ayuda.

—¿Su ayuda? —preguntó Rubens, que no estaba al corriente de lo ocurrido.

—Es una larga historia —cortó la reina—. Ya os la contaré algún día con más tiempo. Confío en que no me guardéis rencor por haberos usado como cebo...

—En absoluto, majestad. Me siento feliz por haber podido serviros de ayuda, aunque fuera como mero cebo —dijo sonriendo—. ¿Y el código?

—¡Ah, eso! Formaba parte del plan. Si alguien descubría que estábamos escribiéndonos usando un código, eso confirmaría que vos estabais en posesión del verdadero aderezo. Era un modo de que nadie sospechara nada. Como es lógico, os recompensaré generosamente por vuestros servicios.

—No es necesario, majestad, ya he sido más que generosamente recompensado.

—Eso es cierto, estimado Rubens —asintió la reina—, sin embargo me siento culpable por haber abusado de vuestra buena fe. Para hacerme perdonar, ya le he escrito a mi primo, el rey de España, recomendándole fervientemente vuestro trabajo. Me ha contestado que sentía gran curiosidad por conoceros y que estará encantado de recibiros en la corte de Madrid para confiaros algunos encargos.

Rubens escondió a duras penas su satisfacción. Era eso lo que había esperado desde el principio cuando se había postulado para el importante encargo de la reina de Francia: recibir más encargos de las otras cortes europeas, y ahora, gracias a la intervención de la reina, lo había conseguido.

María de Médicis la tendió su mano para que se la besara. El encuentro estaba tocando a su fin.

Rubens hizo una profunda reverencia para despedirse, y cuando se incorporó, la reina le estaba ofreciendo un anillo de zafiros que acababa de quitarse de un dedo.

—Conservadlo en recuerdo de nuestra amistad, estimado Rubens. De este modo, también vos tendréis algo mío. Yo ya tengo vuestros magníficos cuadros.

Rubens se colocó el anillo en el dedo y sonrió, más que complacido.

—Bien, maestro Rubens, espero que no tardemos en volver a vernos —dijo la reina, mientras se encaminaba hacia la puerta.

—Me gustaría saludar a la señora duquesa de Monfort antes de marcharme —añadió apresuradamente Rubens, viendo que la reina se alejaba.

María de Médicis se detuvo. No contestó inmediatamente, pero después se dio la vuelta y le dijo:

—La duquesa ha dejado de estar a mi servicio. Hacía tiempo que se quejaba de que las fatigas de la corte empezaban a pesarle. Tenía ya cierta edad, por más que no sea muy cortés hablar de la edad de una dama. Le he dado permiso para retirarse a sus tierras.

Lo obsequió con una última sonrisa y se fue.

Al quedarse solo, Rubens sonrió para sus adentros. Desde luego, la reina era muy lista. Muchos la criticaban y decían de ella que era una mujer dotada de una inteligencia mediocre. Él sabía que no era así. Acababa de demostrárselo. Y, sobre todo, como siempre, había dado rienda suelta a su natural generosidad. Era algo innato en ella.

Miró el anillo de zafiros que llevaba en el dedo. Era precioso. Lo conservaría para siempre en su poder.

Tras la finalización de los fastos de la inauguración de la galería del palacio de Luxemburgo, Rubens había vuelto a Amberes.

Se sentía muy cómodo en su bonita casa. Le gustaba. Era grande, espaciosa, y bastante lujosa para ser la casa de un sencillo pintor. Era indudable que podía considerarse uno de los burgueses más ricos de la ciudad. Por fortuna, los encargos que seguía recibiendo en su estudio le permitían mantener un alto nivel de vida.

Su complacencia por la posición adquirida se vio interrumpida por un pensamiento. ¿Quién podría haber robado el aderezo que había escondido dentro de las paredes de su dormitorio?

La repentina desaparición del joven Jan, el ayudante de cocinas, poco antes de que se descubriera el robo, podía tener alguna relación con el hecho, pero no estaba seguro. Jan no tenía acceso a la planta de arriba. No podía saber que lo había escondido allí, emparedado, por más que eso no excluyera que fuera él el ladronzuelo.

Para conocer el escondrijo del aderezo, o mejor dicho, del falso aderezo, y saber que estaba escondido detrás de esa determinada piedra, alguien debía de haberlo espiado sin que él se diera cuenta, mientras realizaba los trabajos.

Hizo mentalmente una breve composición de lugar. Se acordaba perfectamente de que, aquel día, en casa solo estaba la joven Annijeke, porque el resto del personal doméstico había acompañado a su mujer fuera de ciudad.

¿Podía esa dulce muchachita ser cómplice del robo? Le costaba creerlo. Pese a todo, si se trataba de ella, no podía haber actuado sola. No se la imaginaba rompiendo el muro para reconstruirlo después y dar la apariencia de que estaba intacto. Y, sin embargo, por muchas vueltas que le diera en su cabeza a la cuestión, no veía otra posibilidad. La única que podía haberlo espiado mientras escondía el aderezo era ella.

Mandó llamar a la joven a su estudio.

Annijeke se presentó con aspecto temeroso, las manos cruzadas por detrás de la espalda y los ojos clavados en el suelo. Se había quedado de pie cerca de la puerta, no osando acercarse a la mesa del maestro.

Rubens la observó un instante antes de abrir la boca. Sabía que su sola presencia le imponía, y estaba convencido de que si la observaba en silencio durante unos instantes, ella se sentiría aún más atemorizada.

Decidió tirarse un farol: afirmar una falsedad para descubrir la verdad.

—A ver, Annijeke, cuéntame a quién le has dicho que me viste meter algo en la pared de mi dormitorio.

La muchacha se puso colorada de inmediato. Parecía tener las mejillas inflamadas y estaba a punto de estallar en lágrimas.

—Yo... —balbuceó.

—¿Tú, qué? —la interrumpió duramente Rubens—. ¿Tú, qué? —repitió el maestro, cada vez más furioso.

Annijeke se echó a llorar.

—Yo no quería... —dijo entre gimoteos—, ya le dije que no estaba bien.

—¿A Jan, el ayudante de la cocinera? —preguntó Rubens, convencido de la respuesta.

—Sí —continuó ella sin dejar de sollozar—, pero no quiso hacerme caso. Y luego me dijo que no había tocado nada y que lo había dejado todo en su sitio tal como estaba antes. Pero luego se marchó y no supe nada más de él. Quería que nos fuéramos juntos en uno de esos barcos.

Rubens entendió al vuelo lo ocurrido.

—Dime una cosa, Annijeke, y no me mientas. ¿Habéis tenido relaciones íntimas?

Ella levantó por primera vez la cabeza, de golpe, con una expresión que vacilaba entre la sorpresa y la indignación.

—Nooooo, maestro. Os lo juro.

—De acuerdo, Annijeke. Puedes irte. Ya te diré más tarde lo que he decidido hacer contigo. Aguarda mis instrucciones en la cocina, y dile a la señora Isabella que suba un momento a mi estudio.

La chica no se lo hizo repetir dos veces y se retiró a toda prisa.

Rubens le explicó antes a su mujer la historia del falso aderezo y cómo la reina de Francia lo había utilizado para desviar la atención del verdadero. Isabella Brandt se mostró indignada. ¿Cómo osaba la reina de Francia burlarse de esa manera de su marido? Rubens tuvo que explicarle reiteradamente que no había que considerarlo como una broma de mal gusto, sino más bien como una misión de la más alta confianza, ya que la reina le había elegido precisamente a él para distraer la atención.

La indignación de Isabella Brandt fue en aumento cuando le habló del escondrijo de la pared y de que alguien, probablemente el joven Jan, con la complicidad de Annijeke, lo había robado.

—Debemos denunciarla por robo —dijo enseguida su mujer—. Es intolerable una cosa así. Un hecho gravísimo. ¡Si es capaz de robar algo escondido detrás de una pared, figurémonos lo que hará con todo lo que tiene al alcance de la mano!

—¿Y arruinarle la vida para siempre? —preguntó Rubens, que no lo veía del mismo modo.

—¡Pero si es una ladrona! —exclamó Isabella, encolerizada.

—También es muy joven. Es casi una niña —intentó calmarla Rubens—. Y, además, ella no estaba de acuerdo. Se dejó arrastrar por ese Jan, que luego se esfumó. No quiero que se la tache de ladrona durante toda su vida por un error de juventud.

—Eres demasiado bueno. No se merece tu generosidad. Sea como fuere, debemos imponerle un castigo ejemplar. ¿Qué propones, si no quieres que la denunciemos?

—Échala de aquí y encuéntrale otro trabajo en una casa no tan buena como la nuestra. Eso será su castigo. Y luego decides tú si es cuestión de advertir a sus nuevos amos de lo que ha ocurrido. Pero si lo haces, mucho me temo que nadie querrá aceptarla.

Isabella Brandt pareció reflexionar.

—Sí, de hecho, podría ser una solución. En el fondo, ese aderezo no lo ha robado ella. Sin embargo, no ha sido leal con nosotros, y eso merece un castigo.

—Lo dejo en tus manos, querida mía. Ocúpate tú de este asunto. Yo tengo cosas más importantes de hacer que solucionar cuestiones domésticas.

—De acuerdo, lo haré como dices tú. Me parece una solución correcta.

Su mujer salió y lo dejó solo.

Isabella era una buena esposa. Se enfadaba fácilmente, pero luego no tardaba en recuperar el control sobre sí misma y era una mujer justa y correcta.

Estaba contento de que estuviera de acuerdo con él en que la joven Annijeke se merecía un castigo, pero no tal como para arruinarle la vida para siempre.

Si a sus quince años se la tachaba ya de ladrona, para ella todo habría acabado y no volvería a encontrar otro trabajo nunca. No quería que la chica terminara como tantas otras, obligada a vender su propio cuerpo para poder sobrevivir.

Resuelto aquel asunto, Rubens volvió a su trabajo.

39

La infanta gobernadora estaba sentada en su pequeño despacho del palacio de Bruselas, estudiando las súplicas que le habían llegado aquella mañana.

Odiaba tener que tomar continuamente decisiones que afectaban a la vida de las personas. Formaba parte de las tareas de su cargo, pero siendo ella profundamente creyente, no quería llegar al día del Juicio Final con la conciencia cargada de remordimientos y, lo que es peor, con las manos manchadas de sangre. En consecuencia, meditaba cuidadosamente cada una de sus decisiones, fuera el condenado noble o plebeyo.

Algunas de las súplicas concernían a prisioneros que habían sido condenados a muerte, cuyos familiares apelaban a su clemencia; otras, en cambio, eran de casos que atañían sencillamente a cuestiones de herencias o de legislaciones comerciales. Las pasó una a una sin llegar a concretar una decisión. Antes de firmarlas, prefería pensárselo. No podía tomar a la ligera una decisión que afectaba a la vida o la muerte de una persona. Su temor a Dios y el respeto por su alto cargo la exhortaban a mostrarse cauta. Quería ser recordada en la imaginación popular como una gobernadora justa y clemente.

Indudablemente, no podía aplicar su generosidad a todos los casos.

Sus ojos se detuvieron en una petición que concernía a un joven de Amberes. Tenía apenas diecisiete años. Había sido sorprendido en el intento de vender un aderezo de diamantes que luego resultó ser falso.

Los jueces de Amberes lo habían sentenciado a una pena notablemente dura. Cadena perpetua. Le pareció excesiva para un delito de esa clase, considerando la temprana edad del muchacho y la naturaleza de la acusación. No había matado a nadie.

Reflexionó unos instantes sobre el caso y luego tomó una decisión.

Ordenó que el joven fuera embarcado como galeote en una de las naves de guerra de la armada española y que permaneciera tres años a su servicio, con orden de dejarlo libre, una vez cumplida la pena, en una de aquellas tierras lejanas que acababan de ser descubiertas, y la prohibición expresa de volver a pisar territorio flamenco hasta el final de sus días.

Estaba satisfecha con su decisión. De ese modo, el joven pagaba por su error, pero tenía también la posibilidad de rehacer su vida, una vez saldada su deuda con la sociedad.

Firmó el acta y se levantó. En un gesto consueto, acarició con la punta de los dedos el alfiler de diamantes que llevaba prendido en su ropa. Le gustaba muchísimo. Se lo había mandado su prima para darle las gracias por su colaboración. María de Médicis, como siempre, se había mostrado muy generosa.

Era una lástima que no hubiese logrado averiguar por qué la reina de Francia perseguía a la duquesa de Monfort...

María de Médicis debía de haber tenido sus buenas razones.

En cuanto le llegó la noticia de la detención de su hermana, la duquesa de Monfort, Françoise de Monfort, tuvo la buena ocurrencia de ponerse al resguardo de la cólera de la reina madre y apresurarse a huir, abandonando el castillo familiar. Se preocupó, eso sí, de llevarse consigo el famoso cofrecillo que le había entregado su hermana. La duquesa le había dicho que era un salvoconducto importante, en el caso de que se viera en la tesitura de tener que salvar su vida.

Pocas horas después de su fuga, los soldados de la reina se presentaron en su castillo. Buscaban las cartas.

Françoise de Monfort se dirigió hacia el sur, sin destino preciso, en realidad. Contaba con algunos amigos importantes y pensaba encontrar refugio en un castillo de las cercanías de Grenoble, propiedad de un conde, antiguo amigo de la familia, pero este, una vez conocidas por propia boca de Françoise las razones de su fuga, le dio a entender que su presencia allí no era grata y le rogó que se marchara. Temía afrontar la cólera de la reina madre por haber dado asilo a la hermana de la duquesa de Monfort. La reina era una mujer demasiado poderosa como para atreverse a desafiarla.

La misma escena se repitió varias veces. Nadie osaba desafiar a la reina madre, y todos aconsejaron a la desesperada Françoise de Monfort que se refugiara en el extranjero, acaso en el vecino ducado de

Saboya. Françoise, sin embargo, consideraba que Saboya era un país peligroso. Allí reinaba Carlos Manuel I, viudo de la infanta Catalina Micaela de España, la propia hermana de la infanta gobernadora Isabel Clara Eugenia. No le parecía lo más adecuado.

Prosiguió hacia el sur, viajando de incógnito. Llegó a Toscana. No tenía la intención de detenerse allí, sino de proseguir hacia los Estados Pontificios e instalarse en Roma, pero una amiga de su hermana, la condesa Rosalina Faggio, una gentilhembra toscana que había vivido cierto tiempo en París y que poseía una propiedad en las cercanías de Volterra, le rogó que se quedara con ella.

La condesa era una anciana muy sola. Viuda riquísima, sin descendencia directa, acogió a Françoise de Monfort con los brazos abiertos, feliz de compartir sus aburridas jornadas en la campiña toscana con la hermana de su difunta amiga, y poder ofrecerle la hospitalidad en tiempos tan adversos para ella.

Françoise creyó en principio que era peligroso para ella residir en la tierra de origen de la reina de Francia, pero, sin embargo, pensándolo mejor, sonrió ante la ironía del destino; era poco probable que María de Médicis se imaginara que la hermana de la duquesa de Monfort había ido a refugiarse precisamente a Toscana.

Françoise de Monfort, que siempre había sido de salud frágil, sintió de golpe el peso de los acontecimientos de los últimos meses, que le habían forzado a abandonar su amadísimo castillo con todos sus recuerdos. Su estado de ánimo se resintió y no tardó en enfermar. Un poco más joven que su hermana la duquesa, apenas un par de años, la noticia de la muerte de la hermana le afectó muchísimo y murió poco después.

Dejó en su testamento sus escasos bienes, poco más que joyas y documentos salvados del castillo, a quien había tenido la amabilidad de ofrecerle un refugio en aquellos tiempos oscuros. En la herencia se incluía el famoso cofrecillo de su hermana, que contenía las preciosas cartas de la reina de Francia.

La condesa no se preocupó jamás por leer los documentos que le dejó en herencia Françoise de Monfort, y se limitó a incorporarlos a su biblioteca.

La propia Françoise, para evitar que su generosa anfitriona pudiera sentirse comprometida de algún modo por esas cartas, no le habló nunca de ellas y mantuvo celosamente el secreto sobre la importancia de los documentos que custodiaba.

A su muerte, y por no contar con herederos, la condesa Faggio hizo donación de su biblioteca, con todos los fondos que contenía, al Archivo Estatal de Florencia. Los documentos acabaron relegados en un cartapacio donde nadie los leyó nunca durante muchos años, hasta que fueron descubiertos y sacados nuevamente a la luz por un profesor de la Universidad de Florencia llamado Gianni Scopetta cuatro siglos más tarde.

40

Ann no había contado con los imprevistos. Mientras intentaba reservar su vuelo, aparecía insistentemente un mensaje en la pantalla de su ordenador informándola de que, a causa de las huelgas de los controladores aeroportuarios, todos los vuelos quedaban cancelados.

Estaba furibunda.

Llamó a la recepción para preguntar si conocían más detalles de la huelga.

—Sí, señora Carrington, lo han dicho en el telediario. No se sabe cuánto tiempo durará. Hay quien habla de dos o tres días y otros dicen que será una huelga indefinida. Pero no se preocupe, a menudo se ponen de acuerdo en el último momento y todo vuelve a la normalidad.

Ann colgó el teléfono irritada. Para esa chica de la recepción todo resultaba siempre fácil y nunca había el menor problema. ¿Que llovía? No había motivo de preocupación; antes o después volvería a salir el sol. ¿Que se habían acabado los cruasanes del desayuno? No hay problema. Para el día siguiente ya se pedirían más.

Era exasperante. No sabía si era debido a su carácter o si obedecía a precisas instrucciones de la dirección del hotel para mostrar siempre una visión positiva de los hechos.

¿Y ahora qué iba a hacer?

Miró el reloj. No eran más que las siete. Faltaban aún más de dos horas antes de que Giulia Scopetta pasara a recogerla para ir a cenar.

Miró desesperada la cama, con toda su ropa ya doblada encima, lista para ser introducida en la maleta. Ahora no tenía ganas de volver a colocarlo todo en su sitio en el pequeño armario. Extrañamente, no sentía el frenesí del regreso a casa, como en otras ocasiones. No había nadie esperándola. Al contrario, sintió una ligera melancolía por tener que marcharse de Camogli. Era realmente un sitio encantador, por mucho que, en pocos días, le hubieran pasado más cosas que en los últimos diez años de su cómoda vida en Providence, Rhode Island.

Cogió su bolso para salir a dar un paseo. Confiaba en que así se le calmaran los nervios.

Volvió a recorrer todos los lugares que le gustaban. Las estrechas callejuelas, las infinitas escalinatas, las pequeñas plazas floridas, y esas vistas del mar que quitaban el aliento. Quería llevárselas con ella, memorizadas en las retinas de sus ojos.

Había sacado una gran cantidad de fotos de esos mismos lugares, de acuerdo, pero las fotos no podían expresar las sensaciones de los momentos vividos. Servían, si acaso, para recordarlos.

Miró de nuevo el reloj. Eran las ocho y media. Hora de volver al hotel para prepararse. Giulia no tardaría en pasar a recogerla para ir a cenar.

En el hotel, una nueva recepcionista a la que nunca había visto antes le entregó un sobre.

—Ha venido una señora a dejárselo a usted —le dijo.

Ann Carrington lo abrió. Eran unas pocas líneas escritas a mano por Giulia.

Me he pasado antes para hablar contigo, pero no te he encontrado. Ha sucedido exactamente lo que te había dicho. La policía se ha presentado en mi casa poco después de que te hubieras ido y la han registrado de arriba abajo. Buscaban dinero y documentos para acusarme de complicidad y encubrimiento, pero dado que no han encontrado nada, no han podido acusarme formalmente. Ya te había dicho que era una trampa. No te fíes de ese Pegoraro.

Perdóname, pero al final no podré invitarte a cenar como te había prometido. Tengo que marcharme de inmediato.

No te preocupes por mí. Ya me pondré yo en contacto contigo.

Que tengas un buen viaje.
Giulia

Ann Carrington quedó desconcertada.

Subió a su habitación y releyó la nota una y otra vez, tranquilamente.

De modo que Giulia Scopetta tenía razón cuando se había olido que Antonio le estaba tendiendo una trampa. Pero ¿cómo le habría dado tiempo a esconder los documentos si la policía había aparecido tan pronto?

Era una mujer llena de recursos, no cabía duda.

Lamentaba no poder verla. ¿Dónde habría ido?

Si antes de salir a dar al paseo ya estaba nerviosa, ahora se sentía incapaz de estarse cruzada de brazos. Debía hacer algo, pero no sabía qué. Quedarse encerrada en su habitación le parecía como estar en una jaula. Salió de nuevo, sin una verdadera meta. Si acaso, dado que la cena con Giulia se había esfumado, podría ir a tomar algo sola.

Mientras caminaba, pensaba en la situación de Giulia, y de rebote, en la suya también.

¿Era feliz? No estaba segura de la respuesta. Siempre había intentado mantenerse activa, dedicándose a miles de cosas, en una frenética vorágine que a veces la dejaba sin aliento. Si se paraba a reflexionar de verdad sobre el porqué de toda aquella furiosa actividad, solo se le ocurría una respuesta. Por mucho que se esforzara por negárselo a sí misma, había una cruel realidad que debía afrontar: se sentía sola.

Obviamente, tenía amigos, algunos de toda la vida, pero después del divorcio de Philipp no había vuelto a ser la misma, aunque hubiera intentado consolarse con un par de relaciones que no duraron mucho.

En el fondo, aquellos desventurados habían tenido la desgracia de verse siempre parangonados con Philipp y, francamente, la comparación no se sostenía.

Su matrimonio con Philipp había durado ocho años. No había sido precisamente un camino de rosas, porque él era una persona casquivana, impenitentemente infiel, de modo que sus recuerdos más recurrentes de esos ocho años eran sobre todo las infinitas discusiones, las peleas por motivos fútiles, los portazos y las dos veces que lo había echado de casa antes de la definitiva.

No podía borrar de su mente el día en que lo obligó a marcharse, después de la enésima de las suyas: cuando lo vio por la ventana, alejándose a pie, solo, triste, sin rumbo, porque Philipp no tenía a dónde ir, sintió que se le partía el corazón. Su instinto le decía que saliera corriendo tras él y lo hiciera volver, pero la rabia que sentía dentro por sus barrabasadas se lo impidió.

Philipp era muy alto, de más de un metro noventa, y francamente guapo. Dondequiera que fueran, a una fiesta o a comer a un restaurante, destacaba siempre por su buena presencia. Todas las mujeres se daban la vuelta para mirarlo.

Sus amigas la envidiaban. Pero no sabían lo que significaba vivir día tras día junto a él, con su insoportable carácter, las noches que se pasaba fuera, bebiendo con sus amigos y dedicado a quién sabe qué clase de cosas en las que prefería no pensar, porque sentía que su rabia aumentaba.

Mantenían el contacto, por más que hubiera intentado cortar definitivamente su relación con él después el divorcio, pero Philipp decía que no podía vivir sin ella y la llamaba constantemente, con cualquier excusa, y ella no sabía decirle que no.

Y así iban tirando desde hacía varios años.

Una y otra vez se prometía que aquella era la última vez que lo veía. Pero luego siempre había otra.

De una cosa estaba convencida: no volvería nunca más con él.

Pensó en Antonio Pegoraro. En realidad, ya no sabía qué pensar de él. Estaba confundida. ¿Debía creer a su mujer? Le parecía extraño que Antonio fuese la clase de hombre que ella había descrito, pero, en el fondo, no tenía más remedio que admitir que no lo conocía. Haberse acostado un par de veces con él no significaba nada. No lo suficiente, en todo caso, para juzgar si era capaz o no de hacer esas cosas de las que lo acusaba su esposa.

Y, además, ¿por qué la tal Maria Rosa había ido a contarle a ella las fechorías, o supuestas fechorías de su marido? No tenía mucho sentido. ¿Acaso era una mujer enfadada y vengativa? ¿Lo había hecho para que ella dejara de verlo? No necesitaba acusarlo de ser un asesino si era ese el objetivo que Maria Rosa se había planteado. Francamente, no entendía nada. Había demasiadas cosas que se le escapaban.

Iba caminando absorta en sus pensamientos por la calle que llevaba al cementerio cuando se topó de repente con Antonio. No lo había visto llegar. También él pareció sorprendido de verla.

Hubo unos instantes de incertidumbre sobre qué debían hacer, en los que ambos se sintieron incómodos. Antonio fue el primero en reaccionar.

—¿Qué estás haciendo aquí sola, a estas horas? ¿No pensarás ir hasta Recco andando?

Ella sonrió.

—No. Solo he salido a dar un paseo antes de cenar. Ya sabes, para abrir el apetito, como suele decirse. Abajo en el centro hay tanta gente por la calle que me angustia un poco.

—Si prefieres estar sola, te dejo.

Ann no contestó de inmediato. Por una parte, tenía ganas de estar sola; por otra, en cambio, también tenía ganas de aclarar ciertas cosas con él. Tal vez fuera la última ocasión que se les presentara para verse y estar a solas. Optó por esta segunda solución.

—No, de acuerdo, caminemos un rato juntos. Tengo un par de cosas que preguntarte.

Él no reaccionó. No parecía tampoco sentir especial curiosidad por saber qué era lo que debía preguntarle. Como si se lo esperara.

—Yo también tengo algo que decirte —replicó, en voz baja.

Se encaminaron hacia la curva donde estaba la plazuela con los bancos y las vistas sobre el mar, en la que se había detenido con Giulia Scopetta. Se sentaron en un banco apoyado contra un muro, para tener los hombros resguardados. Ann abrió su bolso para buscar algo, y él se le anticipó ofreciéndole uno de sus cigarrillos. A ella no le gustaban, porque eran demasiado fuertes, pero lo aceptó de buena gana. Se había dejado los suyos en el hotel. Se acordó de que había preferido no coger el paquete para intentar fumar menos.

—¿Qué es lo que quieres saber? —preguntó Antonio con voz cansada.

Ann dio una calada a su cigarrillo y esperó a expulsar todo el humo antes de contestar.

—Tu mujer ha venido a verme al hotel.

Se esperaba una reacción indignada, una protesta, hasta incluso una imprecación contra su mujer, pero él, por el contrario, se limitó a responder:

—Sí, ya lo sé. La he enviado yo.

Ella dejó de mirar el mar que tenía enfrente para volverse bruscamente hacia él, con una expresión de sorpresa en la cara.

—Pero ¿a qué juego estás jugando, Antonio? Francamente, no te entiendo.

—No es ningún juego, Ann. Lo único que pretendía era que Maria Rosa te pusiera en guardia contra Giulia Scopetta. Si lo hubiera hecho yo, no me habrías escuchado.

—Pues tu mujer no me ha puesto en guardia contra Giulia, como dices tú. Solo quería entregarme un sobre para ella que me negué a aceptar, como bien sabrás. Le dije que, si tanto le interesaba que Giulia recibiera ese sobre, que se lo dejara en el buzón de su portal. Eso fue todo. En cambio, contra quien me ha puesto en guardia es contra ti. Debo decir que no se ha privado de criticarte.

—Ya me lo imagino. A veces Maria Rosa peca de exageración. Todavía es muy joven y ciertas cosas no acaba de entenderlas.

—Tienes una visión un poco machista de las mujeres, querido Antonio. No sé si no habría hecho yo lo mismo que Maria Rosa, si me hubiese visto en su situación.

—Tú no. Tú eres distinta.

—¿Y qué sabrás tú de cómo soy yo? ¿Me crees de verdad tan fría y calculadora? ¿Es que crees que soy inmune a los sentimientos?

—No es eso lo que quería decir, Ann. Tú eres una mujer con la cabeza en su sitio. No te dejas arrastrar por el entusiasmo.

—Eso no sé si es exactamente un cumplido...

—Has entendido perfectamente lo que quiero decirte. No te hagas la tonta.

—¿Ordenaste matar tú al profesor Scopetta? —preguntó bruscamente.

Esperaba pillar a Antonio por sorpresa y que reaccionara con una excusa cualquiera, azorado, pero él, en cambio, se echó a reír fragorosamente.

—¿Quién te ha dicho una estupidez de ese calibre? ¿Giulia Scopetta? ¿O has llegado tú sola a semejante conclusión? —preguntó sonriendo.

—Me la ha dicho tu mujer —contestó ella con toda franqueza.

Antonio siguió riéndose.

—A veces Maria Rosa se excede un poco cuando quiere resultar convincente.

—¿Qué quieres decir?

—Que contigo debía representar el papel de la mujer furibunda, sedienta de venganza, pero tal vez haya sido un poco excesivo endosarme el asesinato de Scopetta si quería convencerte de que era un ser malvado.

—¿Por qué? ¿Es que no lo eres? —preguntó ella, sarcástica.

—De eso precisamente es de lo que quería hablarte, Ann. Hay cosas que prefiero explicar, aunque en el fondo no sea indispensable.

Sin embargo, lamentaría que te marcharas con la idea de que soy una mala persona.

—¿Por qué te importa tanto mi opinión? Dentro de un par de días me iré y no volveremos a vernos más en toda nuestra vida. ¿Qué importancia tiene lo que pueda pensar de ti?

—La tiene, y mucha. Podría influir en toda la investigación.

—¿La investigación? Pero ¿qué dices? ¿De qué investigación estás hablando?

—De la que atañe a Giulia Scopetta.

Ann Carrington no pudo ocultar su sorpresa de nuevo.

—¿Giulia? ¿Hay una investigación sobre Giulia? Pero ¿de qué me estás hablando?

—Hace mucho que vamos tras ella. Es sospechosa de varios delitos. Creemos que es ella el cerebro que está detrás de las acciones de su marido.

—Pero ¿qué dices? ¿Me estás tomando el pelo?

—En absoluto, Ann. Por eso me he infiltrado en la banda y me he fingido amigo de sus cómplices. Solo que estaba equivocado. De cabo a rabo. Hemos seguido al sujeto equivocado. Pensábamos que el profesor era el que lo había organizado todo, pero luego pude darme cuenta de que había alguien trabajando en la sombra, mucho más peligroso, el verdadero cerebro de la organización. Y tengo buenas razones para pensar que esa persona es Giulia Scopetta precisamente. No su marido.

—No entiendo nada. ¿Por qué debería creerte? Me has contado tantas historias que ya no sé dónde está la verdad. ¿No pretenderás hacerme creer que fue Giulia quien ordenó matar a su marido?

—No. Eso no. Creemos firmemente que fue un mero accidente. No estaba previsto. Y, además, no había motivo. Nadie ganaba nada con su muerte. Y si no hay motivo, eso quiere decir que no estaba planeado. Ha sido una circunstancia imprevista, fortuita.

El sol, en el horizonte, se había ido hundiendo en el mar. Un ocaso de sugestiva belleza, al que ellos no habían hecho el menor caso, absortos en su conversación. Empezó a oscurecer lentamente.

Ann se levantó de golpe.

—Caminemos un rato. Empiezo a tener frío.

—Si no tienes nada mejor que hacer, te invito a cenar —dijo Antonio—. Así podemos seguir hablando.

Ella se giró para mirarlo fijamente a los ojos.

—Te lo agradezco, Antonio, pero prefiero no ir a cenar contigo. No quiero ser vista en tu compañía en un restaurante para que después la gente vaya a contárselo a tu mujer.

—Estás empezando a pensar como la gente de aquí. Veo que tienes una capacidad de adaptación muy rápida —contestó él, ligeramente ofendido por la franqueza de Ann—. ¿Qué más te da a ti lo que pueda pensar la gente del pueblo, si mañana o pasado mañana te marchas a Estados Unidos y no vas a volver nunca más? Vosotras, las mujeres, me hacéis gracia con vuestros razonamientos.

—No es por la gente. Es por mí. No me sentiría cómoda yendo a cenar con un hombre casado con quien he mantenido relaciones íntimas sin saber que lo estaba porque me ha mentido a propósito.

—*Touché* —admitió él—. Pues entonces, ¿qué quieres hacer?

—Caminemos un poco. No nos pasaremos toda la noche hablando, supongo.

—De acuerdo —acabó por aceptar Antonio—. Caminemos pues, si es eso lo que quieres.

Volvieron a la carretera que llevaba al centro, pero en el cruce donde podía optarse entre bajar por la cuesta que llevaba hacia el centro y al puerto, donde se amontonaba toda la gente para la *passeggiata* de la noche, o tomar por la carretera que ascendía en dirección a Recco, costeando la montaña, se decidieron por esta última. Era una carretera no excesivamente ancha, donde los coches podían cruzarse sin demasiados problemas, pero debían aminorar la velocidad, en cambio, si se topaban con el autobús local. En ciertos tramos, no había acera siquiera y los peatones debían proseguir en fila india. La carretera era casi toda cuesta arriba, y Ann tuvo que aminorar el paso para permitir que Antonio pudiera seguir su ritmo. Era evidente que no estaba acostumbrado a caminar como ella y le faltaba el aliento.

Recorrieron así unos cuantos kilómetros, mientras Antonio, entre un resoplido y otro, le iba contando su historia.

Aunque inicialmente Ann Carrington había rechazado la invitación de Antonio para ir a cenar con él, al pasar por delante de un pequeño restaurante que daba a la carretera, echó una rápida ojeada al interior, y la vista de las mesas puestas, con sus manteles de cuadritos blancos y azules, y el cestillo del pan ya preparado sobre la mesa, repleto de panecillos tentadores y de colines, le entró un hambre tremenda, aguzada por la larga caminata. Miró en dirección a Antonio, que se había quedado rezagado. Se había detenido para recobrar el aliento y, sin pedirle su opinión, decidió entrar. ¿No la había invitado a cenar unos momentos antes?

Antonio dio las gracias mentalmente a Dios y sonrió. También él tenía un hambre de lobo.

Escogieron una mesa junto a la entrada. El ambiente era casero y muy del gusto de Ann. Debido a los manteles, era como si realmente estuviera en casa, pues también ella tenía uno de cuadros blancos y azules, idéntico a esos. Lo usaba solo en la cocina, cuando cenaba sola. Si tenía huéspedes, sacaba el de lino blanco.

El camarero, un hombre de unos cincuenta años, con un ligera tripita y completamente calvo, parecía también ser el dueño del restaurante. Sugirió el plato de espaguetis con almejas, la especialidad de la casa, según dijo, y ambos aceptaron probarlo.

No tardaron mucho en servirles.

Antonio se metía desproporcionadas porciones de espaguetis en la boca, y Ann se preguntó cómo lograba masticar semejante cantidad de una sola vez. En un abrir y cerrar de ojos, ya se había acabado su plato, rebañándolo golosamente con un trozo de pan, mientras que ella no había hecho más que empezar. En ciertos aspectos, le recordaba a su exmarido. También él comía siempre a toda prisa y se terminaba los platos antes que ella.

En el curso de la caminata, Antonio le había contado con todo lujo de detalles la sucesión de hechos que había llevado a la brigada de inspección fiscal y a la policía a sospechar de que Giulia Scopetta se dedicaba a una actividad ilícita, con o sin la complicidad de su marido, cuya implicación no estaba aún del todo aclarada.

—Todo empezó por pura casualidad, en circunstancias de lo más estúpidas, además —prosiguió Antonio, mientras miraba con envidia los espaguetis que quedaban en el plato de Ann—. Debes saber que la Oficina del Patrimonio Artístico Nacional controla discretamente todas las subastas importantes en el mundo, para descubrir si se da el caso de que alguien intente vender una obra de dudosa procedencia, sospechosa de formar parte de la lista de obras robadas o «desaparecidas misteriosamente» de los museos italianos. Los representantes del ministerio en Inglaterra se percataron de que en el catálogo de una subasta de Sotheby's, en Londres, figuraba un pequeño retrato que pertenecía sin duda a un museo florentino y que había desaparecido misteriosamente bastantes años antes. Se trataba de un retrato de pequeñas dimensiones, que representa una figura sin identificar, catalogado en Italia como *El pintor de la reina*, a causa de un rótulo que aparece en el envés de la tela. Sotheby's en cambio, lo anunciaba como una obra desconocida de Rubens.

»Los inspectores de Hacienda intentaron bloquear la venta, pero no lo lograron por culpa de un matiz burocrático realmente estúpido.

—¿Y cuál era este matiz? —preguntó Ann, que empezaba a interesarse por la historia.

—La denominación del retrato. Aunque el cuadro reclamado por Patrimonio era indudablemente el mismo, o idéntico por lo menos al que iba a ser subastado en Londres, en Italia aparecía registrado como *El pintor de la reina*, de autor desconocido. Ese título le había sido dado, como es natural, a causa del rótulo del envés de la tela, pero también por falta de información al respecto, dado que había llegado al museo junto con un lote de obras donadas por un benefactor que desconocía su autoría, mientras que los peritos de Sotheby's afirmaban que era un Rubens original, repetidamente autentificado por expertos en pintura del siglo { YL La autentificación de la obra se había producido gracias a la firma que se encontraba en forma de siglas en los ojos del personaje retratado. Que esa firma se les hubiera escapado a los renombrados expertos italianos era ya de por sí sorprendente, pero si se tenían en cuenta las circunstancias de la recepción de la obra en el museo, pues formaba parte, lo repito, de una donación de un lote de cuadros no de primera importancia, y que este cuadro en particular, que representaba el rostro de un hombre en avanzada edad denominado *El pintor de la reina* era totalmente desconocido para los expertos, no había motivo para sospechar que pudiera ser obra de un pintor tan relevante como Pedro Pablo Rubens. Sea como fuere, la cuestión se solucionó provisionalmente a favor del vendedor, pues se consideró que, probablemente, la obra desaparecida en Italia era una simple copia del mismo cuadro, y por ello los expertos italianos no habían podido identificarlo como original de Rubens. Si el cuadro italiano era en verdad una copia, era probable que las siglas en los ojos hubieran pasado desapercibidas para quien la realizó, y por ese motivo los expertos no las hubieran visto; sencillamente porque no estaban. ¿Me sigues?

—Es algo complicado, pero sí, creo que te sigo. Moraleja de la historia: ¿el cuadro se vendió o no?

—Sí. Por dieciséis millones de euros.

—Caramba. No está mal para un cuadrito desconocido. ¿Y cómo es que desapareció de los museos florentinos?

—Al ser considerada una obra menor, estaba en el depósito de los almacenes del museo, reservado para este tipo de obras, y se la consideraba entre las que se enviaron a restaurar después del aluvión de 1968, que había dañado varios cientos de obras en depósito en los almacenes, y de las cuales se había perdido el rastro.

—Mira que perder el rastro de un Rubens...

—Como ya te he dicho, no se sabía que era un Rubens. Quienes lo tuvieron en sus manos, en el momento de la donación, careciendo de más datos, no lograron identificar de qué pintor se trataba, ni tampoco a qué reina se hacía alusión con aquel rótulo del envés, así que fue catalogado como obra de factura flamenca, y de autor desconocido.

—¿Se producen a menudo esa clase de deslices?

—No fue un desliz. Se debió a la falta de información. No creo que sea muy frecuente que aparezca un cuadro desconocido de un pintor famoso, pero sí es más habitual que ciertos cuadros no estén atribuidos a su verdadero autor, como ocurrió durante siglos con Sofonisba Anguissola.

—Sí, es verdad. He leído sobre ella. Sus cuadros fueron atribuidos al pintor oficial de la corte y no a ella, sencillamente por el hecho de ser mujer.

—Sí, más o menos. No soy un experto en pintura.

—Sin embargo, sabes lo de Sofonisba.

—Bueno, es que se trata de uno de los errores más clamorosos de la historia de la pintura.

—De acuerdo. La tuya es una historia interesante, pero no entiendo la conexión con Giulia Scopetta —le apremió Ann Carrington.

—Espera, ten paciencia. Ahora te lo explico todo. Solo que si no conoces la historia desde el principio, no lograrás entender nada.

Ann se resignó.

Ella también se había acabado su plato de espaguetis con almejas, mientras Antonio jugaba con la punta de los dedos con las migas de un panecillo.

—De acuerdo, sigue. ¿Quieres pedir antes algo más de comer o ya estás lleno? Ya he visto que te has tomado tus espaguetis en un abrir y cerrar de ojos. Parecía como si no hubieras comido en varios días.

—Tenía un hambre de lobo. Creo que voy a pedir una chuleta. ¿Tú qué quieres?

—Yo con los espaguetis tengo suficiente. Tal vez me pida un postre después, si te lo pides tú también.

Él sonrió.

—Ay, Ann, Ann —repitió—. Siempre atenta a la línea.

—No es una cuestión de línea. Si fuera eso, ya tomar carbohidratos de noche sería una locura. Lo cierto es que me he saciado con ese platazo de espaguetis. Además, estaban deliciosos. No estoy acostumbrada a comer tanto, sobre todo de noche. Pero bueno, tú pídete la chuleta y sigue contándome.

Antonio no se lo hizo repetir dos veces.

Antes de proseguir, le hizo una señal al camarero para que se acercase y pidió una chuleta a la milanesa con guarnición de patatas al horno.

—Naturalmente —dijo cuando se alejó el camarero—, la brigada fiscal no estaba dispuesta a darse por derrotada en esa partida. En primer lugar, requirió la colaboración de Scotland Yard, quienes no se mostraron muy entusiastas en colaborar porque había bastantes datos que no concordaban y la propiedad del cuadro aún no se había demostrado del todo, siempre que se tratara del mismo cuadro, porque las dudas estaban más que justificadas.

—¿Pero Patrimonio Artístico Nacional no podía demostrar que le pertenecía?

—Esa era parte del problema. Los fondos de los almacenes del museo suelen ser siempre muy precisos y está todo bajo control, pero en este caso, nada parecía casar adecuadamente. En primer lugar, no se sabía si ese cuadro formaba parte de un lote adquirido por el museo o si era fruto de una donación. Durante el aluvión, muchos documentos fueron destruidos y el inventario no estaba todavía informatizado como en nuestros días. Eran otros tiempos, en los que todo se hacía a mano. El segundo problema es que no podía asegurarse, con una fecha precisa y demostrable, cuándo había salido ese cuadro del museo para, supuestamente, ser restaurado, porque esos documentos también se habían perdido. Si fue después del aluvión, debería estar debidamente registrado en alguna parte, pero no se lograba encontrar nada.

—Pero entonces, ¿cómo podían saber los del museo que ese cuadro era suyo?

—Porque figura en un inventario precedente al aluvión, de muchos años antes, sin embargo, de mediados de los años treinta, me parece. Desde entonces, su rastro se había perdido. Fue en un sucesivo inventario cuando se percataron de que había algo que no cuadraba y que faltaban muchas cosas. No debería suceder, pero había sucedido.

—¿Y qué hicieron entonces?

—La brigada fiscal se lanzó tras el rastro del vendedor, para entender dónde y cuándo había adquirido el retrato.

—Lógico. No debería ser muy difícil verificarlo.

—Pues no era tan sencillo. El cuadro puesto en venta pertenecía a una sociedad de las Islas Caimán, propiedad a su vez de una sociedad de las Bahamas, a su vez propiedad de una sociedad americana registrada en Nevada.

—¡Dios mío, cuánta complicación!

—Hicieron falta años de investigación para descubrirlo. Este tipo de sociedades están muy protegidas por las leyes locales, y no resulta fácil llegar hasta el propietario legal si no se ha cursado una denuncia penal que justifique las indagaciones y obligue a esos estados a facilitar información y, a veces, ni eso siquiera es suficiente. Por algo se llaman paraísos fiscales.

—Pero al final lo lograron —insistió Ann Carrington.

—En realidad, no. Solo se pudo demostrar que existían contactos entre una sociedad y otra, pero no se llegó a demostrar quién era el propietario real.

—Pero entonces, ¿esa información de que la sociedad de las Islas Caimán pertenecía a esa otra de las Bahamas, que pertenecía a su vez a la de Nevada?

—Suposiciones, nada más. No pudo demostrarse nada.

—En conclusión, que no sabéis quién es el vendedor del cuadro.

—Oficialmente, no. Pero...

—Pero... ¿qué?

—Gracias a una casualidad, mientras se indagaba por cauces no oficiales en las actividades financieras de la sociedad americana, nos topamos con una sorpresa.

Antonio se quedó un instante en silencio, como si quisiera hacer durar el suspense.

Ann levantó los ojos del mantel de cuadros para mirar a Antonio. Tenía una extraña sonrisa en las comisuras de los labios. No dejaba de parecerle muy atractivo. Parecía imposible que fuese la misma persona que había descrito su mujer.

—Venga, dímelo. No te hagas ahora el misterioso.

—¿Sabes cómo se llama la sociedad americana?

—¿Y cómo voy a saberlo si no me lo dices?

—Scogiul Overseas Investments Incorporation. ¿No te dice nada?

—Nunca la había oído nombrar.

—¿Scogiul no te suena o no te recuerda a algo?

Ann reflexionó un segundo.

—No, a nada. ¿Por qué? ¿Es que debería ser así?

—Si analizas el nombre Scogiul, ¿no se te viene nada a la cabeza?

Ella reflexionó de nuevo.

—No, nada. Pero venga, déjate de misterios. ¿Qué estás tratando de decirme?

—Scogiul es una especie de anagrama. Si lo analizas bien, te sale SCO de Scopetta, GIUL, de Giulia.

—Oh, Dios mío, un poco cogido por los pelos. De esa forma podrían hacerse todo tipo de conjeturas con cualquier nombre de sociedad. No demuestra nada.

—Efectivamente. Pero hay más. Te decía que conseguimos más información por cauces no oficiales.

—¿Qué quiere decir eso de «por cauces no oficiales»? —interrumpió Ann—. Explícamelo mejor.

—Que si tuviéramos que solicitar esa información por cauces oficiales, nunca la obtendríamos. Para paliar ese vacío legal prácticamente infranqueable, contratamos a un detective privado local, que por medio de sus contactos en un banco de Las Vegas, logró hacernos llegar datos acerca de los movimientos de las cuentas de la Scogiul.

—Pero eso no es legal. Nunca podréis usar esa información ante un tribunal. Ningún juez lo aceptará nunca.

—Eso es verdad. Pero a nosotros no nos importa. No nos interesan los movimientos financieros de la Scogiul. Solo queríamos saber quiénes se escondían detrás esta sociedad. Luego ya los pillaremos por otro lado.

Ann hizo un movimiento de consenso con la barbilla. No aprobaba esos métodos, pero sabía que se practicaban a menudo. Bastaba con recordar que, ya en el pasado, si se consiguió atrapar al mafioso Al Capone fue por haber falsificado su contabilidad, no por todos los crímenes que había cometido, que nunca pudieron demostrarse.

—¿Y cuáles fueron los resultados?

—Hay movimientos financieros constantes entre una sociedad y la otra, con órdenes enviadas siempre a través de internet. Conseguimos llegar hasta la IP del ordenador desde el que partieron las órdenes. ¿No tienes idea de a quién puede pertenecer?

Ella lo miró con expresión impaciente, pero luego de repente, se le iluminó la cara.

—¿No irás a decirme que a Giulia Scopetta?

—¡Bingo, señora Carrington!

—¡No me lo puedo creer! ¿Estáis seguros?

—Absolutamente, sin el menor margen de duda.

—Pero, a ver, ¿es esa una prueba suficiente? Giulia podría objetar que no sabe nada de esa historia y que alguien ha usado su ordenador a sus espaldas. ¿Cómo podéis demostrar que ha sido ella precisamente?

—En efecto, no podemos demostrarlo, pero el círculo se va cerrando a su alrededor. Ahora sabemos, con cierta seguridad, que la señora Scopetta está involucrada, gracias a todos esos pequeños indicios que nos conducen hasta ella.

—Sin embargo, no tenéis ninguna prueba.

—Correcto. Pero la tenemos sometida a una estrecha vigilancia. Solo tenemos que esperar a que dé un paso en falso. Entonces será nuestra.

—¿Y por eso habéis registrado su casa? ¿Qué papeles buscabais?

—Ella cree que buscamos los documentos con los que traficaba su marido. Y nosotros hemos dejado que lo crea. En realidad, lo que nos interesa es algo que pudiera relacionarla con una de esas sociedades. Bastaría con un sobre dirigido a su nombre y procedente de uno de esos paraísos fiscales.

—¿Y no habéis encontrado nada?

—Absolutamente nada. Ni siquiera el dinero que sabemos que guarda escondido en su casa.

—¿Y cómo es que sabéis que guarda dinero en casa?

Antonio se rio.

—Porque lo hemos puesto nosotros, escondido entre los jerséis de su marido.

—No me lo puedo creer.

—Hemos hecho mucho más.

—¿¿??

—Le hemos hecho creer que su marido había abierto una cuenta bancaria sin que ella lo supiera, con mucho dinero ingresado.

—Y eso ¿para qué?

—Para ver su reacción. Esperábamos que lo hiciera transferir a alguna extraña cuenta en un paraíso fiscal, y así poder pillarla. La suma es lo bastante golosa como para justificar un movimiento de esa clase.

—¿Y lo ha hecho?

—No. Ni lo ha tocado. Ha cerrado sus otras cuentas, pero esa ni la ha tocado —repitió él—. Hay que reconocer que es una mujer muy lista. Me habría sorprendido mucho que hubiera hecho un gesto tan estúpido. No sería propio de ella. Demasiado astuta, calculadora. Será difícil sorprenderla, porque Giulia Scopetta no da casi nunca un paso en falso.

—Sin embargo, uno ha dado. El de usar su ordenador para dar instrucciones a esas sociedades.

—Sabía perfectamente que eso no supone una prueba...

Ann reflexionó un momento, antes de proseguir:

—¿Y su marido? ¿Qué tiene que ver en todo esto?

—No lo sabemos todavía con certeza. Su posición aún debe ser aclarada. Pero, dado que ha muerto, su papel es de secundaria importancia. Quien nos interesa es ella. Por otra parte, el cuadro de Rubens fue puesto en venta después de la muerte del profesor. De modo que solo pudo ser ella quien puso el cuadro de Rubens en venta. ¿Y por qué? Solo puede haber un motivo que la lleve en esa dirección. Giulia Scopetta quiere monetizar lo que posee para poder huir y desaparecer del mapa con una bonita pensión. Dieciséis millones de euros son unos buenos ahorrillos.

—Caramba. Estoy alucinada. Aún tengo que digerir todo esto que me cuentas. ¿Y existe alguna relación entre ese cuadro y los documentos que le fueron robados al profesor cuando lo mataron?

—Sin duda, pero todavía no sabemos cuál es. El hecho es que ambas cosas provienen de Florencia, ciudad de los Scopetta. Es razonable pensar que se han beneficiado de ciertas complicidades entre el personal de los museos y del Archivo Estatal. Por sí solos no lo habrían conseguido. Si cae uno, caerá toda la banda. Por eso es tan importante Giulia Scopetta para nosotros. Es la única pista que tenemos. No podemos permitirnos perderla.

Antonio observaba fijamente su tenedor antes de levantar su mirada y clavarla en sus ojos.

—Y es ahí donde tú entras en escena...

Ella hizo un movimiento brusco, sorprendida.

—¿Yo? ¿Y yo qué tengo que ver? Estarás bromeando...

—Tú eres la única persona con la que, según creemos, podría ponerse en contacto Giulia. No le conocemos otras amistades lo suficientemente cercanas como para que corra el riesgo de dar un paso en falso. Ella sabe perfectamente que le seguimos la pista, y estará en guardia.

—Pero ¿por qué va a ponerse en contacto conmigo? No hay motivo. Y, además, tampoco somos tan amigas como tú dices. Apenas nos conocemos, y esto lo sabes tú también.

—Eso es cierto, pero tú tienes una ventaja. Ella tiene confianza en ti. Si necesita algo, es a ti a quien recurrirá, no a sus amigas del *bridge* de Camogli.

—¿Y cómo estás tan seguro?

—Porque sabemos que ha compartido secretos contigo. ¿No has sido tú precisamente la que ha descifrado el código de los papeles de Rubens? Eres una aliada importante para ella.

—¿Y cómo sabes tú que he descifrado el código de Rubens?

—Tenemos nuestras fuentes, Ann. Nunca subestimes a la policía. Podemos parecer unos bobalicones, ya lo sé, pero sabemos muchas cosas. No porque no actuemos o no hablemos significa que no sepamos nada. Es solo parte de una estrategia para hacer que el objetivo caiga en nuestras redes.

—¿Y quién dice que yo subestime a la policía? De quien no me fío es de ti, perdona que te lo diga.

A Antonio se le escapó una amplia sonrisa.

—No te lo puedo reprochar. Como te he dicho, formaba parte de una estrategia. Si tú te cabreabas conmigo, era muy probable que te sinceraras con la única amiga que tenías aquí, que es Giulia Scopetta. Y como una confidencia lleva a otra, era probable que a Giulia se le escapase algo contigo, lo que en otras circunstancias no sucedería nunca. ¿Lo entiendes ahora?

—Sí, ya entiendo que me has utilizado. Lo cierto es que no me siento exactamente orgullosa de este descubrimiento.

—No me malinterpretes, Ann. No todo es así. Nuestros momentos íntimos eran sinceros.

Ella le lanzó una severa mirada.

—¡Seguro! Igual que el hecho de que, según decías, no estabas casado...

Antonio bajó la cabeza.

—No somos perfectos. Si te lo hubiera dicho, es probable que nunca hubiéramos llegado a ser amantes.

—De eso puedes estar completamente seguro. Me siento engañada.

—Si no te importa, dejemos aparte nuestras cuestiones personales y volvamos a Giulia Scopetta —cortó él, que veía que la conversación se estaba deslizando hacia terrenos pantanosos.

—No, todo lo contrario, aclarémoslo —insistió ella—. ¿Quieres decirme de una vez por todas si te metiste en la cama conmigo solo con la intención de sonsacarme información?

Él la miró serio. Intuyó que, en aquel momento, su orgullo femenino prevalecía sobre todo. Era una mujer herida. Debía tranquilizarla.

—Puedo asegurarte que no ha sido así. Puedes creerme o no, pero, si me lo preguntas, mi respuesta es decididamente no. No te he utilizado, Ann. ¿Satisfecha?

Ann no tenía ganas de responderle. No se conformaba con la palabra de un hombre tan mentiroso, pero ¿qué otra cosa podía hacer en aquel momento? ¿Pedirle que se lo demostrara? Era ridículo. Cambió de tema.

—Entonces, ¿cómo está la situación ahora? ¿Sabéis adónde ha ido Giulia? Y, por cierto, ¿no me habías dicho que te habías infiltrado en la banda?

Antonio se sintió aliviado. Le había aturdido bastante la pregunta directa de Ann y no tenía ganas de buscar excusas que justificasen su actitud.

—Era la banda equivocada. Esos dos no son más que unos ladronzuelos de tres al cuarto que se han aprovechado de su relación con el profesor Scopetta para vender documentos sustraídos al Archivo Estatal. No sabemos si fue Scopetta quien se puso en contacto con ellos o viceversa, pero eso es de importancia secundaria. Los enlaces en los museos, en cualquier caso, los llevaba el profesor. No ellos. De Giulia Scopetta, en cambio, sabemos poco. Solo que ha cerrado la casa y se ha marchado con su coche. Pero no sabemos a dónde. Estamos esperando a que te llame para decírtelo.

—¿Y se supone que yo, como si fuera una soplona cualquiera, voy a ir corriendo a decíroslo a vosotros? Pero de verdad, ¿por quién me habéis tomado?

—¿Así que prefieres colaborar con una delincuente? Tenía una idea distinta de ti, la verdad. Pero ¿de qué lado estás? ¿Del lado de la justicia o del lado del delito? No estaría mal que aclararas tu posición —dijo él con tono bastante seco.

—Si te pones en ese plan, te diré que con ninguno de los dos. Yo no tengo nada que ver con esta historia y no quiero verme involucrada. Son cosas vuestras.

—Esta sí que es buena. Pero si estás ya involucrada hasta el cuello, te guste o no, ¿es que no lo entiendes?

Ella reflexionó unos segundos. En el fondo, a Antonio no le faltaba razón. Lo quisiera o no, estaba metida hasta el cuello, como bien había dicho. Era una situación que la hacía sentir incómoda.

—De acuerdo. Haré lo que pueda para ayudaros. Pero solo si lo considero necesario para favorecer a la justicia, que quede bien claro. No lo hago por hacerte un favor a ti.

—Me parece más que justo, Ann. No me debes ningún favor. Por cierto, espero que recuerdes que fui yo quien encontró tu pasaporte, evitándote serios engorros.

Ella lo miró furibunda.

—Desde luego, eres un hijo tu madre...

Él sonrió maliciosamente.

—Tal vez tengas razón. Pero, en el fondo, es precisamente por eso por lo que te gusto, ¿no?

Y soltó una estruendosa carcajada.

A Ann no le hizo ninguna gracia. Sin embargo, pensándolo bien, Antonio no se equivocaba, a fin de cuentas. En ningún aspecto. En primer lugar, se había metido en un callejón sin salida. Sentía una cierta lealtad hacia Giulia Scopetta, pero si realmente estaba siendo investigada por los delitos que había mencionado Antonio, prefería tomar las debidas distancias. Ella siempre había procurado ajustar su vida a la más estricta legalidad, y no tenía intención de apartarse de la recta vía por una simple amistad. El segundo aspecto era algo más delicado de confesar, por más que fuera una cuestión íntima. No lo admitiría nunca, pero era cierto que Antonio le gustaba y seguía gustándole, a pesar de que fuera un hombre casado, y no demasiado claro ni en sus declaraciones ni en sus intenciones. ¿La había usado como un simple peón en sus indagaciones para atrapar a Giulia Scopetta, o se había acostado con ella porque le gustaba de verdad? En el fondo, prefería no saberlo. Temía que la respuesta no le gustara demasiado.

Acabaron de cenar y Ann pagó la cuenta antes de que lo hiciera Antonio. No tenía ganas de dejarse invitar y prefería pagar ella por los dos. Antonio protestó formalmente, antes de aceptar de buena gana.

—¡Ay, los americanos! Siempre luchando por la paridad de sexos —dijo bromeando.

—No te confundas, estimado Antonio. Yo no lucho por la paridad de sexos. Al contrario, me gusta sentirme cortejada y femenina. Sencillamente, como ya te he dicho antes, no tengo ganas de que me invites a cenar. Eso es todo. No hay que darle más vueltas.

—Está bien, de acuerdo. Me rindo —dijo él levantando los brazos—. ¿Me permitirás acompañarte hasta tu hotel, por lo menos?

—Preferiría que no. Sin embargo, podemos recorrer parte del camino juntos, al menos hasta la entrada del pueblo. Me sentiría más tranquila yendo contigo que no sola por esta carretera desierta en plena noche.

Él esbozó una sonrisita, hizo un movimiento negativo con la cabeza, como diciendo «ay, estas mujeres», la cogió familiarmente del brazo sin que ella protestara, y empezaron a caminar en dirección al centro, que distaba un par de kilómetros.

Antes de separarse, a la entrada del pueblo, donde había un amplio aparcamiento, le preguntó nuevamente:

—Entonces, cuento con tu ayuda, ¿verdad? Si te llama Giulia Scopetta confío en que me avises. Recuérdalo, Ann, no le preguntes nada que pueda hacer que recele. No te olvides de que Giulia Scopetta es una mujer muy astuta. Si le haces una pregunta que no se espere de ti, sospechará enseguida que estás fingiendo y corremos el riesgo de perder su rastro para siempre.

—No te preocupes. No soy tan estúpida. Antes hay que ver si me llama, y luego, por qué me llama. No creo que lo haga solo para saludarme. A decir verdad, dudo seriamente que llegue a llamarme.

—Ya veremos. Entonces, ¿me prometes ayudarnos?

—Te prometo que cumpliré con mi deber, en conformidad con mi conciencia —contestó ella.

Él sonrió de nuevo. Sabía que ella colaboraría. No lo había dudado ni por un instante. Porque era demasiado íntegra para cometer una sencilla infracción.

Ann, por el contrario, estaba furibunda consigo misma, porque la sonrisa de Antonio seguía pareciéndole irresistible y habría preferido que Antonio insistiera en acompañarla hasta la puerta del hotel. Le daba rabia que aquel hombre le gustara tanto. Sabía demasiado bien que era una relación imposible. Con un hombre casado..., nunca, jamás, se lo había prometido. No estaba segura de que Antonio le hubiera dicho toda la verdad. Toda esa historia le parecía muy extraña. Sobre todo eso que le había dicho de que se había infiltrado en una banda. Le sonaba demasiado a novela policiaca. Sin embargo, el problema era que, de hecho, tenías ganas de creerle. Una segunda oportunidad no se le niega a nadie, concluyó para tranquilizarse a sí misma.

Se despidieron y ella prosiguió calle abajo por Via XX Settembre, sin girarse. Sabía que Antonio la estaba observando. Si se daba la vuelta y él la llamaba, no habría sabido decirle que no.

De regreso a su habitación del hotel, miró desesperada los montoncitos de ropa que ocupaban toda la cama. Los tenía preparados para meterlos directamente en la maleta, pero, dada la hora, no era cuestión de pensar en ponerse a hacerla. El problema era que debía retirarlos para poderse acostar.

Mientras los trasladaba uno a uno, delicadamente, intentando no arrugar sus blusas perfectamente planchadas, apoyándolos sin ton ni son aquí y allá, donde encontraba sitio, encima de una silla, sobre el pequeño escritorio, sobre la butaquita que usaba cuando se desvestía para ir dejando la ropa que se quitaba, sus pensamientos volaban irremediablemente hacia Antonio.

Creía en su historia, porque tenía ganas de creer en él. Quería convencerse de que no era ese tipejo que su mujer había intentado venderle. Qué extraña táctica la de enviar a su propia mujer para que se enfadase con él y corriera así a sincerarse con Giulia Scopetta. Esta gente, francamente, era enigmática.

En pocos días había pasado de pensar que Antonio era una persona estupenda a considerarlo un embustero asqueroso y seguidamente un criminal —a decir verdad, le resultaba difícil creerlo, porque quien se lo había dicho era su mujer—, para acabar viendo en él de nuevo a un hombre encantador.

En pocas palabras, estaba consiguiendo que se volviera loca. No sabía qué más pensar. De una cosa estaba segura. Lo quisiera o no, Antonio le gustaba, y eso era lo trágico.

No sabía si por pudor, o porque se avergonzaba, o sencillamente porque no tenía ganas de hablar de ella, pero había notado que Antonio siempre evitaba cuidadosamente hablar de su mujer, y cuando tenía que nombrarla, se refería a ella como Maria Rosa, sin decir nunca «mi mujer».

¿Tendría eso algún significado?

«Deja de pensar en estupideces, Ann. Ese hombre no es para ti», se dijo en voz alta a sí misma, mirándose en el espejo del baño.

Lo hacía a menudo, eso de hablar consigo misma. Especialmente si tenía algo que reprocharse. Tenía la impresión de que oír el sonido de su propia voz le hacía más efecto que limitarse a pensar en las cosas.

Se acordó de una frase que le había dicho un amigo, David, una vez que se estaba quejando, después de la separación de Philipp, su marido. David era uno de los pocos hombres solteros con los que tenía trato. Pensaba, aunque no estaba segura y poco le importaba, que David podía ser gay, pero nunca lo habían hablado entre ellos, y lo que contaba era que se trataba de un buen amigo. Se refugiaba siempre en él cuando se hundía en sus momentos de crisis, o se sentía con la moral por los suelos. Se desahogaba con él. Le había confesado que no entendía por qué se pasaba todo el día pensando en Philipp, si luego lo odiaba y afirmaba que ya no quería volver a verlo en toda su vida.

«Las cosas o las personas importantes de tu vida no las olvidas nunca», sentenció David.

¿Significaba eso que Antonio era importante en su vida?

Era ridículo, pensó. Si apenas lo conocía. Sin embargo, lo cierto era que pensaba continuamente en él. Poseía una carga sexual que lo hacía irresistible.

«Eres una auténtica idiota. Deja de pensar en él. ¡Está casaaaado!», se repitió casi en un grito, para intentar convencerse a sí misma por enésima vez.

41

Rubens oyó llamar suavemente a la puerta de su estudio y antes de que tuviera tiempo de contestar, esta se abrió y vio asomarse la cabeza de su mujer, Isabella Brandt.

—¿Qué ocurre? —dijo Rubens, con voz cansada. Detestaba que lo molestaran mientras estaba trabajando.

—Abajo hay un señor que quiere verte. Ha dicho que es muy importante.

—¿No le has preguntado su nombre?

—Claro. Me ha dicho que es un joyero. Un tal Solomon. A ver si me estabas preparando una sorpresa y ha venido a estropeártela... —dijo ella con una extraña sonrisa de satisfacción en los labios.

Rubens levantó los ojos de su dibujo y la miró perplejo, antes de contestar con otra sonrisa.

—Quién sabe por qué, pero vosotras, las mujeres, en cuanto oís la palabra «joyero», pensáis enseguida en un regalo —dijo irónico—. ¿Hay alguna razón especial para que te merezcas un regalo? Tu cumpleaños queda todavía lejos, si no recuerdo mal —prosiguió con el mismo tono irónico—. ¿Por qué motivo he de hacerte un regalo?

—No es preciso que sea mi cumpleaños para regalarme una joya. Esa clase de regalos son bienvenidos todo el año —contestó ella con el mismo tono de broma.

—Temo que voy a desilusionarte, querida mía, pero no tengo ni idea de lo que quiere ese tal Solomon. Hazlo subir, así aclaramos enseguida este misterio.

El joyero Solomon parecía aún más viejo de cuando lo vio la última vez. Fuera de su ambiente, parecía otro hombre, con su nariz aquilina, el labio inferior carnoso y la barbilla en punta. Al verlo, no parecía un hombre que movía enormes fortunas en diamantes.

Rubens liberó una de las sillas frente su escritorio, abarrotada de cartones recién esbozados y de dibujos varios, antes de rogarle que se sentara.

—¿Qué buen viento os trae hasta mi casa, señor Solomon? ¿Hay algo que pueda hacer por vos?

Solomon parecía un poco turbado. Había oído decir que el pintor vivía lujosamente, pero nunca se hubiera imaginado que alcanzara tales niveles. La casa la conocía por fuera, de haber pasado por delante infinitas veces, pero no conocía el interior, y ahora podía apreciar cómo el maestro Rubens vivía rodeado de toda clase de lujos y comodidades.

Seguía sujetando su sombrero entre las manos, pequeñas y descarnadas, y Rubens, al notar ese detalle, se preguntó cuántos años podría tener aquel hombre. ¡Bastantes, sin duda alguna!

—En realidad, quería haceros una consulta sobre cierto asunto, maestro Rubens —empezó a decir Solomon, titubeando en sus palabras, como si ya no estuviera tan seguro de que incomodar al maestro para venir a hablarle de esa historia hubiera sido oportuno—. Confío en no molestaros y en no haberos interrumpido en vuestro trabajo.

—Contadme, señor Solomon —dijo Rubens, pues, llegados a ese punto, sentía curiosidad acerca del motivo de aquella visita inesperada—. Si puedo seros útil, lo haré con mucho gusto.

Tranquilizado por las palabras del maestro, el anciano judío se relajó y empezó a explicarle el motivo que le había llevado hasta allí.

—Me ha sucedido una cosa muy extraña, maestro Rubens, y por eso quería hablaros. Como recordaréis, la señora duquesa de Monfort vino a verme para entregarme un aderezo de diamantes de parte de su majestad la reina de Francia, el que os enseñé, y yo, como es natural, le hice entrega del correspondiente recibo por el aderezo.

—Naturalmente —dijo Rubens, que no entendía a dónde quería ir a parar el joyero.

—Pues bien, lo que ha ocurrido es que, hace unos días, se presentó un hombre con el recibo que yo mismo había escrito de mi puño y letra para la señora duquesa, pidiéndome que le entregara el aderezo.

Rubens no pudo reprimir una expresión de sorpresa.

—¿Dijo su nombre?

—Sí, me dio un nombre que no recuerdo, porque me pareció obviamente falso.

—¿Y le entregasteis el aderezo?

—Ni soñarlo.

—¿Qué aspecto tenía aquel hombre?

—No sabría deciros. La impresión que me dio era que, aunque llevara ropas civiles, era un soldado. Sus gestos y su actitud lo traicionaban.

—Efectivamente, es muy extraño.

—Pero eso no es todo —prosiguió el viejo judío—. Cuando me negué a entregarle el aderezo, se marchó casi sin despedirse. Y el colmo fue que no se preocupó siquiera por llevarse el recibo. Lo tengo aquí conmigo.

Solomon se metió la mano derecha en un bolsillo de sus ropas para sacar el recibo y se lo tendió a Rubens.

—En verdad, muy singular. ¿Y qué creéis que puede haber ocurrido para que el recibo haya llegado a manos de ese hombre de modo que intentara que le entregarais el aderezo?

—Lo primero que pensé fue que quizá se lo hubiera robado a la señora duquesa, o bien...

—O bien... ¿qué? —preguntó Rubens.

—No sé si estáis al corriente, pero he recibido noticias indirectas acerca de la duquesa, y también de eso quería hablar con vos, por si podríais confirmarme lo que he oído decir.

Rubens estaba cada vez más asombrado. No entendía a dónde quería ir a parar Solomon.

—Decidme, ¿qué noticias habéis recibido?

—Una persona amiga, que vive en Bruselas, me ha dicho que le ha llegado el rumor de que la señora duquesa había sido arrestada nada más pisar el palacio real.

—¿Arrestada? —exclamó sorprendido Rubens—. ¿Y por qué diablos iban a arrestarla?

—Eso no lo sé. Sin embargo, según mi informador, fue trasladada de inmediato a la fortaleza de Mons. Por ello, cuando se presentó ese desconocido con el recibo, no me fié en absoluto y pensé enseguida que era un engaño.

—Lo cierto es que es una historia de lo más extraña, señor Solomon. Sin embargo, creo que habéis hecho muy bien en no entregar el aderezo. Si hubiera sido un enviado de la duquesa, esta le habría dado una carta de presentación o algo parecido. No es una persona como para darle sin más un recibo al primero que pase para que vaya a retirar un aderezo de tanto valor. Ni soñarlo, vamos. En cuanto a la detención de la duquesa, no sé nada ni tampoco había oído hablar del asunto.

Rubens guardó silencio sobre su último encuentro con la reina y sobre lo que ella le había dicho a propósito de la duquesa. Si María de Médicis sabía que la duquesa había sido arrestada, no quiso hablar de ello.

—¿Qué pensáis que puede haber ocurrido para que ese desconocido se presentara ante vos con el recibo de la duquesa? —preguntó Rubens.

—En realidad, no tengo ni idea. Pudiera ser que la duquesa lo haya perdido o bien que le haya sido robado, y otra posibilidad es que, si efectivamente ha sido arrestada, uno de los soldados haya encontrado el recibo entre sus objetos personales y haya decidido tentar a la suerte y ver si lograba ganar algo de dinero, retirando una joya que creía propiedad de la duquesa. No creo que fuera consciente del valor que podía tener el aderezo. No se menciona en el recibo.

—Podría ser una explicación plausible —admitió Rubens—. Me parece una historia interesante, sin embargo sigo sin entender qué tengo yo que ver con todo esto.

Solomon se aclaró la garganta antes de proseguir.

—Veréis, señor Rubens, yo me encuentro en una posición algo delicada. Tengo el aderezo y tengo también en mis manos el recibo. Podría hacerlo desaparecer sin que nadie pudiera decirme nada, porque no hay nada que demuestre que me ha sido entregado efectivamente. Vos ya os haréis cargo de que la mera suposición de algo parecido podría significar un desastre para mi reputación y la de mi negocio.

—Lo entiendo perfectamente. ¿Y qué pensáis hacer?

—Pues se me ha ocurrido que, como vos conocéis personalmente a su majestad la reina y tenéis trato frecuente con ella, podría pediros el favor de que le entregarais este recibo a su majestad de mi parte. Así me sentiría más tranquilo.

Estuvo a punto de añadir «y así tendría también un testigo», pero guardó silencio. No quería correr el riesgo de que Rubens se ofendiera o se sintiera enredado por un compromiso que no le atañía.

—Es decir, ¿lo que vos me estáis pidiendo es que me haga cargo del recibo para entregárselo de vuestra parte a la reina?

—Exactamente, maestro Rubens.

—¿Y cómo le explico yo a la reina que el recibo ha ido a parar a mis manos?

—Creo que lo más sencillo sería decirle la verdad.

—¿Y si no nos cree? Me vería mezclado en una historia en la que no tengo absolutamente nada que ver.

El viejo Solomon adoptó una expresión desolada. Ya no sabía qué decir para convencer al augusto pintor.

—¿Y por qué no se lo mandáis con un correo? —preguntó Rubens, que no tenía muchas ganas de verse enmarañado en ese asunto. La noticia de que la duquesa había sido arrestada le tenía muy sorprendido. María de Médicis le había dicho que se había retirado. ¿Una forma diplomática de ocultar la verdad? Razón de más para no mezclarse.

—No me fío, maestro. ¿Y si cae en manos poco seguras? Me encontraría de nuevo en una situación muy embarazosa. Estamos hablando de un aderezo de un valor considerable.

—¿Y de mí os fiais?

Solomon esbozó una tímida sonrisa.

—No solo me fío de vos, maestro, sino que creo firmemente que sois la única persona capaz de solucionar este pequeño enredo. Vos sois el pintor de la reina.

Rubens reflexionó un instante y luego dijo:

—De acuerdo, señor Solomon, dejadme el recibo. Se lo entregaré a su majestad la próxima vez que la vea.

El anciano judío le obsequió con una enorme sonrisa, que le cruzó toda la cara. Estaba satisfecho.

—De verdad que os quedo muy agradecido, maestro.

—Por cierto, señor Solomon, ¿qué piensa hacer la reina con ese aderezo?

—Venderlo, naturalmente. Por lo que tengo entendido, necesita dinero para ciertos proyectos suyos. Sin embargo, antes debo desmontarlo, porque así, entero, no puede venderse y además sería fácilmente reconocible. La reina exige discreción.

—¿Y qué haréis con una suma tan ingente?

—Debo entregársela a los banqueros de su majestad que se encuentran en Bruselas.

—Ah —dijo Rubens, meneando la cabeza.

Solomon se metió la mano en el otro bolsillo de su vestido antes de proseguir.

—Para daros las gracias por el enorme favor que consentís en hacerme, he pensado que, tal vez, a la señora Rubens le agradaría este pequeño obsequio.

Sacó del bolsillo un pequeño estuche de cuero que abrió y depositó ante Rubens sobre su escritorio. Contenía una pulsera de piedras preciosas.

Rubens le echó una ojeada distraída, fingiendo no querer darle mucha importancia. No era gran cosa, comparada con el aderezo, pero no dejaba de ser un gesto estimable y estaba seguro de que a su mujer la haría muy feliz.

—En verdad os lo agradezco, señor Solomon, pero no puedo aceptarlo.

Por toda respuesta, Solomon se levantó y se dirigió hacia la puerta.

—No sabría cómo daros las gracias de otro modo, maestro. Os quedo deudor de un enorme servicio. Os presento mis respetos porque ahora debo marcharme. Y excusadme de nuevo por haber osado interrumpir vuestro trabajo con mis pequeñas cuitas. No es necesario que me acompañéis, conozco el camino.

Salió sin añadir nada.

Al quedarse solo, Rubens permaneció perplejo. Qué hombre más extraño era aquel judío. Generoso, en cualquier caso. No entendía por qué no le había mandado directamente el recibo a la reina. ¿Acaso temía que se perdiera? Es indudable que después de la reciente experiencia no debía tener muchas ganas de ver aparecer por su taller a toda clase de gente con la pretensión de reclamar el aderezo con el recibo en la mano.

Abrió nuevamente el estuche y observó la pulsera con renovada atención. A primera vista no le había parecido gran cosa, pero en un segundo examen no estaba tan mal, desde luego. Probablemente, él mismo no podría gastarse lo que costaba para hacerle un regalo a su mujer. No le cabía duda de que Isabella quedaría más que satisfecha.

Sin embargo, se sentía incómodo.

No le gustaba sentirse coaccionado. Aceptar un regalo de tal importancia solo por entregar a la reina un recibo le parecía un despropósito. Y, además, a él no le gustaba ser deudor de favores, y ahora, a causa de esa estúpida pulsera, se sentía en deuda con el viejo judío. Le daba rabia haberse dejado enredar. Hubiera debido mostrarse más firme, y rechazar categóricamente el regalo. Ahora se veía obligado a encontrar la forma de igualar las cuentas con Solomon y liberarse de aquella engorrosa sensación. Temía que, con la excusa del regalo que había hecho a su mujer, Solomon se sintiera autorizado para solicitarle nuevos favores. En principio, no había razón para ello, pero ya se sabe cómo son estas cosas, y prefería prevenir antes que curar.

Odiaba sentirse en deuda cuando en realidad no había pedido nada.

Estuvo meditando unos instantes sobre la forma de corresponderle, y al final se le ocurrió una idea. ¿No era un pintor? ¿El pintor de la reina, como le había llamado Solomon?

Se levantó del escritorio y se acercó a la esquina del estudio donde realizaba las primeras pruebas de dibujos y de colores antes de pasarlas al estudio de la planta baja, donde trabajaban sus colaboradores. Escogió una tela virgen, entre las que se amontonaban en una esquina, ni demasiado grande ni demasiado pequeña, y empezó a bosquejar un rápido retrato del viejo Solomon, ahora que aún tenía sus rasgos somáticos frescos en la cabeza.

«Si un joyero regala una joya, lo lógico es que un pintor regale un cuadro», pensó sonriendo para sus adentros.

Al cabo de un par de horas, lo tenía prácticamente acabado. Sobre una tela de aproximadamente diez pulgadas por veinte, el rostro descarnado de Solomon mostraba su increíble parecido con el retratado. No cabía duda posible sobre la identidad del personaje.

En aquel momento, un débil rayo de sol penetró en el estudio a través de la gran vidriera e iluminó el retrato, dándole una luz particular. Rubens se consideró más que satisfecho. Para ser una obra hecha a toda prisa, de buenas a primeras, le había salido realmente bien.

Estaba a punto de firmarlo cuando se lo pensó mejor y se contuvo. En el fondo, sentía cierto rencor hacia el joyero. Le había puesto en una situación incómoda, obligándole a corresponder al regalo para su mujer. Si la hubiera firmado, su firma habría aumentado considerablemente el valor del retrato, y no quería hacer un regalo desproporcionado al anciano judío. En vez de firmarlo, giró la tela, y escribió maliciosamente sobre el envés: «El pintor de la reina».

Volvió a dejar el cuadro sobre el caballete y se alejó para admirarlo. Sí, era un buen regalo. Sin duda el anciano judío quedaría satisfecho.

Quien no estaba del todo satisfecho, en cambio, era él. No firmar el cuadro le pareció una descortesía. Su ocurrencia no acababa de convencerlo. ¿Y si Solomon no entendía la broma? Podía ofenderse. Volvió a empuñar los pinceles, y escogió uno particularmente fino. Añadió las letras «P P» en el ojo siniestro, y «R» en el derecho. Eran sus iniciales. Pedro Pablo Rubens.

A una distancia de dos pasos, no eran visibles, pero, sin embargo, si uno lo sabía y se acercaba lo suficiente, podía distinguir perfectamente sus iniciales en el interior de los ojos.

Ahora sí que estaba satisfecho.

Esperó a que estuviera completamente seco antes de enviarlo al domicilio del joyero, acompañado por una nota.

Con el retrato, se sentía liberado de sus deudas con Solomon. Regalar a su mujer una pulsera de diamantes había sido una osadía. No quería ni pensar que fuera intencionado, pero le sonaba vagamente a una forma de comprar su complicidad. Por eso no le había gustado el gesto. Al corresponder con el retrato, se sentía en paz.

Con una pequeña revancha incluida. ¿Quién sabe si Solomon llegaría a entenderla?

Preparó la nota para acompañar el retrato. Especificó que era un obsequio personal suyo para agradecerle el detalle que había tenido con su mujer y le invitaba a observar atentamente las pupilas de los ojos.

Cuando lo recibió, Solomon se dio cuenta enseguida de que el cuadro no estaba firmado, y en un primer momento se ofendió, pero luego, como buen mercader judío, calculó que si conservaba la nota de Rubens junto con el retrato, además de ratificar que las siglas en las pupilas eran las suyas, aumentaba considerablemente el valor de la tela. Era un reconocimiento de hecho de que la obra era suya. En cuanto al rótulo en el envés, donde Rubens se identificaba como el pintor de la reina, la entendió como una extravagancia del pintor. Rubens había dado vía libre a su carácter jocundo, escribiendo eso en el envés, una forma como cualquier otra para recordarle que servía de trámite entre él y la reina a causa del recibo. Le pareció una estupidez y no le dio mayor importancia.

42

Amberes, año 1637.

Isaac Solomon murió una mañana nubosa. Estaba sentado en su mesa de trabajo, trabajando sobre un par de pendientes de zafiros y diamantes para un rico burgués local que quería regalárselos a su joven amante. Estaba solo, y prácticamente no se dio cuenta de que la muerte había venido a buscarlo. Sintió un fuerte dolor en el pecho, pero no tuvo tiempo de llamar a nadie para que acudiera en su ayuda y cayó fulminado al suelo, donde lo encontraron muerto media hora más tarde.

Ya hacía tiempo que había redactado su testamento, en el que repartía sus bienes entre sus dos únicas hijas. Cuando lo escribió, al tener que decidir a cuál de las dos le dejaba el retrato pintado por Rubens, al principio se inclinó por la mayor, Magdalena, precisamente porque era la mayor y una chica sensata, con la cabeza en su sitio, indudablemente la más proclive a seguir las tradiciones familiares. Por desgracia, Magdalena solo había tenido descendencia femenina de su matrimonio con otro joyero judío de la ciudad, tres hijas en total, y temía que su retrato acabara al final en manos desconocidas, dado que, cuando las mujeres se casan, sus bienes pasan a pertenecer a la familia del marido.

Beatrice, la segunda de sus hijas, su preferida en el fondo, era, por el contrario, más cabeza loca y siempre se había mostrado algo rebelde, poco dispuesta a seguir las costumbres familiares. A la hora de casarse, no quiso saber nada del joven que su padre había escogido para ella, el hijo de un importante comerciante de diamantes de Amberes, y había preferido desposarse con un partido mucho peor, Hans Scheckter, hijo de un comerciante de lana de la ciudad, pero miembro de una familia numerosa con diez hijos, de manera que la probabilidad de que recibiera una buena herencia quedaba descartada de antemano, con tantos hermanos con los que tener que repartírsela.

Decidió finalmente que dejaría el retrato en herencia a Beatrice. Lo que lo convenció para tal decisión fue el hecho de que Beatrice había tenido dos hijos varones, lo que le aseguraba que su retrato permanecería en el seno de su familia durante otras dos generaciones.

Solomon estaba muy ufano de su retrato, y orgullosísimo de que fuera obra de Rubens. Lo guardaba en su despacho, colgado a sus espaldas, a la vista de todos los clientes importantes que recibía. No perdía oportunidad para llevar la conversación hacia el retrato, durante las transacciones con sus clientes, especificando con sumo orgullo que se lo había regalado Pedro Pablo Rubens.

Su hija Magdalena se burlaba a veces de él y le tomaba el pelo diciéndole:

—Pero, papá, si tampoco has salido tan parecido. Deberías poner una etiqueta debajo con un letrerito: «Isaac Solomon, pintado por el maestro Rubens».

Lo decía cuando su padre se excedía, ante parientes y amigos, contando la historia del retrato.

Beatrice, en cambio, lo encontraba muy parecido a su padre.

—Papá, no importa mucho quién lo haya pintado. Lo importante es que se te parece y así podremos acordarnos de ti cuando ya no estés con nosotros.

Después de su muerte, el retrato de Isaac Solomon presidió el salón de la casa de Beatrice en el lugar de honor durante la mayor parte de la vida de esta. Recordando las instrucciones de su padre, guardaba celosamente en la caja fuerte la carta de Rubens que certificaba la donación y autentificaba la autoría.

A su muerte, Beatrice Solomon dejó el retrato a su hijo mayor, Alois Scheckter. Los descendientes de Alois se legaron el retrato de generación en generación, y, en la sexta, el retrato había pasado de su privilegiada posición de antaño en el salón principal de la casa a uno de los cuartos, para ir más tarde a decorar un pasillo, y acabar tristemente sus días en un desván junto con otros cachivaches, dado que los últimos descendientes de Isaac Solomon ni siquiera recordaban que ese anciano señor representado en el cuadro era su antepasado.

En cuanto a la famosa carta de Rubens, se perdió en el incendio que se desató en casa del hijo de Alois Scheckter, destruyendo parte del edificio, y del que el retrato fue salvado por los pelos de la quema, dado que fue uno de los pocos objetos que pudieron ser rescatados.

Que Rubens era el autor del famoso retrato del bisabuelo que presidía el salón fue transformándose de leyenda en rumor, y acabó diluyéndose en el curso del tiempo.

Los últimos descendientes de los Scheckter, que ya no se llamaban Scheckter porque el retrato había pasado a una hija que lo había heredado con otras pocas cosas, lo vendieron, junto con antiguos muebles y objetos de plata, a un mercader anticuario alemán que se lo vendió a su vez a un rico burgués de Múnich, quien lo revendió al cabo a un banquero de Milán.

El retrato de Isaac Solomon pasó así de mano en mano, sin que nadie supiera quién era aquel señor representado en la tela, hasta que apareció entre los bienes de una pudiente familia toscana que, careciendo de descendencia, decidió legar sus obras de arte a un museo florentino.

Los responsables del museo no mostraron inicialmente excesivo entusiasmo ante la idea de aceptar la donación. No incluía ninguna obra de especial relieve, si bien el retrato de Isaac Solomon, sin embargo, no dejara de llamar su atención por su buena factura; además, el rótulo sobre el envés que lo calificaba como «el pintor de la reina» era un pequeño enigma que se prometieron solucionar cuanto antes: todo ello los indujo a aceptar al final el legado. A la espera de decidir su destino, fue enviado a los depósitos donde se guardaban los fondos del museo no expuestos al público, a la espera de días mejores.

El aluvión de 1968 invadió parte de los depósitos, dañando muchos millares de obras de arte.

Cuando los dirigentes del museo se recuperaron de la conmoción y se percataron del desastre que había ocurrido en sus almacenes, empezaron a organizar la restauración de las obras dañadas por el agua y el barro, que habían alcanzado una altura de casi cuatro metros sobre el nivel de la calle. Para ello, distribuyeron las obras por lotes, describiéndolos de forma bastante aproximativa, dado que todas las obras estaban cubiertas por una gruesa capa de barro y tocarlos podía significar provocar un daño irreversible. Los lotes fueron enviados a distintos talleres de restauración en otras tantas localidades del país.

El retrato *El pintor de la reina* fue a parar, junto con otros cuadros, a un estudio de restauración de la ciudad. Su descripción era más que sumaria y consistía principalmente en proporcionar sus medidas y una breve caracterización del marco, ya que el tema resultaba invisible.

Cuando llegó a manos del restaurador, un hombre de unos sesenta años, que respondía al nombre de Aldo Ambrosoli-Scotti, la tela, irreconocible, estaba seriamente dañada. Hizo falta mucho tiempo antes de que empezara a adquirir una apariencia decente y de que, una vez acabada su restauración, pudiera recuperar íntegramente toda su belleza original.

Ambrosoli-Scotti quedó tan maravillado que decidió conservarla algún tiempo más antes de restituirla al museo, intuyendo que estaba en presencia de una obra mayor, dada la calidad de la pintura. Él había descubierto que las pupilas de los ojos contenían las siglas «P P» y «R», además de las palabras sobre el envés que lo identificaban como «el pintor de la reina». En un primer momento, pensó que las siglas correspondían a las del nombre del personaje del retrato, pero, sin embargo, a pesar de su experiencia y conocimientos de las obras de aquella época, que era su especialidad, no lograba reconocer en los rasgos somáticos de aquel hombre a ningún pintor que fuera conocido y mucho menos que ostentara el título de «pintor de la reina». De hecho, le daba la impresión de que el hombre retratado tenía rasgos típicos de la raza judía, y dirigió su investigación personal en esa dirección. ¿Qué pintor judío del siglo { YII, cuyas siglas eran «PPR», trabajaba en una corte europea y ostentaba el título de «pintor de la reina»?

Se pasó noches enteras hojeando libros de arte, de los que poseía una colección impresionante que empleaba en su trabajo, pero no logró solucionar el enigma. El único pintor que respondía a las siglas «PPR» y que podía ser calificado como «pintor de la reina» era el famoso Petrus Paulus Rubens, y si podía denominarse así, era a causa del famoso ciclo de pinturas que había realizado para la reina de Francia, llamado *La vida de la reina María de Médicis,* pero el rostro de Rubens era más que conocido, y no se asemejaba en absoluto al del hombre del retrato.

Sin embargo, una luz se iluminó en su mente.

La mano que había realizado aquel retrato era muy parecida a la de Rubens. Lo conocía bien por haber trabajado bastantes años en la restauración de obras del gran pintor, y poco a poco fue abriéndose camino en su mente la idea de que lo que ocurría en realidad no era que el cuadro representara al pintor de la reina, sino que había sido realizado por el propio Rubens, quien lo había firmado discretamente —el motivo lo desconocía— con sus siglas pintadas en la retina de los ojos.

Valoró su hipótesis durante varios días antes de llegar a la convicción de que era perfectamente válida. Persistía un razonable porcentaje de duda, pero cuanto más observaba el retrato más se convencía. Aquel cuadro era obra del gran Rubens.

La pregunta que se le vino enseguida a la cabeza era la siguiente: ¿lo sabría el museo? Por el tratamiento que habían reservado al cuadro, enviado junto con otros tantos de dudosa factura y de no primerísima calidad, lo dudaba. Por nada del mundo querría perderse las caras que pondrían esos pomposos dirigentes del museo cuando les anunciase que tenían en sus manos un Rubens desconocido, y que ni siquiera lo sabían.

Reflexionó bastante antes de hacer ningún movimiento o de avisarles de su descubrimiento. Si se equivocaba, corría el riesgo de desacreditarse para siempre y de convertirse acaso en el hazmerreír de sus colegas restauradores, eso si no perdía además los encargos de restauración que el museo le confería con regularidad. A fin de cuentas, no dejaban de ser una fuente considerable de ingresos.

Él sabía que la extensión de los fondos del museo le garantizaba años y años de trabajo con bastantes encargos de restauración.

Debía pensárselo muy bien antes de dar un paso en falso.

Decidió hablar del asunto con una vieja amiga suya. No es que fuera una experta en el arte del siglo { YII, pero era una persona sensata, bien introducida en los círculos florentinos de ámbito histórico-artístico, al haber sido tiempo atrás una profesora de historia reconocida por su seriedad, y no le cabía duda de que estaba en condiciones de darle buenos consejos, ya fuera como amiga o como profesional.

Miró la hora. Eran las diez de noche. Algo tarde para llamar por teléfono, pero dada la importancia de lo que creía un descubrimiento importantísimo, valía la pena probar. La excitación que se había apoderado de él era tal que en cualquier caso no pegaría ojo en toda la noche.

Intentó localizarla en primer lugar en su piso de Florencia, pero después de haber dejado que el teléfono sonara repetidamente, tuvo que rendirse a la evidencia de que no estaba en casa. Decidió llamarla entonces al apartamento que tenía en la playa.

Al segundo timbrazo, alguien contestó.

—¿Sí, diga?

—¿Giulia? Soy Aldo Ambrosoli-Scotti. Perdona que te moleste a estas horas.

Giulia Scopetta quedó sorprendida por la llamada. Debía de ser algo importante para que Ambrosoli-Scotti se tomara la libertad de llamarla a una hora tan tardía.

Aldo Ambrosoli-Scotti dio muchas vueltas en el aparcamiento al volante de su coche antes de ver por fin a alguien que se metía en el suyo, señal evidente de que se disponía a marcharse y a dejarle una plaza libre. «Qué follón», pensó. No podría vivir nunca en un sitio donde hay que estar dando vueltas como un loco para encontrar aparcamiento y luego ya no puede mover uno el coche.

Giulia Scopetta le había dicho, en el curso de su llamada telefónica de la noche anterior, que no pensaba volver en un plazo breve a Florencia, así que, si tenía algo urgente que consultarle, como parecía estar dándole a entender, debía ser él quien se acercara a Camogli.

La idea de un viaje de bastantes horas en coche no es que entusiasmase particularmente a Aldo Ambrosoli-Scotti, pero, dado que para él la opinión de alguien con quien tenía tanta confianza como Giulia era importante, se resignó.

Embaló cuidadosamente el cuadro antes de depositarlo en el maletero de su automóvil. Confiaba en que la policía o la brigada fiscal no lo pararan para un control en la autopista, porque no habría sabido cómo justificar la presencia de aquel cuadro en su coche. Era un riesgo, desde luego, pero un riesgo asumible.

Sacó el cuadro del maletero, y atravesó Camogli cruzando el paseo marítimo. Por fortuna era pequeño y no pesaba demasiado. Ya que estaba allí, tanto valía que aprovechara un poco la localidad veraniega, aunque no fuera más que con la vista. Con sus bonitas casas pintadas a orillas del mar, le daba la impresión de estar de vacaciones.

Por suerte, el marido de Giulia no estaba. Iba a estar ausente un par de días, según le había dicho ella. Gianni era simpático, pero uno de esos tipos que hablaban continuamente, con afán de protagonismo. En su presencia, Giulia se mostraba siempre muy reservada y poco locuaz.

Reconoció enseguida el edificio en el que los Scopetta tenían su apartamento. Ya había estado allí una vez hacía bastantes años, durante una breve excursión de un día con su familia, y se había quedado impresionado por la belleza del lugar. En aquella ocasión le dijo a Giulia que le tenía cierta envidia por el hecho de poseer una casa en una situación tan privilegiada. Giulia sonrió, complacida. Siempre había sido una mujer de pocas palabras.

En un primer momento, Giulia Scopetta no quedó particularmente impresionada al ver el retrato, por más que reconociera que era de bonita factura, seguramente de origen flamenco a causa de los colores y del estilo, hasta que Ambrosoli-Scotti no le señaló el detalle de las siglas pintadas en las pupilas.

Giulia se pasó un buen rato observándolas con una lupa. Desde luego, parecían pintadas al mismo tiempo que el cuadro, pero eso no significaba que pertenecieran al autor del retrato. Podían haber sido puestas ahí para identificar al personaje retratado.

Aunque también era cierto que las palabras escritas sobre el envés daban que pensar. ¿Qué significaba «el pintor de la reina»? También el rótulo, después de un largo examen, le pareció escrito al mismo tiempo que el retrato. No era un añadido posterior.

—No sé qué decirte, Aldo —admitió finalmente Giulia Scopetta—. Yo no soy tan experta como para garantizarte que sea un Rubens original. Hay muchos elementos que permiten pensarlo, pero...

—Puedo asegurarte, Giulia, que he hecho un montón de investigaciones —intervino él para defenderse—, y la única deducción lógica a la que he llegado es que solo puede tratarse de un Rubens desconocido.

—Exacto, como bien dices tú mismo, querido Aldo, es solo una deducción. Tiene su lógica, para qué negarlo, pero no hay ninguna certeza de que lo sea realmente.

—Entonces, ¿qué me sugieres?

Giulia se levantó de la silla y dio unos cuantos pasos por el salón. Echó una distraída ojeada por la ventana, como si la mera vista del pequeño puerto pudiera hacerle venir la inspiración; luego se dio la vuelta bruscamente para encararse con su amigo.

—¿Quién conoce esta historia?

—Nadie. Te lo aseguro. Solo tú y yo.

—¿Y tu mujer?

—Está de vacaciones en Puglia con los niños. Ni tiempo he tenido siquiera para avisarla de que iba a venir a verte.

—Mejor así —dijo Giulia, haciendo un gesto de aprobación con la cabeza.

—¿Por qué? ¿En qué estás pensando?

—Déjame pensar y, por favor, Aldo, no me interrumpas constantemente. De modo que de este, llamémoslo, «descubrimiento» tuyo solo estamos al corriente nosotros dos.

—Sí, así es.

—Y los del museo, ¿qué creen haberte enviado? ¿Cómo ha sido catalogada la obra para justificar su salida del museo?

—Creo que no lo saben ni ellos, porque formaba parte de un lote de ocho cuadros. La única mención que aparece se refiere al marco y a sus dimensiones. Sin duda, dado que estaba tan estropeado y cubierto de barro, era irreconocible. Y se prefirió no limpiarlo para evitar daños mayores. Total, provenía de los almacenes de las obras secundarias. No le han hecho demasiado caso.

—Uffff. Me parece algo frívola y bastante aproximativa una actuación así. No me parece lógica en absoluto y mucho menos seria. Podrías sustituir el cuadro por cualquier otro y ni se darían cuenta. ¿Estás seguro de que no tienen en algún sitio una descripción exacta de los cuadros que te han enviado?

—Creo realmente que no, Giulia. Estaban demasiado ocupados con el desastre al que se enfrentaban entonces. Consideran que estas son obras menores. El aluvión tuvo lugar hace casi treinta años. Lo primero por lo que se preocuparon fue por limpiar las obras maestras, los cuadros más importantes, las estatuas, los objetos relevantes. No ha habido tiempo en todos estos años para ocuparse de todo a la vez. Y, además, era también una cuestión de dinero. El ministerio es uno de los más pobres y de los menos dotados de fondos. No podían afrontar todos esos gastos a la vez. ¿Por qué?, ¿en qué estás pensando?

—Todavía en nada en concreto. Solo estoy analizando la situación. Recapitulemos, para entendernos bien.

Se cruzó de brazos, en un gesto suyo habitual cuando se disponía a afirmar algo. A veces parecía una maestra en clase.

—El museo te manda, para que los restaures, un lote de ocho cuadros, cuya exacta denominación desconocen al estar recubiertos por una espesa capa de barro. —Hizo una pausa antes de proseguir—: Habría que verificarlo, en todo caso, porque me parece casi imposible que no tengan una indicación específica de lo que te han enviado. Sería el colmo, la verdad, si fuera así. Un auténtico chiste. Sin embargo, también hay que decir que tú y yo conocemos casos mucho peores que suceden en los sótanos de los museos y que nadie sabrá nunca porque no han salido jamás a la luz.

»Según dices, la obra está considerada como menor y no tienen la mínima sospecha de que pueda ocultar la mano de un gran pintor. Eso me lo creo más fácilmente. No sería la primera vez que ocurre el que se ignore, por distintos motivos y una concurrencia de circunstancias, que lo que se tiene entre manos es obra de un artista famoso.

»Tú crees, por las indagaciones que has hecho, y debo decir que tus profundos conocimientos de pintura juegan a tu favor, que nos hallamos en presencia de una obra desconocida, nada menos que del gran Rubens, y que la gente del museo lo desconoce.

»Somos solo tú y yo los que estamos al corriente de tu descubrimiento.

—Todo exacto, querida. ¿Y cuál es el resultado de tu análisis?

—¡Elemental, mi querido Watson!

Aldo Ambrosoli-Scotti la miraba sin entenderla.

—¿Qué es eso tan elemental? No logro seguirte.

—Elemental, mi querido Aldo —repitió ella, satisfecha—. Si nadie sabe ni sospecha nada, nos lo quedamos.

—¿Qué quieres decir con eso de que nos lo quedamos? —repitió Aldo, entre incrédulo y estupefacto.

—Que nos lo quedamos nosotros y lo revendemos dentro de unos años como un original de Rubens. Tú sustituyes el cuadro por otro y asunto resuelto.

—Pero... ¡¿es que te has vuelto loca?! ¿Cómo se te puede ocurrir una cosa parecida?

—Vamos, Aldo. Piénsalo bien. Tienes en tus manos un cuadro de un valor inmenso, cuya existencia no conoce ni sospecha nadie, ¿y tú deberías hacerles el favor, a esos chimpancés del museo, de regalarles una obra de tal categoría a cambio de su mero agradecimiento y de un par de líneas en los periódicos, donde probablemente ni siquiera mencionen tu nombre? ¿Por qué razón, a ver? Si ellos son tan estúpidos como para enviarte un lote de cuadros sin especificar siquiera de qué se trata, puesto que lo consideran un subproducto, merecedor únicamente de permanecer durante años, si no siglos, en los subterráneos del museo, que es probable que nunca reciba el honor de ser expuesto en una sala y que han mandado a restaurar treinta años después del aluvión porque antes había muchos otros que tenían preferencia, ya solo eso debería darte a entender la importancia que le dan a esa obra, ¿y tú ahí, preocupándote por cómo decírselo? No seas idiota, Aldo. Esta es la ocasión de tu vida. Y no se repetirá. Ocasiones así solo se presentan una vez y hay que cogerlas al vuelo.

Había hablado de un tirón, sin tomar aliento.

Aldo Ambrosoli-Scotti se había puesto pálido. Nunca se habría esperado una respuesta parecida por parte de Giulia Scopetta. Absolutamente nunca. ¿Es que se había vuelto loca? ¿Cómo podía pensar que él, después de pasarse tantos años restaurando obras maestras con una devoción y dedicación casi religiosa, podía transformarse de repente en un vulgar ladronzuelo? ¡Cómo se arrepentía de haber venido y de habérselo contado! ¡Qué desilusión se había llevado con Giulia! Nunca se hubiera imaginado que una persona como ella pudiera hacerle una sugerencia de esa clase. ¡Robar el cuadro! No podía creer a sus propios oídos.

—Lo siento, Giulia, pero la verdad es que de ti no me lo esperaba. Esto es una gran desilusión. Me voy. Y que sepas que me arrepiento de haber venido a verte.

Ella no reaccionó. Si alguien hubiera intentado leer alguna expresión en su rostro le habría costado descubrir una leve sonrisa apenas perceptible. Una sonrisa íntima, dedicada solo a sí misma.

Giulia conocía bien a Aldo Ambrosoli-Scotti. Sabía cuál iba a ser su reacción. Si se había atrevido a hacerle esa sugerencia era porque sabía con certeza casi matemática que, una vez lanzada la idea, su cerebro la analizaría metódicamente, dejaría que germinara, y, con el tiempo, se convencería a sí mismo de que a fin de cuentas no era una idea tan descabellada.

—Vamos, Aldo. Que nos conocemos bien. Conmigo puedes estar tranquilo. ¿De qué te preocupas? Solo estamos hablando. ¿No has venido a pedirme consejo?

—Sí, es cierto... —confirmó él, haciendo un visible esfuerzo por superar el malestar que se había apoderado de él—, pero es que me revuelve las tripas el que puedas pensar que soy capaz de hacer una cosa así.

—Olvídate por un momento de quién eres. ¿No conoces el refrán «la ocasión hace al ladrón»? Pues bien, esta es una oportunidad de oro. Si el cuadro fuera de un conocido, de un amigo o de un cliente cercano a ti, no te lo habría sugerido, pero conociendo a esos gusanos del museo, que se atribuyen toda la gloria a sí mismos y a ti, si hay suerte, te darán las migajas, vale la pena pensárselo.

—Voy a olvidarme de lo que me has dicho, Giulia. No quiero ni pensar en ello. ¿Me haces un café? Me espera un largo camino aún para volver a casa —preguntó, cambiando de tema.

Ella se levantó y fue a la cocina a poner la cafetera, dejándolo solo, rumiando sus ideas en el salón.

Empleó el tiempo necesario para colocar dos tacitas en una bandeja, con el azúcar y las cucharillas, y en esperar a que subiera el café. Mientras tanto, no intercambiaron una sola palabra.

Cuando volvió al salón, Aldo estaba mirando por la ventana.

Sin darse la vuelta, preguntó:

—¿Cuánto puede valer en el mercado un cuadro como ese, si es de verdad un Rubens desconocido?

—Muchos millones de dólares.

Estuvo a punto de añadir sarcásticamente «¿Por qué? ¿Es que te lo estás pensando?», pero se contuvo, para no irritarlo. Era evidente que le estaba dando vueltas, pues, si no, no habría hecho esa pregunta.

Se tomaron el café sin hablar del tema. Ambrosoli-Scotti le preguntó qué tal estaba su marido y a dónde había ido, y Giulia le contestó que había ido a un congreso a Bruselas. Evitó añadir que probablemente habría ido bien acompañado. Hacía años que ya no lo invitaba a ir con él a los congresos.

El restaurador parecía un poco avergonzado, e intentaba ser amable. Se arrepentía de su arrebato y de haberle dicho esas palabras antes. En el fondo, Giulia tenía razón. Solo estaban hablando entre amigos, no había motivo para ponerse como lo había hecho. No había sido más que un pequeño ataque pasajero de cólera.

Después de haber estado pensándoselo un rato, reunió el valor suficiente para afrontar de nuevo la cuestión.

—Suponiendo, y solo es un suponer, que pueda hacerse desaparecer el cuadro, ¿cómo actuarías tú? Ellos saben que yo lo tengo y vendrán enseguida a por mí en cuanto se den cuenta.

—No sabemos con precisión qué es lo que saben y lo que no saben. Habría que indagar sobre cómo fue catalogado el cuadro cuando abandonó del museo. Lo más sencillo es que vuelva con las mismas características.

—¿Y eso qué quiere decir?

—Eso quiere decir que es necesario darles lo que piden. Si ellos creen que te han enviado el retrato de un anciano denominado erróneamente *El pintor de la reina,* y es preferible pensar que lo saben aunque luego no sea así, deberás devolverles un cuadro idéntico.

—¿Qué estás intentando decirme?

—¿No eres un restaurador? Y, además, un pintor excelente, Aldo, uno de los mejores que conozco. Para alguien como tú no debería resultar muy difícil pintar una copia exacta del retrato. Omitiendo naturalmente las siglas en las pupilas, porque eso sí que sabemos con certeza que lo desconocen.

—¿Me estás diciendo que debería hacer una falsificación?

—Venga, no te hagas el ingenuo, Aldo —dijo, empezando a recoger las tacitas y el azúcar y poniéndolos en la bandeja.

—¿Y luego?

—Y luego esperaremos su reacción. Si no se dan cuenta de nada, eso querrá decir que todo ha ido sobre ruedas. Si, por el contario, llegan a percatarse de la sustitución, nos inventaremos algo convincente.

—¿Convincente como qué? Oyéndote hablar, todo parece fácil.

—Qué sé yo, no lo he pensado aún. Podrías decir, por ejemplo, que te gustaba tanto ese retrato que te hiciste una copia para ti. Un ejercicio de pintura para ver si conservas aún tu buena mano, y que a la hora de enviar el retrato, eran tan parecidos que te equivocaste de cuadro. Y eso es todo. Qué sé yo, ya nos inventaremos algo. Si ellos no saben que es un Rubens, ¿qué más les da que tú te hagas una copia del retrato de un desconocido?

Aldo no dijo nada, lo cual para Giulia significaba que se lo estaba pensando seriamente.

—Suponiendo, y solo es un suponer, que funcione, que no se den cuenta de nada, ¿qué ocurre luego?

—Habría que esperar. Dejar que las cosas maduren. Tal vez unos años incluso si queremos actuar con prudencia.

—Yo no dispongo de tanto tiempo, Giulia —dijo él, serio.

Giulia lo miró, sorprendida.

—¿Qué quieres decir con eso?

—Que estoy enfermo, Giulia. Uno de los denominados males incurables. ¿Por qué crees que me estoy pensando eso que me has sugerido? Porque si yo ya no estoy aquí, quiero dejar el futuro de mi familia asegurado, con cierta disponibilidad de dinero para mis hijos y mi mujer. Pero ellos no deben saber nunca de dónde procede ese dinero.

—Siento mucho enterarme de eso. ¿Hace cuánto que lo sabes?

—Varios meses.

Giulia escrutó el rostro hundido de su amigo con renovada atención. Había notado, nada más llegar él, que parecía cansado y tenía aspecto demacrado, pero pensaba que era a causa del viaje. Ahora le notaba la piel grisácea. Realmente, no tenía muy buen aspecto. Hubiera querido preguntarle si sabía cuánto tiempo le quedaba por vivir, pero no se atrevió. Así que ese era el motivo que le había hecho cambiar de idea. Estaba a punto de morir, quería asegurar el futuro de su familia y se le presentaba una excelente ocasión.

—Tú quédate tranquilo. Yo me ocuparé de todo. Encontraré la manera adecuada para sacarlo a la venta en alguna subasta importante del extranjero. Nadie sabrá nunca de dónde ha salido y quién lo está vendiendo. Te lo aseguro. Tienes confianza en mí, ¿no es así? Si te sucede algo, ya me encargo yo de hacer que ese dinero llegue a tu mujer. No debes preocuparte por nada.

Aldo Ambrosoli-Scotti parecía más tranquilo. Era evidente que las dudas lo asaltaban a pesar de todo, pero Giulia era su amiga y sabía que no dejaría de cumplir su palabra.

—Déjame que me lo piense todavía un poco más. Ya te diré algo. Ahora tengo que marcharme. Me queda una buena porción de camino por recorrer antes de llegar a casa —repitió nuevamente.

Ambrosoli-Scotti hizo exactamente lo que Giulia Scopetta le había sugerido.

Copió el cuadro con tal perfección que, colocados ambos uno al lado del otro sobre sus respectivos caballetes, parecían gemelos. Estaba satisfecho. En el fondo, siempre había querido ser pintor. Tenía talento y lo sabía. Pero el talento no era suficiente para vivir, sobre todo si se tiene una familia que sacar adelante. Así que tuvo que conformarse con el oficio de restaurador para poder sobrevivir. En el fondo, copiar ese Rubens supuso para él un auténtico placer. Un ejercicio donde dio lo mejor de sí mismo y que le proporcionó una satisfacción que no recordaba desde hacía mucho.

Envió la copia al museo, junto con las otras obras restauradas, y esperó la reacción. Nadie pareció percatarse de la sustitución.

La espera fue para él un auténtico tormento. Fueron semanas de angustia, donde se alternaban la desesperación y el miedo a que los del museo lo llamaran, si bien, por otra parte, a medida que pasaban los días, sentía crecer en él la euforia. Parecía que el plan de Giulia estaba funcionando.

Ante la falta de reacción por parte del museo, Ambrosoli-Scotti dio el paso siguiente. Entregó el Rubens original a Giulia, para que lo guardara ella. De esa manera se sentía más seguro, porque temía una visita inoportuna de la gente del museo y, de haberse descubierto el retrato en su estudio, era inevitable que surgieran problemas. Por otra parte, las fuerzas empezaban a abandonarlo. Sentía cómo la vida se le estaba escapando, consciente de que no había nada que pudiera hacer para retenerla.

Murió una mañana, pacíficamente en su cama.

La noche antes, había hablado por teléfono con Giulia Scopetta. Le había recordado su promesa y Giulia lo había tranquilizado.

Giulia tomó parte en el entierro de su amigo. A su mujer, en el momento de abrazarla, le dijo:

—No te preocupes. Si necesitas algo, siempre puedes recurrir a mí. Soy tu amiga. Sabes que habría hecho cualquier cosa por Aldo.

—Te lo agradezco, Giulia. Eres una verdadera amiga.

Pasaron bastantes años desde la muerte de Aldo Ambrosoli-Scotti antes de que Giulia Scopetta decidiera que había llegado el momento de poner a la venta el Rubens. Cuando el dinero fue ingresado efectivamente en la cuenta de su sociedad de las Islas Caimán, no olvidó su promesa e hizo una donación importante a la viuda de Ambrosoli-Scotti.

43

Durante la última noche que pasó en Camogli, Ann Carrington no recibió ninguna llamada de Giulia Scopetta. Tampoco al día siguiente.

Parecía haberse esfumado para siempre.

«Probablemente esté disfrutando de unas estupendas vacaciones en algún sitio exótico, lejano y desconocido», pensó Ann. No quedó particularmente sorprendida por no haber recibido ni una sola señal de vida por su parte. Si era de verdad la persona que Antonio había descrito, era poco probable que entrara en contacto nuevamente con ella. ¿Por qué motivo habría de hacerlo?

Se pasó su último día haciendo el equipaje. La huelga de los controladores de vuelo había sido suspendida, tal como había predicho la recepcionista.

Cuando se aseguró de que todo estaba en su sitio, salió del hotel para dar un último paseo por Camogli. No tenía una meta fija, como era su costumbre en esos últimos días, y se dejó llevar, deambulando por las callejuelas, recordando el día de su llegada, cuando las pisó por primera vez, y sus tempranas sensaciones. Nunca se borrarían de sus recuerdos. «La primera impresión es la que queda grabada en la memoria para siempre cuando se evoca un lugar lejano», recordó.

Se le vino a la cabeza una frase que había leído en un libro: «¡Espero que la ciudad conserve el ruido de mis pasos!».

Siempre le había gustado, pero sin entender su significado hasta ese momento. En Providence, su ciudad, esas palabras no abarcaban el mismo sentido que ahora en Camogli. Las distancias eran muy distintas y ella no las cubría casi nunca andando.

Le habría gustado que sus recuerdos quedaran ligados a algo más tangible que a unas pocas personas. Sus pasos resonando sobre el asfalto de las callejas era uno de ellos.

Repasó brevemente los acontecimientos de las últimas horas y todo lo que debía hacer antes de llegar a casa.

Antonio se había ofrecido a acompañarla al aeropuerto, pero ella había declinado amablemente la oferta. Prefería no verlo y conservar de él el recuerdo de la noche anterior, cuando la había acompañado hasta el aparcamiento y la había dejado con su encantadora sonrisa. En aquel momento, ninguno de los dos podía imaginar que era la última vez que se veían y ella prefería que las cosas quedaran así. Y, además, odiaba las despedidas. Acababa siempre llorando, y prefería que Antonio no la viera llorar.

Confiaba en que los empleados del hotel fueran lo bastante amables como para ayudarla a subir su maleta repleta por los treinta y nueve escalones que forzosamente debía recorrer para llegar hasta la carretera, donde pensaba coger un taxi que la llevara al aeropuerto de Génova.

Solo la idea de tener que afrontar el largo viaje de vuelta era desmoralizadora de por sí.

De Génova debía ir a París, cambiar de avión para coger el de Nueva York. Desgraciadamente, en Nueva York, su vuelo llegaba al aeropuerto J. F. Kennedy, y debía coger un taxi para ir hasta el aeropuerto de La Guardia, de donde partían los vuelos hacia Providence. Por suerte, La Guardia se hallaba en la misma zona de la ciudad. Si hubiera tenido que embarcar en Newark, habría tenido que atravesar todo Manhattan y perder un montón de tiempo.

Una vez en Providence, podía considerarse ya en casa. El aeropuerto se hallaba a unos escasos quince minutos de su casa, unas nueve millas, más o menos. Desde allí podía coger un taxi. Su amigo David se había ofrecido para ir a recogerla, pero le había convencido para que no lo hiciera. No estaba muy segura de poder llegar al enlace de Nueva York, temía aterrizar realmente hecha polvo, y no quería que David la viera en ese estado. Y además, cuándo estaba cansada, no tenía ganas de hablar, y seguramente David le llenaría la cabeza con miles de preguntas sobre su viaje a Italia, preguntas a las que no se sentiría con fuerzas suficientes, recién llegada, para contestar.

En su mente, se veía ya llegando a su bonita casa de Providence, en la East Side R.I., abriendo la puerta y viendo todas sus cosas perfectamente en su sitio, como las había dejado al marcharse. Era un pensamiento que la confortaba. Luego abriría las ventanas para ventilar la casa, e iría a ver en qué estado se hallaba su jardín.

Su vecina, la señora Warwick, le había prometido ir a regarlo regularmente durante su ausencia. Le dijo que no se preocupase. Que cuando volviera se lo encontraría tan bonito y florido como cuando se había ido.

La señora Warwick era una persona muy amable. No sabía qué edad podía tener exactamente, sin embargo calculaba que debía de estar a medio camino entre los sesenta y los setenta años. Entre ellas no se intercambiaban esa clase de confidencias, ni de ningún tipo, a decir verdad. Ann no le había dicho que había estado casada. Cuando se compró esa casa ya llevaba separada bastante tiempo y no veía la necesidad de contar su vida a sus nuevos vecinos.

Con la señora Warwick mantenía una relación correcta, de buenas vecinas, sin entrometerse nunca una en la vida de la otra. Se intercambiaban pequeños favores, como todos los buenos vecinos, pero evitaban hacerse preguntas excesivamente personales, para no sobrepasar esa fina barrera que separa una cortés relación vecinal de una auténtica amistad. No sabía nada de la vida de la señora Warwick y tampoco le interesaba. Suponía que a la señora Warwick, en cambio, le habría gustado que ella se fuera de la lengua de vez en cuando y le contara algo de su vida, pero nunca la contentó. Jamás había salido de su boca una sola palabra con un comentario personal. Para evitar que se las hicieran, tampoco ella hacía preguntas nunca.

Ann Carrington era muy celosa de su vida privada.

Todo salió según lo previsto.

Efectivamente, los del hotel la ayudaron a subir la maleta por las escaleras. Le dio una buena propina al chico, que era uno a quien había visto deambular por el hotel desempeñando mil cometidos. Se lo encontraba en el bar cuando quería un aperitivo, en los pasillos a la hora de limpiar las habitaciones, en la recepción cuando no estaba la habitual chica de aspecto descuidado.

Quizá el hotel fuera una empresa familiar y el chico un miembro de la familia. Era extraño que no se hubiera hecho esa pregunta antes, pensó, sorprendida consigo misma, ella, siempre tan curiosa y precisa. Tenía la manía de colocar todas las cosas en su sitio en su cabeza, para no dejar ni una casilla vacía. Ahora se había ido sin poder rellenar esa casilla que se quedaría abierta para siempre. Qué rabia.

El avión de Génova acumulaba un leve retraso, que, sin embargo, recuperó durante el vuelo. En París no tuvo problemas con el enlace.

El vuelo París-Nueva York era diurno, pero logró a pesar de todo dormir durante casi todo el trayecto.

Por el contrario, donde perdió mucho tiempo fue a la llegada. Parecía como si el avión no acabara nunca de acoplarse al *finger*, luego se topó con una cola interminable en la ventanilla de emigración, a causa de la llegada simultánea de bastantes vuelos intercontinentales. No tuvo dificultades, en cambio, para encontrar un taxi a la salida del JFK, pero, sin embargo, cuando llegó al aeropuerto de La Guardia, su vuelo ya había despegado y tuvo que esperar bastantes horas antes de poder coger el siguiente enlace.

Llegó a casa exhausta.

Estaba encantada de que David no hubiera ido a recogerla. Le habría resultado imposible mantener una conversación decente en su estado de agotamiento.

Recogió rápidamente todo el correo que había encontrado por el suelo en la entrada sin mirar siquiera de qué se trataba. El cartero solía tirar la correspondencia por la ranura de la puerta. Renunció a abrir las ventanas para ventilar la casa y el estado de su jardín era la última de sus preocupaciones en aquel momento.

Lo que no tuvo más remedio que hacer, en cambio, fue dejar sus cosas en el vestíbulo de casa y coger el coche para ir rápidamente al supermercado antes de que le entrara un ataque de sueño a causa del *jet lag*. No tenía nada de comer en casa. El frigorífico estaba apagado y en la despensa descollaban únicamente un par de latas de judías y una de tomates. Incluso cuando estaba en casa, no es que la dispensa estuviera repleta de bienes de primera necesidad. Prefería comprar productos frescos cada día, siempre que no se sintiera cansada y con pocas ganas de cocinar para sí misma y optara por llegar de la oficina con un *take away* chino o con un plato precocinado de los de meter unos minutos en el microondas.

A la vuelta del supermercado, evitó encender las luces de la planta de abajo, porque lo último que quería era que sus vecinos se enteraran de que había vuelto, y, sobre todo, ver aparecer el rostro de la señora Warwick por la puerta de la cocina, en la parte posterior de la casa, para preguntarle qué tal había ido todo y asegurarle que estaba muy contenta de que hubiera vuelto a casa.

Estaba convencida de que, en su ausencia, la señora Warwick había hablado con todos los vecinos para decirles que se había ido de viaje a Italia.

Tenía solo ganas de dormir y de no pensar en nada. Le quedaban únicamente un par de días de vacaciones antes de verse obligada a volver al trabajo, y era su intención aprovecharlos al máximo para recuperarse.

44

Ya habían pasado bastantes semanas desde su regreso de Italia. Ann Carrington estaba sentada en la cocina de casa bebiéndose un café. Había intentado reintegrarse en su vida diaria, con más o menos éxito, dependiendo del día y de su estado de ánimo.

Sin embargo, por más que las cosas, los gestos, las costumbres fueran iguales a los de antes de su viaje a Italia, en cierto sentido ahora todo era distinto. Cuando se paraba en el bar italiano, camino a la oficina, para tomarse un capuchino, no podía dejar de compararlo con los que se tomaba en la plaza en Camogli. Sentía nostalgia de sus paseos solitarios, de los ratos que había pasado sentada en las terrazas de los cafés, bebiéndose un delicioso café frío.

Naturalmente, Antonio se hallaba siempre presente en sus pensamientos.

Le había asaltado numerosas veces la tentación de llamarlo por teléfono, pero al final, ya con el auricular en la mano, reflexionaba y colgaba, convencida de que era lo mejor que podía hacer. Se repetía a sí misma: «¡Intenta ser racional, Ann, intenta ser racional!».

Pero luego le entraban unas ganas locas de ser irracional, una vez, por lo menos, y de hacer esa bendita llamada, para comprobar su reacción, asegurarse de que pensaba aún en ella. Y no descartaba que Antonio, al otro lado de la línea, se mostrara frío y distante, porque para él no había sido más que una aventura pasajera, de esas condenadas a acabar antes incluso de empezar, y ella se sentiría morir, aunque por lo menos así se le quitarían las ganas y la obsesión. Pero ¿y si luego no era así? Con todo, quedaba siempre su mujer de por medio, sin contar con los diez mil kilómetros de distancia.

«De verdad, si todo esto no tiene sentido —pensaba después de la enésima reflexión—, lo mejor es que me olvide del asunto. Y cuanto antes lo haga, mejor me sentiré».

Y mira que lo intentaba, pero sentía siempre un fondo de tristeza en algún rincón de su alma que no le consentía ser completamente dichosa y disfrutar plenamente de las cosas que estaba haciendo, de los amigos con quienes salía, de las cenas de las que se había convertido en asidua participante, del gimnasio donde se pasaba horas y horas modelando su cuerpo ni de los continuos intentos que hacía por distraerse.

Alejó el velo de tristeza con un gesto de la mano, como si se dispusiera a parar un taxi por la calle.

«Stop. Ya está bien. No quiero seguir pensando en ello».

¿Empezaba a tambalearse su convicción de llevar una vida perfecta? Pensó: «Ha llegado la hora de que inicies una nueva relación, aún eres lo bastante joven y estás lo suficientemente en forma como para atraer a un hombre que no esté completamente decrépito, en vez de quedarte aquí sola en casa como una idiota obsesionándote con ideas estúpidas».

Decidida a moverse para disipar los pensamientos negativos, subió al primer piso a meterse debajo la ducha, después de lo cual empleó bastante tiempo ante el espejo maquillándose y eligiendo cuidadosamente la ropa que iba a ponerse ese día. Era sábado, no había que ir a trabajar y disponía de todo el tiempo para ella misma, pero tenía ganas de sentirse guapa.

Era ya otoño, y como cada año, cuando entraban en esa estación, llegaba a la misma conclusión: era muy afortunada por vivir en una zona privilegiada.

En Rhode Island, como en la mayor parte de los estados de la Costa Este, con el cambio de estación los bosques empezaban a teñirse de colores de una belleza absolutamente irresistible, como si las hojas de los árboles pugnaran entre ellas para ver quién era la más hermosa, unas rojas, otras amarillas, algunas marrones. Las hojas rojas eran sus preferidas.

Le encantaba pasear por los bosques diseminados alrededor de la ciudad, llenarse los pulmones con el olor de la corteza de los abedules que abundaban en aquella zona, o de las hojas muertas que crujían bajo las suelas de sus zapatos cuando caminaba.

Era uno de los pocos momentos en los cuales lamentaba no tener un perro, para pasear con él.

«Qué tonta eres», se dijo a sí misma, mientras combinaba pantalones y blusas, extendiéndolos sobre la cama.

Finalmente optó por un pantalón beis de lana peinada junto a una blusa blanca con doble cuello y dobles puños. No se acordaba de dónde la había comprado, pero siempre le había gustado. Tenía dos del mismo modelo. Esa, blanca, y otra de color azul.

Cuando estuvo lista, bajó a la planta inferior. El día prometía ser estupendo. La luz del sol matinal penetraba por las ventanas del amplio salón, que ocupaba la mitad del piso de abajo, mientras que por el lado opuesto había un despacho y la cocina, cuyas ventanas daban a la parte trasera, con un lavadero anexo.

Cuando compró la casa, al principio le pareció demasiado grande para ella sola. En el piso de arriba había tres habitaciones y dos baños. Sin embargo, era muy luminosa y el jardín, no demasiado grande, lo que significaba que no le daría demasiado trabajo. Y, además, había sentido un buen feng-shui.

El hecho de que estuviera muy próxima a la Universidad de Brown, donde trabajaba, acabó por convencerla.

Para ella supuso un alivio. Casa nueva, vida nueva. Con la nueva adquisición, pudo abandonar por fin su antigua casa, donde había vivido con Philipp todos los años que estuvieron casados.

En el momento de la separación, Philipp se mostró muy generoso. Le dejó su mitad de la casa sin pedirle nada a cambio. La habían comprado juntos y a él le correspondía el cincuenta por ciento. Ann la había vendido enseguida. No quería vivir entre tantos recuerdos.

Fue a la cocina para hacerse otro café —ya se había tomado uno recién levantada— cuando oyó un ligero crujido procedente del pórtico de la entrada. Quedó a la espera aguzando el oído para ver si escuchaba algo nuevo, pero alguien llamó suavemente a la puerta. Eran unos golpecitos discretos, apenas audibles. Si hubiera estado en la planta de arriba no los habría oído.

Miró el reloj. Las once. ¿Quién podría ser a esas horas? La señora Warwick, seguramente no. Cuando ella llamaba, parecía a punto de echar la puerta abajo. Ann siempre había pensado que debía de estar un poco sorda, y que no se daba cuenta.

Fue a abrir.

Su sorpresa fue tan grande que se quedó con la boca abierta.

De pie delante de ella, sonriente, estaba Giulia Scopetta.

—Buenos días, Ann. ¿Sorprendida? —dijo Giulia, sin abandonar en ningún momento su expresión divertida.

—La verdad es que sí. No me esperaba una visita tan repentina por tu parte —logró pronunciar, reponiéndose como pudo de su sorpresa.

—Espero no molestarte —se inquietó Giulia Scopetta.

—Claro que no, qué va. Entra, por favor. No nos quedemos aquí hablando en la puerta. ¿Te apetece un café? Precisamente estaba yendo a la cocina a prepararme uno.

—¿Americano o italiano? —preguntó Giulia—. Por lo que he visto hasta ahora, el de aquí me parece agua sucia.

Ann dejó escapar una risita.

—Tranquila. Tengo una cafetera italiana. Me la compré en Camogli —dijo, mientras se dirigía a la cocina, seguida por Giulia Scopetta.

Sentadas en el salón de Ann, bebiéndose el enésimo café —Giulia Scopetta era una consumidora desenfrenada—, las dos amigas llevaban más de una hora hablando.

Giulia Scopetta miraba de vez en cuando a su alrededor para observar la casa en la que vivía Ann Carrington. El salón estaba amueblado con gusto. Pocos muebles, pero elegidos a conciencia y probablemente caros. Las paredes estaban tapizadas con una tela de seda de color azul, idéntica a la usada para las cortinas y el sofá. El sillón, una poltrona de falso estilo Luis XVI, por el contrario, estaba tapizada con un tejido distinto, aunque también azul. Pocos cuadros. Todos muy clásicos. Escenas de caza y cosas parecidas. Dominaba el azul y el blanco. Indudablemente, Ann tenía gusto. Era un ambiente muy femenino. A Giulia Scopetta le parecía que le faltaba un toque varonil.

Le había contado sus peregrinaciones desde que había dejado precipitadamente Camogli.

Condujo hasta Niza, donde dejó el coche aparcado en un garaje, luego tomó un vuelo para las Antillas francesas, vía París. Se alojó unos días en un hotel de Les Trois Ilets, en las proximidades de Fort-de-France, la capital de la Martinica, para descansar, y luego, desde allí, voló a Gran Caimán, donde tenía unas cosillas que arreglar, según dijo.

—No querría ser indiscreta —la interrumpió Ann—, pero ¿qué clase de cosas tiene que arreglar en las Islas Caimán, reputado paraíso fiscal, una mujer como tú, viuda de un profesor?

El tono era ligeramente sarcástico, pero Giulia Scopetta no hizo caso.

—Ahora te lo explicaré todo, ten paciencia. Después de las Caimán, como te decía, me fui a Miami y desde allí me he acercado hasta Providence para verte.

—Por cierto, ¿dónde está tu equipaje? ¿Cuándo has llegado?

—Llegué ayer. Me alojo en el Biltmore, en Dorrance Street.

—¡Caramba! Es un hotel de máxima categoría. Lo conozco. Veo que te cuidas bien. No imaginaba que fueras una mujer de posibles.

—Solo se vive una vez, ¿no? —contestó ella con una sonrisa, eludiendo dar una respuesta.

Giulia Scopetta le había contado por qué se había marchado de Camogli. No había sido una decisión precipitada, sino premeditada y organizada desde hacía tiempo.

—Solo estaba esperando el momento oportuno.

—¿Estabas huyendo de la policía?

Giulia la miró sorprendida.

—¿Huir de la policía? Pero qué idea más curiosa. ¿Por qué razón iba a hacer una cosa así? Ni que fuera una criminal. No tienen nada contra mí. Ni la mínima prueba de que yo pueda haber cometido un delito. ¿Te refieres a los documentos?

Ann Carrington no estaba pensando a los documentos, sino en el cuadro de Rubens. Sin embargo, se dio cuenta de que ella, teóricamente, no debía saber nada de esa historia, así que prefirió no mencionarla.

—Sí, los documentos. Tengo que confesarte que estoy algo confundida con esa historia. Todavía no he entendido bien de dónde provenían ni qué has hecho con ellos.

—Yo, en realidad, no tengo nada que ver con los documentos. Eran cosa de Gianni. Yo tardé en descubrir que él estaba traficando con documentos, que anteriormente solía sacar prestados del Archivo Estatal para estudiarlos durante las vacaciones; luego, no sé cómo ni por qué, parece ser que montó con un grupito de amigos un pequeño pero provechoso negocio con la venta de esos documentos y que dejó de devolvérselos al archivo. Los del archivo tardarán años en darse cuenta de que han desaparecido legajos enteros. Por pura casualidad, cayeron en sus manos las cartas que Rubens escribió en clave a la reina María de Médicis, y cuando se dio cuenta de que hablaban de un aderezo de diamantes escondido por el propio Rubens, se preguntó dónde habrían ido a parar aquellos diamantes, aunque más por entretenimiento que por verdadera codicia. Solo que sus amigos y cómplices, por lo que he podido entender, se tomaron el asunto muy a pecho, y tenían la intención de llegar hasta el fondo para recuperar esos diamantes, si realmente existían. Estaban convencidos de que seguían allí donde Rubens afirmaba haberlos escondido en sus misivas cifradas.

—¿Era para eso para lo que yo te hacía falta? ¿Para descifrar esa parte del código que no había logrado entender?

—Más o menos. Quería entregarles el código a sus cómplices para que ellos hicieran sus pesquisas y buscaran los diamantes. Sin embargo, algo salió mal, y ellos creyeron que Gianni los estaba engañando. Sospechaban que había descubierto dónde estaban los diamantes, tras haber descifrado el código, pero que había decidido no compartir el descubrimiento con ellos. Por ello intentaron robarle el portafolios, pensando que contenía la clave del código.

—¿Pero qué tengo yo que ver con todo esto?

—Tú apareciste por casualidad. Gianni había descubierto en los archivos las cartas de María de Médicis en las que hablaba de su presunto conocimiento de un atentado que estaba a punto de cometerse contra su marido. Y eran esas las cartas que quería entregarte. Pero luego, cuando empezó a intentar descifrar el código por su cuenta, dado que no lograba resolverlo, leyó en algún sitio que tú habías descifrado otro código, hace años, y pensó que si eras tan hábil, seguramente serías capaz de descubrir la parte que él no lograba descifrar. De ahí nació la idea de hacerte ir a Camogli, atrayéndote con las cartas de María de Médicis.

—Es decir, con engaños.

—No, no, de verdad. En el fondo, su intención era darte las cartas de la reina. Solo que si te las daba enseguida, quizá te negaras a ayudarlo con el código. No es muy difícil de entender.

—¿Y tú? ¿Cómo te involucraste en el asunto?

—Yo siempre estuve al corriente de todo. O de casi todo. No sabía que Gianni comerciaba con los documentos. Eso me lo había ocultado. Todavía no entiendo por qué. ¿Es que tenía pensado abandonarme y huir con alguna jovencita, y necesitaba para ello el dinero? Temo que no sabré nunca la respuesta. Pero bueno, ya no importa. El hecho es que, una vez muerto Gianni, pensé que si había tanta gente interesada en el asunto de los diamantes, tal vez valiera la pena indagar y continuar la obra de Gianni. ¿Qué tenía que perder? Tú ya estabas en Camogli y los documentos los tenía todos yo.

—Y entonces, ¿por qué en determinado momento pierdes todo interés por los papeles y dejas de hablar de ellos?

—¡Porque descubrí que los diamantes no existían!

Ann Carrington quedó sorprendida por la afirmación.

—¿Y cómo lo descubriste?

—Por pura casualidad. Gianni había sacado del archivo un legajo entero de documentos que estaban relacionados con Rubens. No le dio tiempo a estudiarlos todos, pero a mí sí. ¿Y adivina qué encontré?

—No lo sé, pero confío en que me lo digas...

—Un recibo, firmado por un joyero de Amberes, un tal Solomon, en el que reconocía haber recibido un aderezo de diamantes que le había sido entregado de parte de la reina madre de Francia, María de Médicis, para realizar determinados trabajos. De la razón por la que ese recibo pudo llegar a manos de Rubens no tengo la menor idea; sin embargo, ese pedazo de papel hablaba a las claras. Si el joyero Solomon tenía el aderezo de diamantes de la reina, eso quiere decir que no podía estar escondido dentro de una pared en casa del pintor. Quizá lo estuviera antes de que Rubens se lo entregara al joyero, pero eso no lo sabremos nunca.

—Fíjate tú...

Se vieron interrumpidas por alguien que llamaba a la puerta.

Las dos mujeres se miraron, sorprendidas.

—¿Esperas alguna visita? —preguntó Giulia Scopetta.

—No. Supongo que será mi vecina, la señora Warwick.

Llamaron otra vez, con insistencia.

—Es mejor que vaya a abrirle, si no va a echarme la puerta abajo. La despediré con cualquier excusa.

Se levantó para ir a abrir.

Si una hora antes, encontrarse a Giulia Scopetta delante de su puerta había sido una sorpresa monumental, descubrir ahora a Antonio exhibiendo su mejor sonrisa supuso para Ann Carrington una verdadera conmoción.

—¿Vive aquí una tal Ann Carrington? —dijo él, antes de estallar en una estruendosa carcajada.

Ella no supo qué contestar. Entre los miles de pensamientos que cruzaron rápidamente por su cabeza, estaba la imagen de Giulia Scopetta, sentada en su salón, a pocos pasos de ellos, y la de él, el inspector de policía que la estaba persiguiendo. ¿Habría venido por ella? ¿La habría seguido?

No sabía si darle con la puerta en las narices o salir un instante con él al porche de entrada para decirle discretamente que Giulia estaba en el salón, o dejarlo entrar y que los dos se las apañaran entre ellos. Se sentía aturdida y él lo intuyó.

Ann no tuvo tiempo de decidir qué debía hacer, porque Antonio dio un paso adelante y le dijo, mientras entraba, con una sonrisa en los labios:

—No te preocupes, querida, ya sé que Giulia Scopetta está aquí. Me está esperando.

Antes de que tuviera tiempo de reaccionar, Antonio ya había entrado en casa. Al pasar por delante de ella, le dio un beso furtivo en la mejilla. El salón quedaba a su derecha, con las dobles puertas abiertas de par en par. Vio a Giulia Scopetta sentada en el sofá y se dirigió hacia ella, sin demasiados preámbulos.

Ann cerró la puerta de casa rápidamente y lo siguió. No quería perderse la cara de Giulia cuando viera entrar a Antonio.

La escena que presenció la dejó atónita, y fueron ellos los que se volvieron para ver qué cara ponía Ann.

Giulia se había levantado, sonriente, como si la repentina visita de Antonio fuera lo más natural del mundo, y la vio ir a su encuentro para fundirse con él en un fuerte abrazo.

—¿Has tenido buen viaje, Antonio? Has llegado antes de lo previsto.

Ann Carrington estaba alucinada. No podía creer lo que acababa de oírle decir a Giulia.

—¿Le importaría a alguien explicarme qué está ocurriendo aquí? Si no es demasiada molestia, naturalmente —dijo en un tono bastante molesto.

Los dos estallaron en carcajadas.

45

—Me voy a la cocina a preparar un café para Antonio mientras vosotros habláis. Creo que tenéis un par de cosas que aclarar —dijo Giulia, levantándose. Luego, dirigiéndose hacia Ann, añadió—: No te preocupes, querida, he visto cómo funciona la cafetera, creo que me las apañaré muy bien sola.

Sin esperar respuesta, los dejó solos.

Ann Carrington, decididamente sobrepasada por los acontecimientos, no tuvo ni fuerzas para protestar.

Antonio la cogió de la mano y la llevó hacia el sofá, donde hizo que se sentara antes de colocarse a su lado.

—¿Contenta de verme? —preguntó él, exhibiendo su mejor sonrisa.

Ella lo miró incrédula.

—¿Pero quieres explicarme qué ocurre aquí? ¿Tú? ¿Giulia? ¿Qué significa todo esto? ¿Sabías que estaba aquí? ¿Cómo lo has averiguado? ¿Te lo ha dicho ella? Ya no entiendo nada. No logro creerme aún que estamos aquí los dos, sentados en el sofá ante la chimenea de mi casa, con Giulia Scopetta en la cocina preparando el café. Es demasiado para mí. Me parece pura ciencia ficción.

—Tranquilízate, querida —dijo él con voz dulce—. Soy yo, realmente, en carne y hueso. No estás soñando. Sé que todo esto puede parecerte un poco violento, pero hay un par de cosillas, como te ha dicho Giulia, que tengo que contarte y luego lo entenderás todo.

—¿Un par de cosillas? ¿Estás de broma? Hay un montón de cosas que debes explicarme después de lo que acabo de ver. Y, para empezar, ¿qué has venido a hacer aquí? ¿No querrás hacerme creer que has hecho este largo viaje solo para hablar con Giulia? Por lo que acabo de ver, me ha parecido entender que vuestras relaciones son de lo más cordiales.

Antonio notó que estaba bastante nerviosa e intentó tranquilizarla.

—Tranquila, Ann. Entiendo que todo esto pueda parecerte bastante raro, sin embargo, si me dejas hablar, ahora te lo explico todo.

—Será mejor que encuentres una buena explicación.

—¿No te hace ilusión verme?

—Ahora no cambies de tema, Antonio. Dime por qué habéis venido aquí y qué clase de relaciones tienes con Giulia.

—Para contestar a tu primera pregunta, no, no he venido por Giulia. He venido por ti. Siempre que tú me quieras aún. Pero si no es así, no te preocupes, siempre puedo volverme por donde he venido.

Lo miró, todavía incrédula. Odiaba las situaciones de esa clase cuyo control no estaba en sus manos. Y esos dos la tenían completamente desubicada con su repentina aparición.

Apenas un par de horas antes de la llegada de Giulia, antes incluso de meterse debajo de la ducha, había tomado la decisión de cerrar definitivamente el paréntesis de Italia, de no volver a pensar más en Antonio ni en Giulia, y ahora...

Parecía un chiste.

No le gustaba en absoluto aquella situación. Se sentía incómoda en su propia casa.

Miró a Antonio. Tenía un aspecto diferente a cuando lo había conocido en Camogli. Tal vez fuese ella la que lo viera de modo diferente por estar él fuera de lugar, en un contexto distinto. Se fijó en su camisa, azul, planchada de modo impecable, como siempre. Se preguntó si era Maria Rosa quien se las planchaba o si las llevaba a la tintorería. Llevaba unos vaqueros ajustados con algunos falsos parches y remiendos como estaba últimamente de moda, unas Nike de un blanco inmaculado, y un reloj nuevo en la muñeca. No lograba distinguir la marca, pero era uno de los buenos. Y de los caros. De esto estaba segura. ¿De dónde había salido?

—Venga, cuéntame. ¿Qué has venido a hacer aquí?

—He venido a preguntarte si quieres que vivamos juntos —dijo con una franqueza que desarmaba.

Ella lo miró de nuevo, incrédula. ¿Estaría de broma?

Él le leyó el pensamiento.

—Sé en lo que estás pensando, Ann. Te preguntarás: «¿Y su mujer?». ¿No es así? —le dijo, seguro de sí mismo—. Si eso puede tranquilizarte, nos hemos separado. Hacía tiempo que las cosas no iban bien entre nosotros. Maria Rosa era demasiado celosa. Me hacía la vida imposible.

—Pero, Antonio, ¿te das cuenta de lo que me estás diciendo? Prescindamos por un instante de lo que puedan ser mis sentimientos y las decisiones que deba o quiera tomar, ¿vas y te presentas en mi casa de repente, y vienes a anunciarme que quieres vivir conmigo y que has dejado a tu mujer? Pero ¿en qué mundo vives, Antonio? Apenas nos conocemos. Me parece que vas muy deprisa.

—¿Me estás señalando la puerta de salida? Pues si es así, parece que me he equivocado pensando que entre nosotros había algo más que una simple simpatía. ¡En Camogli parecía que yo te gustaba! Pero si ahora me dices que no es cuestión de seguir con lo nuestro, entonces hagamos como si no hubiera pasado nada, y me marcho tal como he venido.

Ann se levantó, nerviosa, y dio unos pasos por el salón. Cambió de sitio un candelero de madera blanca apoyado sobre la chimenea para volver a dejarlo luego en el mismo lugar en el que estaba antes.

—Esta conversación está completamente fuera de lugar, Antonio. Antes debes explicarme qué diablos has venido a hacer aquí y cuáles son tus relaciones con Giulia.

En aquel momento, Giulia volvía de la cocina trayendo una bandeja con tres tazas de café.

—Ya te digo yo cuáles son nuestras relaciones, Ann. ¡Somos socios! —dijo tranquilamente, mientras depositaba la bandeja sobre la mesita de delante del sofá.

Si Ann Carrington se había quedado pasmada ante la llegada de esos dos, ahora la declaración de Giulia la dejó completamente atónita.

—¿Cómo dices? —preguntó cada vez más harta. Empezaba a estar un poco cansada de tantas sorpresas.

—Lo que has oído, querida. Antonio y yo somos socios.

—¿Socios en qué sentido?

—Eso que te lo cuente él —contestó ella, señalando a Antonio con la barbilla, mientras añadía dos cucharaditas de azúcar en su taza—. Siento haber interrumpido vuestra conversación.

A Ann le parecía que Giulia Scopetta había usado un tono ligeramente sarcástico.

Las dos mujeres miraron a la vez a Antonio.

—No me has dado tiempo para contártelo todo —dijo, dirigiéndose a Ann, a modo de excusa—. Si me dejas hablar ahora, podré hacerlo.

Se bebió de un solo trago su café y dejó la tacita sobre la bandeja.

—¿Te acuerdas de la última noche, cuando nos fuimos a cenar a Recco después de aquella caminata tremenda que me obligaste a hacer?

—Todavía no estoy idiota del todo. Claro que me acuerdo.

—Venga, Ann, déjale hablar —intervino Giulia Scopetta—. Es comprensible que puedas sentirte contrariada, pero, por favor, escucha por lo menos lo que tiene que decirte. Parecéis dos chiquillos discutiendo.

A Ann la intervención de Giulia no le hizo ninguna gracia, aunque debía admitir que era verdad que se sentía particularmente agresiva en relación a Antonio.

—Tienes razón —dijo en voz baja—. Discúlpame. Venga, Antonio, sigue.

—Pues verás, esa noche en el restaurante, te expliqué a grandes rasgos que estábamos tras la pista de Giulia, pero que, sin embargo, no lográbamos atraparla.

—Sí, lo recuerdo perfectamente. También me explicaste un complicado embrollo de sociedades en paraísos fiscales que supuestamente estaban a nombre de Giulia, pero que tenías la completa seguridad de que era ella a causa de las órdenes de transferencia de fondos que provenían de su ordenador...

—Exacto. En realidad, teníamos también otra pista, además del ordenador que la relacionaba con el cuadro.

—Perdona si te interrumpo nuevamente —dijo Ann—, pero ¿qué tiene que ver toda esa historia con el hecho de que seáis socios?

—Mucho, tiene mucho que ver. Pero si no me dejas que te lo cuente, no entenderás nada.

—De acuerdo. Escuchemos la historia —dijo resoplando—. ¿Cuál era esta otra pista?

—Una transferencia desde la cuenta de Scogiul, en las Islas Caimán, a una cuenta en un banco suizo de Lugano, de dos millones de dólares. Era una cuenta cifrada, es decir, secreta, aparentemente abierta solo para recibir esa transferencia concreta, y el nombre de cuyo titular no puede ser revelado. Pero... y es que siempre hay algún pero... últimamente las autoridades suizas están empezando a colaborar con los demás gobiernos para librarse de su marchamo de paraíso fiscal, y no pusieron demasiadas dificultades para revelar el nombre del titular de la cuenta. Estaba a nombre de una señora residente en Florencia, llamada Ambrosoli-Scotti. ¿Te suena? Es la viuda de Aldo Ambrosoli-Scotti, un restaurador que trabajaba para los museos de Florencia que, mira por dónde, fue a quien se le encomendó precisamente la restauración del retrato *El pintor de la reina*.

—¿Cómo lograsteis establecer la conexión entre ese tal Ambrosoli-Scotti y el cuadro de Londres?

—Debería decirte que fue por pura casualidad, pero en realidad fue porque este mundo es muy pequeño, y antes o después, siempre acabas por toparte de nuevo con las mismas personas, aunque parezca imposible. Se dio el caso de que uno de los funcionarios del museo que había recibido el cuadro restaurado por Ambrosoli-Scotti y lo había catalogado debidamente, pasó a trabajar más tarde para el Patrimonio Artístico Nacional. Era uno de los funcionarios que fueron enviados a realizar un control de rutina a la subasta de Londres, junto con otros colegas. Cuando vio el cuadro, que se anunciaba como un auténtico Rubens, lo reconoció de inmediato. Aunque habían pasado unos cuantos años, no tuvo la menor duda de que se trataba de la misma tela.

»Lo ridículo del asunto es que ese buen hombre no pensó que pudiera ser otro cuadro. Pensó que era el mismo que había catalogado él en persona. Puesto que ya habían pasado bastantes años desde que dejara el museo, creyó de buena fe que los funcionarios del museo habían descubierto posteriormente que era obra de Rubens y habían decidido venderlo para hacer caja, dada su endémica penuria de fondos. Con posterioridad tuvo ocasión de hablar con los directores del museo, para felicitarles por el descubrimiento del Rubens, y estos no entendían nada. Ordenaron realizar una rápida verificación cuyo resultado fue que el cuadro conocido como *El pintor de la reina* seguía estando en su sitio, en los almacenes del museo. Así pues, ¿qué cuadro era ese que había sido puesto a la venta en Londres? Lo ignoraban. Pero dado que el asunto se había destapado y que había algo que no cuadrada, empezaron sus pesquisas.

»Descubrieron así que el cuadro había sido enviado muchos años antes a un restaurador de Florencia, pero que este lo había restituido y desde entonces no se había movido de los depósitos.

Indagaron la posibilidad de que Rubens hubiera podido pintar dos cuadros iguales, pero no llegaron a nada. Después de atentos exámenes, resultó que el cuadro en posesión del museo había sido pintado bastantes años después de que entrara a formar parte de los fondos del museo, por lo que había que concluir que la tela no era la auténtica del siglo { YILy que alguien se había burlado de ellos. El único sospechoso posible era el propio restaurador, un tal Aldo Ambrosoli-Scotti, que, sin embargo, desgraciadamente, había fallecido bastantes años antes a causa de un cáncer. Controlaron las cuentas de la viuda, y era una señora que vivía modestamente. No había indicios de que pudiera haber heredado una gran suma de dinero de su marido. Se había llegado de nuevo a un punto muerto.

—¿Y qué pasó?

—Pues pasó que, siguiendo las transferencias monetarias de la Scogiul, salió a la luz ese pago a aquella cuenta suiza, cuya titular era la viuda Ambrosoli-Scotti.

—Y el hecho que la viuda recibiera aquella ingente suma de dinero os dio a entender que seguíais la pista adecuada.

—Exacto, aunque no podamos hacer nada contra la señora Ambrosoli-Scotti.

—Y tú, Giulia, ¿qué tienes que ver con esta historia? —le preguntó mirándola fijamente a los ojos.

—Yo soy, digamos, la ejecutora testamentaria de Aldo Ambrosoli-Scotti. Éramos muy amigos, y él me había dejado en depósito el cuadro para que lo vendiera en el momento oportuno y me ocupara de la viuda y de sus hijos.

—¿Sabías que era un cuadro robado?

—No, ni siquiera me lo imaginaba.

Ann comprendió que Giulia estaba mintiendo. No era concebible que un pobre restaurador fuera propietario de un Rubens y que su ejecutora testamentaria, como ella misma había dicho, hubiera esperado a que pasaran varios años después de su muerte para hacer que se subastara, en el extranjero además, por medio de una cadena de sociedades fantasmas cuya cabeza, mira tú por dónde, era precisamente ella, Giulia Scopetta. Ni un niño de cinco años se lo creería.

—Volvamos al principio. Y tú, Antonio, ¿qué tienes que ver con esto?

Antonio sonrió. Parecía azorado.

—Como bien sabes, la investigación acabó en mis manos. Por la parte que me competía, naturalmente.

—Creo que empiezo a entender. No me lo digas: tú y Giulia os convertisteis en socios a cambio de tu silencio o de algo parecido.

—Más o menos.

—Pues, llegados a este punto, puedes contármelo todo.

—Yo fui a ver a Giulia. Le dije que lo sabía todo acerca del cuadro, del hecho de que era amiga de Ambrosoli-Scotti, de que era ella la que se ocultaba detrás de la Scogiul y del pago de dos millones de dólares a la viuda en una cuenta suiza.

—¿Con qué objetivo?

—Ponernos de acuerdo. Yo podía ayudarla, si ella me ayudaba a mí.

—Explícate mejor.

—Yo podía hacer desaparecer las pruebas, alejar las sospechas de ella y asegurarle una vejez tranquila, disfrutando de su dinero, si ella me hacía, digamos, una pequeña donación.

—¿Y a ti te pareció bien? —preguntó, dirigiéndose a Giulia Scopetta.

—¿Qué otra cosa podía hacer?

—¿Y toda esa puesta en escena en Camogli, los bulos de que tú eras un infiltrado?

—No podíamos permitir que la gente sospechase de nosotros. Yo debía mostrarme como un feroz adversario de ella, pero luego, cada vez que salía a la luz algo, lo escondía.

—De modo que efectivamente eras cómplice de esos tipos que buscaban los documentos. ¿Y que ha ocurrido con ellos?

—En cierto sentido, sí. Pero como ya te he dicho, no eran más que una simple distracción. Los documentos no me interesaban. Solo me interesaba el cuadro. En cuanto a esos tipos que corrían detrás de los documentos, deben de estar corriendo todavía, aunque ya sepan, a causa del recibo que tenía en sus manos Rubens, que los diamantes no existen.

«Menudo sujeto», pensó Ann, sin inmutarse.

—Y tu mujer, ¿qué tiene que ver con todo esto? —preguntó Ann.

—No sabe nada. Ya tenía decidido separarme. Si ella se hubiera olido algo, aunque fuera lo mínimo, se habría lanzado a denunciarme. Solo por el gusto de estropear mis planes.

—¿Y dónde cree que estás tú ahora?

—No lo sabe. Me he tomado una excedencia de un año de la policía. Para ver cómo van las cosas.

Ann se tomó su tiempo para reflexionar. Estaba analizando a la velocidad de la luz todo lo que Antonio le había contado. Miraba a Giulia, sentada en el sillón frente a ella, que observaba distraída sus cuadros y recorría después con los ojos sus muebles Chippendale, las cortinas, las alfombras, pero nunca se detenía en ella. Al contrario, parecía evitar cuidadosamente que su mirada se cruzara con la suya, como si se sintiera culpable de algo.

También Antonio, sentado en su esquina del sofá, parecía estar pensando en algo. De vez en cuando, le lanzaba una ojeada furtiva, como intentando entender qué estaba pensando.

Finalmente, Ann decidió poner fin al silencio que empezaba a resultar embarazoso.

—De acuerdo, ahora ya he entendido más o menos cómo han ido las cosas, pero lo que no acabo de comprender es qué habéis venido a hacer aquí vosotros dos y por qué os habéis citado precisamente en mi casa. Hay algo que no me cuadra.

—Es muy sencillo, Ann.

Había sido Giulia la que había hablado. Su voz era baja y firme. Traicionaba su fuerte carácter. La estaba mirando fijamente a los ojos, unos ojos que carecían de toda ternura. Ann leyó en ellos una pizca de desafío.

Ann Carrington sostuvo su mirada. Giulia Scopetta no la intimidaba.

Parecía casi como si a Giulia le costara trabajo hablar, pero luego dejó escapar con los labios apretados:

—Te necesitamos, Ann.

Ann abrió los ojos, sorprendida.

—¿Que me necesitáis a mí? —repitió, incrédula—. ¿En qué sentido?

Giulia parecía ligeramente incómoda, titubeante.

—Verás, Ann, ha surgido un pequeño problema técnico y solo tú puedes solucionarlo.

Ann estaba cada vez más sorprendida. ¿Qué querían de ella esos dos?

—Venga, Giulia, suéltalo de una vez. Después de todo lo que me habéis contado, no creo que haya nada que pueda sorprenderme ya. ¿Cuál es ese «problema técnico»? ¿Y qué tengo que ver yo?

Estaba a punto de añadir «de vosotros dos no me fío», pero prefirió callar. No quería dar pie a una discusión.

—Yo creo que, por el contrario, lo que estoy a punto de decirte va a sorprenderte y mucho. Hasta yo misma me he quedado sin palabras.

46

—Soy toda oídos —dijo Ann.

Giulia Scopetta se acomodó mejor en la poltrona Luis XVI, cruzó las piernas y puso en su sitio su falda para asegurarse de que le cubría bien la rodilla antes de proseguir.

—Verás, Ann, como te he dicho, me fui a Niza para dejar el coche y coger el avión, pero no fue por casualidad. Tenía una razón para elegir precisamente esa ciudad.

Ann pensó: «Veamos qué me cuenta ahora».

—Debía hacer una incursión en un banco. Gianni y yo teníamos desde hacía mucho una pequeña caja de seguridad en la Societé Générale, donde dejábamos nuestros documentos... digamos, más comprometedores. Guardábamos allí algo de dinero, bueno, mejor dicho, bastante dinero, las cartas de María de Médicis, y sobre todo, las acciones de mis sociedades *offshore*, que están todas al portador. Guardarlas en un banco italiano habría sido una locura. En cualquier momento podían obligarme a abrirla y habría sido como denunciarme a mí misma, sin hablar de las cartas de María de Médicis. Gianni habría tenido que explicar de dónde provenían y qué hacíamos con ellas. Por ello elegimos un banco fuera de Italia, que no estuviera demasiado lejos para poder ir y volver en el día desde Camogli, si debíamos retirar o depositar algo. Era en ese banco donde guardábamos a buen recaudo el cuadro de Rubens, en una caja fuerte más grande.

—Veo que estabais en todo —comentó Ann.

—Por lo menos lo intentábamos —confesó Giulia—; sin embargo, ha surgido un pequeño problema que no estaba previsto.

—¡Ah! —dijo Ann, mientras lanzaba una ojeada a Antonio, que permanecía en riguroso silencio, y se distraía examinando su manicura.

—No había contado con la ramplonería de mi marido.

—¿Qué quieres decir?

—Perdona, pero ¿no tendrás un poco de agua? Tengo la garganta seca.

—Naturalmente. Está en la nevera. ¿La quieres con gas o natural?

—Me da igual. La que tengas más a mano.

Ann se levantó para ir a la cocina. Se preguntó si no sería una maniobra para alejarla porque tenía algo que decirle a Antonio, de modo que, antes de entrar en la cocina, se quedó un instante oculta en el vestíbulo escuchando lo que se decían.

Lo que oyó no le gustó en absoluto.

—¿Y si no está dispuesta a ayudarnos? —le preguntó Antonio en voz baja.

—Pues deberás encontrar tú la forma de convencerla, mi querido Antonio. ¿No eres tú el que se encarga del papel de *latin lover*?

Ann Carrington se preguntó qué estarían confabulando esos dos de nuevo.

Llenó rápidamente una jarra con la primera botella de agua que encontró y volvió al salón.

Giulia bebió un sorbo de su vaso antes de proseguir.

—Pues, como te decía, llegué a la Société Générale, y para mi sorpresa, descubrí que nuestra caja de seguridad estaba vacía. Absolutamente vacía. No había nada dentro. Ni un solo documento, ni un solo euro.

—Imagino que debió de ser una bonita sorpresa —dijo Ann, que empezaba a divertirse con esta historia—. ¿Qué había sucedido?

—¿Sorpresa? Me puse furibunda. Pedí explicaciones, me quejé amargamente, pero no había nada que hacer. Me dijeron que solo yo o mi marido teníamos acceso a la caja de seguridad y que ellos no podían hacer nada.

—¿Y qué hiciste entonces? Siempre que se pueda hacer algo en estos casos... —preguntó Ann.

—Le pedí a Antonio que interviniera. Por medio de la Interpol, pudo interrogar a los del banco. A ellos les debían decir a la fuerza lo que había ocurrido, si es que sabían algo, mientras que a mí no me lo podían decir.

—¿Y qué era lo que había ocurrido? —preguntó Ann, impaciente.

—Una cosa increíble, querida, y por eso estamos aquí.

Ann se mantuvo a la espera, intrigada.

—El desgraciado de mi marido, no sé por qué, hizo una escapada a Niza el día anterior a su asesinato, sin decirme nada. Lo retiró todo de la caja fuerte y lo metió en otra, a la que yo no puedo tener acceso.

—Una buena faena, efectivamente. Aunque, obviamente, no afectó a todas las cajas fuertes, si lograste recuperar el cuadro y ponerlo a la venta. Sin embargo, sigo sin entender. ¿Qué tengo yo que ver con todo esto?

—Me lo estoy preguntando yo también, querida —contestó Giulia, haciendo caso omiso a la mención al cuadro—. Mejor dicho, nos lo estamos preguntando Antonio y yo. Porque, además de Gianni, que, como bien sabes, ahora está muerto y enterrado, ¡la única persona que puede tener acceso a la caja fuerte eres tú!

—¿Yo? —exclamó Ann, casi gritando.

—Sí, tú, querida. En el momento de firmar los documentos para la nueva caja fuerte, Gianni tuvo que poner el nombre de una persona que pudiera sustituirlo o tener acceso a la caja fuerte incluso sin las llaves, recurriendo a las del banco, en el caso de que le sucediera algo, como efectivamente ocurrió. Y mira por dónde, escribió precisamente tu nombre: Ann Carrington, de Providence, Rhode Island. ¿No crees que me debes una explicación?

Ann estaba alucinada.

—Pero, yo... yo no sé nada de todo esto —balbuceó—. No tengo la menor idea de lo que me estás contando. ¿Es una broma o estás hablando en serio?

—Nunca he hablado más en serio. ¿O es que piensas que tengo ganas de bromear sobre este asunto? No sé si creerte, Ann.

Había empleado un tono bastante duro que no le había gustado a Ann Carrington.

—Tú puedes creerme o no creerme, Giulia, pero esta es la pura verdad. Sabes perfectamente que yo no conocía ni conocí nunca a tu marido. ¿O lo dudas?

—Aparentemente es así, pero como podrás entender, viendo que Gianni ha añadido tu nombre, es lógico que me hayan asaltado ciertas dudas. Ponte en mi lugar. ¿Qué pensarías tú?

—No puedo reprochártelo, Giulia —admitió Ann Carrington—. Todo esto es un embrollo de lo más extraño. Te lo concedo. Sin embargo, te aseguro que no sé nada y que no llegué a conocer a tu marido. No le he visto en toda mi vida. Supongo que habrá una explicación, pero yo no te la puedo dar.

—Yo en cambio creo que tú sabes más de lo que quieres decirnos —intervino Antonio.

Ann Carrington lo miró de arriba abajo. No pudo contener su rabia por más tiempo.

—¿A qué viene esta sandez, Antonio? —le gritó—. Mira quién habla. Si yo digo que no sé nada, es porque no sé nada. No soy como tú, un mentiroso redomado, aparte de un policía corrupto. Pero ¿quién te crees que eres? Primero me tiras los tejos, me cuentas que no estás casado para acostarte conmigo, ¿y ahora te presentas en mi casa para tacharme de mentirosa? Vamos, hombre, hazme el favor de callarte la boca. Si crees que vas a llegar aquí a hacerte el *latin lover* y que yo voy a ser la pobre estúpida americana de mediana edad a la que se le cae la baba ante tus encantos, siento tener que desilusionarte y que decirte que te has equivocado de cabo a rabo. Yo desprecio a los hombres como tú, Antonio. Eres la antítesis del hombre de mis sueños. Métetelo en tu cabezota de una vez por todas.

—No te enfades, Ann —intervino Giulia con voz dulce, para intentar poner remedio a las palabras de Antonio. No les convenía que Ann se enfadase con ellos y los echara de allí. Sin ella no podrían recuperar los documentos que Gianni había metido en la otra caja fuerte ni demostrar que era ella, Giulia Scopetta, la propietaria de las sociedades *offshore*—. Antonio no se está expresando bien. No pretendía decir que fueras una mentirosa...

—Tú, cállate —la interrumpió Ann, volviéndose hacia ella—. ¿O es que te crees mejor que él? Yo creía que eras una amiga, una persona seria, pero me he dado cuenta de que sois tal para cual. Menuda pareja de chapuceros. Estáis hechos el uno para el otro.

Dio algunos pasos arriba y abajo por el salón para intentar calmar los nervios.

—En definitiva, sea cual sea la situación, no contéis conmigo. Yo de vuestros trapicheos y de vuestras estafas no quiero saber nada. Lo siento, pero ahora tengo cosas de hacer y tengo que pediros que os marchéis.

Antonio y Giulia Scopetta se miraron el uno a la otra. Antonio parecía abochornado, no sabía bien cómo reaccionar. Se había quedado estupefacto por la reacción de Ann. Fue Giulia la que tomó la iniciativa.

—De acuerdo, Ann. No te preocupes. Ya nos las apañaremos por nuestra cuenta. Habrá otras maneras. Tú, por encima de todo, no pierdas la calma ni te enfades.

Se volvió hacia Antonio.

—Vámonos, Antonio. Me parece que está claro que en esta casa no somos bienvenidos.

Antonio se levantó. Sin añadir una sola palabra más ni dignarse dirigir una mirada a Ann Carrington, se encaminó hacia la puerta, seguido por Giulia Scopetta.

Ambos salieron de la casa sin volverse para despedirse.

Ann, que se había quedado de pie en el salón junto a la chimenea, corrió tras de ellos y cerró la puerta con doble vuelta de llave. Sabía que era ridículo y que no servía de nada, pero hacía que se sintiera más tranquilla.

Levantó levemente los visillos de la cristalera de la puerta de acceso para ver cómo se alejaban. Se quedó allí hasta que los perdió de vista.

Luego corrió al primer piso, desde donde disfrutaba de una vista más amplia, y miró por las ventanas de su dormitorio, pero no les vio. Ya habían desaparecido.

Se sintió aliviada.

Pero ¿qué era esa historia de la caja de seguridad del banco de Niza? ¿Cómo que el profesor Scopetta la había puesto a su nombre? No entendía nada. Debía cerciorarse de que Giulia le hubiera dicho la verdad. Ojalá fuera solo un gigantesco embuste, pero ¿y si fuera cierto? Si el Departamento de Impuestos descubría que ella era titular de una caja de seguridad en un banco francés con dinero, acciones al portador de sociedades *offshore* y quién sabe qué otras cosas más, para ella eran líos asegurados. ¿Cómo habría podido explicar que no estaba al corriente de nada? Nadie la hubiera creído.

47

12 de agosto de 2010, el día anterior al de su muerte. Gianni Scopetta no se sentía seguro. Desde hacía bastantes días se notaba vigilado. Tenía la impresión de que alguien lo estaba siguiendo, pero cada vez que se giraba era incapaz de reconocer, entre la multitud, a nadie en concreto que pareciera observarlo.

No se fiaba mucho de sus socios, Sergio y Alberto. Eran dos tipos extraños que él había involucrado en un asunto que se había vuelto demasiado complejo para él, y del que no sabía cómo salir.

Las cosas no es que fueran tampoco demasiado bien con su mujer. Giulia se estaba volviendo cada vez más fría y calculadora. Lo acusaba de tener continuas aventuras, y no le faltaba razón hasta cierto punto, pero tampoco era para tanto. A su edad, ya no podía permitirse ser un donjuán impenitente. Y, además, Giulia se había vuelto un poco rara. Estaba cambiada. Le bailaban continuamente proyectos por la cabeza y él estaba convencido de no formar parte de ellos.

Decidió viajar a Niza, donde tenían una caja de seguridad en el banco Société Générale. Quería poner a buen recaudo los documentos que guardaba en casa. Era material al rojo vivo y prefería ponerlo a salvo. Estuvo a punto de preguntarle a Giulia si quería acompañarlo y darse un paseo por la Promenade des Anglais de la ciudad, pero luego pensó que era preferible callar. Entre que se preparaba y estaba lista, pasaría seguramente otra hora, y él podría estar ya a mitad de camino. Lo mejor era no decirle nada.

Cogió el coche y embocó la autopista que llevaba a Ventimiglia.

En Niza, lo dejó en el aparcamiento de la plaza a la que daba el hotel Méridien, enfrente del mar. Le gustaba aquella zona, y con Giulia iban siempre a aparcar allí porque en la cercana zona peatonal había una *pâtisserie* que a ella le gustaba mucho y solían pararse para tomar un café y algún que otro pastelito. El banco estaba a dos pasos, lo cual resultaba comodísimo para ellos.

En la Société Générale, lo recibió la empleada habitual. No es que viniera a menudo, pero sí lo suficiente para que los empleados lo reconocieran.

Solicitó que lo acompañaran a la sala de las cajas de seguridad.

Mientras se quedaba solo en la salita y estaba a punto de meter las preciosas cartas de María de Médicis en la caja, al ver las acciones al portador de las sociedades *offshore* que había creado Giulia, se le ocurrió una idea. Era un poco maquiavélico por su parte, pero le pareció una buena jugada ante la eventualidad de que Giulia hiciera alguna de la suyas sin contar con él.

Llamó a la señorita del banco y le dijo que quería alquilar otra caja de seguridad. La señorita le confirmó que no había ningún problema. Era ya cliente del banco. Solo tenía que rellenar algunos formularios y firmarlos, y además, si no quería molestarse, ya lo haría ella misma para que él únicamente tuviera que firmar.

Gianni Scopetta lo dejó en sus manos.

Cuando le presentó los formularios, vio el nombre de su mujer.

—No, señorita, esto no está correcto. Yo quiero una caja solo para mí, no para compartirla con mi mujer. Ya tenemos una conjunta.

—Ah —dijo la chica, no especialmente sorprendida. Desde que trabajaba allí, había visto de todo—. No hay problema, profesor Scopetta. Borro entonces el nombre de su mujer. Sin embargo, nosotros siempre aconsejamos a nuestros clientes que añadan el nombre de una persona de confianza que pueda acceder a la caja de seguridad en el caso de que les sucediera algo y necesitaran recurrir al contenido. Una enfermedad, un periodo de inmovilidad o algo parecido. Nunca se sabe en la vida. ¿Está usted seguro de no querer poner el nombre de la señora Scopetta?

Apenas la escuchaba. Menudo incordio. El nombre de Giulia estaba claro que no quería ponerlo. Si no, ¿para qué cambiar de caja fuerte? Pensó unos momentos en quién podía considerar una persona de confianza y, en un rápido repaso mental de sus amigos, no se le vino ninguno a la cabeza del que se fiara lo suficiente como para darle el permiso explícito de poder husmear en sus cosas personales. Pensó en una persona seria, por encima de toda sospecha, y no se le ocurría nadie.

Con todo, el concepto de persona seria le hizo pensar en Ann Carrington.

Cierto, ni siquiera la conocía, y era ridículo que diera su nombre, pero, sin embargo, pensándolo bien, no era en realidad una idea tan estúpida.

La señora Carrington nunca llegaría a saber en toda su vida que podía acceder a la caja de seguridad de un banco francés donde un profesor italiano, a quien ni siquiera conocía en persona, guardaba sus secretos.

Aquella caja tenía intención de usarla solo él. No le diría nada a Giulia, su mujer. Si luego ella se percataba de que sus acciones habían desaparecido, ya se inventaría algo.

Apremiado por la situación, le dijo a la empleada:

—Escriba Ann Carrington. Es una persona que goza de toda mi confianza.

—Ann Carrington. Desde luego, señor. ¿Carrington se escribe con dos r o con una sola? ¿Podría deletreármelo, si es tan amable?

—Naturalmente. C-A-R-R-I-N-G-T-O-N —dijo él.

Salió del banco muy satisfecho. Acababa de hacerle una buena jugada a su mujer. Se divertía solo con pensar en lo furiosa que se pondría al enterarse.

En cuanto al nombre de Carrington, que había usado sin su permiso y a sus espaldas, era solo algo provisional. Se prometió volver con más tranquilidad y cambiar el nombre de Ann Carrington por otro más adecuado a sus necesidades.

Para no faltar a sus viejas costumbres, dio un paseo hasta la *pâtisserie* para tomarse un merecido café antes de afrontar el camino de regreso. Se comió también un par de *éclair*. Uno de chocolate y otro de café. Giulia lo abroncaba siempre cuando pedía dos pastelitos en vez de uno solo.

48

Ann se había despertado al alba. Era muy pronto, apenas las seis de la mañana, pero decidió levantarse en cualquier caso. Bajó a la cocina y se preparó un buen café americano. Con su taza ardiendo en una mano, salió al jardín. Hacía fresco y tuvo que cerrarse bien el cuello de su bata con la mano libre. Dejó sus zapatillas bajo el porche y caminó con los pies descalzos sobre la hierba mojada por el rocío otoñal.

No había nadie por la calle a esas horas. Era domingo además, la mayor parte de los vecinos estaban todavía durmiendo.

No pudo evitar que por su cabeza volvieran a revolotear los pensamientos que la habían desvelado tan temprano.

Se había despertado pensando en todas las cosas que le habían ocurrido durante su breve estancia en Italia. Apenas una semana, y sin embargo habían sido días densos, llenos de sorpresas, acompañados de un vaivén de sentimientos contradictorios. Intentó hacer balance, poniendo las cosas positivas a un lado y las negativas al otro. No era tan fácil como parecía. A Giulia Scopetta, por ejemplo, no sabía dónde colocarla. Era verdad que al final había demostrado ser una persona miserable, pero no era menos cierto que durante su estancia había sido una compañía muy agradable. Juntas se habían reído mucho y habían pasado muchas horas conversando sobre historia y sobre moda o complementos, que le habían enseñado que Giulia Scopetta era una mujer culta, llena de sorpresas, y de refinado gusto. Era una pena que su mentalidad criminal hiciera empalidecer todas esas cualidades precedentes.

También respecto a Antonio sus sentimientos estaban enfrentados.

Era un tipo sin escrúpulos, capaz de todo con tal de alcanzar sus objetivos, pero no podía olvidar su sonrisa, su cuerpo musculoso, ni cada minuto de cuando habían hecho el amor. Había estado a un paso de enamorarse de él. Por suerte, las circunstancias le habían abierto los ojos. Habría sido otra de sus catástrofes amorosas. Desde luego, ella con los hombres no tenía ninguna suerte. Iba siempre a toparse con gente que la hacía sufrir. ¿Cómo era posible que fuera tan estúpida? ¿Por qué le gustaban siempre los tipos extraños?

Quién sabe qué habría sido de esa pareja. No había vuelto a saber nada más de ellos.

Le quedaba aún por resolver el asunto de la caja de seguridad del banco de Niza. La había dejado intencionadamente a un lado, porque solo le traía malos recuerdos, pero sabía que era algo que debía arreglar antes o después. Había hablado con su asesor fiscal y este la había tranquilizado. Ya que la caja no estaba a su nombre, no corría peligro. Que pudiera acceder a ella no significaba nada, por más que fuera mejor cancelar su nombre y renunciar al derecho de acceso.

Decidió liberar la mente de todos aquellos pensamientos. Cuanto menos pensara en ello, mejor se sentiría.

Al levantar los ojos, se percató de que la señora Warwick ya estaba trabajando en su jardín, a pesar de lo temprano de la hora. Se acercó al seto que separaba las dos propiedades.

—Buenos días, señora Warwick. ¿Ya trabajando, tan temprano?

A la señora Warwick le sorprendió verla levantada a esas horas, y sobre todo que fuera ella quien se acercara a darle conversación. La señora Carrington siempre se mostraba muy discreta. A veces tenía incluso la impresión de que la rehuía. Sin embargo, precisamente por eso le gustaba. No era una de esas aduladoras que siempre están vigilando lo que hace la gente para ir luego corriendo a criticarla por ahí. Por eso le gustaba y estaba contenta de tener una vecina como ella.

—Siempre me despierto pronto, señora Carrington. Así me mantengo ocupada. Veo que también usted se ha despertado hoy temprano.

—Sí —confesó Ann—. Quién sabe en qué estaría pensando para despertarme tan pronto.

—No tienen por qué ser cosas malas a la fuerza, señora Carrington.

—Tiene razón. A propósito, acabo de hacer café. ¿Le apetece entrar a tomarse una taza?

—Con mucho gusto, señora Carrington. Precisamente estaba a punto de ir a prepararme uno yo también.

—No me llame señora Carrington, por favor. Me llamo Ann.

—Encantada, Ann —contestó la señora, complacida—. Yo me llamo Mildred.

Entraron en casa por la puerta de la cocina, que daba a la parte de atrás. De golpe, Ann se sintió de nuevo en casa. Hacía mucho que no experimentaba esa sensación.

Todo lo que había ocurrido en los últimos meses le parecía ahora ya muy lejano. El viaje a Italia, los documentos de Rubens, las cartas de la reina María de Médicis, Giulia Scopetta, Antonio Pegoraro. De repente, todo formaba parte del pasado.

Le sirvió un café a la señora Warwick y se sentó junto a ella en torno a la mesa de la cocina.

Sobre la mesa estaba el mantel de cuadros blancos y azules.

—Qué bonito es este mantel —dijo Mildred Warwick—. Es de lo más simpático. Le da un aire acogedor a la cocina. ¿Dónde lo ha comprado? Me gustaría tener uno igual.

—Se lo regalo. Hoy mismo lo lavaré y lo plancharé, y luego se lo llevaré a su casa.

—Pero... —protestó la señora Warwick.

—Nada de peros. Le ruego que lo acepte. Le aseguro que se lo regalo con mucho gusto. Me recuerda cosas que prefiero olvidar.

—En ese caso, lo acepto encantada, Ann. Me gusta mucho, la verdad.

Nota del autor

Todos los personajes de este libro son fruto de la fantasía y cualquier parecido con personas reales ha de considerarse puramente casual. Las acciones atribuidas en estas páginas a los personajes históricos son asimismo mera ficción y nunca tuvieron lugar en la realidad histórica.

AGRADECIMIENTOS

A los amigos que me han animado, aconsejado y soportado mientras escribía este libro. Un agradecimiento muy especial al doctor Joan Casals y a su mujer, Cristina Rafecas, a Guillermo Lanzos Girard y, naturalmente, a mi editora, Berta Noy, sin la cual este libro nunca habría visto la luz del sol.